KB065550

오후의 예항/짐승들의 유희

대산세계문학총서
182

오후의 예항/짐승들의 유희

午後の曳航/獣の戯れ

미시마 유키오 박영미 옮김

문학과지성사

대산세계문학총서 182

오후의 예항/짐승들의 유희

지은이 미시마 유키오
옮긴이 박영미
펴낸이 이광호
주간 이근혜
편집 박솔뫼 김은주
마케팅 이가은 허황 이지현 맹정현
제작 강병석
펴낸곳 ㈜문학과지성사
등록번호 제1993-000098호
주소 04034 서울 마포구 잔다리로7길 18(서교동 377-20)
전화 02) 338-7224
팩스 02) 323-4180(편집) 02) 338-7221(영업)
대표메일 moonji@moonji.com
저작권 문의 copyright@moonji.com
홈페이지 www.moonji.com

제1판 1쇄 2022년 12월 30일
제1판 3쇄 2024년 6월 11일

ISBN 978-89-320-4116-2 04830
ISBN 978-89-320-1246-9 (세트)

이 책은 대산문화재단의 외국문학 번역지원사업을 통해 발간되었습니다.
대산문화재단은 大山 愼鏞虎 선생의 뜻에 따라 교보생명의 출연으로 창립되어
우리 문학의 창달과 세계화를 위해 다양한 공익문화사업을 펼치고 있습니다.

차례

일러두기

1. 이 책은 三島由紀夫의 午後の曳航(東京: 新潮社, 2018)과 獣の戯れ(東京: 新潮社, 2015)를 우리말로 옮긴 것이다.
2. 본문의 주는 모두 옮긴이의 것이다.

오후의 예항

제1부

여름

제1장

“잘 자” 하고 어머니는 밖에서 방문을 잠갔다. 불이라도 나면 어쩔 셈인 걸까? 물론 그런 일이 생기면 제일 먼저 이 문을 열겠다고 어머니는 다짐하고 있지만, 만약 그때 나무가 뒤틀리거나 페인트가 녹아 이 열쇠 구멍이 막히면 어쩌지? 창문으로 도망가야 하나? 하지만 창문 밑에는 자갈돌을 깔아놓았고 유독 삐죽 솟아 있는 이 집의 2층은 절망적일 정도로 높았다.

이 모든 것은 노보루登 탓이니 자업자득이다. 그가 전에 ‘대장’의 꼬임에 넘어가 한밤중에 몰래 나갔다 온 다음부터 그렇게 되었다. 아무리 다그쳐도 노보루는 ‘대장’의 이름을 끝내 밝히지 않았다.

세상을 떠난 아버지가 요코하마* 야마테초山手町의 야토자카谷戸坂 위에 건축한 이 집은 미군 점령 시 징발된 후 개조되어 2층에는 방마다 화장실이 설치되어 있다. 그래서 갇혀 있어도

* 橫濱: 일본 간토關東에 있는 국제 항만 도시. 가나가와神奈川현 동부의 현청 소재지이다.

불편할 일은 없지만 열세 살 소년에게는 충분히 굴욕적인 일이다.

혼자 집을 지키고 있던 어느 날 아침, 억울한 마음에 노보루는 자기 방을 꼼꼼하게 살펴보았다. 어머니의 침실과 연결된 벽에 붙박이로 커다란 서랍장이 있다. 서랍을 전부 빼내고 그 안에 꽉 들어찬 옷가지를 마루에 흩어놓으며 화풀이를 했다. 그때 서랍을 뺀 빈자리에 한 줄기 빛이 뚫고 들어온 것을 알아챘다.

그는 머리를 처박고 빛이 어디에서 들어오는지 확인했다. 초여름 오전, 바다에 반사된 강렬한 햇빛이 들어와 어머니 없는 빈방을 가득 채우고 있었다. 무릎을 꿇고 앉으면 그의 몸은 커다란 서랍 빈자리에 쑥 들어간다. 어른이라도 엎드리면 허리까지는 들어갈 것이다.

노보루는 구멍으로 들여다본 어머니의 방이 신선하게 느껴졌다.

왼쪽 벽에는 아버지 취향으로 미국에서 들여온 뉴올리언스풍의 번쩍이는 놋쇠 트윈베드가 아버지가 돌아가신 뒤에도 그대로 놓여 있다. 대문자 K—노보루의 성은 구로다黑田이다—를 크고 도드라지게 짜 넣은 흰색 베드 스프레드가 반듯하게 덮여 있다. 그 위에 긴 옥색 리본으로 장식한 남색 밀짚모자가 놓여 있다. 나이트 테이블 위에는 파란 선풍기.

오른쪽 창가에는 타원형의 삼면경三面鏡이 있는데, 조금 아무렇게나 닫혀 있어서 열린 틈새로 들여다보이는 거울의 겹친 부분이 꼭 깨진 얼음 같다. 거울 앞에는 숲에 나무가 빽빽이 서 있는 것처럼 세워놓은 오드콜로뉴 향수병, 보라색 화장수병, 세공된 단면마다 반짝이는 보헤미안 유리 분첩. ……짙은 갈색의 레이스 장갑이 마른 삼나무 이파리를 묶어놓은 것처럼 동그랗게 뭉쳐져 있다.

화장대 맞은편에는 창가에 붙여놓은 장의자長椅子와 플로어 스탠드와 의자 두 개, 날렵한 소형 탁자가 있다. 장의자에 작업중인 로絽자수* 틀이 비스듬히 세워져 있다. 요즘 세상에 그런 건 인기가 없는데, 아무튼 어머니는 자수를 좋아한다. 여기서는 잘 보이지 않지만 은회색 천에 요란한 빛깔의 앵무새 날개 같은 것이 반쯤 완성되어 있다. 그 옆에 스타킹 한 짝이 아무렇게나 던져져 있다. 그 흐트러진 연주황빛 얇은 천이 다마스크 직물로 씌운 모조품 장의자에 붙어 있는 것만으로도 방 전체의 분위기가 이상하게 차분하지 않다. 틀림없이 어머니는 외출하려다가 스타킹 올이 나간 것을 보고 허둥지둥 갈아 신고 나갔을 것이다.

창에는 눈부신 하늘과 바다에 반사된 빛을 받아 에나멜을 입힌 듯 단단하게 느껴지는 구름 몇 조각이 반짝이고 있을 뿐이다.

노보루는 구멍을 통해 들여다보고 있는 방이 평상시 보는 어머니의 방이라고는 도저히 생각할 수 없었다. 마치 잠시 자리를 비운 낯선 여자의 방을 들여다보는 것 같다. 그리고 확실히

* 일본 자수의 한 기법. 부드럽게 처리되지 않은 명주 직물의 올과 올 사이에 로자수 실로 다채로운 무늬를 만든다.

그곳은 여자의 방이다. 성숙한 여성스러움이 방 안 구석구석까지 숨 쉬고 있다. 차분한 향기가 떠다니고 있다.

……문득 노보루는 이상한 생각이 떠올랐다.

이 구멍은 우연히 생긴 것일까? 아니면, 이 집에는 점령군 가족이 살았고 일시적으로 여러 부부가 함께 살게 되었는데, 그러다가……

노보루는 자신이 몸을 둥글게 말아 넣고 있는 이 먼지 쌓인 서랍 빈자리에, 더 기를 쓰고 몸을 욱여넣으려는 금빛 털로 덮인 몸뚱이가 있었을 것 같은 느낌이 들었다. 그러자 좁은 공간의 공기가 갑자기 새콤해져 견딜 수가 없었다.

그는 몸을 구부려 엉덩이부터 나와 서둘러 옆방으로 뛰어갔다.

그때의 묘한 인상 또한 노보루는 잊을 수가 없다.

뛰어들어 간 어머니 방은 조금 전까지 구멍으로 들여다본 신비로운 방과는 전혀 닮은 데 없이 눈에 익은 평범한 방이 되어 있었다. 그것은 밤이면 어머니가 수놓기를 멈추고 하품을 하며 숙제를 도와주는 방, 못난이라고 잔소리를 하는 방, 네 넥타이는 언제 보아도 반듯한 적이 없다며 질책하는 방, 아니면

"배 보러 온다는 핑계로 아무 때나 엄마 방에 오면 안 되지. 이제는 어린애가 아니잖아"

라고 핀잔을 주는 방, 가게에서 가지고 온 장부를 살펴보거나 세금 신고서를 앞에 놓고 긴 시간 턱을 괴고 있는 방으로 돌아가 있었다.

노보루는 엿보는 구멍을 어머니 방 쪽에서 조사했다.

좀처럼 찾을 수가 없다.

……자세히 보니 나무판으로 장식된 벽면에 옛날식으로 작은 목각틀이 짜여 있는데, 그 틀의 물결무늬가 이어지는 한 지점에 물결이 겹치는 식으로 그야말로 감쪽같이 숨겨진 구멍이 있다.

──그는 얼른 다시 자기 방으로 돌아와서 늘어놓은 옷가지들을 대강 접어 원래대로 서랍에 넣고 그다음에는 서랍을 하나하나 반듯하게 끼워 넣은 뒤에 앞으로 이 서랍이 어른들 눈에 띌 만한 짓은 절대 하지 않기로 다짐했다.

이것을 발견한 뒤로 노보루는 어머니가 소리를 지르며 야단이라도 친 날 밤이면 더욱, 방에 감금되자마자 바로 소리 없이 서랍을 빼내고서 어머니의 모습을 질리지도 않고 들여다보았다. 어머니가 다정하게 대해준 밤에는 절대 보지 않았다.

노보루는 어머니가 잠자리에 들기 전이면 잠이 안 올 만큼 덥지도 않은데 한 번씩 알몸이 되는 버릇이 있다는 것을 알았다. 전신거울은 노보루가 엿보는 구멍에서는 잘 보이지 않는 방 저쪽 구석에 있었으므로 어머니가 벌거벗고 거울에 너무 가까이 다가가면 들여다보는 게 아주 고역이었다.

이제 서른셋인 어머니의 몸은 테니스클럽에 다녀서 가늘면서도 균형이 잘 잡혀 아름다웠다. 그 몸 여기저기에 향수를 찍어 바른 뒤 잠자리에 드는 것이 어머니의 습관이었으나, 가끔은 거울 앞에 옆으로 앉아 열이 나는 듯 몽롱한 눈으로 거울을 보며 노보루의 코에까지 냄새가 날 정도로 향수를 손가락에 흠뻑 묻힌 채 가만히 있을 때도 있었다. 이때 빨간 매니큐어를 칠한 어머니의 손톱을 보고 피가 나는 줄 알고 노보루는 오싹했다.

노보루가 여자의 몸을 이렇게 자세히 본 것은 난생처음이었다.

그녀의 어깨는 해안선처럼 완만하게 좌우로 떨어지고 팔은 햇볕에 약간 그을렸지만, 가슴부터는 그 속에 등불이 켜진 것처럼 온화한 흰색 기름기가 도는, 오염되지 않은 영역이 시작되고 있었다. 그녀의 유방에 이르는 완만한 경사는 갑자기 오만하게 솟아, 두 손으로 문지르면 포도 색깔의 유두가 반발하고 일어섰다. 은밀하게 숨을 쉬는 복부. 그 위에 남아 있는 임신선. 노보루는 이것을 아버지의 서재 책장의 손이 닿지 않는 높은 곳에『사계절 화초 재배법』,『포켓 회사 요람』같은 책들에 섞어서 일부러 거꾸로 꽂아놓은, 먼지가 뽀얗게 낀 빨간색 음란서적으로 이미 공부했다.

그리고 노보루는 보았다, 저 검은 영역을. 그것은 아무리 애를 써도 잘 보이지 않았고 이런 노력 때문에 노보루는 눈꼬리가 아프기 시작했다. ……그는 여러 가지 외설적인 단어를 생각해내려 했으나, 단어는 도저히 덤불 속을 헤치고 들어가질 못했다.

친구들이 말하듯이 저것은 가엾게도 빈집일 것이다. 저것이 빈집인 것과 그 자신의 세계가 공허한 것은 어떤 관계가 있을까?

열세 살에 노보루는 자신이 천재라는 것(그의 친구들은 서로 그렇게 확신하고 있었다), 세계는 몇 개의 단순한 기호와 결정으로 이루어져 있다는 것, 인간이 태어나면서부터 죽음은 확실히 뿌리를 내리기에 우리는 그것에 물을 주어 키우는 것 말고는 할 수 있는 게 없다는 것, 번식은 허구이므로 사회도 허구라는 것, 아버지나 교사는 아버지나 교사라는 이유만으로 큰 죄를 범하고 있다는 것 따위를 확신하고 있었다. 그래서 여덟 살에 아버지가 죽은 것은 그에게 오히려 기뻐할 만한 일이고 자랑해야 할 사건이었다.

달밤이면 나체의 어머니는 불을 끄고 전신거울 앞에 섰다! 이 허무한 느낌은 그날 밤 노보루의 잠을 빼앗아갔다. 부드러운 그림자와 달빛 속에서 세상의 추잡함이 깨어나 그 모습을 드러내기 시작했다.

'내가 아메바라면 어떨까?'라고 그는 생각했다. 아주 미세한 몸을 가졌다면 이 추잡함을 극복할 수 있을까? 인간의 어중간한 육체는 아무것도 극복할 수가 없다.

밤이면 활짝 열린 창으로 가끔 기적汽笛이 악마처럼 들어왔다. 어머니가 다정하게 대해준 밤에는 구멍을 들여다보지 않아도 잠을 잘 수 있었다. 그 대신 그것이 꿈속에 나타났다.

노보루는 딱딱하게 굳어 무감각해진 마음을 긍지로 삼고 있었으므로 꿈속에서도 운 적이 없다. 바닷물에 부식되지 않으려 저항하고, 밑바닥을 그토록 괴롭히는 따개비나 굴에도 개의치 않고, 항상 갈고 닦은 몸을 냉정하게 항구의 진흙 속으로, 혹은 고무 제품이나 낡은 구두, 이 빠진 빨간 참빗이나 맥주의 금속 마개 따위가 섞인 퇴적 속으로 가라앉히는 거대한 닻처럼 딱딱한 마음. ……그는 언젠가 심장에 닻을 문신할 수 있으면 좋겠다고 생각했다.

*

……여름방학이 끝날 즈음 어머니가 몹시 불친절했던 밤이 찾아왔다.

그날 밤은 예감도 없이 느닷없이 찾아왔다.

어머니는 저녁 무렵부터 집을 비웠다. 어제 노보루를 위해 선박 안을 그렇게 친절하게 안내해준 이등항해사 쓰카자키塚崎에게 감사하는 뜻으로 저녁 식사를 함께하기로 했다고 어머니는 전했다. 외출할 때 어머니는 자주색 속옷에 검은 비단 레이스로 된 기모노를 입고 비단으로 장식한 흰색 오비*를 맸는데, 그 모습은 비할 데 없이 아름다웠다.

밤 10시쯤, 어머니는 쓰카자키를 데리고 왔다. 노보루는 그를 맞이하고, 객실에서 항해사가 약간 취한 채 선박에 관해 이야기하는 것을 들었다. 10시 반에 어머니는 인제 그만 가서 자라고 노보루에게 말했다. 그리고 노보루를 방으로 올려 보내고 밖에서 방문을 잠갔다.

매우 무더운 밤이었다. 특히 서랍 속은 숨도 쉴 수 없을 지경이어서 언제든지 그곳에 기어들어 갈 수 있는 자세로 하염없이 때를 기다렸다. 자정이 지난 지 한참 되었는데, 살금살금 걷

---

* 일본 전통의상인 기모노의 넓고 긴 허리띠.

는 발소리가 계단을 올라왔다. 지금까지 이런 일은 없었는데, 노보루의 방문이 잠긴 것을 다시 한번 확인하려고 손잡이가 어둠 속에서 기분 나쁘게 돌아갔다. 드디어 어머니 방문이 열리는 소리가 났다. 노보루는 땀에 젖은 몸을 서랍장 빈자리에 욱여넣었다.

활짝 열린 어머니 방 유리창에 남쪽으로 기운 달빛이 비친 것이 생생히 보였다. 이등항해사는 금줄 견장이 붙은 셔츠의 앞섶이 벌어진 채 그 창가에 기대어 있었다. 어머니의 뒷모습이 그리로 다가가 두 사람은 창가에서 긴 입맞춤을 했다.

어머니는 얼마 지나지 않아 남자의 셔츠 단추를 만지며 낮은 목소리로 무언가 속삭이더니 흐릿한 불빛의 플로어 스탠드를 켰는데, 그다음에는 더 보이지 않았다. 노보루가 엿보고 있는 구멍에서는 보이지 않는 저쪽 구석에서 어머니가 옷을 벗기 시작했다. 오비가 풀리며 마치 뱀이 위협할 때 내는 것 같은 날카로운 소리와 기모노가 흘러내리는 부드러운 소리가 가까이서 들렸다. 엿보는 구멍 주변에 어머니가 늘 뿌리는 아르페주*의 향기가 떠다녔다. 무더운 밤길을 걸어왔고 살짝 취하기도 해서 땀이 찬 옷을 벗을 때 풍기는 그 향기가 이렇게까지 진하게 농익어 있다는 것을 노보루는 처음 알았다.

창가에 있는 이등항해사는 이쪽을 지그시 바라보고 있었다. 플로어 스탠드 불빛 아래 햇볕에 검게 탄 얼굴에서 두 눈동자만 반짝이고 있었다.

---

* 프랑스 패션 브랜드 랑방의 향수.

노보루는 늘 자기 키와 비교해보는 플로어 스탠드로 그 남자의 키를 대략 짐작할 수 있었다. 170센티는 안 될 것이 분명하다. 165센티나 조금 더 큰 정도일 것이다. 그는 그다지 키 큰 남자가 아니었다.

쓰카자키는 천천히 셔츠 단추를 풀고는 입고 있는 것을 마구 벗어 던졌다.

쓰카자키는 어머니와 비슷한 나이였을 것 같은데 육지의 남자들보다 훨씬 젊고 탄탄한 몸, 바다가 틀에 넣고 찍어낸 듯한 몸을 갖고 있었다. 넓은 어깨는 사원의 지붕처럼 딱 바라져 치켜 올라가 있고, 풍성한 털로 덮여 있는 가슴근육은 뚜렷하게 갈라져 부풀어 있으며, 밧줄로 단단하게 꼬아놓은 매듭처럼 꽉 조인 근육이 여기저기 드러나, 그는 언제든 쓱 벗을 수 있는 근육 갑옷을 입고 있는 듯했다. 그리고 노보루는 경악하여 쳐다보았다, 그의 복부의 무성한 털을 뚫고 나와 자랑스러운 듯 솟아 있는 매끈매끈한 불탑을.

옆에서 비치는 희미한 불빛 때문에 숨 쉴 때마다 오르락내리락 움직이는 가슴 위에는 가슴털의 섬세한 그림자가 명확히 떨어지고, 위험하게 반짝이는 눈은 어머니가 옷을 벗고 있는 곳을 주시하고 있다. 등 뒤에 비친 달빛은 그의 솟은 어깨에 한 줄기 황금색 능선을 만들고 굵은 목덜미의 동맥은 금빛으로 부풀어 있었다. 그것은 진정 근육으로 된 황금, 달빛과 땀이 만들어 낸 황금이다.

어머니는 옷을 벗는 데 시간이 오래 걸렸다. 일부러 시간을 끄는지도 모른다.

갑자기 활짝 열어젖힌 창 가득히 기적이 넓은 폭으로 울리며 들어와서 어두침침한 방에 가득 찼다. 크고, 한계가 없고, 어두우며, 뿌리칠 수 없는 비애로 가득한가 하면, 의지할 곳 없어 외롭고, 고래의 등처럼 새까맣고 매끄럽고, 밀물과 썰물 그리고 조류에서 나온 것 같은 온갖 격정, 수많은 항해의 추억, 환희와 굴욕 등, 이 모든 것을 가득 담은 바다 그 자체의 비명이 울려 퍼졌다. 저 멀리 먼바다와 대양의 한복판에서 이 작은 방에 있는 어두운 꽃의 꿀을 동경하며, 밤의 반짝임과 광기로 가득한 저 기적이 쳐들어온 것이다.

분명히 이등항해사는 어깨를 돌려 바다에 눈길을 주었다. ……

——이때 노보루는 태어나면서부터 마음에 모아놓은 무언가가 유감없이 펼쳐져 완성되는 기적의 순간을 목격한 기분이었다.

기적 소리가 울려 퍼지기 전까지 그것은 아직 미완성의 그림이었다. 모든 준비가 끝나고 이 세상의 것이 아닌 어느 한 순간을 향해 나아가고 있었다. 그리고 따로 골라 모아놓은 재료들은 잘 정리되어 하나도 빠진 것이 없었으나 갑자기 이런 잡다한 현실의 재료창고를 궁전으로 바꿀 힘이 아직은 부족했다.

그때 기적이 울리면서 갑자기 모든 것을 완벽한 모습으로 바꾸는 결정적인 한 획을 그었다!

그때까지 그곳에는 달, 바다의 열풍, 땀, 향수, 익을 대로 익은 남자와 여자의 적나라한 육체, 항해의 흔적, 세계 여러 항구의 추억, 그 세계를 향한 작고 숨 쉬기 힘든 엿보는 구멍, 소년의 단단한 마음, ……이런 것들이 분명 준비되어 있었다. 그러나 이렇게 흐트러진 많은 카드로는 아직 어떤 의미인지 알 수가 없다. 기적 소리가 나자 그 카드들은 갑자기 우주적인 연관성이 생기고, 소년과 어머니, 어머니와 남자, 남자와 바다, 바다와 소년을 연결해주는, 피할 수 없는 존재의 연결고리를 살짝 드러냈다.

……노보루는 호흡이 곤란해지고 땀이 나면서도 너무 황홀하여 거의 실신할 지경이었다. 자신은 분명히 지금 눈앞에서 줄줄이 엮여가는 실이 신성한 모양을 그려내는 장면을 본 것 같았다. 그것을 파괴해서는 안 된다. 어쩌면 그것은 열세 살 소년인 자신이 만들어낸 것인지도 모르니까.

'이것을 망가뜨려서는 안 되겠어. 이것이 망가지기라도 하면 세상은 끝나고 말 거야. 그걸 막을 수만 있다면 나는 어떤 독한 짓이라도 하겠어.'

노보루는 비몽사몽간에 생각했다.

제2장

쓰카자키 류지塚崎龍二는 낯선 놋쇠 침대 위에서 깜짝 놀라 깨어났다. 옆 침대는 비어 있었다. 그리고 차츰 기억이 났다. 여자가 아침에는 가마쿠라*에 있는 친구 집에 수영하러 가는

* 鎌倉: 가나가와현 남동부에 있는 도시. 미우라三浦반도 사가미相模만에 위치

아이를 깨우기 위해 일찍 일어난다는 것, 아이가 나가면 곧바로 침실로 돌아올 테니 그때까지 조용히 기다려주길 바란다는 것 따위를 미리 말해놓고 잠이 들었다.

그는 나이트 테이블을 손으로 더듬어 손목시계를 찾아서 차광遮光이 완전하지 않은 창 커튼을 통과한 여린 햇빛에 시계를 비춰 보았다. 8시 10분 전이었다. 노보루는 아직 출발하지 않은 것이 분명하다.

네 시간 정도 잤다. 그는 평소 같으면 야간 워치*를 끝내고 잠자리에 드는 시각에 때마침 잠이 들었다.

잠깐 눈을 붙였을 뿐인데 눈빛은 생기가 넘치고 온몸에 어젯밤 내내 이어진 쾌락이 아직도 용수철처럼 힘차게 튕겨 나오고 있었다. 몸을 길게 쭉 늘이고 눈앞에서 팔을 교차시켜 우람한 팔뚝의 털이 커튼을 통과한 햇빛을 받아 금빛으로 회오리치는 모습을 보며 만족했다.

아침인데도 지독하게 더웠다. 창을 열어놓은 채로 잠들었는데 창가의 커튼은 조금도 흔들리지 않는다. 류지는 다시 손가락을 뻗어 나이트 테이블 위의 선풍기 스위치를 눌렀다.

"세컨드 오피서, 워치 시간 15분 전입니다."

조타수가 호출하는 소리를 그는 조금 전 꿈속에서 분명히 들었다. 매일매일 낮에는 정오부터 4시까지, 심야에는 자정부터 4시까지, 이등항해사는 워치를 담당하고 있었다. 그 남자 앞에

한 관광·휴양지이다.

* 항해 당직은 낮의 주간 워치와 밤의 야간 워치가 있다.

있는 것이라곤 바다와 별뿐이었다.

화물선 라쿠요마루洛陽丸에서 류지는 친해지기 힘든 별종으로 통했다. 그는 선원들의 유일한 낙인 수다 떨기, 선원들끼리 쓰는 말로 하자면 '입 털기'가 서툴렀다. 여자 얘기나 육지 얘기로 허풍을 떨면서, ……말하자면 서로의 외로움을 위로해주는 세속적인 수다, 사람과 사람 사이의 연대감을 서로 확인하는 그런 의식을 싫어했다.

대개는 바다가 좋아서 선원이 되지만, 류지는 육지가 싫어서 선원이 되었다고 하는 편이 옳았다. 그가 상선 고등학교 졸업 후 배를 탈 즈음에, 그때까지 외항선을 허가하지 않던 점령군의 금지령이 해제되어 전후 첫 외항선을 타고 대만과 홍콩에 갔고 나중에는 인도와 파키스탄에도 갔다.

열대의 풍물은 그의 심장을 기쁨으로 가득 채웠다. 해안에 도착하면 나일론 양말이나 시계와 교환하려고 원주민 아이들이 두 손 가득 바나나, 파파야, 파인애플을 들고 오거나 원색의 작은 새와 새끼원숭이를 데리고 나왔다. 그는 진흙탕인 뿌연 강물에 그림자를 떨어뜨리는 공작야자나무 숲을 사랑했다. 이렇게 야자나무에 마음이 끌리는 것을 보면 전생에 살던 고향의 흔한 식물이었던 것 같다.

그러나 몇 년 지나고 나니 이국적인 풍물이 마음을 흔드는 일도 더는 없어졌다.

그에게는 애초에 육지에도 바다에도 속하지 않는, 모든 뱃사람이 공유한 신기한 성격이 생겼다. 육지가 싫은 인간은 어쩌면 영원히 육지에 머물러야 하는 건지도 모른다. 왜냐하면 육지를 떠나 긴 항해를 하게 되면 어쩔 수 없이 또다시 육지를 그리워하게 되어 그는 싫어하는 대상을 그리워하는 모순에 빠지기 때문이다.

류지는 육지가 갖는 부동의 특질, 즉 영원히 변하지 않는 모습이 싫었다. 그런데 배는 또 다른 감옥이었다.

스무 살의 그는 열렬히 믿고 있었다.

'영광을! 영광을! 영광을! 나는 오직 그에 합당한 사람으로 태어났다.'

어떤 종류의 영광을 원하는지 또 어떤 종류의 영광이 자기에게 어울리는지, 그로서는 전혀 알 수 없었다. 그저 세계의 어둠 저 밑바닥에 한 줄기 빛이 있고, 그것은 오직 그를 위해 준비되어 그만을 비추기 위해 다가오리라 믿고 있었다.

생각을 거듭할수록 그가 영광을 얻으려면 세계가 뒤집혀야 했다. 세계의 전복인가, 영광인가, 둘 중 하나인 것이다. 그는 폭풍이 치기를 바랐다. 그런데 선박 생활은 질서정연한 자연의 법칙과 동요하는 세계의 복원력을 가르쳐줄 뿐이다.

선실 달력의 숫자를 매일 연필로 가위표를 치며 지워가는 뱃사람의 습성을 따라 그는 자기의 희망이나 꿈을 하나하나 점검하고 날마다 하나씩 지우게 되었다.

그러나 류지는 심야에 워치를 설 때면 때때로, 어두운 물결 저 너머 혹은 어둠 속에서 점점 쌓이고 부풀다가 바닷물로 반들반들해진 퇴적층 한가운데에서 떼 지어 다니며 빛을 뿌리는 반딧불이처럼, 자신의 영광이 그저 인간 세상의 절벽 끝에 남자답게 당당히 서 있는 그의 모습을 생생하게 비추려고 은밀하게 밀려오는 것을 느낀 적이 있었다.

그때 조타실*의 하얀 조타륜**이나 레이더, 전성관, 자기 컴퍼스, 천장에 매달려 있는 여러 가지 신호를 알리는 금빛 종들에 둘러싸여 있으면, 그는 더더욱 이렇게 믿을 수 있었다.

'나한테는 뭔가 특별한 운명이 준비된 게 분명해. 흔히 보는 이 구역의 평범한 남자들한테는 절대 허락될 리 없는 반짝반짝 빛나는, 특별히 만들어놓은 운명이.'

한편, 류지는 유행가를 좋아해서 신곡 레코드를 배에 싣고, 항해하는 틈틈이 전부 외워 근무 중에 흥얼거리다가 사람이 가까이 오면 그만두었다. 그는 마도로스의 노래(자부심 있는 뱃사람들은 이런 종류의 노래를 괜히 싫어했지만), 그중에서도 「마도로스 일은 그만둘 수가 없어マドロス稼業はやめられぬ」***를 좋아했다.

기적을 울리며 테이프를 끊고
배는 떠나가네 안벽****을
바다의 남자가 되기로 한 나도
멀어져가는 항구의 거리에

---

* 배의 키를 조종하는 장치가 있는 방.

** 操舵輪: 선박의 키를 움직이는 데 쓰이는 장치. 자동차의 핸들과 비슷한 모양이다.

*** 1962년 곡. 작사 야노 료矢野亮, 작곡 가와카미 에이이치川上英一, 노래 미하시 미치야三橋美智也.

**** 岸壁: 항만이나 운하에 배를 대기 좋게 쌓은 벽.

살짝살짝 손을 흔들면 가슴이 찡하네

주간 워치를 끝낸 다음부터 저녁 식사 전까지 석양이 비쳐 드는 선실에 혼자 들어앉아서 류지는 이 레코드를 음량을 작게 줄이고 몇 번이나 틀었다. 소리를 작게 하는 이유는 다른 사람에게 들려주고 싶지도 않으며 이 소리를 굳이 듣게 해서 동료 사관들이 '입 털기' 하러 오지 못하게 하려는 것이기도 하다. 동료들도 모두 이런 줄 알고 들어오지 않았다.

이 노래를 들으며 흥얼거리다가 노래 가사처럼 류지는 가슴이 찡해져 눈물짓곤 했다. 아무 상관도 없는 그가, '멀어져가는 항구의 거리'라는 노래에 감상에 젖는 것이 이상하지만 눈물은 그가 제어하기 어려운 곳, 또 이 나이가 되도록 내버려둔 멀고도 어둡고 또 연약한 부분에서 곧바로 흘러나왔다.

그의 눈물은 실제로 육지가 멀어져갈 때는 정작 흘러나온 적이 없다. 회한에 젖은 듯한 눈길로 잔교*나 부두, 몇 대의 기중기와 창고의 지붕들이 멀어지는 것을 바라보았다. 출항할 때 느껴지는 불타는 듯한 뜨거운 감정은 십수 년의 항해로 식어버렸다. 얻은 것이라고는 검게 탄 피부와 날카로운 눈매뿐이다.

그는 워치를 하고 잠을 자고 일어나, 다시 워치를 하고 다시 잤다. 되도록 혼자 있으려고 했기 때문에 감정들이 차곡차곡 쌓이고 또 돈이 모였다. 그가 천측을 잘하고 별들에 친숙하고 밧줄 보관이나 갑판 내부 잡일을 배우며 숙련되고, 또 밤이면

---

* 棧橋: 부두에서 선박에 닿을 수 있도록 해놓은 다리 모양의 구조물.

파도 소리에 귀 기울여 바다의 고동과 연동蠕動 소리를 분별하고, 열대지방의 화려한 뭉게구름이나 산호초의 일곱 빛깔 바다에 익숙해질수록 저금통장의 잔액은 차곡차곡 쌓여 지금은 이 등항해사로는 드물게 저금이 2백만 엔이다.

옛날에는 류지도 돈을 낭비하며 얻는 기쁨을 알았다. 그가 동정을 버린 것은 첫 항해를 하던 중 홍콩에 잠시 들렀을 때였는데, 선배가 그를 단민* 여자가 있는 곳에 데려갔다. ……

──놋쇠 침대 위에서 피운 담뱃재가 선풍기에 날리는 것을 그냥 두고 류지는 어젯밤의 쾌락과 자신의 애처로운 첫 경험을 저울에 올려놓고 그 양과 질을 비교해보려는 듯 천천히 눈을 가늘게 떴다.

그러자 망막 뒤로 홍콩의 어두운 안벽과 그 안벽을 핥아대는 탁한 바닷물의 무게와 수많은 삼판선**의 작은 등불이 떠올랐다.

단민 마을에 정박한 배의 수많은 돛대와 잘 접어놓은 돛 저편으로, 홍콩 시가지의 빌딩 유리창과 코카콜라의 네온이 높은 곳에서 반짝이며 바로 앞에 있는 빈약한 등불을 압도하고 있었고, 검은 바닷물은 멀리 있는 네온이 비쳐 그 불빛으로 물들고 있다.

류지와 선배를 태운 중년 여자의 삼판선은 노 젓는 소리를 죽이고 좁은 수역을 미끄러져 간다. 이윽고 바다 위에 깜박이

---

* 蜑民: 중국 남부의 수상水上생활자.

** 三板船: 항구에서 사람이나 짐을 실어 나르는 작은 배.

는 등불이 집합한 장소로 나오면, 그의 눈앞에 밝은 불빛으로 연결된 여자들 방이 다가왔다.

일렬횡대로 묶어놓은 배들이 바다에 안뜰을 만드는 것처럼 삼면에서 둘러싸고 있다. 그런 삼판선의 선미가 우리 쪽을 향해 있고 그 갑판 위에서는 지신地神을 모시는 빨간색과 녹색의 종이 깃발을 세우고 향을 태우고 있다. 비를 막는 반 원통 모양의 덮개 내부에는 꽃무늬 천이 붙여져 있다. 안쪽으로 들어가면 똑같은 천으로 장식한 제단이 있고, 그런 곳에 꼭 세워놓는 거울 속에 류지와 선배가 탄 삼판선의 모습이 이 방에서 그 다음 방으로 흔들리며 지나가는 것이 멀리 비쳤다.

여자들은 일부러 안 보는 척하고 있었다. 추위 때문에 이불에서 겨우 머리만 쳐들고 있는 그 얼굴이 인형처럼 분을 발라놓은 듯 평평해 보이는 이가 있는가 하면, 무릎까지만 이불 속에 넣고 트럼프 점을 치는 여자들도 있다. 여자의 누렇게 찌든 가느다란 손가락 사이로 트럼프 뒷면의 빨강이나 금색의 화려한 도형이 번뜩인다.

"누구로 할래? 모두 젊은데."

선배가 물었다. 류지는 잠자코 있었다.

자신의 인생에서 처음 선택한 여자의 '그것'이 희미한 등불이 반사된 홍콩의 고인 바닷물 위를 표류하고 있고, 이 작고 오염된 빨간 해조류를 향해서 그가 이렇게 1,600해리의 뱃길을 돌아왔다고 생각하니 이상하게 피로하고 곤혹스러웠다. 그렇지만 여자들은 분명히 젊고 사랑스러웠다. 그는 선배가 재촉하기 전에 골랐다.

그가 배에 옮겨 타자 추위로 소름이 돋은 볼에다 누렇게 뜬 얼굴로 입을 다물고 있던 창녀가 갑자기 행복한 듯이 미소 지었다. 어쩔 수 없이 류지도 자기가 가져온 행복을 믿었다. 여자는 꽃무늬 커튼으로 입구를 가렸다.

모든 것은 말없이 치러졌다. 그는 허영심 때문에 조금 떨었다, 처음으로 돛대에 올라가는 것처럼. ……여자의 하반신은 겨울잠을 자는 작은 동물이 선잠을 깨는 것처럼 이불 속에서 천천히 움직였고 류지는 한밤중에 돛대 꼭대기에서 위험하게 흔들리고 있는 별을 느꼈다. 별은 돛대의 남쪽으로 오다가 북쪽으로 온다. 그리고 동쪽 끝으로 오다가, 결국에는 돛대에 관통되려고 한다. ……그것이 여자라고 선명하게 느꼈을 때, 류지는 이미 끝나 있었다.

*

문 두드리는 소리가 나더니 구로다 후사코黑田房子가 직접 커다란 조식 쟁반을 받쳐 들고 들어왔다.

“미안해요. 기다렸죠? 노보루가 이제 막 나갔어요.”

후사코는 쟁반을 창가의 가녀린 탁자 위에 놓고 커튼과 창을 시원하게 열었다.

“바람 한 점 들어오질 않네. 오늘도 덥겠어요.”

창문 바로 앞에 생긴 그림자도 도로의 아스팔트처럼 타고 있었다. 쓰카자키 류지는 침대 위에서 일어나 구깃구깃한 침대 시트를 허리에 둘렀다. 후사코는 이미 제대로 차려입고 있었지만, 그 여자의 뽀얀 팔이 그에게 매달리지 않고 우아하게 모닝 커피를 잔에 따르는 모습이 신기해 보였다. 그것은 이제 어젯밤의 팔이 아니었다.

류지는 후사코를 가까이 불러 키스했다. 눈꺼풀의 살갗이 얇고 민감해서 후사코의 안구의 움직임이 잘 보이기 때문에 이렇게 눈을 감고 있어도 오늘 아침 이 여자가 침착하지 않은 것을 류지는 알 수 있었다.

"가게는 몇 시쯤 나갑니까?"

"11시까지 나가면 돼요. 당신은요?"

"잠깐 선박에 들러볼까 하는데."

두 사람은 하룻밤에 생긴 새로운 상황에 다소 당황하는 모습을 보였다. 지금으로서는 이 당황스러움만이 두 사람 사이에 남은 예절이었다. 어디까지 다가가도 되는지를, 류지는 이른바 '시시한 인간이 갖는 정체 모를 오만함'으로 가늠해보고 있었다.

후사코의 해맑은 얼굴은 여러 의미로 해석됐다. 다시 소생한 것 같기도 하고, 또는 아주 완벽히 잊어버린 것 같기도 했다. 혹은 어떤 의미로도 '실수'는 아니었다고 자신과 세상에 끊임없이 증명해 보이려는 것 같기도 했다.

"여기서 드실래요?"

후사코가 장의자 쪽으로 가며 말했다. 류지는 벌떡 일어나 대충 옷을 입었다.

그때 후사코는 창가에 기대어 항구를 바라보고 있었다.

"당신 배가 여기서 보이면 좋을 텐데."

"저렇게 마을에서 뚝 떨어진 부두에 있으니 원."

그는 뒤에서 여자의 몸을 안으며 항구를 바라보았다.

눈앞에 펼쳐진 오래된 창고 거리는 빨간 지붕이 줄줄이 이어지고 북쪽 산기슭에 있는 부두에는 철근 골격의 아파트 같은 신식 창고 몇 동을 건설 중이었다. 운하는 오고 가는 거룻배와 돛단배로 가득 차 있고, 창고 거리 저편으로는 나뭇조각을 이어 붙여놓은 듯이 보이는 저목장*이 해안까지 이어져 있다.

거대한 항구의 풍경을 황금으로 도금이라도 하려는 듯 반짝이는 여름 아침의 햇빛이 그 위로 쏟아지고 있었다.

류지는 손가락으로 푸른 삼베옷 밑의 여자의 젖꼭지를 건드렸다. 여자가 가볍게 턱을 뒤로 젖히는 바람에 머리카락이 그의 코끝을 간지럽혔다. 그는 늘 생각하는 것처럼 자신이 아주 먼 곳에서, 어쩌면 지구 반대편 저 먼 데서 애써 찾아와 드디어 이 미세한 한 점의 감촉, 어느 맑게 갠 날 아침 이 창가의 이 손가락 끝의 감촉에 닿았다고 느꼈다.

방에는 커피와 마멀레이드 향이 가득 찼다.

"노보루는 어쩐지 눈치챈 것 같았어요. 그 애는, 그래도, 당신을 좋아하는 것 같아서, 다행이지만. ……그렇다고 해도 어떻게 이런 믿을 수 없는 일이 생겼을까요?"

후사코는 일부러 둔한 사람처럼 조잘댔다.

---

* 貯木場: 목재를 장기간 저장하는 곳.

제3장

수입양품점 렉스는 시내에서도 대대로 번창한 유명한 가게인데, 남편 사후에 후사코가 도맡아 운영하고 있다. 눈에 잘 띄는 작은 스페인풍 2층 건물은 두껍고 하얀 벽에 서양식 화두창*을 냈으며, 점잖고 고상하게 상품을 디스플레이 해놓고 있다. 작은 파티오**가 있고 1층에서 위층이 보이는 개방형 복층 구조인데, 파티오에는 스페인에서 건너온 타일이 깔려 있고 중앙에 분수가 놓여 있다. 유명 브랜드의 넥타이 몇 개를 무심하게 팔에 걸치고 있는 바쿠스***의 청동 조각상 같은 것들이 비매품이지만 실은 값나가는 물건이고, 이 상점에는 판매 상품 외에도 주인이 수집한 서양 골동품들이 많다.

후사코는 나이 지긋한 지배인과 네 명의 점원을 고용하고 있다. 손님들이 많아서 야마테초에 사는 외국인들을 비롯하여 도쿄에서도 멋쟁이들이나 영화배우까지 찾아온다. 긴자의 소매상도 이곳에 물건을 사러 온다. 상품을 감정하고 선별하는 일에 오랫동안 신용을 쌓아온 덕이다. 취급하는 물건은 남성용이 많은 편이라 후사코는 남편의 취향을 이어받은 나이 지긋한 지배인과 함께 물건을 골라 사들이는 일에 정성을 쏟고 있다.

배가 들어올 때마다 남편이 경영할 때부터 성실하게 일을

---

* 花頭窓: 틀이 활짝 핀 꽃 모양으로 된 창.

** 스페인식 가정의 안뜰.

*** 로마 신화에 나오는 술의 신. 그리스 신화에서는 디오니소스.

봐주던 수입품 중개 대리인을 연줄로 하역이 끝나는 대로 보세保稅 창고에 물건을 보러 가서 먼저 손을 쓰고 온다. 그녀 가게의 상법에 따르면 상표명이 가장 중요하기 때문에, 예를 들면 같은 예거Jaeger의 스웨터라도 극상품으로 절반, 일반용으로 절반을 주문하여 융통성 있게 판매가격을 맞춘다. 이탈리아 가죽제품도 콘도티 거리의 고급품만이 아니라 피렌체의 산타 크로체 성당의 가죽학교와도 특약을 맺고 있다.

아들만 혼자 놔두고 외국에 나가기도 편치 않아 작년에 후사코는 지배인을 유럽으로 여행 보냈다. 그 결과, 여러 나라에 연결고리가 생겼다. 그는 남자들을 치장해주는 일에 평생을 바쳤다고 해도 좋을 남자였다. 후사코의 가게 렉스는 긴자 거리 어디에서도 팔지 않는 영국제 스패츠*까지 팔았다.

후사코는 평소와 같은 시간에 가게에 출근했다. 지배인과 점원들이 아침 인사를 했다. 후사코는 두세 가지 사무적인 질문을 한 뒤, 2층 사무실에 들어가 상업용 우편물을 살펴보았다. 창가에서 에어컨이 삼엄한 소리를 내고 있었다.

평소와 같은 시간에 이 사무실 책상 앞에 앉아 있을 수 있어서 후사코는 안심이 되었다. 아무튼, 이래야만 했다. 오늘 이대로 가게마저 쉬어버렸으면 자신은 어찌 되었을까!

그녀는 핸드백에서 여성용 담배를 꺼내 불을 붙이며 탁상일

* 신발과 발목 사이에 착용해 신발과 양말, 발을 이물질로부터 보호하기 위한 복장. 패션 아이템으로도 활용한다.

기에 적힌 오늘의 일정을 살펴보았다. 영화배우 가스가 요리코春日依子가 요코하마에 야외촬영 나온 김에 오후 휴식 시간에 쇼핑하러 가게에 올 예정이었다. 그녀는 영화제 때문에 외국에 나갔다가 그곳에서 선물 살 돈까지 다 써버려 귀국한 뒤에 렉스에서 산 물건으로 눈속임해야 한다며, 프랑스제 남성용 상품이면 아무것이나 상관없으니 20인분을 준비해달라고 전화를 걸어왔다. 그리고 요코하마 창고의 사장 비서가 사장의 골프용 이탈리아제 폴로셔츠를 몇 벌 사러 오기로 되어 있었다. 이들은 모두 까다롭지 않은 단골손님들이다.

블라인드 사이로 보이는 계단 밑 파티오는 조용했다. 그곳에 놓인 고무나무의 윤기 나는 잎사귀 한 장이 보였다. 손님은 오지 않은 것 같다.

후사코는 아직도 화끈거리는 눈가의 느낌을 시부야澁谷 지배인이 알아채지나 않을까 신경이 쓰였다. 저 노인은 비단 천을 손에 들고 살펴보는 눈길로 여자를 쳐다본다. 아무리 그 여자가 주인이라고 해도.

남편이 죽은 지 5년이 지났다. 오늘 아침 처음으로 후사코는 그 세월을 손꼽아보았다. 지나가는 동안에는 그다지 긴 세월이 아니었는데, 갑자기 오늘 아침에는 그 5년이 한 손에 잡히지 않는 하얀 오비처럼 현기증이 날 정도로 긴 시간인 듯 느껴졌다.

후사코는 손장난을 치듯이 담배를 재떨이에 눌러서 껐다. 남자는 아직도 그녀의 몸 구석구석에 둥지를 틀고 있었다. 이제까지 그런 느낌은 한 번도 없었는데, 옷 속의 피부가 하나로 이어진 듯이 느껴지고 가슴 주변의 피부도 넓적다리의 피부도 세밀히 반응하고 있으며 지금까지도 남자의 땀 냄새가 코끝을 떠나지 않았다. 후사코는 하이힐 속에서 무언가 궁리라도 하듯 발가락을 모두 오므렸다.

——류지와 처음 만난 것이 이틀 전이었다. 배에 푹 빠져 있는 노보루가 졸라대는 바람에 후사코는 단골손님인 선박회사의 중역에게 소개장을 얻어 마침 다카시마高島 부두의 E 안벽에 정박하고 있는 1만 톤급 화물선 라쿠요마루를 견학하러 갔다. 두 사람은 초록과 크림색으로 나누어 페인트칠한 라쿠요마루가 여름 햇살 아래 눈부시게 빛나는 자태를 한동안 멀리서 바라보았다. 후사코가 하얀 뱀피 손잡이의 양산을 폈다.

"먼바다 쪽에도 배가 꽉 차 있네. 저거, 모두, 정박 순서를 기다리는 거야."

노보루가 중얼거리듯 말했다.

"덕분에 하역이 늦어져서 큰일이구나."

후사코는 배를 올려다본 것만으로 더워져서 권태롭게 말했다.

하늘에는 여름 구름이 뭉게뭉게 일어나고 있고, 선박들을 매어놓으며 교차한 밧줄로 그 하늘이 분할되어 있었다. 뱃머리는 끝없이 높아 넋을 잃은 가벼운 턱 같은 형상으로 위로 올라가 있고, 그 끝에 녹색 바탕의 회사 깃발이 휘날리고 있었다. 닻은 높이 끌어 올려져 닻 구멍 자리에 검은 쇠붙이 빛깔의 거대한 게처럼 붙어 있었다.

"야, 신난다!" 노보루는 순진하게 까불며 떠들었다. "저 배를 구석구석 다 볼 수 있는 거네."

"너무 기대하지는 마. 소개장이 얼마나 힘이 있을지 아직 모른단 말이야."

나중에 생각해보니 화물선 라쿠요마루 전체를 이렇게 쳐다보고 있을 때부터 후사코는 평소와 달리 심장이 고동치는 것을 느끼고 있었다. '왜 이러지, 나까지? 아이처럼.' 그 감정은 배를 올려다보는 것조차 덥고 한창 나른할 때 느닷없이, 그리고 까닭 없이 다가왔다.

"평갑판*이다. 으음, 좋은 배야."

노보루는 머릿속에 집어넣은 지식을 가두어두지 못하고 그런 것에 전혀 관심 없는 어머니에게 일일이 설명했다. 두 사람은 천천히 라쿠요마루에 다가갔으나 배는 금세 오케스트라 음악이 커지는 것처럼 부풀어 올랐다. 노보루는 어머니보다 앞서서 은빛으로 빛나는 현제**를 뛰어 올라갔다.

그러나 선장 앞으로 보낸 소개장을 들고 후사코는 하릴없이 사관실 앞 복도를 헤매야 했다. 해치***는 소란스러운데 무더운 선실 복도는 기분 나쁠 정도로 고요했다.

그때 이등항해사라는 이름표가 붙은 선실에서 하얀 반소매 셔츠에 제모를 쓴 쓰카자키 류지가 나타났다.

"선장님 계신가요?"

---

* 선미에서 선수까지 평평한 갑판.

** 舷梯: 배 바깥에서 오르는 사다리.

*** hatch: 사람이나 화물 따위의 출입을 위하여 배 갑판에 설치한 승강구 또는 뚜껑.

"안 계십니다. 무슨 용건입니까?"

후사코는 소개장을 내밀었고 노보루는 눈을 반짝이며 쓰카자키를 올려다보았다.

"알겠습니다. 견학이군요. 제가 대신 안내하겠습니다."

쓰카자키는 후사코를 빤히 쳐다보며 퉁명스럽게 말했다.

이것이 두 사람의 첫 만남이었다. 후사코는 이때 본 류지의 눈을 잘 기억하고 있다. 어딘가 울적해 보이고 언짢은 느낌의 거무튀튀한 얼굴에서 그의 눈만이 먼 수평선 위의 작은 배 그림자를 보듯 후사코를 응시했다. 적어도 후사코는 그렇게 느꼈다. 그 눈빛은 눈앞에 있는 사람의 얼굴을 보는 것이라고 하기에는 지나치게 날카롭고, 지나치게 집중하고 있어서 두 사람 사이에 넓은 바다라는 수역이 존재하지 않고서는 자연스럽지가 않았다. 온종일 바다를 쳐다보는 눈은 이런 것일까? 생각지도 않은 한 점 배 그림자의 발견, 그때의 불안과 환희, 경계와 기대, ……그 눈길을 받는 배도 바다만큼의 거리가 있어야만 간신히 그 무례함을 용서할 수 있는 파괴적인 눈길. 후사코는 그가 이런 눈으로 쳐다보는 바람에 가볍게 몸서리를 쳤다.

쓰카자키는 두 사람을 우선 선교*로 안내했다. 갑판에서 항해갑판으로 올라갈 때 한여름 오후에 쏟아지는 강한 햇빛은 사선을 그으며 철계단을 나누었다. 노보루는 먼바다에서 북적이는 화물선을 보며 좀 전까지 하던 아는 체를 되풀이했다.

---

* 船橋: 배의 상갑판 중앙의 앞쪽에 있어, 항해 중 선장이 지휘하는 곳. 브리지 bridge.

"저기요, 저기 선박이 많은데, 안벽에 대려고 순서를 기다리는 거지요?"

"잘 아는구나, 꼬마가. 먼바다에서 4~5일 기다릴 때도 있단다."

"자리가 비면 무선으로 알려주나요?"

"그렇지. 회사에서 전보가 온단다. 회사에서는 매일 정박碇泊회의라는 걸 하고 있어."

후사코는 쓰카자키의 늠름한 등판이 땀에 젖어 흰 셔츠 여기저기에 얼룩처럼 살이 비치는 게 신경 쓰이면서도, 그가 아이를 어른처럼 응대해주어 고마웠다. 그러나 쓰카자키가 고개를 돌려 이렇게 대놓고 질문했을 때는 좀 난처했다.

"아드님이 모르는 게 없군요. 뱃사람이라도 되고 싶은 건가요?"

그가 또다시 후사코의 얼굴을 보았다.

그녀는 어눌해 보이기도 하고 소탈하게도 보이는 이 남자에게 직업적인 긍지가 있는지 없는지 짐작하기 어려웠다. 후사코는 접어놓은 양산으로 볕을 피하고 눈을 가늘게 뜨면서 그것을 가늠해보려는 순간, 남자의 그늘진 눈가에서 생각지도 못한 것을 발견한 듯했다. 그것은 한낮의 햇빛 속에서는 본 적이 없는 그런 것이었다.

"관두는 편이 좋아요. 이렇게 시시한 직업이 없어요. ……자아, 꼬마야, 이것이 천측기계란다."

그는 후사코의 대답을 기다리지 않고 하얀 칠을 한 키 큰 버섯 모양의 기계를 두드리며 보여주었다.

조타실에 들어가자 노보루는 이것저것 다 만지려 들었다. 기관실 전령기, 자이로파일럿 텔레모터, 레이더 지시기, 항로 자화기自畵器. 노보루는 기관실 전령기 위의 스톱, 스탠바이, 어헤드 등 여러 가지 표시들을 보며, 항해의 여러 위기 상황을 상상하는 것 같았다. 이 방 옆에 있는 해도실海圖室에서도 항해표, 천측력, 천측계산표, 일본항만항칙표, 등대표, 조석표, 수로지 따위를 빽빽이 꽂아놓은 책장과 지우개 가루가 남아 있는 작업 중인 해도를 보고 눈이 휘둥그레졌다. 그것은 바닷속에 수많은 가공의 선을 자유롭게 그렸다가 지우는 신비한 작업처럼 보였다. 게다가 노보루는 항해일지에서 일출과 일몰을 표시하는 작은 반원, 월출과 월몰을 표시하는 금색의 작은 뿔, 파도의 높낮이를 나타내는 잔물결 무늬 같은 것에 홀딱 빠져 있었다.

노보루가 그렇게 빠져 있는 동안, 후사코는 바로 옆에 쓰카자키가 있어서 가뜩이나 무더운 해도실 안에 그의 뜨거움이 더해져 숨을 쉬기 힘들 지경이었다. 게다가 책상에 비스듬히 세워놓은 하얀 뱀피 손잡이 양산이 바닥으로 쓰러졌을 때는 자신이 실신하여 쓰러진 것만 같았다.

후사코는 조그맣게 비명을 질렀다. 양산이 쓰러지며 그녀의 발등을 친 것이다.

항해사는 곧바로 몸을 숙여 양산을 주웠다. 후사코는 양산을 줍는 방식이 잠수부의 몸짓이 생각날 정도로 느리게 느껴졌다. 그의 하얀 제모는 이 숨이 막힐 것 같은 시간의 바다 밑바닥에서 양산을 집어 들고 천천히 떠올랐다. ……

——시부야 지배인이 블라인드를 걷고 주름이 깊어진 점잖

은 얼굴을 들이밀며 이렇게 말했다.

"가스가 요리코 씨가 오셨습니다."

"네. 바로 갈게요."

갑자기 부르는 소리에 정신이 들면서, 너무 빨리 대답한 것 같아 후사코는 후회가 됐다.

후사코는 벽에 걸린 거울 앞에 서서 얼굴을 살폈다. 자신이 아직도 저 해도실에 있는 것만 같았다.

시중드는 여자아이를 데리고 온 요리코는 해바라기 같은 큰 모자를 쓰고 파티오에 서 있었다.

"마담한테 골라달라고 할래. 안 그러면……"

후사코는 술집 여주인 같은 이런 식의 호칭을 좋아하지 않았다. 그녀는 천천히 계단을 내려가 요리코 앞에 섰다.

"어서 오세요. 오늘도 덥지요."

요리코는 부두 야외촬영의 살인적인 더위와 인파에 관해 이야기를 흘렸다. 후사코는 곧바로 그 사람들 틈에 있는 류지의 모습을 상상하고 불쾌해졌다.

"오전 중에 30컷이라니까. 기가 막히지 않아? 기다木田 씨는 너무 빨리 찍잖아."

"좋은 사진이 나올 것 같아요?"

"안 되지, 어차피 연기상을 탈 만한 사진이 아니에요."

최근 몇 년 동안 요리코의 머리에는 연기상에 대한 집념이 굳어졌고 오늘의 선물도 심사위원들에게 보내는 그녀 방식의 '선거운동'이었다. 요리코는 자기와 연관되지만 않으면 어떤 스캔들이든 믿는 성격이라서 정말 효과만 있다면 모든 위원에게 몸을 맡겨도 된다고 진지하게 생각해볼 사람이다.

열 명의 부양가족을 끌어안고 생활고와 싸우고 있는 요리코는 또한 남에게 잘 속아 넘어가는 경향이 있는 체구가 큰 미인이다. 후사코는 이 여자의 외로움을 잘 알고 있었다. 그런데도 손님만 아니라면 그녀는 후사코에게 참기 힘든 여자였다.

그러나 오늘의 후사코는 마비될 것 같은 부드러움 속에 있었다. 요리코의 결점이나 저급함도 생생히 보이지만, 그것은 어항 속의 금붕어를 보는 것처럼 시원하게 용서할 만한 것이다.

"이제 가을이 다가오니까 스웨터가 더 낫지 않을까 생각도 했지만, 무엇보다 명분이 여름영화제 선물이잖아요. 피에르 가르뎅의 벨벳 넥타이라든가, 지프의 4색볼펜이나 폴로셔츠, 부인용으로는 역시 향수죠. 그런 것들로 준비해두었어요. 어쨌든 보여드릴게요."

"그럴 틈이 없네. 지금부터 서둘러서 점심을 먹느라 법석일 텐데. 전부 맡길게요. 중요한 것은 오히려 상자나 포장지. 선물을 선물답게 하는 건 그런 것들이죠."

"그런 부분, 빈틈없이 하고 있답니다."

——가스가 요리코가 돌아가고 그다음에 요코하마 창고의 사장 비서가 와서 용무를 끝낸 뒤에는 아이쇼핑하는 손님들뿐이었다.

후사코는 늘 그렇듯이 가벼운 점심, 바로 코앞에 있는 독일과자점에서 샌드위치와 홍차를 사무실에 배달시켜 그 접시를 앞에 놓고 또 혼자가 되었다.

도중에 끊어진 꿈을 다시 꾸려고 침상에 기어들어 가려는 사람처럼, 후사코는 의자 위에서 몇 번인가 몸을 뒤틀고 또다시 기분 좋게 이틀 전의 라쿠요마루로 돌아갔다. ……

……어머니와 아들은 쓰카자키의 안내로 하역 작업을 보았다. 보트갑판으로 내려가서 제4선창의 화물 올리는 것을 내려다보았다. 해치는 때마침 발밑의 지면이 좌우로 갈라진 것처럼 어두운 입을 크게 벌리고 있었다. 바로 눈앞에 노란색 안전모를 쓴 남자가 조금 밀려 나간 해치 보드 위에서, 저 멀리 있는 윈치* 조작을 수신호로 지시하고 있었다.

어두침침한 선창 바닥 여기저기에 웃통 벗은 일꾼들이 희미하게 반짝이고 있었다. 화물이 처음 햇살을 받는 것은 기중기 팔로 들어 올려져 흔들리며 해치 위까지 부양되었을 때이다. 햇빛이 만든 그림자로 줄무늬가 생긴다. 허공 위를 지나가는 화물 아래로 생각보다 빠른 속도로 그림자가 미끄러지고, 그 그림자 줄무늬가 경쾌하게 미끄러짐에 따라 화물은 벌써 선박 바깥에서 기다리던 거룻배 위 상공에 걸려 있다.

무시무시하게 느려서 게으르게 느껴지는 준비 단계와 거대한 화물이 하나씩 하나씩 갑작스럽게 비상하는 것. 닳아서 벗겨진 강철 밧줄의 위험하고도 신선한 은빛 광채. ……이 모든 것을 후사코는 활짝 펼친 양산을 어깨에 걸친 채 바라보고 있었다.

후사코는 긴 숙려와 준비 끝에 차례로 하나씩 기중기의 강

---

* 무거운 물건을 들어 올리는 기계.

한 팔에 갑자기 '붕' 하고 끌려 올라가 운반되는 그 많은 육중한 화물들을 자기 안에서 느끼고 있었다. 지금까지 꿈쩍도 하지 않을 것 같던 화물이 갑자기 공중에 떠다니는 그 느낌을 후사코는 잘 알고 있기에 보고 또 보아도 질리지 않았다. 그것은 그 화물의 당연한 운명이겠으나, 또 한편으로는 모욕적인 기적奇蹟이기도 하다. ……눈에 띄게 줄어드네, 하고 후사코는 생각했다. 모든 것은 신속하게 진행되었다. 그러면서도 충분히 주저함과 나태함도 보이는, 정신이 아득할 정도로 무덥고 긴 정체 시간이 있었다.

분명히 후사코는 그때 말했을 것이다.

"바쁘실 텐데 오늘 정말 고마웠어요. 답례라고 말씀드리기는 그렇지만, 내일 밤, 시간 되시면 식사에 초대하고 싶어요."

그녀는 상당히 차분하면서도 사교적으로 말했을 텐데 쓰카자키의 귀에는 더위로 지쳐 늘어진 여자의 헛소리로 들렸던 게 틀림없다. 그는 드러내놓고 의아해하며 후사코를 보았다.

어젯밤 뉴그랜드 호텔의 저녁 식사를 후사코는 떠올렸다. '시작은 흔히 있는 답례의 식사 자리였어. 그 사람은 사관士官다운 반듯한 매너로 저녁을 먹었지. 식사 후 긴 산책. 그 사람은 집까지 바래다주겠다고 했지만, 야마테초에 새로 생긴 공원까지 와서도 헤어질 생각을 못 하고 항구가 내려다보이는 언덕의 공원 벤치에 앉았어. 그러고 나서 오랫동안 이야기를 나눴지. 여러 가지로 두서없는 이야기였어. 남편을 잃고 나서 그렇게 긴 시간 남자와 이야기를 나눠본 적이 없는데. ……'

제4장

출근하는 후사코와 헤어진 다음부터 가게를 닫은 뒤에 만나기로 한 오늘 밤 약속 시각까지, 류지는 그사이에 라쿠요마루에 한 번 들렀지만, 한여름 따가운 햇볕이 내리쬐는 텅 빈 거리를 택시로 달려 다시 야마테초 언덕까지 올라가 어젯밤의 그 공원에서 시간을 보내는 것 말고는 할 일이 떠오르지 않았다.

한낮의 공원에는 사람도 거의 없고 작은 분수처럼 생긴 식수대는 물이 흘러넘쳐 바닥에 깔린 돌을 검게 물들이고 있으며 새로 지주支柱를 세운 측백나무에서는 매미가 울고 있다. 눈앞에는 둔탁한 신음을 내는 항구가 펼쳐졌으나, 그는 한낮의 항구 경치를 밤의 추억으로 덧칠해 지웠다.

그의 마음은 아직도 어젯밤을 헤매고 있었다. 그것을 몇 번이고 반복해서 음미했다.

입술 끝에 바짝 말라붙은 담배 껍질을 손톱으로 떼어내고 땀도 닦지 않은 채 류지는 몇 번이나 이렇게 생각했다.

'어젯밤 나는 어쩜 그렇게 형편없는 이야기를 했을까!'

그는 자신의 영광이나 죽음에 대한 관념, 튼실한 근육질 가슴 속에 숨어 있는 동경과 울적함, 그가 품은 대양의 파도가 넘실대는 어둡고 거대한 감정에 대해서는 여자에게 하나도 말하지 못했다. 이야기하려고 할 때마다 번번이 실패했다. 예를 들면 류지는 자신이 덜떨어진 남자라고 생각하기도 하지만, 장엄하고 수려한 마닐라만의 석양 같은 것이 가슴속을 빨갛게 물들일 때면 자신이 특별히 선택받은 존재가 되리라 확신했다.

하지만 그런 확신에 대해서는 한마디도 할 수 없었다.

그는 후사코가,

“왜 결혼을 안 하셨어요?”

라고 물어본 일을 떠올린다. 그는 애매하게 웃으며 대답했다.

“뱃사람에게 시집올 사람이 좀처럼 없더군요.”

사실 그때 그가 대답하려던 것은 다음과 같은 말이었다.

“동료들은 이미 아이가 두셋씩 있습니다. 가족의 편지를 몇십 번이나 읽고 또 읽어요. 아이들이 집이나 해님이나 꽃을 그려 넣은 편지를. ……녀석들은 기회를 포기한 사람들이에요. 하지만 나는 아무것도 한 게 없으면서 나야말로 진정한 남자라고 자부하며 살아왔습니다. 왜냐하면 적어도 남자라면 언젠가 새벽어둠을 뚫고 고독하지만 맑은 나팔 소리를 울리고, 빛을 품은 두꺼운 구름이 낮게 깔린 곳에서 날카로운 영광이 멀리서 큰 소리로 내 이름을 찾아 부를 때 침상을 박차고 혼자서 나가야 하기 때문이죠. ……그런 생각으로 살다 보니, 어느새 서른을 넘겼습니다.”

그러나 그는 그렇게 말하지 않았다. 반쯤은 여자가 이해할 수 없으리라 생각했기 때문이다.

또, 인생에서 단 한 번 만나게 될 최고의 여자와 그의 사이에는 반드시 죽음이 개입하고, 두 사람 다 그런 사실을 모르지만 그런 이유로 숙명적으로 서로 끌리게 된다는 달콤한 관념, 그의 뇌리에 까닭도 없이 자라난 이상적인 사랑의 형식에 관해서도 그는 말하지 않았다. 이런 애처로운 꿈은 아마도 유행가를 너무 많이 들은 탓일 것이다. 그러나 언제부턴지 이 꿈은 견고해졌고, 그의 머릿속에서 파도의 어두운 정념, 먼바다에서 밀려오는 해일의 비명, 한없이 높아졌다가는 부서지는 파도의 좌절과 어디까지라도 따라오는 밀물의 어두운 기운, ……이 모든 것들이 녹아들어가 있었다.

류지는 눈앞에 있는 여자가 바로 그 사람이라고 확신했다. 그러나 입 밖에 내어 말할 수는 없었다.

그가 오랫동안 아무에게도 말하지 않고 꿈꿔왔던 이 어마어마한 몽상 속에서 그는 남자다움의 극치이고 여자는 여자다움의 극치로서 서로 세상 끝에서 와서 우연히 만나게 되고 죽음이 그들을 맺어주는 것이었다.「올드 랭 사인Auld Lang Syne」*의 멜로디와 출항의 징 소리 같은 싸구려 이별이나 무정한 뱃사람의 연애 나부랭이와는 달리 그들은 지금까지 아무도 가보지 못한 마음의 심해저深海底 저 밑으로 내려갈 예정이었다.

……하지만 이런 광기 어린 생각의 끄트머리조차 그는 후사코에게 전하지 못했다. 그 대신에 이렇게 말했다.

"긴 항해를 하는 동안 주방에 잠시 들러보면 거기에 무나 무청이 있을 때가 있습니다. 그 초록색이 지독하게 마음에 사무치곤 해요. 실제로 그런 하찮은 풀빛을 예찬하고 싶어집니다."

"그러실 거예요. 알 것 같은 기분이에요"

후사코는 기분 좋게 대답했다. 그때의 후사코 목소리에는 여자가 남자를 위로하며 느끼는 기쁨이 배어 나왔다.

류지가 후사코의 부채를 빌려 발밑의 모기를 털어내 주었

* 스코틀랜드의 민요.

다. 저 멀리서 정박 중인 선박의 장등*이 깜박거렸고 바로 눈 앞에서는 창고 건물들 앞에 하나씩 켜둔 등이 규칙적으로 이어졌다.

또다시 그는 느닷없이 인간의 목덜미를 잡고 죽음도 두려워하지 않을 경지까지 몰아붙이는 신비한 열정을 이야기하려 했으나, 오히려 묻지도 않은 자신의 불우한 성장 과정을 털어놓고는 혀를 끌끌 찼다.

도쿄의 구청 직원이었던 아버지는 어머니가 돌아가신 뒤에 홀몸으로 그와 여동생을 키웠다는 이야기. 그의 학자금은 전부 몸이 약한 아버지가 무리하게 야근하며 받은 수당에 의지하고 있었다는 이야기. 그래도 그는 이렇게 씩씩하게 살아남았다는 이야기. 집은 공습으로 불타고 여동생도 전쟁이 끝날 즈음에 발진티푸스로 죽었으며 전쟁이 끝난 후 류지가 상선 고등학교를 졸업하고 홀로서기가 되자마자 아버지마저 급사했다는 이야기. 류지의 육지 생활이래 봤자, 가난과 병과 죽음과 끝도 없이 이어진 불에 탄 들판밖에 없었다는 이야기. 이리하여 그는 육지에서 완전히 해방된 인간이라는 것. ……이런 이야기를 여자에게 숨김없이 줄줄이 털어놓기는 이번이 처음이었다.

류지는 쓸데없이 들떠서 자신의 비참했던 사정을 떠들다가 그토록 그가 전하고 싶었던 바다의 힘과 은혜에 관한 이야기는 슬쩍 빼버리고 현재 가지고 있는 저금을 마음 한구석에서 불러내서 평범한 남자들이 자기 능력을 과시하듯이 말하고 말았다.

---

* 檣燈: 돛대 끝에 다는 하얀 등.

그것은 그의 허영심의 또 다른 모습이었다.

류지는 바다 이야기를 해야겠다고 생각했다. 이를테면 이렇게.

"내가 남몰래 마음속으로 목숨 바치는 사랑이나 몸을 불태우는 사랑 같은, 그런 관념만을 소중하게 여기게 된 것은 분명 바다 때문입니다. 철선鐵船에 갇혀 있는 우리가 보는 주위의 바다는 여자와 너무 많이 닮았어요. 바다의 잔잔함, 바다의 폭풍, 그 변덕, 석양을 품은 바다의 아름다운 가슴은 말할 것도 없어요. 그러나 배는 바다를 가르고 나아가면서 끊임없이 바다에 거부당하고, 바다는 무한한 물이면서도 목마름을 달래는 데는 아무 소용이 없지요. 이렇게까지 여자를 생각나게 하는 자연의 모든 요소에 둘러싸여 있으면서도 오히려 여자의 실체에서 항상 멀리 떨어져 있고. ……그게 원인인 겁니다. 내가 아주 잘 알지요."

그러나 이런 상세한 설명 대신에 실제로 그의 입에서 나온 것은 늘 부르는 노래 한 소절이 전부였다.

"바다의 남자가 되기로 한 나지만
멀어져가는 항구 거리에
………………………………
이상한가요? 이게 내가 제일 좋아하는 노래예요."

"좋은 노래예요."

후사코가 이렇게 말했지만, 류지는 '이 여자는 내 자존심을 지켜주고 있네'라고 생각했다. 여자는 분명히 처음 들었을 노래인데 마치 늘 듣고 즐기는 노래인 양 말했다.

'이 여자는 이런 유행가의 밑바닥에 있는 내 감정, 내가 때때로 눈물 떨구는 절실한 정서, 이 사나이 마음의 어두운 밑바닥까지 꿰뚫어 볼 수는 없겠지. 자, 그렇다면 나는 이 여자를 그저 육체로만 봐주겠어.'

그러고서 바라보니 이렇게 공들여 만든 섬세하고 향기로운 육체가 없다.

후사코는 자주색 속옷과 검은 비단 레이스로 만든 기모노에 비단으로 장식한 흰색 오비를 매고 있고, 그 뽀얀 얼굴은 옅은 어둠 속에서 시원하게 떠 있다. 검은 비단 레이스 아래로 보이는 자주색은 요염하여 그녀는 여성의 부드러움으로 주변의 분위기마저도 바꾸는 존재였다. 지금까지 류지가 본 적이 없는 사치스럽고 우아한 여자.

조금씩 몸을 움직일 때마다 멀리서 비치는 수은등 불빛의 각도가 변하면서 자주색으로도 또 짙은 보라색으로도 변하는 속옷 밑, 그 깊은 그늘 속에서 여자의 주름이 조용히 호흡하고 있는 것이 느껴진다. 산들바람이 전하는 바로 곁에 있는 육체의 땀 냄새와 향수 냄새는 끊임없이 그에게 죽어라! 죽어라! 죽어라! 하고 다그치는 것만 같다. 섬세한 손끝이 실로 은밀하게 마지못해 움직이다가 갑자기 불같이 뜨거운 손가락으로 변할 순간을 류지는 상상했다.

어쩌면 이리도 예쁜 코가 있을까, 또 어쩌면 이리도 고운 입매인지, 바둑 두는 사람이 장고長考 끝에 돌을 놓듯이 그는 후사코의 아름다운 모습을 하나씩 하나씩 몽롱하고 어두운 그림자 속에 두고 바라보았다.

그리고 지독하게 차가워서 차가움이 오히려 음탕함 그 자체인 듯 차분하게 가라앉은 눈, 세상에 무관심하던 눈이 이제는 반대로 목숨 건 사랑을 전하는 듯한 눈. ……이 눈이 어제 식사 약속을 했을 때부터 류지에게 달라붙어 잠을 못 이루게 했다.

게다가 어쩌면 이렇게 요염한 어깨가 있을까! 해안선인 듯 목덜미에서 언제 시작했는지도 모르게 완만하게 시작하여 게다가 위엄까지 갖추고 비단옷이 그 위를 스르륵 미끄러져 떨어지도록 만들어진 어깨.

'이 여자의 유방은 손으로 쥐면' 하고 류지는 생각했다. '얼마나 촉촉한 무게로, 내 손바닥 안으로 어리광을 부리듯 들어올까? 나는 여자의 몸 전체에 책임감을 느낀다. 그 모든 것이 내가 관리하는 물품처럼 부드럽고, 뿌리칠 수 없는 어리광으로 가득하기 때문이다. 여자가 여기에 있다는 것이 너무나 멋지고 달콤해서 나는 떨리기 시작한다. 나의 전율이 전해지면 바람이 나뭇잎을 뒤집는 것처럼 여자는 결국 눈의 흰자위까지도 보여줄 것이다.'

기묘하고 우스꽝스러운 생각이 느닷없이 그의 가슴을 비집고 들어온다. 언젠가 선장이 이야기한 적이 있다. 베네치아에서 있었던 일을. 만조滿潮 시에 선장이 방문했다가 1층 대리석 바닥이 물에 잠긴 작고 아름다운 궁전을 보고 깜짝 놀랐던 일을.

그는 저도 모르게 입 밖으로 소리를 낼 뻔했다. 물에 잠긴 작고 아름다운 궁전. ……

"다른 이야기도 더 해줘요."

후사코가 말했다.

류지는 그런 소리를 들으면 말없이 여자에게 키스하면 된다는 것을 알고 있었다. 두 사람은 키스하며 그 입술의 매끈하고 뜨거운 움직임 속에서, 접촉할 때마다, 마찰이 있을 때마다, 여러 미묘한 차이를 두고, 여러 각도에서 서로의 내부를 비추어 보며 물레로 실을 뽑듯이 부드럽고 달콤한 것을 샅샅이 다 뽑아냈다. 류지의 거친 손바닥은 좀 전까지 꿈속에서만 그리던 어깨를 직접 쓰다듬으며 꿈보다도 더 확실한 것에 닿았다.

후사코는 곤충이 날개를 접듯이 잘 정돈된 긴 속눈썹을 내리며 눈을 감았다. 미칠 듯이 행복하다고 류지는 생각했다. 어쩌면 좋을지 모를 만큼 행복하다. 입술 가까이에 느껴지는 후사코의 숨결이 좀 전에는 가슴 언저리에서 올라온 것인 줄 알았는데, 점차로 그 뜨거운 입김은 후사코의 가늠할 수 없이 깊은 곳에서 올라온 것처럼 느껴졌다. 그 숨결의 원천은 이미 좀 전과는 분명히 다른 곳이었다.

두 사람은 서로 몸을 만지며, 불길에 에워싸인 짐승이 그 속에서 불을 몸으로 비벼 끄려고 안달하는 것처럼 초조하고 서툰 움직임으로 부딪치고 있었다. 후사코의 입술은 점점 더 매끄러워졌고 류지는 이대로 죽어도 좋겠다고 생각했다. 그리고 조금 서늘하게 느껴지는 코끝이 닿을 때만 그들이 별개의 단단한 육체를 가진 존재임을 알 수 있었던 유머러스한 느낌을 그는 떠올렸다. ……

"오늘 밤 우리 집에서 묵고 가실래요? 저 지붕이 우리 집이에요."

후사코가 공원에서 떨어진 숲 저편에 우뚝 솟아 있는 슬레이트 지붕을 가리킨 것이 그때부터 얼마나 시간이 지난 일인지 류지는 기억하지 못했다.

두 사람은 일어나서 뒤를 둘러보았다. 류지는 선원 모자를 똑바로 고쳐 쓰고 여자의 어깨에 팔을 둘렀다. 공원에는 사람도 없고 마린 타워 선회등旋回燈의 빨강과 초록색 불빛이 광장의 빈 벤치, 식수대, 화단과 하얀 돌계단 위를 돌아다녔다.

그는 평소 습관대로 손목시계를 보았다. 희미한 외등 불빛이 비친 문자판에서 10시를 조금 지난 바늘을 보았다. 평상시라면 심야의 워치까지 두 시간 남았다.

*

……류지는 햇볕이 뜨거워 견딜 수가 없었다. 해는 서쪽으로 돌아서 그의 뒤통수를 태우고 있었다.

오늘은 배에서 옷을 갈아입고 반소매 셔츠에 제모도 없이 나왔다. 그의 워치를 이틀 동안 면제해준 일등항해사는 류지 대신 삼등항해사를 워치에 세웠으나 다음 항구에서는 류지가 대신 당번을 서는 교환 조건이 붙었다. 밤에 후사코와 만나기로 한 약속 시각에 맞춰 류지는 재킷과 넥타이를 들고 나왔지만 셔츠는 이미 땀으로 흠뻑 젖어 있었다.

그는 시계를 보았다. 아직 4시였다. 약속 시각까지는 두 시간이나 남았다. 약속 장소는 모토마치元町 거리에 있는 찻집인데 그곳에는 컬러텔레비전이 있다고 후사코가 일러주었다. 요즘 방송 프로그램을 보는 것만으로는 남은 두 시간을 때울 수 없다.

그는 일어서서 공원 울타리에 기대어 항구를 바라보았다. 여기 도착했을 때와 비교하니 창고 거리는 그 삼각형 지붕의 그림자를 저 멀리 매립지 위에 더 길게 늘이고 있었다. 요트 하버에 들어가려는 두세 척의 하얀 돛이 보였다.

먼바다의 뭉게구름은 소나기를 부를 만큼 부풀지는 않았으나 때마침 서쪽으로 지는 햇볕을 받아 새하얀 근육에 정밀한 긴장감이 도드라졌다.

류지는 불현듯 생각이 나서 뒤로 돌아 광장의 한쪽 구석에 있는 식수대로 내려갔다. 달리아, 흰 국화, 칸나 따위의 꽃들이 더위로 축 처져 있는 모습을 보고, 어렸을 때 자주 장난치던 것처럼 식수대의 수도 입구를 손가락으로 눌러 부채꼴 모양으로 물보라를 뿌렸다. 이파리는 살랑거리고 작은 무지개가 뜨고 어쩌다 강한 물줄기를 한 대 맞은 꽃들은 몸을 뒤로 젖혔다.

그는 셔츠가 젖는 것도 아랑곳하지 않고, 이번에는 반대쪽으로 손을 돌려 자신의 머리카락, 얼굴, 목 언저리까지 물줄기를 맞으며 놀았다. 물은 목에서 가슴과 배로 흘러내려 가슴 위에 물로 만든 발[簾]을 늘어뜨린 듯 시원하기 그지없었다. 류지는 개처럼 거칠게 몸을 흔들어 물을 털고 물에 젖어 거뭇하게 반점이 생긴 셔츠를 그대로 입은 채 재킷을 옆에 끼고 공원의 출구 쪽으로 걸어갔다. 걷다 보면 금세 마를 것이다.

공원을 나섰다. 주택들이 그렇게도 견고한 지붕을 떠받치고서 담을 둘러치고 그리도 평화롭고 조용한 모습으로 서 있는 것이 그에게는 신기했다. 그에게 육지 생활은 여전히 전체적으로 지독히 추상적이고 비현실적으로 보였다. 때때로 부엌 안에 반짝반짝 잘 닦인 냄비가 언뜻 보이기도 하지만 모든 것이 지독하게 현실감이 부족하다. ……그래서 그의 정욕도 육체적일수록 무섭게 추상적으로 느껴지고, 시간이 흘러 추억이 되면 여름의 격렬한 햇볕을 받고 표면에 소금이 맺히는 것처럼 순수한 성분만이 반짝이고 있었다.

'나는 오늘 밤도 후사코와 함께 지낼 것이다. 아마도 이 휴가의 마지막 밤은 한숨도 못 자겠지. 내일 저녁이면 드디어 출범이다. 나는 이 말도 안 되는 이틀 밤 때문에 추억보다 훨씬 더 빨리 휘발하고 말 것이다.'

더위로 그가 졸았던 건 아니고 걸으면서도 한 가지 일만 생각하면 정욕이 들끓는 바람에 하마터면 언덕을 올라오는 대형 외제차를 피하지 못할 뻔했다.

그때 류지는 언덕 내리막길 골목에서 무리 지어 뛰어나오는 소년들을 보았다. 그중에 한 소년이 류지의 모습을 보고 그 자리에 섰다. 노보루였다.

갑자기 서는 바람에 반바지를 입은 소년다운 무릎이 꽉 조이고 류지를 올려다본 얼굴이 긴장하여 바짝 치켜 올라간 것을 보고, 오늘 아침에 후사코가

"노보루는 어쩐지 눈치챈 것 같았어요"

라고 말한 것이 생각나서, 류지는 순간적으로 이런 어린애 앞에서 마음이 불편해지려는 자신과 싸우며 과장되게 웃었다.

"야아, 이런 데서 만나네. 수영은 어땠어?"

소년은 대답하지 않고 감정이 실리지 않은 맑은 눈으로 물에 흠뻑 젖은 류지의 셔츠를 가만히 살펴보았다.

"어쩜…… 홀딱 젖어서, 무슨 일이에요?"

"아아, 이것 말이냐?" 류지는 또 쓸데없이 웃었다. "요 앞에 있는 공원 분수에서 물을 뒤집어썼어."

제5장

노보루는 여기서 류지를 만난 것이 거북했다. 여기서 만났다는 사실을 류지가 어머니에게 전하지 않게 하려면 어떻게 해야 좋을지 궁리했다. 그는 오늘 수영하러 가마쿠라 같은 데는 가지 않았다. 그리고 류지가 만나게 된 소년의 무리 중에는 '대장'도 있었다. 그것은 그래도 괜찮다. 설령 만났다고 한들 누가 대장인지 구별해낼 수는 없을 테니까.

그날 아침에 그들은 도시락을 가지고 가나가와구 야마우치山內 부두까지 나가서, 창고 뒤에 있는 작은 분선分線 철도 주변을 어슬렁거리다가 항상 하는 회의를 하며 인간이 쓸모없고 산다는 것이 전혀 무의미하다는 것 따위를 토론했다. 그들은 이런 불안정하고 쉽게 방해받을 만한 회의 장소가 좋다.

대장, 1호, 2호, 3호인 노보루, 4호, 5호, 여섯 사람 모두 몸집이 작고 연약한 소년들이고 학교에서는 우등생이었다. 선생님들은 이런 우수한 그룹을 매우 칭찬하며 열등한 학생을 격려하는 재료로 썼다,

이곳 회의장은 2호가 찾아냈는데, 대장을 포함해서 모두 마음에 들어 했다. 야마우치시에서 운영하는 창고 사무실 뒤에 흐드러지게 피어 있는 키 큰 들국화 사이로 벌겋게 녹슨 철도가 지나고 있으며 선로 바꿈틀도 녹슬어 있고 들판에 고물 타이어도 너저분하게 쓰러져 있는 것으로 보아 그곳은 오랫동안 사용하지 않은 노선 같았다.

창고 사무실 앞 작은 마당에 붉은 칸나꽃이 햇볕에 타고 있는 것이 저 멀리 보인다. 이제 여름도 끝나가니 꺼져가는 불꽃이다. 소년들은 이 불꽃이 보이는 자리에서는 사무실 경비의 눈도 피할 수 없을 것 같아서 불꽃을 등지고 작은 분선 철도가 깊이 들어가는 곳으로 갔다. 철도는 굳게 닫힌 창고의 검은색 문짝 앞에서 끝났다. 그 옆에 쌓아놓은 엄청나게 많은 드럼통 뒤에서 노보루 일당은 드디어 사람 눈을 피할 수 있는 좁은 풀밭을 찾아내고 그 자리에 주저앉았다. 창고의 지붕 위에는 쨍쨍한 햇볕이 바싹 다가와 있었으나 아직 이곳은 그늘이 있었다.

"그놈은 대단해. 바다에서 올라와 아직 몸이 젖어 있는, 신기한 짐승 같은 놈이야. 그놈이 엄마와 함께 자는 것을 봤어."

노보루는 흥분해서 어젯밤의 일화를 들려주었다. 모두가 냉정한 얼굴로 듣고 있었으나 한마디도 놓치지 않겠다는 눈빛으로 꼼짝도 하지 않고 노보루를 지켜보는 것을 느끼며 노보루는 기분이 좋아졌다.

"그가 너의 영웅이냐?" 다 듣고 난 뒤, 대장은 빨갛고 얇은 입술을 일그러뜨리며 말했다. "영웅 같은 거, 그런 건 이 세상에 없어."

"그래도, 그놈은 꼭 할 거야." 노보루가 말했다.

"뭘?"

"뭐든, 곧 멋진 일을 할 거야." 노보루가 대답했다.

"멍청하긴. 그런 남자는 아무것도 안 해. 너희 어머니 재산을 노리는 게 뻔해. 어머니는 뼛속까지 다 빨릴 거야. '아, 볼일 다 봤어요. 안녕히 가세요' 하는 식으로 그렇게 끝날 거야."

"그것만으로도 뭔가를 한 거잖아. 적어도 우리가 못하는 일을." 노보루가 주장했다.

"너는 인간에 대한 고찰에 아직도 순진한 데가 있어." 이제 열세 살인 대장은 차갑게 말했다. "우리가 못하는 건 어른들은 더더욱 못해. 이 세상에는 '불가능'이라는 거대한 봉인이 붙어 있어. 그것을 마지막에 떼어낼 수 있는 것은 우리뿐이라는 걸 기억해둬."

이것으로 소년들은 모두 경외하는 마음이 생겨서 입을 다물고 말았다.

이번에는 대장이 2호를 향해 말했다.

"너희 부모는 아직도 너한테 공기총을 사주지 않고 있지?"

"응, 절망이야."

2호는 무릎을 끌어안으며 자신이 딱하다는 듯이 대답했다.

"위험해서라고 하지?"

"응."

"풋." 대장은 여름인데도 뽀얀 볼에 보조개를 깊이 새겼다. "그 사람들은 위험이 뭔지 몰라. 위험이라는 건 실체를 가진 세상이 약간 찢어져서 피를 좀 흘리고, 신문이 대서특필하는 일이라고 생각하지. 그게 어쨌다는 거야? 진짜 위험한 것은 산다는 것, 바로 그거야. 살아 있다는 것은 그저 존재가 혼란스러워지는 것이지만, 존재를 매 순간 원래의 무질서 상태까지 해체하며 생기는 불안을 먹이 삼아, 매 순간 존재를 변조하려는 진짜 정신 나간 일이라고. 이렇게 위험한 일은 어디에도 없어. 존재 자체에는 불안한 것이 없는데 산다는 것이 그것을 만들어내는 거지. 사회는 원래 무의미하고, 남녀가 함께 목욕하는 로마 목욕탕 같은 거야. 학교는 그 작은 모형이고…… 그래서 우리는 끊임없이 명령을 받는 거야. 잘 알지도 못하는 것들이 우리에게 명령하고 있는 거라고. 그놈들이 우리의 무한한 능력을 너덜너덜하게 만들어버리고 있어."

"바다는 어때?" 3호인 노보루는 여전히 자기 생각을 고집하며 말했다. "배는 어떤데? 어젯밤 나는 전에 네가 말한 '세계의 내적 연관성'이란 것을 확실히 이해했어."

"바다는 조금은 허용해야 하는 존재지." 대장은 창고 사이로 불어오는 해풍을 가슴 가득 들이마시며 말했다. "분명히, 몇 안 되는 허용할 만한 것 중에서도 특별히 허용할 수 있지. 배는 어떨까? 배라고 해봤자 자동차하고 뭐가 달라?"

"너는 알 리가 없어."

"흠." 대장의 얇은 초승달 모양의 눈썹 사이로 자부심에 상처 입고 참지 못하는 표정이 나타났다. 붓으로 그려놓은 듯한 이 인공적인 눈썹은 그가 늘 싫다는데도 이발사가 이마와 눈두덩을 깨끗하게 면도해서 생긴 것이다. "흠, ……내가 알 수 없는 게 있다니, 어떻게 너한테 그렇게 상상할 권리가 생긴 거지?"

"슬슬 점심밥이나 먹자."

어른스러운 5호가 제안했다.

다 같이 각자 무릎 위에 도시락을 펼쳤다. 그때 도시락 위로 지금까지 눈치채지 못한 그림자가 내려왔다. 노보루는 놀라서 눈을 들었다. 지저분한 카키색 셔츠를 입은 늙은 창고지기가 드럼통에 팔꿈치를 대고 들여다보고 있었다.

"어이구, 도련님들, 더러운 곳으로 소풍 왔군."

대장은 침착한 태도로 우등생다운 깨끗한 얼굴로 웃으며 쳐다보았다.

"여기서는 안 되는 건가요? 우리는 배를 보러 왔다가 점심 먹으려고 그늘을 찾고 있었어요."

"괜찮아. 당연히 괜찮지. 그 대신 나무 도시락은 잘 정리해서 가거라."

"네! 그럴게요."

모두 아이답게 순진하게 웃었다.

"나무 도시락까지 다 먹어버릴 거라서 아무것도 남을 게 없어요."

창고지기의 구부정한 등이 음지와 양지의 경계에 있는 작은 분선 철도 위에서 멀어지자 4호가 작은 소리로 혀를 차며 이렇게 말했다.

"흔히 있는 놈이야. 보통 그렇듯이 아이를 좋아하지. 지금쯤 멋있고 너그러운 사람이 된 기분에 취해 있을 거야."

——여섯 소년은 도시락 속의 샌드위치나 작은 보온병에 넣어 온 차가운 홍차, 기타 여러 가지 것들을 서로 취향대로 나누어 먹었다. 작은 분선 철도 위를 날아다니는 참새 몇 마리가, 동그랗게 둘러앉은 그들 바로 옆까지 찾아왔다. 누구 못지않은 무자비함을 자랑스러워했기 때문에 참새에게 밥풀 한 톨 나누어주는 소년이 없었다.

모두 '좋은 집안'의 아이들이라 여러 가지 반찬이 여유 있게 준비되어, 노보루는 자신의 조금은 간소한 샌드위치가 부끄러웠다. 소년들은 반바지나 청바지 차림으로 양반다리를 하고 앉았고, 대장의 가는 목구멍 부분은 한입에 밥을 쑤셔 넣는 바람에 괴로운 듯 꿈틀거렸다.

지독하게 더웠다. 해는 벌써 창고 바로 위에서 빛나고 야트막한 차양의 그림자만이 간신히 그들을 보호했다.

노보루는 어머니가 늘 귀찮을 정도로 잔소리를 하는데도 신경질적으로 급하게 씹었다. 구워서 딱딱해진 빵 귀퉁이를 눈부신 태양이라도 삼키듯이 눈을 찡그리며 삼키면서도, 어젯밤에 본 저 완벽한 그림을 마음속에서 다시 불러왔다. 그것은 거의 깜깜한 밤중에 새파란 하늘이 나타난 것과 같았다. 대장은 지구 어디를 가나 새로울 게 하나도 없다고 단언하지만, 노보루는 열대 오지의 모험 같은 것을 아직 믿고 있었다. 그리고 그는 열대 항구에 펼쳐지는 왁자지껄하고 화려한 시장의 풍경, 흑인들이 매끈거리고 윤기 나는 검은 팔뚝에 늘어뜨리고 파는 바나나와 앵무새의 존재를 믿고 있었다.

"너는 음식을 먹으면서 꿈을 꾸는구나. 어린애들의 습관이야."

대장이 냉소적으로 말했지만, 속마음을 들켜버린 노보루는 아무 대꾸도 못 했다.

'우리는 '감정이 없는 것'을 훈련하고 있으니 화를 내면 이상해진다.'

노보루는 그렇게 생각하고 포기했다. 사실 지난밤의 광경만 해도 그렇다. 그는 이미 섹스에 대해서는 전혀 놀라지 않을 만큼 수련을 쌓아왔다. 그런 일에 놀라지 않고 넘길 수 있게 대장은 지금까지도 적지 않은 고민을 하고 있다. 어디에서 입수했는지 그는 여러 가지 성적 체위나 기괴한 전희 사진을 가져와서 그들 모두에게 자세히 설명하고, 그런 일이 얼마나 무의미하고 시시한 일인가를 친절하게 가르쳐주었다.

이와 같은 교습은 대개 학급에서 또래보다 신체 발육이 빠른 몸집 큰 소년이 하는 짓인데, 대장처럼 지적인 엘리트가 하는 방식은 좀 달랐다. 그는 자신들의 생식기가 은하계 우주와 성교하기 위해 준비된 것이라고 주장해왔다. 하얀 피부 깊숙이 남색 모근을 둔 자신들의 뻣뻣하고 색깔이 진해진 털 몇 가닥도, 억지로 교접할 때 수줍음이 넘치는 무수한 별을 간지럽히기 위해 돋아난 것이라고 말했다. ……그들은 이런 신성한 농담에 매우 열중했으므로 성적 호기심이 넘쳐 어리석고 불결하고 비참한 또래 소년들을 경멸했다.

"밥 다 먹었으면," 하고 대장이 말했다. "우리 집에 가자. 전에 말했던 그 준비는 다 되어 있어."

"고양이는 있어?"

"이제부터 찾지 뭐. 모든 것은 지금부터 시작이야."

*

대장의 집은 노보루네 집 근처에 있어서 다시 전철을 타고 돌아가야 했지만, 그들은 이런 무의미하고 번거로운 장거리 외출을 좋아했다.

대장의 집에 가면 부모님이 항상 부재중이라 언제 놀러 가도 휑하니 비어 있다. 대장은 정말 외톨이여서 열세 살인데도 이미 집 안에 있는 모든 책을 다 읽어 지루해하고 있었다. 그는 어떤 책이든 표지만 보고도 내용 파악을 할 수 있다고 말하곤 했다.

세계를 압도하는 공허함에 대한 그의 논리는 이 휑한 집안 덕분에 키워진 부분이 있다. 이렇게 어느 방이든 출입이 자유롭고 어느 방이나 냉기가 돌 정도로 정리된 집은 드물다. 솔직히 말하면, 노보루는 이 집에서는 혼자 화장실에 가기가 무서울 지경이었다. 기적 소리는 이 집의 텅 빈 방에서 방으로 허무하게 흐르고 있었다.

대장은 친구들을 아버지의 서재로 안내한 뒤, 모로코 가죽으로 된 아름다운 필기도구 세트를 앞에 놓고 심각한 표정으로 펜을 잉크병에 왕복시키며 종이마다 이니셜이 찍힌 편지지에 여러 의논할 문제를 적어준 적이 있다. 쓰다가 망친 두꺼운 외국산 편지지를 아까워하지 않고 동그랗게 구겨서 쓰레기통에 버렸다. 한번은 노보루가

"그런 짓을 하면 꾸중 듣지 않니?"

라고 물어본 적이 있는데, 말없이 차갑게 웃는 것으로 답했다.

──그러나 그들은 뒷마당에 있는 다섯 평 규모의 큰 창고를 더 좋아했다. 그곳에는 집사 눈에 들키지 않고도 갈 수 있고, 목공 도구, 오래된 술병, 옛날 잡지나 쓸모없는 가구들이 쌓여 있는 선반 외에 묵은 목재가 조금 쌓여 있는 빈터가 있는데, 앉으면 축축하고 어두운 땅의 냉기가 바로 엉덩이로 올라왔다.

고양이 사냥에 한 시간을 허비하고 나서야 그들은 연약한 소리로 우는 길고양이를 찾아 왔다. 얼룩덜룩한 털에 칙칙한 눈을 가진, 손바닥에 오를 정도로 작은 새끼고양이다.

온몸이 땀에 젖어버려서 소년들은 옷을 벗고 창고의 한쪽 구석에 있는 수돗가에서 교대로 몸을 씻었다. 그러는 동안 한 사람씩 번갈아 고양이를 데리고 있었다. 노보루는 젖은 가슴에서 새끼고양이의 따뜻한 심장의 선명한 고동을 느꼈다. 그것은 문밖의 쨍한 여름 햇빛 속에 있는 어둠의 정수 혹은 거리낌 없는 환희로 헐떡거리는 실체를 훔쳐 온 것 같았다.

"어떻게 죽일까?"

"저쪽에 목재 쌓아놓은 게 있어. 거기에 내리쳐서 해치우면 돼. 간단해. 3호, 네가 해라."

대장이 명령했다.

노보루가 딱딱해져서 무감각하고 북극보다 차가운 마음을 단련하고 시험할 기회였다. 지금 막 찬물을 뒤집어썼는데 벌써 땀을 흘리고 있다. 그는 느꼈다, 살기는 아침에 부는 해풍처럼 가슴속을 훅 지나간다는 것을. 그는 자기 가슴이 흰 셔츠를 가득 널어둔 앙상한 철제 빨래 건조대 같았다. 셔츠가 바람에 펄

럭거린다. 그때는 이미 그가 죽이고 있을 것이다. 끝없이 연결된 세상의 추잡한 금지 사항의 사슬을 끊고.

노보루는 고양이의 목덜미를 잡고 일어섰다. 고양이는 소리도 없이 그의 손가락 끝에서 축 늘어져 있었다.

그는 자기 속에 측은지심이 생기는지 살펴보았으나, 그것은 멀리서 살짝 보였다가 금세 사라져 안심이 되었다. 급행열차를 타고 가면서 내다본 창밖에 어느 집 유리창의 전등 빛이 순식간에 사라져버리는 것처럼.

대장은 예전부터 세계의 공허한 동굴을 채우기 위해서는 이런 행위가 필요하다고 주장해왔다. 다른 어떤 것으로도 메워지지 않는 허무함은, 마치 거울 한쪽에 균열이 생기면 결국 거울 전체가 그것으로 채워지는 것처럼, 죽이는 것으로만 채워지게 될 것이다. 그들은 존재에 대한 실권을 잡을 것이다

노보루는 있는 힘껏 새끼고양이를 들어 올렸다가 목재 위에 세차게 내리쳤다. 손가락 사이에 잡혀 있던 따뜻하고 부드러운 것이 허공을 가르고 날아간 것은 멋있었다. 그러나 손가락에는 부드러운 털의 감촉이 아직 약하게 남아 있었다.

"아직 안 죽었네. 한 번 더 해."

대장이 재촉했다. 다섯 명의 소년은 어둑어둑한 창고 여기저기에서 벌거벗은 채 미동도 없이 눈빛을 반짝이고 있었다.

노보루가 다시 잡아 올린 것, 그것은 이미 고양이가 아니었다. 반짝이는 힘이 그의 손가락 끝까지 꽉 차서, 그는 이번에는 자기의 힘이 그려내는 분명한 궤적을 따라 집어 올려 그것을 목재에 몇 번이고 내려칠 뿐이었다. 자신이 어엿한 사나이가

된 듯했다. 두번째 시도에서 딱 한 번, 새끼고양이는 짧고 탁한 비명을 질렀다. ——그것은 이미 목재에서 튕겨 나와 바닥에 뒷다리로 느슨하고 큰 동그라미를 그리고는 잠잠해졌다. 목재 위에 점점이 떨어진 피가 소년들을 행복하게 했다.

노보루는 깊은 우물 속을 들여다보는 것처럼 고양이 사체가 떨어져가는 작은 죽음의 구멍을 들여다보았다. 그때 얼굴이 사체에 접근하는 모습에서 자신의 용감한 부드러움과 거의 친절이라고 해도 좋을 차가운 다정함을 느꼈다. 새끼고양이는 입과 콧구멍에서 검붉은 피를 흘렸고 굳은 혓바닥은 입천장에 딱 붙어 있었다.

"애들아, 모두 이리 와. 지금부터는 내가 할게."

대장은 어느 틈에 고무장갑을 낀 채 반짝이는 가위를 들고 고양이의 사체 위로 몸을 숙였다. 훌륭한 가위, 차갑고 지적인 위엄을 가진 가위, 그것은 어둑한 창고 안의 가구나 묵은 잡지 더미 가운데서 서늘하게 빛나고 있었고, 노보루는 대장에게 이렇게 딱 맞는 흉기는 없다고 생각했다.

대장은 한 손으로 머리를 잡은 다음 가위의 칼끝을 가슴에 대고 목구멍까지 부드럽게 잘라 올리고 두 손에 힘을 주어 털가죽을 양쪽으로 벌렸다. 껍질을 까놓은 죽순처럼 윤기 나는 하얀 내부가 드러났다. 그것은 벌거벗은 우아한 몸이 고양이 가면을 쓰고 누워 있는 것처럼 보였다.

고양이는 그저 거죽일 뿐이다. 이 생명은 그저 고양이 흉내를 낼 뿐이다.

내부는, ……이 미끄럽고 무표정한 내부는 노보루 패거리와 완전히 일치한다. 마치 물 위에 뜬 배처럼, 이 하얗고 윤기 나는 내피만 남은 차분하고 조용한 존재 위에 자신들의 까맣고 착잡하고 아직 살아 있는 내부가 그림자를 떨어뜨리며 자리 잡는 것이 느껴졌다. 그야말로 여기에서 그들은 고양이와, 정확히 말하면 고양이였던 것과 처음으로 긴밀하게 연결된다.

차츰 노골적으로 드러나는 고양이의 내피는 진주처럼 빛나고 그 아름다움에는 추잡함이 전혀 없었다. 갈비뼈가 비쳐 보이고, 또 큰그물막* 아래에서 따뜻하고 편안하게 움직이고 있는 장腸이 비쳐 보였다.

"자 어때? 너무 벌거벗은 거 같지. 이렇게 알몸이어도 괜찮은가? 너무 예의가 없잖아?"

대장이 고무장갑으로 몸통의 가죽을 좌우로 벗겨가며 말했다.

"상당히 노골적이네."

2호가 다시 덧붙였다.

노보루는 눈앞에 있는 것이 이렇게 노골적으로 세계와 접하고 있는 모습을, 어젯밤에 본 남자와 어머니의 더없이 노골적인 모습과 비교해보았다. 그런데 이것에 비하면 어젯밤 것은 아직 덜 노골적이었다. 그것은 아직 피부로 덮여 있었다. 그리고 저 훌륭한 기적 소리 혹은 기적 소리가 퍼지면서 만든 광대한 세계는 이렇게 깊은 곳까지 스며들지는 않았을 것이다. ……가죽이 벗겨진 채 내피 속에서 내장이 움직이는 것을 보여주는

---

* 위장 아랫부분에서 창자를 싸고 있는 넓은 막.

고양이는 더욱 생생하게 세계의 핵심에 직접 접하고 있을 것이다.

지금 여기서 시작한 것은 무엇일까? 자꾸 역한 냄새가 올라와서 손수건을 접어 코를 막고 입으로 뜨거운 숨을 내쉬며 노보루는 생각했다.

피는 거의 나오지 않았다. 대장이 가위로 얇은 막을 절개하니 크고 검붉은 간이 보였다. 그리고 그가 하얗고 깨끗한 소장을 풀어내며 꺼내자 수증기가 고무장갑에 휘감겼다. 그는 장을 동글동글하게 썰고 거기서 레몬색 즙을 짜서 보여주었다.

"플란넬*을 자르는 느낌이야."

노보루는 눈으로는 최대한 집중하여 그것을 보고 있었지만, 마음은 멍하니 몽상에 빠져 있었다. 보라색 반점이 뜬 죽은 눈동자. 응고된 피를 가득 머금은 입. 이빨 사이로 들여다보이는 단단한 혀.

그는 기름에 누레진 가위가 갈비뼈를 자를 때 삐걱대는 소리를 들었다. 대장이 그 속을 손으로 더듬어 작은 심막心膜을 잡아당겨 꺼내고, 거기서 귀여운 타원형의 심장을 끄집어내어 얼마 남지 않은 피를 쏟아지게 하는 것을 자세히 보았다. 피는 빠른 속도로 고무장갑 낀 그의 손가락을 타고 흘러내렸다.

여기서 일어난 일은 무엇이었을까? 노보루는 꾹 참고 처음부터 끝까지 모든 과정을 지켜보았다. 하지만 반쯤 꿈을 꾸고 있는 마음속에서는 상상을 하고 있었다. 이제는 사라진 고양이

---

* 평직으로 짠, 털이 보풀보풀한 부드러운 모직물.

의 의식이 거대하고 울적한 절대 영혼에 매혹되어, 아직 따뜻한 채 흩어진 내장과 복강에 고인 피가 하나씩 완전히 다른 모습으로 변모해가는 것이다. 지금 몸통 옆에 늘어져 있는 간은 부드러운 반도가 되고, 짓눌려 터진 심장은 작은 태양이 되고, 억지로 끌어내어 풀린 둥그런 고리 모양의 소장은 하얀 환상環狀 산호초가 되며, 복강의 피는 열대의 미적지근한 바다가 될 예정이었다. 그때 고양이는 죽음을 통해 완전한 하나의 세계가 된 것이었다.

'내가 죽였다!' 노보루는 몽롱한 가운데 저 멀리서 어떤 손이 나타나 자신에게 하얀 상장을 수여하는 장면을 상상했다. '나는 그게 아무리 지독한 일이라고 해도 할 수 있어.'

대장은 빡빡한 장갑을 벗은 뒤 하얗고 아름다운 손으로 노보루의 어깨를 잡았다.

"참 잘했어. 너는 이것으로 드디어, 남들 못지않은 온전한 인간이 된 거야. ……그렇다고 해도 피를 보면 어쩜 이렇게 기분이 산뜻해지는 걸까!"

제6장

좀 전에 다 같이 고양이를 묻고 대장의 집에서 나오자마자 류지를 만난 것은 좋지 않았다. 손이야 깨끗이 씻었다지만 입고 있던 옷이나 몸 어딘가에 피가 묻어 있는 건 아닌지, 냄새가 배어 있지는 않은지, 자신의 눈에 범행 직후에 지인을 만난 범인의 눈빛이 나타나 있는 것은 아닌지 노보루는 신경이 쓰였다.

우선, 노보루가 이 동네 골목길에서 이 시각에 나온 것을 어머니가 알게 되면 곤란하다. 그는 전혀 다른 친구들과 가마쿠라에 가 있어야 했기 때문이다.

노보루는 너무 놀라 어찌할 바를 모르다가 이 모든 것이 류지가 잘못하여 생긴 일로 돌렸다.

친구들과 대충 인사하고 헤어지니, 자동차도 사람도 다니지 않는 뜨거운 길 위에 오후 4시의 긴 그림자를 드리운 류지와 노보루만이 남았다.

노보루는 죽고 싶을 만큼 부끄러웠다. 그는 언젠가 때를 봐서 류지를 천천히 대장에게 소개하려고 했다. 완벽한 상황을 만들어 소개가 성공적으로 끝나면, 대장도 차츰 류지가 영웅이라는 것을 인정하게 되고 노보루도 체면이 설 일이다.

그런데 생각지도 못하게 이런 불행한 만남이 생겨 이등항해사는 홀딱 젖은 반소매 셔츠에 불쌍한 모습으로 나타나서 노보루에게 잘 보이려는 듯 쓸데없이 웃기까지 했다. 그 웃음은 전혀 불필요한 것이었다. 그것은 노보루를 아이 취급하여 얕보는 것일 뿐 아니라, 류지 자신도 '아이를 좋아하는 어른'이 되어 볼썽사나운 코미디를 만들어버렸다. 아이들이 좋아할 만한 지나치게 밝은 그의 과장된 웃음, 그것은 도무지 불필요한 당치도 않은 오류였다.

게다가 류지는 해서는 안 될 말까지 하고 말았다.

"야아, 이런 데서 만나네. 수영은 어땠어?"

그리고 노보루가 흠뻑 젖은 셔츠를 보고 수상히 여기며 반문했을 때 그는 그야말로 이렇게 대답해야 했다.

"아, 이것? 안벽에서 몸을 던진 여자가 있어서 구하고 왔어. 옷 입은 채로 헤엄을 친 게 이번이 세번째네."

하지만 류지는 그렇게 말하지 않았다. 그는 세상에서 가장 바보 같은 말을 했다.

"요 앞에 있는 공원 분수에서 물을 뒤집어썼어."

게다가 쓸데없이 웃기까지 하면서!

'이 남자는 내게 호감을 사려 한다. 새로 만난 여자의 아들인 어린애에게 호감을 얻으면 아무래도 편리할 테니까.' 노보루는 마음의 여유를 되찾으며 생각했다.

——두 사람은 아무 생각 없이 집을 향해 걷기 시작했다. 아직 두 시간이나 여유가 있는 류지는 시간을 때울 상대를 만난 기분으로 소년이 걷는 대로 따라서 걸었다.

"우리 둘 다 아무래도 이상하군."

걸어가며 류지가 말했다. 이런 섬세한 배려가 노보루는 싫었다. 그러나 오히려 그 때문에 지금 해야 할 말이 술술 나왔다.

"나하고 그 골목에서 만난 거 어머니한테 말하지 말아요."

"알았다."

류지가 비밀로 해달라는 부탁을 받고 기분이 좋아져 곧바로 믿음직스러운 웃음을 지으며 받아주는 것도 노보루는 재미가 없었다. 류지는 차라리 노보루에게 공갈하는 모습을 보이는 편이 나았을 것이다.

"나, 바다에 다녀온 것으로 되어 있어요. 잠깐만요."

노보루는 길가의 도로공사 현장의 모래 더미로 뛰어가서 운동화를 벗고 발바닥부터 복숭아뼈까지 모래를 묻혔다. 내숭을 떨고 자기 지식을 자랑하던 소년이 동물적으로 민첩하게 반응하는 것을 류지는 처음 보았다.

노보루는 류지가 보는 것을 의식하고 점점 더 과장된 몸짓으로 무릎 위까지 모래를 묻히고 달라붙은 모래가 떨어지지 않게 조심하면서 운동화를 신었다.

"이것 봐요. 구름 모양으로 구불구불 모래가 붙어 있어요."

그는 땀이 찬 허벅지에 붙은 모래를 보여주고는 얌전히 걷기 시작했다.

"어디로 가는 거냐?"

"집으로 가는 거죠. 쓰카자키 씨도 함께 가지 않을래요? 거실에 냉방기가 있어 시원해요."

——그들은 꼭 닫아놓은 거실에 냉방기를 틀었다. 류지는 커다란 화관 장식이 붙은 등나무 의자에 깊숙이 앉았고, 노보루는 발 씻으라는 가정부의 채근에 일부러 천천히 발을 씻고 와서 창가에 놓인 등나무 벤치에 누웠다.

차가운 음료수를 가져온 가정부가 또 꾸짖듯이 잔소리를 했다.

"손님 앞에서 그렇게 버릇없는 자세를 하다니, 엄마한테 이른다."

노보루는 류지에게 눈빛으로 도움을 청했다.

"괜찮습니다. 오늘은 수영하고 와서 피곤해 보이네요."

"그런가요? 그래도 너무……"

가정부는 류지에게 호감이 없는 마음을 노보루에게 풀고 있는 듯했다. 그리고 불평으로 가득한 엉덩이를 좌우로 무겁게 흔들며 느릿느릿 나갔다. 류지의 변호가 이번에는 노보루와 묵시적인 연계를 만들었다. 노보루는 노란 과즙을 목 언저리에 지저분하게 흘리며 마신 뒤 류지에게 처음으로 눈웃음을 지었다.

"나는 선박에 관해서는 뭐든지 알아요."

"너, 전문가 빰치겠더라."

"아부하지 마세요."

그렇게 말하며 소년은 어머니가 자수로 꾸민 쿠션에서 머리를 쳐들고 잠시 사나운 눈빛으로 쏘아 보았다.

"쓰카자키 씨는 몇 시쯤 워치를 해요?"

"낮과 밤, 어느 쪽이나 12시부터 4시까지야. 이등항해사는 그래서 '도둑놈 워치'라고 부르지."

"도둑놈 워치라니 웃겨요."

소년은 이번에는 웃으며 활처럼 몸을 늘렸다.

"몇 사람이 워치해요?"

"당직사관 한 명에 조타수 두 명."

"바다가 거칠어질 때는 배가 어느 정도 기울어요?"

"심할 때는 30도에서 40도 정도 기울지. 40도 기울기의 언덕을 올라가보렴. 울타리를 기어오르는 것 같거든. 굉장해, 그런 때는 아무튼……"

류지는 적당한 말을 찾느라 먼 곳에 눈길을 보냈다. 노보루는 그 눈에서 폭풍에 휘말려 솟아오르는 대양大洋의 파도를 보았다.

"쓰카자키 씨의 배는 정기선이 아니죠?"

"맞아."

살짝 자존심이 상해서 류지는 건성으로 대답했다.

"삼국간수송을 해본 적이 있나요?"

"모르는 게 없구나. 오스트레일리아에서 영국으로 밀을 가져갈 때도 있지."

노보루의 질문은 급격했고 관심은 이리저리 튀었다.

"저기요. 필리핀의 주요 화물은 뭐죠?"

"나왕이잖아."

"말라야*는요?"

"철광석이지. 그러면 쿠바의 주요 화물을 알고 있니?"

"알아요. 당연히 사탕이죠. 누굴 바보로 아시나? ……저기 쓰카자키 씨, 서인도제도에 가본 적 있어요?"

"있지. 딱 한 번이지만."

"아이티**에 들렀어요?"

"그럼."

"좋겠다. 어떤 나무가 있어요?"

---

* 말라야 연방은 말레이반도의 아홉 주와 페낭, 믈라카, 두 영국 해협 식민지로 구성되어 1948년부터 1963년까지 존속했다. 1963년 국명을 말레이시아로 개명했으며, 2년 후 싱가포르는 독립했다.

** 카리브해의 중앙에 있는 히스파니올라섬 서부에 위치한 국가이며 해당 섬을 도미니카 공화국과 공유한다.

"나무?"

"나무 말이에요. 가로수라든가……"

"아, 그런 나무. 대개 야자수지. 그리고 산 쪽에는 불꽃나무로 가득해. 그리고 자귀나무가 있어. 불꽃나무가 자귀나무와 닮았는지는 기억이 잘 나지 않네. 아무튼 타오르는 불꽃과 똑같이 생긴 꽃이야. 소나기가 오기 전에 하늘이 새까매지는데, 그때 그 불꽃나무 꽃이 굉장한 색깔로 변해. 그런 꽃을 나는 그때까지 본 적이 없어."

그는 공작야자 숲에 이유 없는 애착이 있다고 말하려고 했다. 그러나 아이에게 그런 이야기를 어떻게 해야 할지 알 수 없어 입을 다물었는데, 오히려 마음속에는 세계의 종말에나 볼 것 같은 페르시아만의 저녁놀, 닻을 올렸다 내렸다 하는 기둥 끝에 섰을 때 뺨을 어루만지는 바닷바람, 태풍의 접근을 알리는 청우계* 바늘의 신경질적인 움직임이나, ……항해의 여러 가지 일들, 바다가 시시각각으로 감정에 미치는 악마 같은 힘에 대한 기억들이 떠올랐다.

한편 노보루는 좀 전에 류지의 눈에서 폭풍에 일렁이는 파도를 본 것처럼, 이번에는 류지의 마음속에서 차례로 되살아나는 환영들을 그 눈에서 읽어낼 수 있었다. 미지의 풍토에 대한 환상과 흰색 페인트로 적힌 항해 용어에 둘러싸여, 노보루는 류지와 함께 멀리 멕시코만, 인도양, 페르시아만까지 순간적으로 이동한 듯한 느낌이었다. 이 모든 것은 눈앞에 나타난 실물

* 晴雨計: 기상 관측에 쓰는 기압계.

의 이등항해사 덕분이었다. 아무래도 노보루의 공상에는 이런 실질적인 매개체가 필요했다. 그것은 정말로 오래 기다렸던 일이다.

노보루는 너무 행복해서 조용히 눈을 감았다.

'요 녀석, 졸려웠구나.'

류지가 이렇게 생각한 순간, 소년은 눈을 뜨고 여전히 눈앞에 있는 실물의 이등항해사를 다시 확인하며 미칠 듯이 기뻐했다.

2마력의 냉방기가 차분한 소리를 내며 작동되어 방은 아주 시원해졌다. 류지의 셔츠도 이미 다 말랐고 그는 두꺼운 팔을 머리 뒤로 하여 팔베개를 했다. 등나무 의자의 올록볼록한 표면이 손에 차갑게 느껴졌다.

좀 전에 노보루가 잠깐 눈을 붙인 순간 이등항해사는 노보루가 상상하는 세계에서 벗어나 있었다. 이미 그의 눈은 시원해졌으나 어슴푸레한 실내를 돌아보며 벽난로 선반에 단정하게 앉아 있는 금색 시계, 높은 천장에 매달린 크리스털 샹들리에, 장식장에 위험하게 서 있는 목이 긴 옥玉화병 등등, 하나같이 섬세하고 움직임이 없는 물건들을 신비한 듯 바라보고 있었다. 이 방이 흔들리지 않는 것은 어떤 미묘한 섭리에 의한 것일 터이다. 어제까지 자신과는 아무 인연이 없던 이런 물건들과 내일이면 다시 헤어지게 될 몸이다. 이것들과 자신을 이어준 것이 모두 여자와 한순간 눈이 맞아 육체의 깊은 곳에서 흘러넘친 하나의 신호, 이를테면 그가 가진 남자의 힘, 바로 그것이었음을 느끼자 바다 위에서 낯선 배와 만난 것처럼 그는 신비한 기분이었다. 그리고 이러한 상황을 만든 그의 육체는 이 자리의 극단적인 비현실성 때문에 전율하고 있었다.

'도대체 이 여름날 오후 내가 여기에 이런 모습으로 있는 이유는 무엇일까? 어젯밤에 맺어진 여자의 아들과 이곳에 이렇게 멍하니 앉아 있는 나는 도대체 누구란 말인가? 어제까지는 "바다의 남자가 되기로 한 나지만……"으로 시작하는 저 노래, 그 노래에 흘리는 내 눈물, 그리고 2백만 엔의 저금통장이 내 현실을 단단히 보장해주었건만.'

물론 노보루는 류지가 이렇게 허무한 기분에 가라앉아 있는 것을 전혀 몰랐다. 류지가 두 번 다시 자신을 보지 않는 것도 눈치채지 못했다.

어젯밤부터 잠은 부족하고 연이은 충격에 지쳤으면서 가정부에게는 바다에 다녀왔기 때문이라고 둘러대며 충혈된 눈을 기를 쓰고 치뜨려는 노력도 시들고, 몸 전체가 흔들리는 듯하다가 그는 잠에 빠져들었다. 노보루는 절대 움직이지도 않고 흔들리지도 않는 지루함으로 시든 세계의 틈새로 어젯밤부터 몇 번인가 살짝 모습을 나타낸, 반짝이는 완벽한 현실을 마음속에 떠올렸다.

그것은 평범한 어둠의 직물 위에 도드라지게 순금으로 놓은 훌륭한 자수, ……말하자면, 달빛이 비친 어깨를 돌려 기적이 울리는 쪽을 바라보는 벌거벗은 이등항해사, ……노골적으로 이빨을 드러내고 죽은 새끼고양이의 머리와 그 붉은 심장, ……눈부시게 아름다운 이 모든 것들의 실체였다. 그것은 모두 순수한 진품이었고, ……그렇다면 류지도 진짜 영웅이었다. 그것은 모두 바다 위나 바다의 내부에서 일어난 일이다. ……그는 잠 속으로 빠져들어가는 자신을 느꼈다. 행복하다. 뭐라 표현할 수 없을 정도로 행복하다고 노보루는 생각했다. ……

——소년은 잠들어버렸다.

류지는 시계를 보고 슬슬 출발할 시간이라고 생각했다. 주방 쪽 문을 가볍게 노크하여 가정부를 불렀다.

"잠들었어요."

"항상 저렇다니까요."

"자다가 추울 텐데. 담요나 뭐라도."

"네, 지금 덮어줄게요."

"나는 이제 나가보겠습니다."

"저녁에는 다시 오시죠?"

아마* 출신 가정부는 두꺼운 눈두덩 밑으로 웃음을 짓고 류지를 힐끔 올려다보았다.

제7장

그것이 본심이든 아니든, 고대로부터 모든 여자가 뱃사람에게 반복해온 그 말, 수평선의 권위를 그대로 인정하며 저 이해

---

* 阿媽: 본래 의미는 동아시아에 거주하는 외국인 가정에 고용된 원주민 가정부를 뜻한다.

할 수 없는 푸른 수평선을 무턱대고 숭배하는 말, 콧대 높은 여자들조차 창부의 외로움과 헛된 기대와 자유를 느끼게 하는 그 말, 이를테면

"이제 내일이면 이별이네요"

라는 말을 후사코는 어떻게든 피하고 싶었다.

또 한편으로 후사코는 류지가 그 말을 듣고 싶어 한다는 것을 알고 있었다. 그가 이별을 탄식하는 여자의 눈물에 남자의 단순한 자존심을 걸고 있는 것도 느꼈다. 그렇다고 해도 류지는 어쩜 그리도 단순한 사내였는지! 어젯밤 공원에서 이야기를 나누며 이미 알게 됐지만, 뭔가 깊이 생각하는 듯한 표정을 지어 그가 얼마나 심오한 사상과 로맨틱한 열정을 말할지 기대하게 해놓고, 느닷없이 선박 주방에 있는 푸른 채소 이파리나 묻지도 않은 자신의 태생에 관해 이야기하다가 또다시 할 말을 찾아 헤매는 듯하더니 결국 유행가를 불러젖혔다.

그러나 후사코는 류지의 마음이 진실하고 꿈이나 환상에 취하지 않으며, 제대로 만든 고가구처럼 창의성보다는 내구성이 좋은, 그런 안전한 특징을 가진 것이 좋았다. 너무 오랜 시간 자신을 소중하게 보존하며 위험은 아예 피하며 살아왔으므로, 그녀는 어젯밤부터 자신이 의외로 위험한 행동을 저지르는 것에 깜짝 놀랐기 때문에 가능하면 사내에게 안전성만큼은 보증받고 싶었다. 그렇게 생각하니 후사코는 무리를 해서라도 상대의 꾸밈없고 진지한 모습을 과대평가할 필요가 있었다. 그녀는 적어도 류지가 그녀에게 경제적인 폐를 끼칠 남자는 아니라는 것을 꿰뚫어 보고 있었다.

——레스토랑 '마찻길'로 비프스테이크를 먹으러 가는 길에 새로 생긴 작은 가게를 발견했는데, 앞마당에는 분수가 있고 입구의 차양은 노랑색과 빨강색의 꼬마전구 줄로 장식해놓았다. 그곳에 들어가서 두 사람은 아페리티프*를 마셨다.

후사코가 주문한 민트프라페에는 어쩐 일인지 꼬치에 끼운 체리가 딸려 나왔다. 후사코는 능숙하게 이로 체리 과육을 발라 먹고 꼬치에 꽂힌 열은 복숭앗빛 씨앗을 납작한 유리 재떨이에 놓았다.

앞마당 분수에 다가선 저녁놀의 자취는 넓은 창에 걸린 레이스를 지나 손님 없는 실내에도 희미하게 퍼져 있었다. 아마도 노을빛이 물든 은은한 광선 때문이었을 것이다. 후사코의 입에서 나온 체리의 씨앗은 물기에 젖어 윤이 나고 따스하던 것이 물기가 마르기 시작했으며 뭐라 형용할 수 없는 복숭앗빛이, ……류지의 눈에는 매우 색정적으로 비쳤다.

그는 불쑥 손을 뻗어 그것을 입에 넣었다. 후사코는 놀라서 소리쳤지만, 곧이어 웃음을 터뜨렸다. 후사코에게도 육체의 친밀한 반응이 이렇게 편안하게 느껴진 순간은 없었다.

식사를 마치고 두 사람은 인적이 드문 도키와초常盤町 경계를 산책길로 잡아, 서로 손깍지를 끼고 온몸이 녹아내릴 것 같은 나른한 여름밤을 만끽하며 말없이 걸었다. 후사코는 오늘 오후 가게가 한가한 틈을 타 미용실로 뛰어가 20분 정도 꾸미고 온

---

* 점심 또는 저녁 식사 전에 기다리면서 마시는 음료.

머리를 남은 손으로 살짝 만졌다. 여느 때 같으면 가볍게 향유香油를 뿌렸을 텐데,

"오일은 뿌리지 말아요"

라고 후사코가 부탁했을 때 미용사가 의아한 표정을 지은 것이 떠올라 얼굴이 붉어졌다. 후사코의 머리도 몸도 여름밤 거리에서 풍기는 냄새로 보기 흉하게 녹아내릴 것 같다.

후사코의 손가락과 얽혀 있는 남자의 두꺼운 손가락, 이것이 내일이면 수평선 저 너머로 진다. 그런 일이 후사코에게는 도무지 믿을 수 없고, 장엄하며, 어리석은 거짓말 같았다.

"당신 때문에 타락했어요."

이미 닫혀 있는 나무농장의 철조망 앞에서 갑자기 후사코가 말했다.

"어째서?"

류지는 놀라서 그 자리에 섰다.

후사코는 직판용 열대수와 관목과 장미 따위를 빽빽이 심어 놓은, 이미 불이 꺼져 으슥한 나무농장의 철조망 안을 들여다보았다. 울창한 이파리들이 부자연스럽게 뒤엉켜 있는 어두운 정경이 꼭 자신의 속마음을 보는 것 같아 기분이 나쁘다.

"어째서?"

류지가 재차 물었으나 후사코는 대답하지 않았다. 그녀는 자기가 일가를 이루고 반듯하게 살아왔건만 마치 남자에게 버림받은 거리의 여자처럼 살게 되었다고 불평하고 싶었다. 그러나 그런 말은 한마디만 더 했다가는 아슬아슬하게,

"이제 내일이면 이별이네요"

라고 말해버리는 꼴이 된다.

──류지는 류지대로 배에서 고독한 생활을 하면서 자기가 이해할 수 없는 것은 굳이 알아보려 하지 않는 습관이 생겼다. 어찌 되었든 그것은 여자가 흘리기 쉬운 푸념이었고, 그의 두 번째 "어째서?"에는 달래는 듯한 느낌이 섞여 있었다.

내일 이 여자와 헤어지는 것이 괴로울수록, 그 감정과 같은 뿌리에서 그가 꿈꾸던 노래, 말하자면

"남자는 대의大義를 향해 나아가고, 여자는 뒤에 남는다"라는 아무 실체도 없는 노래를 끌어냈다. 그러나 항해에 나서는 사람에게 대의는 없다는 것을 누구보다 잘 아는 사람이 류지였다. 그곳에는 밤에서 낮으로 이어지는 워치, 단조롭기 그지없는 생활, 산문적인 지루함, 비참한 죄수의 신분이 있을 뿐이었다.

그리고 수많은 경고 전보,

"최근, 이라고伊良湖 물길* 남쪽과 구루시마來島해협 초입에 해운회사 선박의 충돌사고 연이어 발생. 좁은 수로와 항구 입구 부근의 운항에는 특별한 주의 필요. 당사의 현황을 감안할 것, 해난사고가 없도록 더욱 노력하기 바람. 해무부장."

다양한 형태로 해운 불황이 시작된 이후로 이런 장황한 전보에는 꼭, '당사의 현황을 감안할 것'이라는 상투적 문구가 들어가 있었다.

* 아이치愛知현 다하라田原시의 이라고곶과 미에三重현 도바鳥羽시의 가미시마神島 사이에 있는 물길.

날마다 그날의 날씨, 풍향, 풍력, 기압, 해상, 온도, 상대습도, 측정의의 계기판 숫자, 배의 속도, 배가 항해한 거리, 그리고 회전수를 기록하는 조타수의 일기. 인간의 마음이 표시되는 대신 매일 바다의 변덕스러운 마음이 세밀하게 기록되는 저 일기.

식당 겸 회의실로 쓰는 메스룸에 놓아둔 시오쿠미* 인형. 둥근 유리창 다섯 개. 벽에 걸린 세계지도. 천장에 매달린 소스병 위에 유리창에서 들어오는 둥근 햇빛이 가까이 다가왔다가 갑자기 멀어지기도 하고 또 잠시 있으면 그 흔들리는 짙은 밤색의 액체를 핥으러 왔다가 또다시 황급히 멀어져갔다.

조리실 벽에는

"미소시루, 가지두부,

단무지,

낫토, 푸른 파, 고추"

따위의 일본식 아침 메뉴나, 포타주로 시작하는 양식 점심 메뉴를 요란하게 적어놓은 종이가 붙어 있다.

그리고 엔진룸에는 튜브들이 나뒹구는 틈에서 녹색으로 페인트칠된 엔진이 늘 중증 열병 환자처럼 몸을 떨며 으르렁거리고 있다.

……내일부터 이것들이 다시 류지의 전부가 되는 것이다.

——그때 그와 후사코가 이야기하던 곳은 철조망으로 울타

---

* *汐汲*: 가부키나 일본 무용 종목 중 하나. 해녀가 도회지로 떠나간 연인을 그리며 그가 두고 간 모자와 옷을 걸치고 춤을 추는 모습이다.

리를 친 나무농장의 입구였다. 류지는 어깨로 있는 힘껏 철조망 문을 밀었다. 그러자 자물쇠가 채워지지 않은 문은 안쪽으로 부드럽게 열렸다.

"어머나, 안으로 들어갈 수 있네."

후사코는 아이처럼 눈을 반짝이며 말했다. 두 사람은 불 켜진 경비실 창을 훔쳐보며 발 디딜 틈도 없이 울창한 밀림인 정원으로 들어갔다.

그들은 손을 잡고서 장미 가시를 피하고 발밑의 꽃들을 조심스럽게 비켜 가며 키 높이 정도의 밀림을 벗어나 유카난蘭과 파초와 종려나무, 카나리야자, 피닉스 따위의 야자류나 고무나무 같은 열대식물만 잔뜩 자라고 있는 곳에 도착했다.

그곳에 서 있는 흰색 양장 차림의 후사코를 보니 류지는 열대 풍물 속에서 이 여자를 처음 만난 듯한 느낌이 들었다. 뾰족한 잎사귀에 눈이 찔리지 않도록 두 사람은 적당히 몸을 붙였다. 모기가 작은 소리로 앵앵거리고, 후사코의 향수 냄새가 떠다녔다. 류지에게는 이것이 시간과 장소를 착각하게 하는 참으로 난감한 상황이었다.

게다가 철조망 하나를 사이에 둔 바깥세상에는 빨간색 꼬마 네온 몇 개가 금붕어처럼 흔들리고, 때때로 자동차 헤드라이트가 이 어두운 밀림을 차례로 후려쳤다.

맞은편에 보이는 양주 가게의 빨간 네온이 깜박일 때마다 여자의 얼굴은 종려나무 잎사귀의 그림자로 어두워졌고 하얀 볼은 분홍빛으로 물들었으며 입술은 검붉은색이 되곤 했다. 류지는 후사코를 품에 안고 긴 입맞춤을 했다.

그러자 두 사람은 제각기 자신의 감정에 빠져들었다. 후사코는 후사코대로 그 입맞춤에서 내일의 이별만이 절절히 느껴졌다. 면도한 흔적이 있는 남자의 뜨겁고 까칠까칠한 뺨을 어루만지고, 그 우람한 가슴에 얼굴을 묻고 냄새를 맡으며, 후사코는 남자의 온몸이 이별을 고하고 있는 것을 느꼈다. 류지가 그렇게 앞뒤 가리지 않고 있는 힘껏 끌어안는 것을 보면, 그 또한 후사코의 존재를 지금 확인하고 싶어 한다는 것을 생생히 알 수 있었다.

류지에게 그 입맞춤은 죽음이었다. 또한 그가 꿈꾸고 있던 사랑 안에서의 죽음, 바로 그것이었다. 뭐라고 형용할 수 없는 매끄러운 여자 입술, 눈을 감고 있어서 깜깜한데도 빨갛다는 것을 알 수 있는 한없이 촉촉한 입안, 미지근한 산호초 바다의 해초처럼 끊임없이 살랑이는 여자의 혀, ……이런 것들이 주는 어두운 황홀감에는 곧바로 죽음으로 추락시키는 무언가가 있었다. 내일이면 헤어진다는 것을 잘 알고 있지만, 지금은 이 여자를 위해서 죽어도 좋을 것 같은 기분이었다. 그의 가슴속에서 죽음이 꿈틀대며 올라오기 시작했다.

──그때, 신항新港 부두 방면 먼 곳에서 울리는 기적이 희미하게 다가와 주위에 가득 찼다. 그 희미한 소리는 안개가 퍼지는 듯해서 뱃사람이 아니었으면 그의 귀에 머물지도 않았을 것이 분명하다.

'이런 시간에 출항하는 화물선이 있군. 하역 작업을 끝낸 것은 어느 회사 배지?'

입맞춤에 열중하다가 그런 생각이 들자 그는 눈을 떴다. 그

때 그 기적 소리는 쓰카자키 속에 누구도 정확히 정체를 알 수 없는 '대의大義'를 불러일으킨 것 같다. 대의란 무엇인가? 그것은 단지 열대 지역 태양의 별명이었는지도 모른다.

류지는 입술을 떼고 천천히 호주머니를 뒤졌다. 후사코는 기다렸다. 그가 호주머니 속에서 부스럭거리다가 조금 비틀린 담배 한 개비를 꺼내어 입에 물고 라이터를 손에 들자, 후사코는 화가 나서 라이터를 빼앗았다. 류지가 구부러진 담배를 그쪽에 가까이 댔다.

"불 안 붙여줄래."

후사코가 말했다. 그리고 가벼운 금속음과 함께 타오르는 불꽃을 흔들림 없는 눈동자에 담고 후사코는 옆에 있는 종려나무의 마른 꽃송이에 불을 붙이려고 했다. 불은 꽃으로 옮겨붙을 듯하면서 좀처럼 붙지 않았다. 류지는 후사코가 애쓰는 모습이 두려웠다.

그러다가 류지는 라이터의 불빛이 비친 후사코의 볼에 한 줄기 눈물이 흐르는 것을 보았다. 류지가 알아차린 것을 느끼고 후사코는 라이터의 불을 껐다. 여자의 눈물을 확인하고 안심하여 또다시 여자를 껴안은 류지도 울고 있었다.

*

노보루는 안달복달하며 어머니의 귀가를 기다리고 있었다. 10시쯤 전화벨이 울렸다. 잠시 후 가정부가 그의 방으로 알려주러 왔다.

"엄마는 오늘 밤 밖에서 주무신대. 내일 아침 일단 집에 돌아와서 옷을 갈아입고 가게에 나가실 거란다. 그러니 오늘 밤은 혼자서 공부하도록 해요. 여름방학 숙제를 아직 끝내지 않았잖아."

그가 철이 들기 시작한 이후로 어머니가 혼자 외박을 한 일은 단 한 번도 없었다. 노보루는 이런 상황 자체에는 놀라지 않았으나 불안과 분노로 얼굴이 새빨개졌다. 오늘 밤 또다시 서랍 속의 구멍에서 어떤 계시가 나타나고 어떤 기적을 보여줄지 줄곧 기대하고 있었다.

낮잠을 잤기 때문에 조금도 졸리지 않았다.

책상 위에는 며칠 후에 시작될 새 학기를 앞두고 아직 못다 한 숙제가 산더미처럼 쌓여 있다. 내일 류지가 출발하고 나면 어머니가 조금은 도와줄 것이다. 도와준다고 해도 어머니가 해줄 수 있는 것은 국어나 영어나 그림 그리기와 만들기 정도이고, 사회도 의심스럽고 과학이나 수학은 아예 안 될 것이다. 저렇게 수학이 안 되는데 어떻게 가게를 꾸려가는 것일까? 시부야 지배인에게 조종당하고 있는 건 아닌지 모르겠다.

아무리 참고서를 뒤적여보아도 마음은 전혀 그곳에 머물지 않았다. 오늘 밤 확실히 어머니와 류지가 여기에 없다는 사실이 오히려 그를 고민하게 했다.

노보루는 안절부절못하다가 드디어 좁은 방 안을 맴돌기 시작했다. 어떻게 해야 잠을 잘 수 있을까? 어머니 방에 가서 밤바다의 장등이라도 볼까? 밤새도록 빨간 장등이 깜박이는 배도 있을 것이고, 어쩌면 어젯밤처럼 이 시각에도 기적 소리를 높이며 출범하는 배가 있을지도 모른다.

그때 어머니의 방문이 열리는 소리가 들렸다. 어쩌면 어머니는 노보루를 속이고 류지와 함께 이미 돌아왔는지도 모른다. 그는 서둘러서 예의 그 서랍을 소리 나지 않게 살짝 잡아당긴 뒤 껴안아 바닥에 놓았다. 그것만으로도 땀이 줄줄 흘렀다.

노보루가 자기 방문의 노크 소리를 들은 것은 이때였다. 그는 서둘러 문 쪽으로 다가갔다. 아무래도 이런 시각에 무슨 사정이라도 있는 것처럼 서랍이 나와 있는 것을 들키면 곤란하다. 그래서 있는 힘을 다하여 문을 밀고 버텼다. 손잡이는 두세 번 듣기 싫은 소리를 내며 겉돌았다.

"왜 그래? 들어가면 안 돼?"

이렇게 말하는 목소리의 주인공은 어이없게도 가정부였다.

"무슨 일인데? 뭐, 됐어. 그럼, 불 끄고 얼른 자. 이제 11시가 다 되었네."

노보루는 몸으로 문을 더 세게 밀어붙이며 입을 꾹 다물고 있었다.

그러자 뜻하지 않은 일이 생겼다. 열쇠 구멍에 열쇠가 꽂히는가 싶더니, 그것이 난폭하게 돌아가고 문은 바깥에서 잠기고 말았다. 가정부에게 마스터키가 있다니, 노보루는 처음 아는 사실이었다. 그는 어머니가 열쇠를 전부 들고 나갔다고 생각하고 있었다.

지독하게 화가 나고 이마에 땀을 줄줄 흘리며 그는 있는 힘껏 손잡이를 돌렸다. 문은 이제 열리려 하지 않았다. 가정부의 슬리퍼가 계단을 삐걱거리며 내려가는 소리가 멀어져갔다.

노보루의 또 하나의 간절한 소망, 즉 몰래 집을 빠져나가 대장의 집 앞에 가서 창밖에서 암호를 외쳐 대장을 깨워 불러내는 소망이 이루어질 천재일우千載一遇의 기회도 없어지고 말았다. 그는 이 세상 사람을 모두 증오했다. 그래서 긴 일기를 썼다. 류지의 죄목도 잊지 않고 적어놓았다.

"쓰카자키 류지의 죄목.

제1항, 낮에 만났을 때 나를 보고 비굴하게 비위 맞추듯 웃은 것.

제2항, 젖은 셔츠를 입고 공원의 분수로 샤워했다고 룸펜처럼 둘러댄 것.

제3항, 마음대로 어머니와 외박하고 나를 매우 고립된 환경에 둔 것."

그러나 노보루는 다시 생각해보고 이 제3항만은 삭제했다. 제1, 2항의 아름답고 이상적이고, 그래서 객관적인 가치판단과 제3항의 판단은 분명히 모순되고 있다. 생각해보면 제3항처럼 주관적인 문제는 노보루 자신이 미성숙하다는 증거가 될 수는 있지만, 결코 류지의 죄나 허물이 되지 않았다.

격분한 나머지 노보루는 치약을 잔뜩 칫솔에 올리고 잇몸에서 피가 날 정도로 입안 구석구석 칫솔질하다가 거울 속에서 고르지 않은 이가 연녹색의 작은 거품 속에 묻혀 아이다운 송곳니 끝만 하얗게 빛나는 것을 보고 절망했다. 박하 향이 그의 분노를 순결하게 만들었다.

노보루는 대충 셔츠를 벗어 던지고 파자마로 갈아입은 다음, 방 안을 둘러보았다. 증거품인 서랍이 아직 제자리에 들어가지 않은 채 있다.

좀 전에 빼놓을 때보다 훨씬 무겁게 느껴지는 그것을 들어 올리다가 노보루는 불현듯 떠오른 생각이 있어 다시 바닥에 내려놓았다. 그러고는 익숙한 몸짓으로 서랍의 빈자리에 몸을 쑥 욱여넣었다.

혹시라도 저 구멍이 막힌 것은 아닐까 하는 생각이 들자 머리카락이 쭈뼛 섰다. 구멍은 보이지 않았다. 하지만 손가락으로 더듬어보니 확실히 구멍은 원래대로 있다. 단지 맞은편에 구멍을 한눈에 드러나게 해줄 만한 빛줄기가 없었다.

노보루는 가만히 구멍에 눈을 대었다. 좀 전에 어머니의 방문이 열린 것은 가정부가 차광용 커튼을 제대로 닫으러 들어간 것임을 알았다. 한참 동안 집중해서 보니 빛이 희미하게 비쳐 뉴올리언스풍 놋쇠 침대의 윤곽이 보였다. 그러나 그것은 극히 미세한, 그야말로 곰팡이 같은 빛일 뿐이다.

방 전체는 커다란 관 속인 것처럼 어둡고 검다. 한낮의 열기가 아직 남아있지만 여기나 저기나 그저 어둠이 조금 더 짙고 옅을 뿐 노보루가 아직 본 적이 없는, 이 세상에서 가장 캄캄한 미립자가 복작대고 있다.

제8장

어젯밤 두 사람은 야마시타山下 다리 기슭에 있는 작고 낡은 호텔에 묵었다. 요코하마에서 제법 얼굴이 알려진 후사코로서는 큰 호텔에 묵는 것이 꺼려졌다. 후사코가 그 앞을 수도 없이 지나쳤으나, 먼지 낀 정원수에 둘러싸여 정취라곤 없는 2층 건물에 구청 느낌의 현관, 선박회사의 커다란 달력이 벽에 걸린 살풍경한 프론트가 입구의 투명한 유리 너머로 들여다보이는 그런 호텔에 언젠가 자신이 묵게 될 것이라고는 생각하지 않았다.

아침결에 아주 잠깐 눈을 붙이고 두 사람은 출범 시간까지 일단 헤어졌다. 후사코는 집으로 돌아가서 옷을 갈아입고 출근했고, 류지는 쇼핑을 나서는 일등항해사와 교대하여 출범 직전까지 하역 감독을 해야 했다. 하역에서 중요한 밧줄 관리는 원래 그가 책임지고 있었다.

출범은 오후 6시로 정해졌다. 정박하는 동안 비가 오지 않아서 하역은 예정대로 나흘 밤낮으로 진행되었고, 출항하는 라쿠요마루는 이제 브라질 산토스를 향하여 화물주의 계획에 따라 항해에 나서는 것이다.

후사코는 오후 3시에 가게에서 일찍 조퇴하고 한동안 기모노 입은 일본 여자를 보지 못할 류지를 위하여 조글조글 주름진 천으로 된 유카타* 차림에 긴 은빛 손잡이가 달린 양산을 들고, 노보루와 함께 자동차로 집을 나섰다. 길거리는 한산했고, 4시 15분쯤에 자동차는 이미 부두에 도착했다.

검은 타일의 상감 문자로 시영市營 3호라고 쓰여 있는 간이창고 주변에는 크레인 차와 트럭이 몇 대 모여 있고, 라쿠요마

---

* 목욕을 한 뒤나 여름철에 입는 무명 홑옷.

루의 데릭기중기*는 아직 불안정하게 움직이고 있었다. 후사코는 류지가 일을 마치고 내려올 때까지 냉방이 된 차 안에서 기다리기로 했다.

그러나 노보루는 가만히 있지 않았다. 자동차에서 뛰어나와 활기 넘치는 다카시마 부두의 거룻배 집합소나 창고의 안팎을 들여다보며 다녔다.

간이창고 안은 오염된 녹색의 철골이 교차하고 그 아래에 흰색 나무상자가 잔뜩 쌓여 있었는데, 측면에 영어 스탬프가 찍혀 있고 모서리마다 검은색 금속으로 연결하여 새로 만든 상자들이다. 늘 보는 강줄기를 거슬러 올라가 수원水源인 작은 샘에 도달했을 때처럼, 아이들이 철도를 보며 품은 꿈의 종점을 눈앞에 보여주고 산더미처럼 쌓인 짐들 속으로 사라지는 작은 선로를 보자, 노보루는 자신이 꿈의 한 자락에 닿았다는 기쁨과 함께 가벼운 실망을 느꼈다.

"엄마! 엄마!"

그는 자동차로 달려와서 창유리를 세게 두드렸다. 라쿠요마루의 뱃머리에 위치한 양묘기** 옆에서 류지의 모습을 발견한 것이다.

후사코는 양산을 들고 차에서 내렸다. 그리고 노보루와 나란히 서서 저 높은 곳에 있는 류지에게 손을 흔들었다. 류지는 더러워진 셔츠에 뱃사람들이 쓰는 모자를 비뚜름하게 쓰고 손

---

* 화물을 싣거나 내릴 때 쓰는 크레인.

** 揚錨機: 닻을 감아올리고 풀어 내리는 장치.

을 들어 두 사람에게 응답했고, 일이 바쁜지 다시 모습을 감췄다. 그렇게 류지가 일하고 있고 얼마 안 있으면 출항한다는 것이 노보루는 말할 수 없이 자랑스러웠다.

그의 모습이 다시 나타나기를 기다리며 후사코도 양산을 펼치고 바깥에 서서, 여전히 안벽에 라쿠요마루를 매어둔 세 가닥의 굵은 강철 밧줄이 뚜렷하게 분할한 항구의 경치를 바라보았다. 해풍이 소금기를 머금고 있는 것처럼, 붉게 타오른 석양 아래 지나치게 밝아진 항구의 풍경 구석구석에도 어떤 강력하고 알싸한 비애가 스며들고 있었다. 가끔 들리는 철판을 두드리는 소리나 쇠사슬을 바닥에 내던지는 소리도 길고 우울한 여운이 느껴지는 것은 밝은 공기 속으로 끼어드는 그 비애 때문이었다.

콘크리트 지면에서 반사되는 빛은 뜨거운 열기를 담고 있어서 어지간한 바닷바람은 아무 소용이 없었다.

모자는 뜨거운 석양을 등지고 안벽 한쪽에 쪼그리고 앉아 곰팡이 같은 하얀 반점이 핀 돌판에 거품을 일으키며 잔잔한 파도가 다가오는 것을 바라보고 있었다. 거룻배 집합소의 공용배가 한 척씩 흔들리며 천천히 다가왔다가 다시 멀어졌다. 배 위에서 나부끼는 빨래를 스치며 갈매기가 날아오르고, 오염된 물 위에 떠다니는 나무 조각들 틈에서 반짝이는 통나무 하나가 바닷물이 너울거리는 대로 돌아다녔다.

잔물결을 물끄러미 보고 있으면, 햇빛을 반사하며 하얗게 빛나는 측면과 검푸른 빛이 나는 측면이 미세하게 자리를 바꾸며 끊임없이 똑같은 능선을 그려서, 그 능선의 무늬만 눈동자 속으로 파고들어오는 것 같다.

노보루는 라쿠요마루의 뱃머리에 있는 흘수표* 숫자가, 배가 가장 조금 잠기는 60부터 시작하여 84와 86 사이에 머물다가 결국에는 닻을 넣는 구멍 가까이 90까지 가는 것을 소리 내어 읽고 있었다.

“저기까지 물에 잠길 때가 있을까? 그러면 큰일 나겠어요.”

어머니의 기분을 잘 살피는 노보루는 어머니가 그렇게 넋을 잃고 바다를 바라보는 모습이 다시 그 거울 앞에 외롭게 서 있는 나신과 닮아 보여서 더욱더 아이다움을 가장하며 질문했다. 하지만 어머니는 대답하지 않았다.

항구의 수역 맞은편에는 연회색 연기가 나카구中區 거리에 가로로 길게 뻗어 있고 붉고 흰 무늬의 마린 타워가 높이 솟아 있으며 먼바다는 하얀 돛대의 숲에 점령되어 있었다. 저 멀리 석양볕을 정면으로 받아 눈부시게 아름다운 뭉게구름이 뒤얽혀 있었다.

한편 라쿠요마루 맞은편에서 하역을 끝낸 너벅선** 한 척이 증기를 퐁퐁 뿜으며 멀어져가는 것이 보였다.

——류지가 배에서 내려온 것은 5시가 좀 지났을 때였다. 그때 그가 밟고 내려온 사다리에는 끌어 올릴 때 쓰는 은색 쇠사슬이 이미 걸려 있었다.

---

* 吃水標: 배가 물 위에 떠 있을 때 아랫부분이 물에 잠기는 깊이를 표시한 것.

** 너비가 넓은 배.

조금 전에 노란색 헬멧을 쓴 일꾼들이 그 사다리에서 내려와 N항만 작업주식회사라고 쓰인 버스를 타고 돌아갔다. 그보다 먼저 배 옆에 서 있던 항만국의 8톤 적재 크레인 차가 돌아갔다. 하역은 끝났다. 그로부터 얼마 지나지 않아서 류지가 모습을 드러냈다.

후사코와 노보루는 그들 앞에 생긴 긴 그림자를 따라 류지를 향해 달리기 시작했다. 류지는 노보루의 밀짚모자를 손으로 누르고 모자의 챙이 눈에 덮여 버둥거리는 노보루를 보며 웃었다. 노동이 류지를 쾌활하게 했다.

“드디어 작별이다. 배가 나갈 때 나는 선미에 있을 거요.”

그는 저 멀리 선미 쪽을 가리키며 말했다.

“기모노 입고 왔어요. 한동안 당신, 기모노 볼 일이 없잖아요.”

“미국에 단체 여행 온 일본인 아줌마라면 모를까.”

두 사람은 놀라울 정도로 말수가 적었다. 후사코는 앞으로 자신이 분명히 겪게 될 고독에 대해 한마디 하려다 그만두었다. 한입 베어 문 사과의 하얀 과육이 그 깨문 자리에서 바로 변색하는 것처럼 이별은 3일 전 이 배에서 두 사람이 처음 만난 시점부터 이미 시작되고 있었다. 따라서 이 이별의 느낌은 사실 전혀 새로울 게 없었다.

노보루는 어떤가 보니, 어린아이인 척하며 이 자리의 인물과 이 상황의 완벽함을 지켜보고 있었다. 지켜보는 것이 그의 역할이었다. 주어진 시간이 되도록 적은 편이 좋았다. 시간이 적으면 완벽함이 손상될 확률도 낮을 것이다.

지금 류지는 여자와 헤어져 지구 반대편으로 여행을 떠나는 남자로, 한 사람의 선원으로, 이등항해사로 완벽했다. 어머니도 마찬가지였다. 어머니도 남겨진 여자로서, 환희의 추억과 이별의 비애를 모두 품은 아름다운 범포*로서 완벽했다. 지난 이틀 동안 두 사람은 여러 가지 실수를 하고 위험한 연기도 했지만, 지금 이 순간은 더할 나위 없이 완벽했다. 노보루는 그저 류지가 여기서 더 어리석은 말을 할까 봐 조마조마했다. 그는 챙이 긴 밀짚모자 밑에서 두 사람의 얼굴을 번갈아 올려다보았다.

류지는 여자에게 입맞추고 싶었지만 노보루를 의식해서 하지 못했다. 그러나 그는 죽음을 앞에 둔 사람처럼 모든 사람에게 평등하게 친절한 사람으로 남기를 바랐다. 다른 사람의 감정과 다른 사람의 추억 쪽을 자신의 존재보다 훨씬 소중하게 여기는, 이 고민스럽게 달콤한 자기희생 속으로 류지는 조금이라도 빨리 숨고 싶었다.

후사코는 후사코대로, 자기가 이제부터 기다리다 지친 여자가 될 것이라는 예상을 아직은 자신에게 허용하고 싶지 않았다. 탐을 내듯 남자를 바라보며 이것으로 충분하다고 할 만한 한계를 찾고 있었다. 남자는 단단한 윤곽을 갖고 그 윤곽에서 결코 벗어나려 하지 않는 완고한 물체로 보여 후사코는 애가 탔다. 만약 이것이 윤곽을 희미하게 하는 안개 같은 것이면 얼마나 좋았을까! 이 시시하고 완고한 물체는 기억이 소화해 없애기에는 지나치게 단단하다. 이를테면 그 남자의 너무 짙은 눈썹, 이를테면 너무 단단한 어깨……

---

* 帆布: 돛으로 쓰이는 천.

"편지 보내주세요. 재미있는 우표 붙여서요."

자신의 역할을 잘 이해하고 있는 노보루가 말했다.

"그래, 항구에 닿을 때마다 보낼게. 너도 편지 보내줘. 뱃사람에게는 편지가 제일 큰 낙이거든."

그는 출항 준비하러 이제 가야 한다고 말했다. 세 사람은 번갈아가며 악수했다. 류지는 은색 사다리를 올라 그 꼭대기에서 뒤돌아보며 모자를 흔들었다.

해가 서서히 창고의 지붕 위로 기울며 서쪽 하늘이 불꽃에 휩싸이고 햇빛은 하얀 선교의 정면을 눈부시게 비추어 킹 포스트*와 버섯 모양 환기통의 그림자를 선교에 선명하게 남겼다. 날아다니는 갈매기의 날개는 검고, 배 부분만 햇빛을 받아 선명한 달걀 색깔로 밝아지는 것을 노보루는 보았다.

라쿠요마루 주변은 떠날 차들이 모두 떠나 한산해졌고 석양빛만 넘쳐났다. 하지만 아직도 높은 난간을 걸레질하는 뱃사람이나 한쪽 눈에 안대를 하고서 페인트통을 늘어뜨리고 창틀에 페인트칠하는 뱃사람의 모습이 조그맣게 보였다. 어느 틈엔가 출범기**를 올리고 파란색, 흰색, 빨간색의 신호 깃발이 돛대 위로 비스듬히 올라가고 있다.

후사코와 노보루는 천천히 선미 쪽으로 발걸음을 옮겼다.

---

* King post: 경사로를 열고 닫기 위한 강철 와이어를 지지하는 기둥.

** 出帆旗: 배가 항구를 떠날 때 모든 선원의 귀선歸船을 촉구하기 위해 다는 국제 신호기의 하나.

안벽의 창고는 이미 청록색 덧문을 모두 내렸고, 그 길고도 침울한 벽면에는 커다란 금연 표지와 분필로 흘려 써놓은 싱가포르, 홍콩, 라고스 등의 항구 이름이 적혀 있다. 타이어, 쓰레기통, 질서 있게 세워놓은 짐수레들이 하나같이 그림자가 길어지고 있었다.

선미를 올려다보니 아직 사람이 없었다. 배수되는 물소리가 매끄럽게 이어지고, 프로펠러를 주의하라는 문구가 큼지막하게 배 한복판에 적혀 있으며, 바람에 펄럭이는 모슬린 천의 일장기는 바로 옆에 있는 양묘기의 그림자를 품고 있었다.

6시 15분 전, 첫번째 기적이 흩어지듯 천천히 울려 퍼졌다. 노보루는 그 소리를 들으며 어젯밤의 환영이 진실이었고 자신이 지금 꿈의 종착지이기도 하고 출발지이기도 한 장소에 서 있다는 것을 깨달았다. 그때 류지의 모습이 일장기 옆으로 나타났다.

"불러보렴."

후사코가 말했다. 기적 소리가 끊어지는 때에 맞춰 노보루는 목청을 높였으나 앵앵거리는 자신의 목소리가 듣기 싫었다. 류지는 고개 숙이고 손을 가볍게 흔들었다. 너무 멀어서 그의 표정은 잘 보이지 않았다. 또다시 그는 어젯밤 달빛 아래 기적이 울리는 쪽으로 예민하게 어깨를 돌린 것처럼 곧바로 자신의 임무로 돌아가 다시는 이쪽을 보려 하지 않았다.

후사코는 무심코 뱃머리 쪽에 눈길을 주었다. 사다리는 이미 끌려 올라가 배는 육지에서 완전히 분리됐다. 초록색과 크림색으로 나누어 칠한 그 배의 중앙은, 어마어마하게 큰 도끼가 하늘에서 갑자기 뚝 떨어져 육지와의 사이를 쪼개놓은 단면처럼 보인다.

굴뚝은 연기를 토해내기 시작했다. 창백한 하늘을 심하게 오염시키는 그 엄청난 연기는 시꺼멓다. 확성기 소리가 갑판을 날아다녔다.

“뱃머리 3배杯, 닻 올릴 준비”

“닻 당기고”

그리고 또다시 기적이 낮게 울렸다.

“뱃머리, 흐름 양호”

“양호”

“닻 올리고”

“올리고”

“레츠 고! 헤드라인! 쇼어라인!”

후사코와 노보루는 예인선曳引船에 끌려가는 라쿠요마루가 선미부터 조금씩 안벽에서 떨어지는 모습을 보았다. 안벽과 배 사이에서 반짝이는 물길은 부채꼴로 벌어지고 두 사람의 눈길이 선미 선교에 있는 류지의 하얀 선원 모자를 장식한 금 사슬의 광채가 멀어지는 것을 따라가다 보니 순식간에 라쿠요마루는 방향을 바꿔 안벽과 거의 직각이 되었다.

시시각각 변하는 선박의 각도에 따라 배는 복잡하게 변하며 평범하지 않은 모습을 보였다. 이렇게 긴 안벽을 점령한 배의 전체 길이는 예인선에 끌려 선미가 안벽에서 멀어짐에 따라 짧아지는 것 같다. 배는 점차 병풍이 첩첩이 접히며 줄어드는 것처럼 갑판의 여러 구조물의 간격은 촘촘해지고, 게다가 여러 모양으로 올록볼록한 배의 윤곽은 석양의 황금빛 후광으로 둘러싸여, 중세 고성古城의 화려한 다층건물 같은 위용을 드러내고 있다.

그러나 그것도 잠깐이었다. 예인선이 이번에는 라쿠요마루의 뱃머리를 먼바다로 향하게 하려고 선미를 안벽 쪽으로 크게 우회하여 끌기 시작하면, 그렇게 촘촘하게 겹쳐 보이던 배는 다시 펼쳐져 각 부분이 뱃머리부터 차례로 제자리를 찾아 모습을 드러내기 시작한다. 한번 시야에서 벗어난 류지의 모습은 성냥개비만큼 작아져 이제는 그 남자인 것을 겨우 알 수 있을 뿐이나, 석양이 빛나는 육지를 향한 선미의 일장기 옆에 다시 나타났다.

"레츠 고! 터그보트*"

라고 외치는 확성기 소리는 바닷바람에 실려 더욱 명료하게 들려왔다. 예인선은 라쿠요마루에서 분리되어 멀어졌다.

배는 그 자리에 정지하여 기적을 세 번 울렸다. 한동안 배 위에 있는 류지도 잔교에 남은 후사코와 노보루도 모두 다 아교풀처럼 끈끈한 시간에 붙잡힌 듯이 불안한 침묵과 고요한 정지를 느끼고 있었다.

드디어 화물선 라쿠요마루는 항구 전체를 흔들어 누르고, 시내의 모든 창가에 닿기까지 기적을 울렸다. 저녁 식사 준비를 하는 주방에도, 아직 침대 시트를 갈지 않은 작은 호텔의 침대

---

* tugboat: 예인선.

에도, 빈방의 아이들 책상에도, 학교에도, 테니스코트에도, 묘지에도, 그렇게 모든 자리에 밀고 들어가 그곳을 잠시 비애로 가득 채우고 전혀 상관없는 사람의 마음마저 갈기갈기 찢는 저 거대한 출항의 기적을 울려 퍼지게 했다. 하얀 연기를 뿜으며 배는 똑바로 먼바다를 향했다. 류지의 모습은 이제 보이지 않는다.

제2부

겨울

제1장

12월 30일 오전 9시, 신항 부두의 세관에서 나오는 류지를 후사코는 홀로 마중 나갔다.

신항 부두는 신비하고 추상적인 거리였다. 지나치게 청결한 거리, 길가에 늘어선 앙상한 플라타너스, 뜸한 인적, 고풍스러운 붉은 벽돌 창고와 르네상스 양식의 창고회사 빌딩, 이들 사이의 분선 철도로 고물 기관차가 검은 연기를 토하며 지나가고 있었다. 그 소규모 건널목도 어딘가 진품 같지 않고 장난감 같은 느낌이었다. 이 거리가 비현실적으로 느껴지는 것은, 거리에 있는 모든 것이 오로지 항해만을 위해 작동하고 붉은 벽돌 한 장까지도 바다에만 마음을 빼앗겨 바다가 이 거리를 단순하고 추상적인 것으로 만든 대가로, 이번에는 이 거리가 그 현실적 기능을 버리고 그저 꿈에만 정신을 빼앗긴 듯한 모습으로 변해버렸기 때문이다.

게다가 비가 내리고 있었다. 오래된 붉은 벽돌 창고에는 붉은 물이 선명하게 흘러내렸고, 지붕 사이로 뚫고 나온 셀 수 없이 많은 돛대는 젖어 있었다.

후사코는 눈에 띄지 않으려고 자동차 안에서 기다리고 있었다. 비 내리는 창밖으로 소박한 목조 오두막인 세관에서 선원들이 한 사람씩 나오는 것이 보였다.

류지는 짙은 남색 반코트의 깃을 세우고 선원 모자를 깊숙이 눌러쓴 모습으로 낡은 여행 가방을 늘어뜨린 채 몸을 앞으로 조금 숙이며 빗속으로 나섰다. 후사코는 이미 내막을 아는 나이 든 운전사에게 달려 나가 그를 부르게 했다.

비에 젖은 부피가 큰 짐을 거칠게 던져 넣으며 류지는 구르듯이 자동차에 탔다.

"마중 나왔군. 역시 나와줬어."

그는 밍크코트를 입은 후사코의 어깨를 독수리처럼 움켜잡고 숨을 헉헉거리며 말했다. 전보다 더 검게 탄 볼은 눈물인지 빗물인지 모를 것에 젖은 채 불뚝거렸다. 그와는 반대로, 어슴푸레한 자동차 안에 창문을 뚫어놓은 듯이 후사코의 얼굴은 감동으로 창백해졌다. 두 사람은 키스하며 울었다. 류지는 여자의 코트 밑으로 손을 넣어 방금 구조해 올린 몸이 살아 있는지 확인하는 것처럼, 순식간에 온몸을 더듬고 부드러운 허리를 두 손으로 꼭 끌어안으며 후사코의 존재 자체를 마음속에서 다시 불러왔다.

여기서부터 자동차로 6~7분이면 후사코의 집에 도착한다는 건 이미 알고 있다. 야마시타 다리를 건널 즈음에야 비로소 두 사람은 대화다운 대화를 할 수 있었다.

"편지, 많이 보내줘서 고마웠어. 백 번씩 읽었다고."

"저도요. ……이번 설에는 집에서 지낼 거지요?"

"응. ……노보루 군은?"

"마중 나오고 싶어 했는데 살짝 감기 기운이 있어 자고 있어요. 아니, 대단한 감기는 아니에요. 열도 그렇게 많진 않고……"

그들은 아무 생각도 하지 않고, 이렇게 분명하게 육지 사람끼리 나누는 자연스러운 대화를 하며 이상해하거나 의심하지 않았다. 떨어져 있는 동안에는 이런 대화가 곤란한 정도가 아니라 불가능할 것이라고 여겨서 그들이 지난여름의 연결고리를 자연스럽게 찾아갈 수 없으리라 생각했다. 지난 일들은 완전한 동그라미로 매듭지어진 상태다. 그들은 저 빛나는 동그라미에서 쫓겨나서 두 번 다시 그 속에 들어갈 수 없다고 생각했다. 넉 달 전, 방 안에 걸어놓고 나온 재킷 소매에 전처럼 쉽게 팔을 다시 끼우듯이 일이 진행될 리가 있겠는가?

기쁨의 눈물이 불안을 씻어내고 모든 것이 가능한 인간의 심경으로 두 사람을 단숨에 밀어 올렸다. 류지의 마음은 마비되었는지 그리움과 반가움조차 있는 그대로 느껴지질 않았다. 차창 밖에 좌우로 자리 잡은 야마시타 공원과 마린 타워도 마음속에서 몇 번이나 반추했던 모습 그대로 원래 있던 그 자리에 분명히 존재한다고 믿는 수밖에 없었다. 그러나 빗방울이 떨어지며 피어오른 수증기가 풍경 속의 모든 명백하고 객관적인 존재를 흐릿하게 만들어 조금은 기억 속의 이미지와 비슷해지면서 현실감을 한층 높여주었다. 보통 배에서 내리면 한동안은 세상이 흔들리고 불안정하게 느껴지게 마련인데, 오늘처럼 그가 직소 퍼즐 그림의 인물 조각이 제자리에 맞추어진 듯 친숙하고 확실한 세계에 들어갔다고 느낀 것은 처음이었다.

야마시타 다리를 건너서 우회전한 자동차는 비에 젖지 않도록 쥐색의 덮개를 덮은 거룻배가 가득한 운하를 오른쪽에 끼고 곧바로 프랑스영사관 옆의 언덕을 오르기 시작했다. 하늘은 높아지고 흐트러진 구름은 밝게 펼쳐지며 비가 그쳐가고 있었다. 언덕을 끝까지 올라가서 공원 앞을 지났다. 다니자키谷崎 거리에서 오솔길 왼쪽으로 들어가 구로다 저택의 문 앞에서 차가 멈추었다. 문에서 현관까지 두세 걸음인 바닥의 돌판은 심하게 젖어 있었으나 하늘은 밝아지기 시작했다. 나이 든 운전사는 후사코에게 우산을 씌워주고 현관 벨을 눌렀다.

밖으로 나온 가정부에게 현관이 어두우니 불을 켜라고 후사코가 지시했다. 류지는 현관의 낮은 문턱을 넘어 어두컴컴한 실내로 발을 들여놓았다.

그 순간 류지는 자신의 발이 문턱을 넘으려 할 때 잠깐 망설이는 듯한 미묘한 느낌에 사로잡혔다.

그는 여자와 함께 처음 모습대로 반짝이는 예전과 같은 동그라미 속에 발을 들여놓았다고 생각했다. 그런데 말로 표현하기 어려운 미묘한 차이지만, 뭔가 처음과는 다른 것이 있었다. 늦여름 출항하며 이별을 할 때나 그 후에 종종 받은 편지 속에서도 여자는 미래를 서로 약속하거나 계속 이어지기를 바란다는 말을 조심스럽게 피하고 넘어갔으나 조금 전의 포옹으로 두 사람이 돌아가고 싶은 곳은 같은 곳이라는 게 분명해졌다. 하지만 그는 마음이 조급해져 있었으므로 이 미묘한 위화감을 확인해보려고 하지 않았다. 이렇게 해서 류지는 이제는 전혀 다른 집에 들어간다는 것을 알아채지 못했다.

"비가 엄청나게 많이 와." 이어서 후사코가 말했다. "그래도 곧 그칠 것 같아."

그때 현관의 불이 들어와 베네치아산 거울로 장식된 좁은 현관에 류큐* 대리석을 촘촘히 깔아놓은 바닥이 모습을 드러냈다.

거실 난로에는 이미 장작이 빨갛게 타고 있고 벽난로 선반 위의 쟁반에는 풀고사리, 굴거리나무, 모자반, 다시마 따위의 신년하례용 먹거리를 빠짐없이 깔아놓았으며 가가미모찌** 까지 꾸며져 있었다. 가정부는 차를 내오며 예의 바르게 인사했다.

"다녀오셨어요? 모두가 정말 오래 기다리셨어요."

전과 다르게 응접실에는 후사코의 새로운 수예품이 늘었고 작은 테니스 트로피가 장식되어 있었다.

후사코가 그것들을 차례로 설명했다. 류지가 떠난 뒤에 후사코는 전보다 테니스와 자수에 더 열중하여 주말은 물론이고 가게가 한가한 틈에는 묘향사妙香寺 누대樓臺 아래에 있는 테니스 클럽에 갔고, 밤이면 오동나무 수틀 안의 명주 천을 향해 자수 바늘을 움직였다. 후사코의 밑그림 도안은 배와 관련된 것이 많아졌다. 남만병풍*** 느낌의 검은 배나 고풍스러운 조타륜 도

* 琉球: 오키나와沖繩의 과거 지명으로, 난세이南西 제도의 남반부를 칭함.

** 鏡餠: 떡을 신불에게 바치는 설 명절 장식이며 신에 대한 공물.

*** 南蠻屛風: 16세기 말에서 17세기 초 일본이 스페인·포르투갈을 통칭하는 남만과 교역하는 모습을 그린 풍속화이자 병풍.

형의 쿠션은 가을부터 만든 새 작품이다. 얼마 전 송년 테니스 대회의 여자 복식경기에서 후사코는 이 트로피를 받았다. 그리고 이 모든 것이 류지에게는 자기가 없는 동안 후사코가 정결했다는 증거다.

"그래도 이렇다 할 사건은 하나도 없었어요, 당신 없는 동안에." 후사코는 말했다.

절대 기다리지 않을 작정으로 그렇게 류지와 헤어졌건만, 류지가 떠나자 바로 기다리기 시작하는 자신이 한심했다고 후사코는 말했다. 그와의 일은 잊은 셈 치고 가게 일에 온 정성을 기울이며 손님 응대를 하다가 손님이 나가고 나면 조용해진 가게에 파티오의 분수 소리가 들린다. 그 소리에 귀를 기울이고 있다가 깜짝 놀란다. 그 순간 이미 후사코는 기다린 것이다. ……

——이전과 다르게, 그녀는 이런 식으로 자신의 감정을 조금도 감추지 않고 솔직하게 말하게 되었다. 대담한 문체로 자주 편지를 쓰다 보니 이제 그녀에게는 생각지도 않은 새로운 자유가 생겼다.

류지도 마찬가지였던 것이, 그 또한 이전보다 수다스러워지고 쾌활해졌다. 이런 변화는 호놀룰루에서 그가 후사코의 첫 편지를 받았을 때부터 시작됐다. 그는 눈에 띄게 붙임성이 늘었고 식당 겸 회의실로 쓰는 홀에서 사람들과 수다 떠는 일에도 기꺼이 참여했다. 그래서 곧 라쿠요마루의 사관들은 그의 연애사의 세세한 부분까지 다 알게 되었다.

"노보루가 어떤지 좀 봐줄래요? 당신 만날 날을 그렇게 기다리고 있었는데, 그 아이 분명히 어젯밤에는 잠도 제대로 못 잤을 거예요."

류지는 당연하다는 듯 일어섰다. 그는 이미, 분명히, 모든 사람이 기다리고 사랑하는 인간이었다.

가방 속에서 노보루에게 줄 선물을 꺼내 들고 늦여름의 첫날 밤 후사코의 뒤를 따라가며 거의 다리를 후들후들 떨기까지 하며 오르던 그 어두운 계단을 올라갔다. 이번에는 모든 것이 허용된 인간의 실로 당당한 발걸음으로.

노보루는 계단을 올라오는 발소리를 들었다. 기다리다 긴장하여 침대 속에서 몸이 단단하게 굳었으면서도 그 발소리가 그렇게도 기다리던 것과는 어딘가 다르게 느껴졌다.

방문 앞에서 노크 소리가 나고 문이 활짝 열렸다. 노보루는 밤색의 작은 악어를 보았다. 때마침 하늘이 맑게 개어 물 같은 햇빛이 방 안을 채우고 있어서 문 귀퉁이에서 나타난 악어의 모습은 공중을 헤엄치는 뻣뻣한 네 발이나 '앗' 하고 벌린 입이나 빨갛게 번득이는 눈알이 잠깐이지만 살아 있는 것처럼 보였다. 그는 열이 덜 떨어져 혼탁한 머리로 살아 있는 생물을 장신구로 쓰기도 하는지 생각해보았다. 산호초가 있는 바다에서는 환초*의 안쪽은 잔물결 하나 없이 연못 같고, 저 먼바다에서 큰 파도가 환초의 바깥쪽으로 밀고 왔다가 다시 가버리는

* 環礁: 고리 모양으로 배열된 산호초. 안쪽으로는 얕은 바다를 만들고 바깥쪽은 바다와 맞닿아 있다.

데, 그 하얗게 부서지는 파도의 물마루는 환영처럼 멀리 보인다고 언젠가 류지가 말한 적이 있다. 노보루는 어제보다 멀리 떨어져 나간 두통이 마치 저 먼바다의 환초 바깥쪽에 높이 선 하얀 파도의 물마루 같다고 생각했다. 악어는 그의 두통의, 멀리 떨어져 나간 그의 권위의 상징 같았다. 사실, 소년의 얼굴은 병 때문인지 약간 무거워 보였다.

"자, 선물이다."

문 뒤에서 악어를 세워 보여주던 류지의 온몸이 나타났다. 그는 회색 터틀넥 스웨터 차림으로, 얼굴은 시꺼멓게 그을어 있었다.

이럴 때를 미리 염두에 두고 노보루는 절대로 웃는 얼굴로는 맞이하지 않으리라 결심하고 있었으므로, 병을 핑계 삼아 꼼짝하지 않고 무뚝뚝한 표정을 유지하는 데 성공했다.

"이상하네. 잔뜩 기대하고 있었는데. 또 열이 오르나?"

어머니가 쓸데없는 말을 덧붙였다. 노보루 눈에 어머니가 이렇게 천박해 보이기는 처음이었다.

"이 녀석은 말이야," 류지가 눈치 없이 머리맡에 악어를 놓아두며 말했다. "브라질 인디오가 만든 박제란다. 인디오란 진짜 인디언이야. 축제 때 그 사람들은 머리의 깃털 장식 앞에 이런 작은 악어나 물새의 박제를 붙여. 그리고 이마에 작고 동그란 거울을 세 개 붙이지. 그게 모닥불의 불빛을 반사하면 마치 눈이 셋 달린 요괴처럼 보인단다. 목에는 표범 이빨로 만든 목걸이를 걸고, 허리에는 표범의 모피를 휘감고, 등에는 화살집을 메고, 손에는 예쁜 극채색의 활을 들고 있어. ……이렇게 작은 박제 악어지만, 어찌 되었든 격식을 갖춘 축제 장신구 중 하나라고."

"고마워요."

노보루는 그렇게 한마디 인사를 하고 작은 악어의 올록볼록한 등과 연약한 다리를 쓰다듬으며, 브라질 시골 마을에서 팔다 남은 상품에 쌓였을 흙먼지를 빨간색 유리구슬 눈알 가장자리에서 확인하면서 방금 류지가 설명한 내용을 곱씹어보았다. 뜨겁고 축축한 주름투성이 시트, 난로로 후끈해진 실내. 베개 위에는 건조해진 입술의 각질이 떨어져 있다. 좀 전에 살짝 벗기고 있었다. 그렇게 조금 벗겨낸 뒤라 입술이 너무 빨갛게 보이지는 않을까 걱정하다가 무심코 그 은밀한 구멍이 있는 서랍 쪽을 힐끔 보았다. 그러고 나서 큰일 났다고 생각했다. 어른들이 노보루의 시선을 따라가다가 그쪽을 수상쩍게 여기며 쳐다보기라도 하면! 그러나 괜찮았다. 어른들은 그가 생각한 것보다 훨씬 둔감했다. 그들은 무신경하게 그들만의 사랑 속에 빠져 있었다.

노보루는 물끄러미 류지를 주시했다. 열대 햇볕에 검게 탄 얼굴 때문에 수컷 느낌이 더 강해졌고, 짙은 눈썹과 하얀 이는 더욱 매력적으로 보였다. 그러나 그가 처음에 장황하게 늘어놓은 설명도 노보루의 몽상에 억지로 맞춘 것이고 노보루가 과장된 감정으로 자주 보낸 편지에 대한 인사치레 같아서 부자연스럽게 느껴졌다. 다시 만난 류지는 왠지 류지의 모조품 같았다. 노보루는 참지 못하고 저도 모르게 그것을 입 밖에 내었다.

"으음, 가짜 냄새가 나는데."

그러나 류지는 낙천적인 오해를 했다.

"이봐, 농담하지 마. 너무 작아서 그래? 악어도 아기 때는 작다. 동물원에 가봐라."

"노보루, 그렇게 무례한 말을 하면 못써요. 그보다 저 우표책을 보여드리렴."

노보루가 손을 뻗기도 전에 벌써 어머니는 류지가 각지에서 보내온 편지의 우표를 빠짐없이 붙여놓은 우표책을 책상 위에서 꺼내 류지에게 보여주었다.

어머니는 창가로 들어온 햇빛을 받으며 의자에 앉아서 페이지를 넘겼고, 류지는 의자 등받이에 손을 얹고 내려다보고 있었다. 노보루는 두 사람 모두 옆모습이 아름답다고 생각했다. 온화하고 맑은 겨울 햇빛이 노보루의 존재를 이미 잊고 있는 두 사람의 반듯한 콧대를 산뜻하게 비추고 있었다.

"이번에는 언제 출범하나요?" 노보루가 갑자기 물었다.

어머니가 움찔해서 이쪽을 돌아볼 때 얼굴이 파랗게 질린 것을 노보루는 확실히 보았다. 후사코에게 그것은 가장 묻고 싶지만, 또한 가장 겁이 나는 질문인 게 틀림없다.

류지는 부자연스럽게 창 쪽으로 얼굴을 돌리고 있었다. 잠시 눈을 가늘게 떴다가 천천히 이렇게 대답했다.

"아직 모른다."

노보루는 이 대답에 충격을 받았다. 후사코는 잠자코 있었지만, 그 모습은 뽀글뽀글 거품처럼 올라오는 여러 가지 감정을 작은 코르크 마개로 막아놓은 유리병 같았다. 불행한지 행복한지도 모르는 바보 같은 표정. 그때 노보루는 어머니가 빨래터 아줌마처럼 보였다.

잠시 후 류지는 천천히 이렇게 말했다. 그것은 거짓이든 진실이든, 타인의 운명에 미칠 영향력을 확신하는 남자의 자비로운 목소리였다.

"어쨌든 하역 작업은 정월까지 이어지니까."

——어머니와 류지가 방을 나가자 노보루는 화가 나서 얼굴이 새빨개지고 기침을 해대며 베개 밑에서 일기장을 꺼냈다. 그리고 이렇게 적었다.

"쓰카자키 류지의 죄목.

제3항, '이번에는 언제 출범하나요?'라고 묻자, 생각 없이 '아직 모른다'라고 대답한 일."

노보루는 펜을 놓고 잠시 생각했지만, 다시 화가 솟구쳐 이렇게 적어 넣었다.

"제4항, 애당초 그가 다시 이곳에 돌아온 일."

잠시 후 그는 자신의 분노가 부끄러웠다. '감정이 없는 것'을 그렇게 훈련했건만! 몇 번이나 자신을 채찍질하며 세심하게 자기 마음을 살피고 더는 분노가 한 조각도 남아 있지 않은 것을 확인한 후에 제3항과 제4항을 반복해서 읽었다. 그러고 나서 노보루는 거기에 더 수정할 부분은 없다고 확신했다.

그때 노보루는 옆방에서 희미한 소리를 들었다. 그곳에 어머니가 있는 것 같다. 류지도 그곳에 있는 것 같다. ……이 방에도 자물쇠는 채워져 있지 않다. 다음 일을 생각하고 노보루의 가슴은 고동치기 시작했다. 열쇠로도 지켜지지 않은 방에서 이런 오전에, 어떻게 하면 들키지 않고 가능하면 빨리, 정말로 얼른, 큰 서랍을 살짝 꺼낸 뒤에 몸을 잠입시킬 수 있을까?

제2장

후사코는 선물로 아르마딜로 핸드백을 받았다. 쥐의 머리 같은 장식이 달린 기이한 상품에다 도금이나 봉제도 섬세하지 못한데, 후사코는 그것을 기쁘게 들고 다니며 가게에 자랑까지 해서 시부야 지배인의 눈살을 찌푸리게 했다.

12월 31일에는 렉스도 바빴고 류지도 부탁을 거절하기 힘들어 오후의 워치 당번을 서느라 두 사람은 따로 떨어져 시간을 보냈다. 그렇게 반나절 헤어져 있는 것도 이번에는 당연하게 여겨졌다.

후사코가 가게에서 돌아온 것은 밤 10시를 넘긴 시간이었다. 그러고 보니 집안은 류지가 청소를 도와 노보루와 가정부까지 셋이 함께해서 그런지 예년의 오미소카*보다 훨씬 빨리 정리되어 있었다. 류지는 선박을 대청소할 때처럼 시원시원하게 지휘했고, 오늘 아침부터 열이 떨어진 노보루도 기분 좋게 지시받은 일을 잘했다.

류지는 스웨터의 소매를 걷어 올리고 수건으로 머리를 질끈 동이고 있었고, 이것을 따라 한 듯 수건으로 머리를 동인 노보

* 大晦日: 일본에서 한 해의 마지막 날을 일컫는 말.

루의 두 볼은 발그레하니 생기 있어 보였다. 후사코가 돌아왔을 때, 두 사람은 2층 청소를 다 끝내고 마루 걸레와 양동이를 손에 들고 내려오고 있었다. 후사코는 놀랍고 기쁜 마음으로 이 모습을 바라보았으나, 한편으로 이제 막 회복한 노보루의 몸이 염려되었다.

"괜찮아. 일하고 땀 흘리면 감기 따위 다 날아간다."

이러한 류지의 강한 어조는 거칠지만 안심시키는 말이고, 적어도 이 집에서는 오랫동안 듣지 못한 '남자의 언어'였다. 그 말 한마디로 오래된 기둥과 벽이 꽉 조여져 단단해지는 것이 느껴졌을 정도.

일가는 제야의 종소리를 듣고 메밀국수를 먹고 송구영신을 축하하며,

"전에 있던 맥그리거 씨 댁에서는 송구영신을 위해 손님을 초대하고, 12시가 되면 이 사람 저 사람 가리지 않고 키스를 했어요. 나만 해도 수염이 덥수룩한 북아일랜드 아저씨가 내 뺨에다 쪽쪽 입을 맞추고……"
라는 해마다 똑같은 가정부의 추억 이야기를 들었다.

류지는 침실에 들어가자마자 바로 후사코를 안았다. 밤이 걷히는 첫 기운이 느껴지자 류지는 갑자기 아이 같은 제안을 했다. 이제부터 옆에 있는 공원으로 가서 새해 첫 일출을 보며 기도하자고 조르기 시작한 것이었다. 후사코는 신이 나서 떠들며 이 차가운 날씨에 밖으로 뛰쳐나가는, 그런 미친 짓을 하려는 생각에 들떠 있었다.

두 사람은 서둘러서 최대한 옷을 많이 껴입었다. 후사코는 타이츠 위에 바지를 입고, 캐시미어 스웨터 위에 화려한 덴마크제 스키용 스웨터를 겹쳐 입었다. 류지는 반코트 소매로 그녀의 어깨를 싸안고 발소리를 죽여 열쇠로 문을 열고 밖으로 나섰다.

뜨거워진 몸에 새벽 공기는 상쾌했다. 그들은 어둑한 새벽에 인적 없는 공원으로 달려가 마음껏 웃어젖히고, 측백나무 숲을 누비고 다니며 술래잡기를 하거나 입에서 나오는 수증기가 만드는 선명한 흰색을 놓고 경주라도 하듯 있는 힘껏 숨을 내뿜기도 했다. 밤새도록 애무하며 뜨거워진 입안에 쨍하고 살얼음이 생기는 것 같은 느낌이 들었다.

두 사람이 항구가 내려다보이는 철책에 도착했을 때는 6시를 한참 지난 시간이었다. 금성은 남쪽으로 기울었고, 빌딩이나 창고 앞에 켜진 불빛이나 앞바다의 빨간 장등의 깜박임은 여전히 명확했으며, 마린 타워 선회등의 빨강과 초록 불빛의 띠가 공원의 어둠을 더욱 확실히 쓸어내고 있었으나, 주택가의 윤곽은 차츰 선명해지면서 동쪽 하늘에는 붉은 보랏빛이 퍼지기 시작했다.

그들은 관목의 작은 나뭇가지를 흔드는 차가운 아침 바람결에 멀리서 작게, 비장하고 단속적으로 울려오는 올해의 첫 닭울음소리를 들었다.

"올해는 복된 한 해가 되기를."

후사코는 소리 내어 기도했다. 추워서 서로 뺨을 바싹 대고 있다가 류지는 바로 옆에 있는 여자의 입술에 입을 맞추며 이렇게 말했다.

"복된 한 해가 되고말고. 이미 기정사실이야."

점차로 수면의 윤곽이 확실해지고 건물 경계까지 명확해졌다. 빌딩 비상계단에 켜진 빨간 등을 보며, 류지는 육지 생활의 실체가 어떨지 곰곰이 생각해보았다. 올해 5월이 되면 그도 서른네 살이다. 너무 오래 품은 몽상은 이제 버려야 한다. 이 세상에 그를 위해 따로 준비해놓은 영광은 없다는 사실을 받아들여야 한다. 창고의 희미한 불빛은 청회색으로 어렴풋이 떠오르는 아침의 첫 햇살을 거부하고 깨어나지 않으려 버티고 있지만, 류지는 이제 눈을 떠야 한다.

설날에도 항구에는 여전히 전동음 소리가 나직하게 울려 퍼지고 있었다. 운하의 거룻배 집합소에서 풀려나 마른 고동 소리를 내며 출발하는 거룻배도 있었다.

평온하고 풍성해 보이는 수면이 차츰 포도색으로 물들자, 정박 중인 배의 등불이 물 위에 떨어뜨린 그림자도 색깔이 옅어졌다. 6시 25분. 공원의 수은등이 한꺼번에 꺼졌다.

"춥지 않아?"

류지는 몇 번이나 물었다.

"추위가 잇몸까지 스며들어요. 하지만 괜찮아요. 곧 해님이 나오시겠죠."

몇 번이나 "춥지 않아?"라고 물으며, 류지는 자기 마음에도 몇 번인지도 모르게 묻고 있었다. 정말로 너는 포기할 것인가? 저 대양의 감정, 저 평범치 않은 물결의 동요가 끊임없이 네 마음에 부어준 어둠과 도취를. 멋진 이별을. 유행가의 달콤한 눈물을…… 그를 남자로 만들고, 세상에서 격리해 더욱더 남자답도록 강요하는 듯한 상황을.

두꺼운 가슴 속에 숨어 있는 죽음에 대한 동경, 저 먼 곳의 영광과 저 멀리 있는 죽음. 이렇든 저렇든 '저 먼 곳'이고 '저 멀리'였다. 그것을 포기할 것인가? 어두운 파도의 울음소리나 저 하늘에 있는 구름의 윤곽을 또렷하게 하는 숭고한 빛을 늘 접하고 있어서 마음속이 비틀려 막혀 있다가도 한없이 고양되어, 가장 고상한 느낌과 가장 상스러운 기분을 분별하지 못하게 되었다. 그래서 그 공로와 죄를 전부 바다의 탓으로 돌리며 개운해지는 자유를 너는 포기할 것인가?

한편, 류지는 이번 항해의 귀로에서 자신이 비참하고 단조로운 선원 생활에 완전히 질린 것을 깨달았다. 그는 쓴맛 단맛을 다 보아서 더는 모르는 맛이 하나도 남아 있지 않다고 확신했다. 내 그럴 줄 알았지! 영광은 어디에도 없었다. 전 세계 어느 곳에도. 북반구에도 남반구에도. 저 뱃사람들의 동경의 별, 남십자성 하늘 아래에도!

바다에 있는 저목장의 복잡한 수면도 확실히 분별이 되고, 닭 울음소리에 이끌려 하늘은 수줍은 빛을 띠고 있으며, 스모그에 싸인 항구의 배는 돛에 걸어놓은 등불이 꺼져 이제는 유령처럼 보였다. 하늘이 어슴푸레 붉게 타오르고 옆으로 길게 뻗은 구름이 휘어지며 먼바다를 둘러싸는 모습이 보일 즈음에는, 두 사람 뒤편의 공원 빈터도 허옇게 드러나면서 마린 타워 선회등의 빛줄기는 사라지고 빨강과 초록의 전구 불빛이 깜박이며 반짝이는 듯한 잔상만이 느껴졌다.

몹시 추워서 두 사람은 울타리에 기대어 서로 껴안고 발을 동동 굴렀다. 한기는 드러난 얼굴보다도 발밑에서 게으름도 피우지 않고 올라왔다.

"이제 곧 나올 거야."

나지막이 수런거리는 작은 새들의 지저귐 속에서 후사코가 말했다. 서둘러 나오며 바른 붉은색 립스틱이 소름 돋은 그녀의 하얀 얼굴에서 이제야 선명한 빛깔로 살아난 것을 보며 류지는 아름답다고 생각했다.

저목장에서 훨씬 오른쪽, 옅은 먹색 하늘의 중간쯤에 어정쩡하게 붉은 윤곽이 나타난 것은 그로부터 얼마 지나지 않아서였다. 순식간에 태양은 불쑥 주홍빛 원이 되었지만, 아직 그 빛은 맨눈으로 직시할 수 있을 만큼 약해서 붉은 보름달처럼 보였다.

"복된 한 해가 될 것 같아요. 둘이서 이렇게 첫 일출을 볼 수 있으니. 게다가 내가 태어나서 처음 보는 일출이에요."

그렇게 말하는 후사코의 목소리는 추위로 찌그러져 있었다.

류지는 한겨울 갑판 위에서 북풍에 맞서 소리치듯이, 비정상적으로 큰 목소리로 단호한 결심을 한 듯이 외쳤다.

"결혼해주지 않겠어?"

하지만 질문은 되물어졌다. 다시 말하려다 보니 류지는 초조해져서 안 해도 될 말을 하고 말았다.

"결혼해주지 않겠냐고 묻고 있잖아. 나는 보잘것없는 뱃사람일지 모르지만 너절하게 생활하지는 않았어. 비웃을지 모르지만 저금도 2백만 엔 정도 가지고 있고. 나중에 통장을 보여줄게. 그게 내 전 재산이야. 당신이 그러겠다고 하든 안 하든, 그건 전부 당신에게 줄 거야."

이 소박한 말은 류지의 기대 이상으로 이 세련된 여자의 마음을 빼앗았다. 후사코는 너무 기뻐서 울고 말았다.

류지의 불안한 눈으로는 더 강렬하게 빛나기 시작한 태양을 이제는 직시할 수 없었다. 기적이 울려 퍼지고, 자동차 소리가 메아리치고, 잠에서 깨어난 듯 항구에서 끊임없이 들려오는 소리도 커졌다. 수평선은 안개 때문에 잘 보이지 않았으나 태양은 붉은 안개가 내려앉는 것처럼 처음으로 그 빛을 바로 밑에 있는 바다에 떨어뜨렸다.

"네, 좋아요. 하지만 그에 대해 우리는 여러 가지를 좀더 의논해야 할 거예요. 노보루의 일, 나의 사업장 같은 것. ……조건을 하나 달아도 될까요? 이 이야기, 당신이 다시 바로 배를 탈 생각이라면, 그런 것이라면, 나는, 어려울 것 같아요."

"바로 배를 타지는 않아. 어쩌면, 이제 다시는, ……"

류지는 입속에서 중얼거렸다.

*

후사코는 평소 니혼마*가 없는 집에서 서양식 생활을 했는데, 설날만큼은 관습을 지켜 도소**를 마시며 축하하고, 서양

---

* 日本間: 일본의 전통식 다다미 방을 가리킨다. 와시쓰和室와 같은 의미로 사용된다.

** 屠蘇: 설날에 마시는 술.

식 식당에 설날 음식으로 일본식 밥상을 차렸다. 조금도 눈을 붙이지 못한 채 정화수로 얼굴만 씻고 식당에 들어섰을 때, 류지는 이곳이 아직 일본이 아니고 북유럽 어느 항구 마을의 일본영사관에 와 있는 듯한 기분이 들었다. 이전에 영사관에서 연말에 그곳에 도착한 화물선의 사관들을 신년 축하연에 초대한 적이 있었는데, 거기서도 이렇게 밝은 서양식 식당의 탁자 위에 도소 술잔이나 마키에* 쟁반에 올린 나무잔, 갖가지 마른 안주가 든 찬합이 손님을 기다리고 있었다.

격식을 갖춰 넥타이를 맨 노보루도 있고, 모든 사람이 서로 신년 축하 인사를 하고 있었다. 도소 술잔을 들고 축하하는 순서가 되어서, 해마다 제일 먼저 술을 받던 노보루가 그럴 작정으로 손을 내밀자 어머니가 핀잔을 주었다.

"이상하다. 쓰카자키 씨가 제일 작은 잔에 마시네."

노보루는 겸연쩍은 것을 감추는 아이인 척하느라 그렇게 말했다. 그런 다음, 가장 먼저 잔을 받은 류지가 거칠고 큰 손에 비해 너무나 작아 보이는 매실 잔을 감싸들고 입 가까이 가져가는 것을 물끄러미 보았다. 마키에의 매실이 투명하게 보이는 주홍빛 잔이 두꺼운 밧줄에 익숙한 손가락에 파묻힌 모습은 무서우리만치 상스러워 보였다.

류지는 술을 나눠 마시는 순서를 끝내자, 노보루가 그런 이야기를 해달라고 조르지도 않았는데 카리브해에서 만난 허리케인 이야기를 시작했다.

---

* 蒔絵: 금·은가루로 칠기 표면에 무늬를 놓는 일본 특유의 공예.

"배까지 요동치기 시작하면 밥을 할 수 없을 정도야. 그래도 어떻게든 밥을 지어 주먹밥을 만들지. 테이블에 밥그릇을 놓을 수가 없어서 살롱 테이블을 치우고 마루에 양반다리를 하고 앉아서 한입에 먹어버려야 해.

그런데 이번 카리브해의 허리케인은 굉장했어. 라쿠요마루는 애초에 외국에서 사들일 때 선령船齡이 20년이나 되는 낡은 배라서 큰 파도를 만나면 바로 물이 들이쳐 배 바닥의 리벳을 박아 넣은 구멍에서 쏴아 쏴아 하며 물이 들어왔어. 그렇게 되면 사관士官이고 일꾼이고 없어져. 다 같이 물에 빠진 생쥐가 되어 물을 퍼내랴, 방수 매트를 갖다 놓으랴, 상자를 짜서 서둘러 시멘트를 흘려 넣으랴, 작업 중에는 미끄러져 벽에 부딪히거나 정전이 되어 어둠 속에 처박혀도 무섭다거나 감당이 안 된다고 생각할 틈도 없어.

그렇네. 몇 년을 배를 타고 있어도 역시 큰 파도는 싫더라고. 그럴 때마다 이것으로 한바탕 끝난 건가라는 생각이 들어. 그 허리케인이 왔을 때도 전날의 저녁놀 모습이 마치 엄청나게 큰불이 난 것 같았어. 게다가 그 노을 색깔이 거무칙칙하고 바다는 죽은 듯이 잠잠해져 있고, ……뭔가 이상한 예감이 들었는데……"

후사코는 두 손으로 귀를 막고 소리 질렀다.

"아아 싫어! 아아 싫어요! 그런 이야기는 그만해요."

분명 노보루를 위한 모험담인데 어머니가 옆에서 그렇게 귀까지 막으며 항의하는 것은 상당히 연극적이라고 노보루는 생각했다. 그렇지 않으면 그것은 처음부터 어머니에게 들려주는 이야기였던 것인가?

그렇게 생각하니 노보루는 기분이 나빠지려고 했다. 같은 항해 이야기를 하는데도 류지의 말투가 평소와는 다르게 느껴졌다.

그것은 행상인이 등에서 짐보따리를 내려 눈앞에 널찍하니 보따리를 펼치고 때 묻은 손으로 가지각색의 상품을 꺼내 들고 이야기를 푸는 그런 말투와 닮아 있었다. 가지각색의 상품이란, 말하자면 카리브해의 허리케인이나 파나마운하 연안의 풍경, 브라질 시골 마을의 붉은 흙먼지투성이 축제, 그 하늘의 뭉게구름이나 순식간에 마을을 물바다로 만드는 열대 소나기, 혹은 어두운 하늘 아래 기분 나쁘게 울어대는 일곱 빛깔 앵무새 같은 것들……

제3장

라쿠요마루는 1월 5일에 출범했다. 그러나 류지는 승선에 합류하지 않고 오히려 그대로 구로다 가문의 손님이 되어가고 있었다.

렉스는 6일에 가게를 열었다. 류지를 두고 라쿠요마루가 떠나서 마음속까지 개운해진 후사코는 한낮이 다 되어 가게에 나가 시부야 지배인과 점원들의 새해 인사를 받았다.

가게에 나가지 않은 동안, 영국 상품 대리점에서 몇 다스의 상품 송장이 와 있었다.

Messrs. Rex & Co., Ltd., Yokohama

Order No. 1062-B

선박의 이름은 엘도라도. 상품은 남성용 풀오버 스웨터와 조끼가 두 다스 반, 34와 38과 40 사이즈의 바지 한 다스 반, 합계가 8만 2,500엔이고 1할의 수수료를 주어야 하니 9만 750엔. ……이것을 한 달간 묵혀두면 아마도 5만 엔의 이윤은 확실할 것이다. 그리고 이들 상품의 반은 단골손님이 부탁한 물건이라 적어도 반 정도는 바로 빠질 것이다. 아무리 묵혀두어도 가격이 무너지지 않는 것이 일류 대리점을 통한 영국 상품의 강점이다. 저쪽에서 소매가격을 지정하고 들어온 것이어서 저렴하게 팔면 거래정지를 당하기 때문이다.

후사코의 사무실에 시부야 지배인이 들어와 이렇게 말했다.

"이달 25일에 잭슨상회의 봄여름 상품 샘플 전시장이 열려요. 초대장이 와 있습니다."

"그렇군요. 다시 도쿄의 백화점 구매부서와 경쟁해야 한다는 거네요. 그래봤자 그 사람들은 보는 눈이 없으니."

"그 사람들은 본인들이 좋은 옷을 입어본 적이 없어서 알 수가 없는 겁니다."

"정말 그렇다니까요."

후사코는 데스크 다이어리에 날짜를 표시해두었다.

"내일은 함께 통산성*에 들어가기로 했죠? 공무원은 상대하기 좀 껄끄러운데. 나는 그저 방긋방긋 미소 짓고 있을 테니까,

---

* 通産省: 일본의 경제·무역·산업 정책 등을 담당하던 정부 기구인 통상산업성.

시부야 씨가 맡아주세요."

"알겠습니다. 오랫동안 장관 직속 공무원으로 근무하는 옛 친구도 있으니까요."

"전에 들은 적이 있는 것 같아요. 아주 든든해요."

렉스는 새로운 고객 취향에 맞추어 뉴욕의 '멘즈 타운 앤드 컨트리'라는 신사용 상품점과 특약을 맺고 이미 신용장이 발행된 상태지만 수입 허가 신청은 직접 움직여야 했다.

후사코는 문득 생각이 미쳐 책상 맞은편에 서 있는 날씬한 멋쟁이 노지배인의 모직 조끼 깃을 쳐다보았다.

"그건 그렇고 시부야 씨, 몸은 좀 어떠세요?"

"예전 같지는 않습니다. 신경통인 것 같은데 그 통증이 여기저기 퍼져서요."

"의사 선생님에게 진찰 받으셨어요?"

"아니요, 마침 설날이기도 하고."

"그래도 연말부터 이상했던 거 아니신가요?"

"연말에는 병원에 갈 틈이 없었습니다."

"얼른 진찰 받는 편이 좋아요. 당신이 쓰러지시면 나는 두 손 들고 말 거예요."

연로한 지배인은 어정쩡하게 웃고는 꽉 졸라맨 넥타이의 매듭을 주름진 새하얀 손으로 신경질적으로 확인했다.

여자 점원이 열려 있는 문으로 들어와서 가스가 요리코가 온 것을 알렸다.

"아유, 또 야외촬영인가 보네."

후사코는 파티오에 내려갔다. 가스가 요리코는 매니저도 없이 홀로 밍크코트를 두른 등을 꾸부정하게 숙이고 진열장을 들여다보고 있었다.

소소한 쇼핑, 말하자면 랑콤 립스틱이나 펠리컨의 부인용 만년필 따위의 쇼핑을 끝냈는데 후사코가 점심을 같이하자고 청하자 그 유명한 영화배우는 얼굴을 빛내며 기뻐했다. 후사코는 이전에 프랑스영사관에서 정년까지 근무한 미식가 노인이 운영하는 '상토르'라는 레스토랑에 그녀를 데리고 갔다. 니시노하시西之橋 건너 뒷골목에 있는 이 식당은 요트맨들이 모이는 작은 프랑스요리 전문점이다.

후사코는 이 단순하고 어찌 보면 무신경한 여자의 고독을 헤아리는 듯한 눈길로 그녀를 바라보았다. 요리코는 작년에 목표했던 연기상을 하나도 받지 못했다. 오늘 요코하마에 찾아온 것도 연기상을 놓친 여자에게 쏟아지는 세상의 눈을 피하기 위한 게 분명하다. 따르는 사람은 많을 텐데 그녀가 이렇게 민낯으로 만날 수 있는 상대는 그다지 친하지도 않은 요코하마 수입양품점의 여사장뿐이다. 후사코는 식사를 하는 동안만은 연기상 이야기를 입에 담지 않으리라 마음먹었다.

레스토랑의 자랑인 하우스 와인에 곁들여 두 사람은 부야베스*를 먹었다. 요리코는 프랑스어로 적힌 메뉴를 고르지 못해서 후사코가 골라주었다.

"마담은 정말 예뻐. 나도 당신처럼 되고 싶은데."

---

* 마르세유 지방의 지중해식 생선 스튜.

키가 크고 육감적인 미인인 요리코가 말했다. 후사코는 이렇게 자신의 아름다움을 과소평가하는 여자는 없을 거라고 생각했다. 멋진 가슴을 가졌고, 아름다운 눈과 모양 좋은 코와 백치미가 느껴지는 입술을 가졌음에도 요리코는 실체를 알 수 없는 열등감에 들볶이고 있었다. 그녀는 연기상을 받지 못한 것이 아마도 자기가 남자들에게 군침 도는 음식으로 보였기 때문일 것이라며 고민하고 있었다.

후사코는 자기 앞에서 이 불행하지만 매우 유명하고 아름다운 여자가 웨이트리스가 내민 종이에 기분 좋게 사인을 해주며 소소하게 기뻐하는 모습을 바라보았다. 요리코의 기분은 사인할 때의 태도를 보면 쉽게 가늠할 수 있었다. 지금 그녀가 사인하며 술에 취한 듯이 말하는 억양은 부탁만 하면 자신의 유방 한쪽이라도 내어줄 수준이었다.

"이 세상에서 믿을 수 있는 것은 오직 팬뿐이야. 설령 그 사람들이 잘 잊어버리는 경향이 있다고 해도 말이지."

요리코는 식사 중에 가느다란 수입 담배에 불을 붙이며 거칠게 말했다.

"저는 안 믿어주시는 거예요?"

후사코는 심술궂은 척 물었다. 이런 질문에 요리코가 행복해할 것이 뻔히 보였기 때문이다.

"믿지 않으면 요코하마까지 오지도 않아요. 친구라고는 당신뿐인걸. 정말이라니까. 믿어줘요. ……나는 최근에 이렇게 마음이 편안한 적이 없어. 마담 덕분이에요."

요리코는 또다시 후사코가 가장 싫어하는 호칭으로 불렀다.

벽에 17세기 메리호나 19세기 아메리카호 같은 역사적 의미가 있는 요트의 수채화를 걸어놓은 가게 안에는 빨간 체크무늬 테이블보만 선명히 눈에 들어올 뿐 다른 손님은 하나도 없었다. 낡은 창틀이 바람에 흔들려 울고 있었다. 창밖의 황량한 도로 위로 신문지가 강한 북풍에 뒤집혀 날아갔다. 눈앞을 회색 창고 벽이 가로막고 있다.

요리코는 밍크코트를 어깨에 걸친 채 식사를 마쳤다. 가슴에서는 황금색 코인이 달린 무거운 목걸이가 흔들렸는데, 그것이 꼭 미코시*처럼 위엄 있는 가슴에 걸린 금禁줄을 연상시켰다. 잘 먹은 뒤, 남의 얘기 좋아하는 세속적인 세상에서도 벗어나고 자신의 야심에서도 벗어나, 그녀는 힘든 노동 짬짬이 양지바른 마른 풀밭에 앉아 쉬는 씩씩한 일꾼처럼 행복해 보였다.

불행할 때나 행복할 때나 옆에서 보고 있으면 항상 이유가 빈약한 여자이지만, 열 명의 부양가족을 돌보고 있는 생활력의 면면이 이런 순간에는 그야말로 생생히 눈에 보였다. 요리코 자신이 가장 깨닫지 못하고 있는 그녀의 아름다움은 그 생활력이었다.

후사코는 문득 자신이 찾고 있던 이상적인 상담자가 이 사람일 것 같은 기분이 들었다. 그래서 거침없이 고백했다. 고백하다 보니 기분이 좋아져서 말하지 않아도 될 세세한 부분까지 말하고 말았다.

"어머나, 그 2백만 엔의 저금통장과 인감을 당신에게 준

* 神輿: 제례 때 신위神位를 모시고 메는 가마.

거야?"

"충분히 사양했는데도……"

"사양할 필요까지는 없어요. 얼마나 남자다운 사람이야. 금액 자체는 당신에게 아무것도 아닌 액수겠지만, 그 마음이 기쁘잖아. 요즘 세상에 그런 사내가 있네. 나한테 접근하는 남자로 말하자면, 뱃속에 엉큼한 속셈을 품고 남의 등이나 치는 놈들 천지인데 말이야. 당신은 정말 운이 좋아."

후사코는 생각지도 못한 요리코의 사무 능력에 놀랐는데, 이야기를 다 듣고 난 요리코가 순식간에 해야 할 일을 지시했기 때문이다. 우선, 결혼을 전제로 비밀탐정에게 조사를 의뢰할 것. 그때 조사할 사람의 사진과 3만 엔 정도의 돈을 준비할 것. 서두르게 하면 1주일 안에 충분히 조사가 끝난다는 것. 마침 요리코가 신용할 만한 탐정을 알고 있으니 언제든지 기꺼이 소개하겠다는 것.

두번째로, 그럴 걱정은 없겠지만 뱃사람에게는 어쩌면 나쁜 병이 있을 수 있으니 후사코가 신용하는 병원에 함께 가서 서로 건강진단서를 교환할 것.

세번째로, 아이 문제는 남자아이와 새아버지의 관계이니 계모와는 달리 크게 걱정할 필요는 없다는 것. 오히려 아이가 그를 영웅처럼 존경하는 것 같다면(그리고 그가 기본적으로 다정한 남자라면) 잘 지낼 것이 확실함.

네번째로, 남자는 잠시라도 놀게 두어서는 안 된다는 것. 장차 렉스의 사장으로 세울 작정이라면 시부야 지배인은 쇠약해지고 있으니 내일부터라도 가게 일을 배우고 돕도록 할 것.

다섯번째, 저금통장으로 봐서 타산적인 남자가 아닌 것은 알겠으나, 작년부터 해운업이 극심한 불황인 데다 선박회사의 주가도 덩달아 내린 상태이니 그 남자도 이쯤에서 선원 일을 그만두고 싶었을 게 확실함. 그러니 후사코도 미망인이라고 괜히 비굴해지지 말고 어디까지나 대등한 자세로 상대에게 얕보이지 않게 정신 바짝 차릴 것.

요리코는 대략 이런 얘기를 연상인 후사코에게 몇 번이나 반복해서 잘 알아듣게 설명했다. 후사코는 지금까지 바보라고 여기던 여자의 이런 논리정연한 언변에 놀라고 있었다.

"당신은 어쩜 그렇게 야무진 거죠?"

후사코는 몹시 감동하여 물었다.

"내막을 밝히면 간단해요. 나는, 예전에 결혼하려던 사람이 있었어요. 그래서 우리 회사의 제작 담당 중역에게 고백했지. 아시죠? 고에이光映회사의 무라코시村越 씨라고 하면 수완 좋기로 유명하니까. 역시나 무라코시 씨야. 내 비즈니스나 인기나 계약 같은 것에 대해서는 한마디도 하지 않았어. 우선, 더할 나위 없이 기분 좋은 미소를 지으며 '축하해'라고 한 뒤 내가 지금 마담에게 말한 것 같은 사항을 줄을 세웠어. 나는 귀찮아서 모두 맡겨버렸지. 일주일이 지난 뒤 알아낸 것은 그 사람이 여자가 셋이나 있었고, 감춰둔 자식이 둘 있고, 게다가 지병이 있고, 계산이 흐리멍덩한 사람인데, 결혼한 뒤에는 우리 가족을 모두 내쫓고 자기는 무위도식할 작정이었다는 것이지. ……어때? 남자란 그런 거야. 물론 예외도 있겠지만."

후사코는 이때부터 요리코를 증오했는데, 정말 이상하게도 이 순간 그녀의 이 증오심에는 건실한 직업을 갖고 착실하게 생활해온 부르주아의 분노가 담겨 있었다. 요리코가 무의식적으로 빈정대는 것이 류지 한 사람으로 끝나지 않고 후사코의 단정한 가문과 성장배경, 견실하고 고상한 구로다 가문의 가풍, 당연하게도 세상 떠난 남편의 명예까지 포함한 그 모든 것들에 대한 모욕으로 느껴졌다.

실제로 후사코의 태생이 이 정도로 요리코와 차이가 나는 이상, 그녀가 맞닥뜨리는 사건은 요리코를 둘러싸고 일어나는 사건과 비슷한 과정을 거칠 리가 없었다. 후사코는 입술을 깨물며 이렇게 생각했다.

'어떻게 해서든 그런 사실을 이 사람에게 알게 해줘야겠어. 지금은 어쩔 수 없이 가게와 고객의 관계지만.'

후사코는 저도 모르게 지난해 늦여름 그렇게 격렬하고 돌발적인 열정과는 전혀 모순된 입장에서 분통을 터뜨리고 있었다. 속으로 지금 후사코는 류지를 대신하여 화를 내는 게 아니라 남편을 보낸 후 자기가 꾸려온 한 어머니와 한 아이의 건전한 가정을 위해 화를 내고 있었다. 요리코의 빈정거림은 후사코가 가장 두려워하는 것, 즉 자신의 '무분별한 행동'에 대한 세상 비난의 시작인 듯이 들렸다. 그 무분별한 행동을 그럴듯한 '좋은 결과'로 보상하려는 때에 구태여 요리코가 불길한 말을 했다. ……후사코는 세상 떠난 남편을 위해 분노하고, 구로다 가문을 위해 분노하고, 노보루를 위해 분노하다가 결국에는 불안에서 비롯된 여러 가지 분노로 새파래졌다.

'류지 씨가 그런 비밀이 있는 덜떨어진 인간이라면, 이런 바보 같은 여자의 눈도 아니고 내 눈에 들었을 리가 없잖아. 이래 봬도 나는 건전하고 견실한 눈을 가진 사람이라고.'

그렇게 생각하니 후사코는 이미 작년 여름에 자기도 이해하기 어려웠던 정열을 부정하는 것 같지만, 이런 내심의 혼잣말은 부글거리기 시작하더니 높이 솟아오르다가 하마터면 넘쳐서 목소리가 되어 나올 뻔했다.

——그러나 느긋하게 식후 커피를 마시는 요리코는 후사코의 동요하는 마음을 조금도 눈치채지 못하고 있었다.

요리코는 갑자기 왼쪽 소매를 살짝 접어서 하얀 손목의 안쪽을 보여주었다.

"비밀 꼭 지켜줘요. 마담이니까 고백하는 거야. 이거, 그 사건이 있었을 때 생긴 흉터예요. 내가 면도칼로 여기를 그었는데 자살미수로 그쳤어."

"어머나, 신문에 나지 않았잖아요?"

후사코는 금세 마음의 평정을 찾고 도도하게 말했다.

"무라코시 씨가 뛰어다니며 뉴스를 막아준 거지. 그래도 피를 엄청나게 많이 흘렸다니까요."

요리코는 손목을 높이 들고 사랑스러운 듯이 잠깐 입술을 대었다가, 후사코에게 그 손목을 맡기며 자세히 보게 했다. 상처는 주의해서 보지 않으면 알 수 없을 정도로 몇 군데 하얀 흔적으로 불분명하게 남았지만, 후사코는 애초에 깊지 않고 확실하지 않은 상처인 게 분명한 그 흉터를 경멸했다. 그래서 일부러 세심하게, 아무리 보아도 알 수 없다는 듯 천천히 살펴보았다.

후사코는 다시 렉스의 여사장으로 돌아와 동정하는 듯 미간을 좁히며 말했다.

"아유, 안쓰러워라. 그때 만에 하나 무슨 일이 있기라도 했으면 일본 각지에서 얼마나 많은 사람이 울었겠어요? 이렇게 어여쁜 몸이 정말 아깝잖아요. 다시는 그런 짓 하지 않겠다고 약속해줘요."

"안 할 거야, 해달라고 부탁해도 두 번 다시 그런 바보 같은 짓은 안 해요. 이제 내가 죽으면 그래도 울어줄 사람들만을 위해서 사는 거니까. 마담도 울어주실래요?"

"울고 말고 할 일이 아니에요. 그만해요, 그런 이야기."

후사코는 비할 데 없이 달콤하게 말했다.

사실 요리코가 추천하는 그런 유능한 탐정 회사에 이 문제를 맡기는 건 재수 없는 일이지만, 후사코는 지금에 와서는 오기로라도 같은 탐정 회사에 맡겨서 반대 결과를 얻고 싶었다.

"그건 그렇다 치고 마침 내일 우리 지배인과 도쿄에 나갈 일이 있어요. 일을 마친 뒤 지배인은 돌려보내고 나 혼자 탐정사무실에 다녀올게요. 소개한다고 명함에 적어주실래요?"

"당연히 해드리죠."

요리코는 악어가죽 핸드백에서 조금 전에 산 부인용 만년필과 한참 뒤진 끝에 찾아낸 자신의 작은 명함 한 장을 꺼내 들었다.

*

8일 후, 후사코는 요리코와 길게 통화하면서 자랑하듯 말했다.

“이번에는 고마워서 전화하는 거예요. 정말로 고마워요. 이것저것 할 것 없이 전부 다 말씀하신 대로 했어요. ……맞아요. 대성공이에요. ……조사보고서가 너무나 재미있어요. 3만 엔쯤이야 아주 저렴한 거죠. 읽어볼까요? 요리코 씨, 지금 시간 돼요? 그렇다면 친구 얘기 들어준다고 생각해주세요.

특수조사보고서

의뢰하신 바에 따라 표기한 사항, 왼쪽에 적힌 대로 조사·보고합니다, 라네요.

보고서

1. 쓰카자키에 관한 사항,

1. 지정하신 사항. ──본인 이력 일체의 진위眞僞, 여성 관계 및 동거 여부, 그 외.

본인의 이력은 의뢰인이 알려준 사항과 전혀 다름이 없고, 어머니 마사코正子는 본인이 10세가 되었을 때 사망, 아버지 하지메始는 도쿄 가쓰시카葛飾 구청에 근무, 그 후 재혼하지 않고 자녀 양육에 전념, 생가는 쇼와昭和 20년 3월 공습으로 불타 없어짐, 여동생 요시코淑子는 같은 해 5월에 발진티푸스로 사망, 본인은 상선 고교 졸업 후, ……뭐, 이런 식이에요. 너무 문장이 조잡하지 않아요? 그다음은 건너뛰고, ……여성 관계는 적어도 현재까지 지속한 것이 전혀 없음, 동거는 물론 과거에도 지속적인 연애 관계는 전혀 없다고 판단됩니다,라네요. 어때요? 이런 표현. ……당사자는 조금 편벽된 경향이 있지만, 직무에는 지극히 열심, 책임감 왕성, 신체 강건, 과거에 병력은 인정되지 않습니다. 지금까지의 조사 결과로는 당사자의 근친 중에도 정신병이나 다른 유전적 질환의 징후가 있다고 인정할 수 없고, ……그리고, 그리고, 그래요, 당사자의 금전 대차 관계는 전혀 없음, 회사에 대한 대출, 임시 지급, 기타도 없음, 금전적으로 결백한 인물로 판단됩니다. 성격은 고독을 사랑하고 사교를 좋아하지 않는 것 같고, 동료 간의 관계는 썩 좋다고 할 수 없음, ……나하고만 사이좋으면 되지 뭐. ……아아, 그래요? 손님? 그럼 이만 끊을게요. 정말로 고마워요. 어쩜 당신은 그리도 친절하세요! 어떻게든 감사하다는 말, 꼭 전하고 싶었어요. 그럼 조만간 만날 날을 기다리고 있겠어요. ……그 사람요? 네, 그것도 말씀하신 대로 2~3일 전부터 가게에 수습修習하러 나오고 있어요. 이번에 오시면 소개해드릴 수 있어요. 네, ……네, ……정말로 고마워요. 안녕히 계세요."

제4장

노보루의 중학교는 11일에 개학했다. 그날 수업은 오전 중에 끝났다. 모두들 설 휴일 동안에는 서로 만날 시간이 없었다. 특히 대장은 부모님의 갑작스러운 계획으로 간사이關西 지방 여행에 따라다녔다. 오래간만에 얼굴을 보게 된 소년들은 학교에서 도시락을 먹은 다음, 인적 없는 장소를 찾아서 야마시타 부두 끝으로 갔다.

"거기는 지독하게 추울 것 같지? 대개 그렇게 생각하더라고. 그런데 그건 모르는 소리야. 그곳에는 그야말로 바람 피하기 좋은 장소가 있어. ……어쨌든, 가보면 알아."

대장이 말했다.

이날은 오후부터 구름이 끼어서 더 추워졌다. 소년들은 야마시타 부두 끝으로 가면서 바다에서 불어오는 북풍을 정면으로 맞지 않으려고 얼굴을 옆으로 돌리고 걸었다.

그 부두 끝부분의 매립 공사는 이미 끝났지만 잔교 하나는 한창 공사 중이었다. 바다는 쥐색으로 꿈틀거리고 흔들리는 두세 개의 부표浮標는 끊임없이 파도에 씻기고 있었다. 어두워진 건너편 해안 공장지대는 전력회사의 굴뚝 다섯 개만 눈에 띄고, 높지도 낮지도 않게 이어진 지붕들을 덮는 노란 연기가 자욱했다. 왼편의 거의 완공된 잔교에 정박한 준설선*에서 여러 사람이 무겁게 내지르는 소리가 물길을 타고 울려 퍼지고 있었다. 항구 입구에서 문설주 역할을 하는 붉은색과 흰색의 낮은 등대는 그 잔교 왼편 끝으로 두 개가 거의 겹쳐 보였다.

오른편의 시영 5호 창고 앞 잔교에는 지독하게 낡은 5~6천 톤급의 화물선이 정박해 있고, 선미에 꽂힌 국기도 파도에 찌

* 浚渫船: 강이나 항만 등의 물속에서 흙, 모래, 광물을 파내기 위해 사용되는 배.

들어 쥐색으로 늘어져 있었다. 하지만 창고 맞은편에는 외국 선박이 닻을 내리는지, 흰색의 아름다운 기중기가 지붕 너머에 숲을 이루고 서 있는 모습이 이 어둡고 우울한 정경 속에서 그곳만 무언가가 반짝이며 날개를 퍼덕이는 것처럼 보였다.

대장이 바람 피하기 좋다고 한 곳이 어딘지는 바로 알아볼 수 있었다. 그것은 안벽과 창고 사이의 빈터에 무질서하게 방치된 컨테이너 촌이었다. 어떤 곳은 은색이고 어떤 곳은 푸른색인 컨테이너는 송아지 한 마리쯤은 거뜬히 들어갈 크기에 합판과 튼튼한 철근으로 조립한 대형 상자이다. 철근 색과 같은 은색으로 합판이 도색되고 수출하는 상품의 상표가 찍힌 컨테이너가 들판에 무질서하게 흩어져 있었다.

여섯 명의 소년은 이곳을 발견하자 제각기 컨테이너와 컨테이너 사이로 몸을 밀어 넣고 통로를 따라서 뛰어다니다가 서로 부딪치기도 하고 술래잡기도 하며 아이다운 시간을 보냈다. 은색 컨테이너 촌 안에서 소년들이 땀을 제법 많이 흘리고 있을 때, 철근이 하나만 남아 벽 두 개가 무너져 없어지고 내부에는 페인트를 칠하지 않아 나무무늬 합판이 그대로 드러나 있고 짐도 없는 컨테이너를 대장이 찾아냈다.

대장은 때까치처럼 소리를 질러 흩어져 있는 친구들을 불러 모았다. 어떤 아이는 합판 바닥에 앉고 어떤 아이는 철근에 손을 짚고 서 있었다. 여섯 명의 소년은 이 신비한 놀이기구가 그대로 크레인으로 끌어 올려져, 구름 낀 겨울 하늘 위로 날아 올라갈 것만 같았다.

그들은 컨테이너 내부 합판 벽에 매직잉크로 쓴 낙서를 하나씩 소리 내어 읽었다. "야마시타 공원에서 만나자!" "다 잊고 책임에서 벗어나자!" ……그 낙서는 렌가*의 형식으로 앞 구절을 받아 뒤 구절로 마무리하는데, 내용을 보면 앞 구절에서는 희망이나 꿈을 노래하고, 뒤 구절은 정교하게 비틀고 변조시켰다. "젊은이여! 사랑합시다!" "잊어버려! 여자 같은 건." "꿈이여, 영원하라!" "검은 마음의, 검은 흉터의 블루스." ……또 그 중에는 어린 뱃사람의 영혼이 바들바들 떨고 있는 모습도 보였다. "I changed green. I'm a new man." ……화물선에 화살표 네 개를 그려 넣고 오른쪽 화살은 요코하마를, 왼쪽 화살은 뉴욕을, 위쪽 화살은 Heaven을, 아래쪽 화살은 Hell을 가리키는 그림도 있었다. 그리고 큰 글씨로 쓴 "All forget"에는 크고 두껍게 동그라미를 쳐놓았고, 초상화 속의 우울한 눈매를 가진 선원은 반코트의 깃을 세우고 마도로스 파이프를 피우고 있었다. 이 모든 문구에는 항해의 고독과 꿈을 이루지 못한 안타까움에 대한 호소가 있었고, 자부심과 갈 곳 없는 우수가 새겨져 있었다, 마치 전형적인 거짓말을 하듯이. 자신이 자신의 꿈을 찾아갈 자격이 있다는 것을 슬프고도 집요하게 과시하면서.

"이런 건 다 새빨간 거짓말이다."

대장은 화가 난 듯이 말했다. 뽀얗고 어리고 힘없는 주먹으로 낙서가 가득한 벽을 두들겼다. 그의 작은 주먹은 여섯 명 모두에게는 절망의 상징이었다. 그들은 거짓말에도 거부당하

---

* 連歌: 일본의 고유 형식인 5음, 7음을 바탕으로 만들어진 정형시인 와카和歌. 두 사람 이상이 와카의 상구上句와 하구下句를 서로 번갈아 읽어나가는 형식의 노래.

고 있었다.

한때 대장은 세계에는 '불가능'이라는 봉인이 붙어 있고 그 것을 최종적으로 떼어낼 수 있는 것은 자신들뿐이라고 했건만.

"그 뒤에 너의 영웅은 어쩌고 있어? 응? 3호. 그놈이 돌아왔다는 소식은 들었어."

대장은 소년들의 시선을 느끼고, 독이 잔뜩 올라 차갑게 말했다. 그러고는 서둘러 외투 주머니에서 두껍고 폭신한 안감이 붙은 가죽장갑을 꺼내서 끼며 불타는 듯한 빨간 안감을 살짝 뒤집어 모양을 잡았다.

"돌아왔어."

노보루는 멍한 상태로 대답했다. 사실은 이 얘기가 나오는 게 정말 싫었다.

"그래서 그놈은 항해 중에 무슨 멋진 일이라도 하고 왔다니?"

"으음. ……그래, 카리브해에서 허리케인을 만났다고 했어."

"와, 머리부터 물을 뒤집어쓰고, 물에 빠진 생쥐가 되었겠네. 언젠가 공원의 분수 물을 뒤집어쓰고 왔던 때처럼."

대장의 말에 모두 웃었고, 웃기 시작하더니 멈추지를 않았다. 노보루는 그것을 자신에 대한 조소처럼 느꼈지만, 곧 자부심을 회복하고 그 후의 류지의 일상을 곤충의 생태를 보고하듯 아무 감정도 섞지 않고 이야기를 들려줄 수 있었다.

류지는 1월 7일까지 집에서 빈둥거렸다. 라쿠요마루가 1월 5일에 이미 출범한 것을 알고 노보루는 심한 충격을 받았다. 그토록 라쿠요마루와 일체가 되어 여름에 출범할 때만 해도 멀어지는 배의 광휘光輝의 완벽한 일부였던 이 남자가 그렇게도 아름다운 모습에서 완전히 떨어져 나와 기꺼이 자신의 꿈에서 배와 항해의 환상을 끊어내버렸다.

그렇다고 해도 방학 동안에 노보루는 류지와 붙어 다니며 여러 가지 항해 이야기를 들어서 어떤 친구도 따라오지 못할 광범위한 지식을 습득했다. 그러나 노보루가 진심으로 원한 것은 그런 지식이 아니라 류지가 이야기를 하다가도 바로 바다로 돌아가며 뒤에 남기는 푸른 물방울 쪽이었다.

바다와 배 그리고 항해의 환상은 파랗게 빛나는 그 한 방울 속에만 존재한다. 날이 갈수록 류지에게는 꺼림칙한 육지 생활의 냄새가 배었다. 가정적인 냄새, 옆집 이웃의 냄새, 평화의 냄새, 생선 굽는 냄새, 인사하는 냄새, 언제까지고 한자리에 있으면서 미동도 하지 않는 가구 냄새, 가계부 냄새, 주말여행 냄새, ……육지에 사는 인간이라면 많든 적든 몸에 붙이고 있는 이런 것들의 시체 냄새.

류지의 다양하고 진지한 노력이 시작되었다. 육지의 교양을 습득하기 위해 후사코가 권하는 소소한 문학 서적이나 미술 전집의 탐독이 시작되고, 항해 용어가 없는 영어 회화 교재로 텔레비전 교육 방송을 통한 실습이 시작되고, 상점 경영에 관한 후사코의 강의가 시작되고, 후사코가 평상시 가게에 들여오는 '고상한 취향'의 영국제 복장에 익숙해지는 노력이 시작되고, 양복이나 외투를 새로 맞추는 일이 시작되고, ……드디어 1월 8일부터 류지는 후사코와 함께 렉스에 출근하게 되었다. 그날 어렵사리 시간을 맞춰 영국에서 도착한 새 신사복을 입고 부랴부랴.

"부랴부랴."

노보루는 혀에 붙은 엿을 떼는 듯한 말투로 말했다.

"부랴부랴 말이지."

1호가 그 말투를 흉내 냈다.

이야기를 듣는 동안 아무도 웃지 않았다. 사태가 중대한 것을 차츰 이해했기 때문이다. 그들은 거기서 자기들의 공통된 꿈의 귀결과 꺼림칙한 미래를 읽었다. 이 세상에는 궁극적으로 아무 일도 일어나지 않을지도 모른다!

그때 바다 위로 작은 증기선 한 척이 흰 물결을 일으키며 비스듬히 가로지르는 모습이 컨테이너 촌의 좁은 틈새로 살짝 보였고 그 엔진 소리는 꼬리를 길게 끌었다.

"3호." 대장은 울적한 듯 합판 벽에 기대어 물었다. "너는 그자가 다시 영웅이 되면 좋겠니?"

보고를 끝낸 노보루는 갑자기 오한을 느껴 쭈그리고 앉아서 장갑 낀 손가락으로 말없이 자기 신발 끝에 장난을 치고 있었다. 그리고 대답 아닌 대답을 했다.

"그런데 그자는 지금도 선원 모자나 반코트, 낡은 터틀넥 스웨터 따위를 자기 옷장에 고이 보관하고 있어. 아직 버릴 생각은 아닌 것 같아."

대장은 늘 그렇듯 상대의 대답에 개의치 않으며 차갑고 맑은 목소리로 일방적으로 말했다.

"그자를 다시 영웅이 되게 해줄 방법이 하나 남아 있어. 그러나 지금은 말할 수 없어. 언젠가 말할 수 있는 때가 오겠지, 그것도 곧."

대장이 그렇게 말하기 시작하면 아무도 다음 말을 물어볼 수 없었다. 그래서 대장은 제멋대로 쉽게 화제를 바꾸었다.

"이번에는 내 이야기를 할게. 설 연휴 동안 여행하면서 나는 오래간만에 매일 아침부터 밤까지 부모님과 붙어 있었어. 아버지라는 사람이란! 생각해봐. 그건 그냥 구역질이 날 것 같은 존재야. 그건 해악 그 자체이고, 인간의 추악함을 모두 짊어지고 있어.

올바른 아버지라는 건 존재하질 않아. 왜? 아버지라는 역할 그 자체가 악의 형상이기 때문이야. 엄격한 아버지도, 자상한 아버지도, 그 중간쯤인 적당히 좋은 아버지도, 모두 하나같이 나빠. 그놈들은 우리의 인생길을 막고 자기의 열등감, 이루지 못한 소망, 원한, 이상이나, 자신이 평생 끝까지 고백하지 못한 약점이나 죄, 달콤한 꿈이나 자신이 결국 따를 용기가 없었던 계율 따위, ……그런 바보 같은 것들을 몽땅 아들에게 강요할 준비를 하고 있어. 우리 아빠처럼 가장 무관심한 아버지도 예외가 아니야. 평소 전혀 아이에게 신경 쓰지 못해 양심의 가책을 느낀다는 것을 결국은 아이가 이해해주기를 바라더라고.

이번 설에 교토 아라시야마嵐山에 갔는데, 도게쓰渡月 다리를 건너면서 내가 아빠한테 물어보았어.

'아빠, 인생의 목적이란 게 있기는 한가요?'

알겠지? 나는 사실, 아버지! 당신은 대체 무엇을 위해 사는 건가요? 차라리 얼른 죽어 없어지는 편이 나은 거 아닌가요, 라는 의미로 물어본 거였어. 그러나 이렇게 고급스럽고 은근하게 빈정대는 걸 알아들을 남자가 아니지. 아버지는 깜짝 놀랐는지 눈이 휘둥그레져서 나를 흘끔거리며 쳐다보더라고. 나는 멍청한 어른들이 이런 일로 놀라는 게 진짜 혐오스러워. 결국에 그자는 이렇게 대답했지.

'아들, 인생의 목적은 남이 주는 것이 아니야. 자신의 힘으로 만들어내는 거지.'

어쩜 그리 바보 같고 뻔한 교훈이 있냐고. 그때 그자는 아버지가 해야 할 말의 버튼 중에서 하나를 눌렀던 거야. 이때 여러 가지 독창성을 경계하는 아버지의 눈빛, 세상을 단번에 축소하는 눈빛을 한번 봐야 했는데. 아버지라는 것은 진실을 은폐하는 기관機關이고, 아이에게 거짓말을 꾸며대는 기관이며, 게다가 가장 나쁜 것은 자신이 진실을 대표한다고 남몰래 믿고 있는 거야.

아버지는 이 세상의 파리 같은 놈이야. 그놈들은 가만히 노리고 있다가 우리의 부패한 데 들러붙어. 그놈들은 우리들의 어머니와 섹스한 것을 온 세상에 퍼뜨리고 다니는 더러운 파리야. 우리의 절대 자유와 절대 능력을 부패시키는 일이라면, 그놈들은 무슨 일이든 하지. 그놈들이 세운 불결한 마을을 지키려고."

"우리 아버지는 아직도 공기총을 사주지 않아."

2호가 무릎을 감싸 안고 중얼거렸다.

"영원히 안 사줄 거야. 그러나 너는 이제 슬슬 공기총을 사주는 부모나 사주지 않는 부모나 똑같이 나쁘다는 걸 이해해야만 해."

"우리 아버지는 어제도 때렸어. 설날 이후로 세번째야." 1호가 말했다.

"때린다고?"

노보루는 너무 놀라고 어이없어서 되물었다.

"손바닥으로 뺨을 때려, 어떤 때는 주먹으로 때리고."

"왜 너는 가만히 있어?"

"완력으로는 상대가 안 되니까."

"그러면, 그러면." 노보루는 끓어오르는 분을 주체하지 못하고 큰소리를 질러댔다. "토스트에 발라서 먹여버리면 되잖아, 청산가리 같은 거."

"때리는 게 제일 나쁜 건 아니야." 대장은 붉고 얇은 입술을 있는 힘껏 끌어 올리며 말했다. "더 나쁜 것은 얼마든지 있어. 너는 이해 못 해. 너는 행복한 놈이야. 아버지가 죽어 없어졌으니 너는 선택받은 인간이 된 거야. 그러나 너도 이 세상의 악에 대해서는 알아야 해. 그러지 않으면 언제까지고 힘이 붙질 않아."

"우리 아버지는 항상 술에 취해 집에 와서 어머니를 괴롭혀. 내가 어머니를 감싸면 푸르죽죽한 얼굴로 히쭉 웃고는 이런 말을 했어.

'아서라, 어머니의 기쁨을 빼앗으면 안 돼'."

4호가 말했다.

"나는 알고 있어. 우리 아버지는 첩이 셋이나 있어."

다시 4호가 말했고,

"우리 아버지는 신에게 기도만 하고 있어"

라고 5호가 말했다. 거기서 노보루가,

"어떤 기도를 하는데?"라고 물었다.

"가족의 안전, 세계 평화, 사업번창이라든가, 그런 것들이야. 아버지는 우리 집을 모범 가정이라고 생각해. 난처하게도 어머니까지 변화되어 똑같이 생각한다는 거야. 집안이 청결하고, 정직하고, 좋은 것으로 가득하다고. 집에서는 천장의 쥐새끼한테까지 먹이를 줘. 도둑질 같은 죄악이 발생하지 않도록. …… 집에서는 식사가 끝나면 신의 은혜를 낭비하지 않으려고 다 같이 자기 접시를 싹싹 핥아서 깨끗하게 해놓아."

"그것도 아버지 명령이야?"

"아버지는 절대 명령하지 않아. 스스로 제일 나쁜 짓을 먼저 시작해. 결국에는 우리 모두 그 흉내를 내게 돼. ……너는 운이 좋은 애야. 자신의 행운을 소중히 여겨야 해."

노보루는 다른 아이들과 같은 세균에 감염되지 않아 초조한 동시에 자신이 우연히 얻게 된 행운이 유리공예처럼 섬세하고 깨지기 쉽다는 사실에 전율했다. 누가 베푼 은혜인지 모르지만, 그는 악을 모면하고 살아왔다. 자신의 연약하고 초승달 같은 깨끗함. 항공망처럼 복잡하게 세상에 뻗친 순진무구한 자신의 촉수들. ……그것이 언제 뚝 하고 꺾일까? 언제쯤 세상은 확대를 바로 포기하고, 가슴을 옥죄는 구속복을 노보루에게 입힐까? 그날이 코앞까지 다가오고 있다. ……그렇게 생각하니 노보루에게는 어떤 광적인 용기라도 끓어오를 것 같은 기분이 들었다.

대장은 추워서 주름진 뺨을 노보루 쪽으로 돌리고 그의 얼굴을 되도록 보지 않으려 했다. 깨끗하게 정리한 초승달 모양의 눈썹을 모으며 컨테이너의 좁은 틈으로 먼바다에 회색빛 연기와 구름이 가득한 것을 바라보다가, 그는 날카롭게 반짝이는 작은 앞니로 가죽장갑의 빨간 안감을 씹었다.

제5장

어머니의 태도가 변했다. 다정해졌고 짧은 짬을 내어 노보루를 돌봐주었다. 그것은 분명 노보루가 받아들이기 힘든 어떤 것이 다가오는 조짐이다.

어느 날 밤, 노보루가 "안녕히 주무세요" 하고 방에 올라가려고 했을 때,

"열쇠, 열쇠"

라고 중얼거리며 어머니가 열쇠고리를 들고 따라왔다. 이 "열쇠, 열쇠"라는 말에서 노보루는 이상한 낌새를 느꼈다. 그렇게 따라와 노보루의 방문 밖에서 문을 잠그는 것이 매일 밤 하는 일이고, 어느 날 밤에는 다정하게, 어느 날 밤에는 울적한 듯이 따라오기는 했지만 입 밖으로 소리를 내어 "열쇠, 열쇠"라고 말한 적은 한 번도 없었다.

그러고는 적갈색 체크무늬 가운을 입고 『상점 경영의 실제』라는 책을 읽고 있던 류지가 '어쩌다 귀에 들렸다'는 듯한 표정으로 얼굴을 들고 후사코의 이름을 불렀다.

"왜요?"

후사코는 계단 중간에서 몸을 돌려 대답했는데, 그 아양을

떠는 듯한 달콤한 목소리에 노보루는 오싹한 느낌이 들었다.

"오늘 밤부터 방문을 열쇠로 잠그는 건 그만하지그래? 노보루 군도 이제는 아이가 아니고, 해도 되는 일과 하면 안 되는 일 정도는 구별할 수 있을 텐데. 안 그런가? 노보루 군, 그렇지?"

목소리는 거실에서부터 넓은 폭으로 크게 울려왔다. 어두운 계단 위에서 노보루는 꼼짝도 하지 않고, 또 대답도 없이, 구석에 몰린 작은 동물처럼 눈을 반짝이고 있었다.

어머니는 대답하지 않은 노보루의 무례함도 지적하지 않고, 기름처럼 매끄러운 다정함을 자유롭게 유지했다.

"잘됐네. 좋겠구나?"

이렇게 노보루의 공감을 강요하며 그를 방 안으로 들이고는, 내일 잊어버리는 물건이 없도록 교과서와 시간표를 맞추고 연필이 깎인 상태를 살펴보았다. 수학 숙제는 류지가 제대로 봐주어서 정리되어 있었다. 어머니는 그 주변을 맴돌며 노보루의 잠자리를 하나하나 점검했지만, 그 모습은 지나치게 가볍고 그 움직임은 지나치게 유연해서 마치 수중발레를 보는 것 같았다. 드디어 잘 자라는 말을 남기고 어머니는 나갔다. 오랫동안 익숙해진 저 열쇠 돌리는 소리도 없이.

——혼자 남게 된 노보루는 갑자기 불안해졌다. 그는 연극을 간파하고 있었다. 그러나 간파했다는 사실이 조금도 위로가 되지 않았다.

류지와 후사코는 토끼 덫을 놓았다. 감금당한 자의 분노와 자기 둥지의 익숙한 냄새가 갖는 의미가 완전히 바뀌어, 이제는 스스로 갇히게 된 자가 주변 환경을 체념하고 관대해지기를 그들은 기대하고 있는 게 분명하다. 토끼가 덫에 걸리긴 했으나, 이제는 토끼가 아닌 듯한 미묘한 덫.

노보루는 잠겨 있지 않은 방 안에 있는 것이 불안하여 파자마의 깃을 부여잡고 떨고 있었다. 저들이 교육을 시작했다. 무섭고 파괴적인 교육. 이를테면 그에게, 곧이어 14세가 되려는 이 소년에게 '성장'을 재촉하는 일. 대장의 말을 빌리자면 '부패'를 강요하는 일. 노보루는 열이 나서 뜨거워진 머리로 불가능한 생각을 뒤쫓고 있었다. 어쨌든 내가 방 안에 있으면서 동시에 문밖에서 내가 방문을 열쇠로 잠그는 일은 불가능한 것일까?

*

그러던 어느 날, 노보루가 학교에서 돌아와보니 어머니와 류지는 저녁 외출 준비를 한 채 기다리고 있다가 이제부터 영화를 보러 나가자고 했다. 그것은 그렇게도 보고 싶어 하던 파란만장한 내용의 70밀리 대형 영화였기에 노보루는 매우 기뻤다.

영화가 끝나자 난킨南京 거리에 있는 식당 2층의 작은 방에서 셋이서만 식사를 했다. 노보루는 요리도 좋았지만 특히 접시를 올리고 빙글빙글 돌아가는 원탁이 좋았다.

요리가 다 나왔을 때 류지는 후사코에게 눈짓을 했다. 후사코는 이 순간을 위해 술의 힘을 빌려야 했는지 라오주*를 조금 마시고 눈가를 붉게 물들이고 있었다.

노보루는 지금까지 어른들에게 이렇게 후대받은 일이 없었고, 어른들이 자신 앞에서 이렇게까지 과하게 망설이는 모습을 보이는 것도 처음이었다. 이것은 어른들의 의식儀式인 것 같았다. 그들이 말하려는 내용을 노보루는 이미 알고 있었고, 대체로 그것은 지루했다. 다만 원탁 맞은편에서 어머니와 류지가 노보루를 마음에 상처받기 쉽고, 놀라기 쉽고, 무지하고, 여리고 작은 새처럼 대하는 모습이 가관이었다. 그들은 그 섬세하고, 만지기만 해도 깨질 것 같은, 어린 털을 바짝 세운 작은 새를 접시 위에 올려놓고, 어찌하면 이 작은 새의 기분을 상하게 하지 않고 그 심장을 먹어버릴 수 있을까를 궁리하고 있는 것으로 보였다.

노보루는 어머니와 류지의 상상 속에 있는 사랑스러운 자신의 모습이 아주 싫기만 한 것은 아니었다. 그는 피해자처럼 보일 필요가 있었다.

"알겠어? 엄마가 지금부터 말하는 걸 잘 들어요. 이건 중요한 일이니까. 너에게는 아빠가 생기는 거야. 쓰카자키 씨가 네 아빠가 될 거야."

노보루는 표정의 동요 없이 듣고 있었기에, 자신이 얼마나 망연자실하게 보였을지는 자신이 있었다. 여기까지는 아직 괜찮았다. 그러나 그다음부터 어머니의 어리석은 오해는 노보루의 상상을 초월했다.

"……돌아가신 아빠는 말이지, 정말 좋은 분이셨어. 돌아가

---

* 老酒: 찹쌀·조·수수 등으로 빚은 중국 술.

셨을 때 너는 이미 여덟 살이었으니까, 아빠를 생각하면 추억이 많을 거야. 하지만 엄마는 그때부터 5년 동안 외롭게 보냈어. 너도 그랬을 거야. 엄마에게도 너에게도 역시 새 아빠가 필요했다고 생각하지? 이해해줄 거지? 너를 위해서도 엄마는 이상적이고 강하고 다정한 새 아빠가 생기면 좋겠다고 얼마나 생각했는지 몰라. 돌아가신 아빠가 좋은 분이셨던 만큼 엄마는 더 많이 고민했단다. 이제 너도 다 컸으니까 이해하겠지? 지난 5년간 너와 엄마 단둘이서 얼마나 허전하고 불안하고 외로웠는지 몰라."

어머니는 어리석게도 홍콩제 손수건을 어수선하게 꺼내 들고 울었다.

"전부 너를 위한 거야, 노보루, 전부 너를 위한 거. 쓰카자키 씨만큼 강하고 다정하고 훌륭한 아빠가 될 분은 세상에 없어. ……그렇지, 오늘부터, 쓰카자키 씨를 아빠라고 부르렴. 결혼식은 다음 달쯤 올리고 그때 손님들을 많이 초청해서 파티를 할 거야."

잠자코 있는 노보루의 얼굴을 외면하고 류지는 혼자서 라오주잔에 얼음사탕*을 넣어 휘저어 마시고 또 마셨다. 그는 이 소년 앞에서 뻔뻔해 보일까 두려웠다.

노보루는 자기가 크게 위로받고 있는 동시에 두려움의 대상이 된 것을 알았다. 이 다정한 공갈에 노보루는 취했다. 냉정한 마음을 다 끌어모아 그들을 돌아보았을 때 그의 입가에는 미소

* 가장 결정이 크고 순도가 높은 설탕 제품.

가 떠올랐다. 그것은 숙제를 해 오지 않은 학생의 미소로, 절벽 위에서 몸을 날리는 자 같은 자부심으로 입가에 번지는 그런 미소였다.

붉은 원탁의 맞은편에 앉은 류지는 곁눈으로 재빠르게 이 미소를 포착했다. 그는 또 오해했다. 그때 노보루에 이어서 류지가 보여준 미소는 언젠가 그가 공원에서 물을 뒤집어쓰고 쫄딱 젖은 모습으로 나타나 처음으로 노보루를 참을 수 없게 실망시킨 때와 똑같은 그 과장된 미소였다.

"그래! 그렇다면 나도 이제부터 노보루 군이 아니라 노보루라고 부르도록 하지. 자, 노보루, 아빠하고 악수하자."

류지는 탁자 위로 단단한 손바닥을 내밀었다. 노보루는 물속을 가르듯이 무겁게 손을 내밀었다. 아무리 손을 내밀어도, 류지의 손끝에 닿을 것 같지 않았다. 겨우 닿았다. 겨우 닿아서 그 두꺼운 손가락에 자기 손가락이 끌려 들어가 뜨겁고 건조한 악수를 하게 되었을 때, 노보루는 회오리바람에 갇혀 자기가 가장 피하고 싶은, 형태도 없고 미지근한 세상으로 몸 전체가 휩쓸려가는 것을 느꼈다.

……그날 밤, 어머니가 잘 자라고 한 뒤 문을 닫고 나서 열쇠로 잠그지 않고 그냥 가버리자 노보루는 미칠 것 같았다. 딱딱한 마음, 무쇠로 된 닻처럼 딱딱한 마음,이란 말을 그는 몇 번이고 입속에서 되뇌어보았다. 그러자 어찌해서든지 순수하고 딱딱한 자기 마음을 손에 들고서 들여다보고 싶어졌다.

어머니는 가스스토브의 밸브를 잠그고 나갔다. 방 안에는 한

기와 온기가 완만하게 서로 뒤엉키는 주름층이 생겼다. 그는 얼른 이를 닦고 파자마로 갈아입은 다음, 침대로 들어가면 그만이었다.

그러나 알 수 없는 압박감에 풀오버 스웨터를 벗는 것조차 귀찮아졌다. 어머니가 다시 나타나기를, 예를 들면 무언가 할 말이 생각나서 다시 돌아오기를 이렇게 애타게 기다린 적이 없다. 그러면서 오늘 밤처럼 그가 어머니를 경멸한 적도 없다.

점점 더 한기가 심해지는 가운데 노보루는 기다렸다. 기다리다 지쳐 앞뒤가 맞지 않는 공상을 했다. 어머니가 다시 돌아와서 이렇게 소리치는 공상.

"전부 거짓말한 거야. 너를 속이고 장난쳐서 미안하구나. 우리는 절대로 결혼 같은 거 안 해. 그런 짓을 하면 세상은 엉망진창이 되고, 항구에서는 유조선 열 척이 침몰하고, 육지에서는 수많은 기차가 전복하고, 거리의 상점 유리창은 모두 깨지고, 장미라고 이름 붙은 것들은 모두 석탄처럼 새까매져버릴 거야."

노보루는 아무리 기다려도 어머니가 오지 않자, 결국 어머니가 이곳에 오면 분명 난처해질 상황을 짜냈다. 이런 감정은 무엇이 원인이고 결과인지 알 수 없었다. 이 정도로 이유 없이 어머니를 애타게 기다리는 것은 자신이 타격을 받더라도 그저 어머니에게 무서운 상처를 주고 싶기 때문인지도 몰랐다.

노보루는 자기도 소름이 끼칠 만큼 대담한 용기에 사로잡혀 손이 떨리기 시작했다. 방문이 잠기지 않게 된 그날 밤부터 저 큰 서랍에는 손도 대지 않았다. 그렇게 한 것에는 다 이유가 있다. 12월 30일 류지가 돌아온 아침, 어머니의 침실에 곧바로 틀어박힌 두 사람을 들여다보니, 아름다운 자태가 뒤얽혀 끊임없이 움직이고 있었다. 노보루는 그것을 끝까지 보는 데는 성공했지만, 자물쇠도 채워지지 않은 자기 방에서 오전에 서랍의 빈자리에 몸을 집어넣는 모험 따위에는 이제 질린 것이다.

그러나 지금 노보루는 저주하는 심정으로 세계에 작은 변혁이 일어나기를 바랐다. 자신은 천재이고 세계가 허망할 뿐이라면 그것을 실증할 힘이 자신에게 없을 리가 없다. 이제, 어머니와 류지가 믿고 있는 밥공기처럼 매끄럽고 안온한 세계에 아주 작은 균열을 넣으면 될 일이다.

노보루는 갑자기 뛰어가서 큰 서랍의 고리를 잡았다. 평소라면 소리 나지 않게 잡아당겼을 텐데 일부러 큰 소리가 나도록 힘껏 잡아당겨 서랍을 난폭하게 마루에 떨어뜨렸다. 그는 그 상태로 가만히 서서 귀를 기울였다. 이 소란에 반응한 소리는 집 어디에서도 들리지 않았다. 황급히 계단을 올라오는 소리도 들리지 않았다. 그저 매우 조용할 뿐이었다. 들리는 것이라고는 자신의 빠른 심장 소리뿐이다.

노보루는 시계를 보았다. 아직 10시였다. 그때 기이한 음모가 떠올랐다. 서랍을 빼놓아 생긴 빈자리에 들어가서 공부를 하자는 생각이었다. 그것은 훌륭한 아이러니이고, 어른들의 생각이 얼마나 비열한지를 비웃는 데 이만한 건 없을 것이다.

노보루는 영어 단어카드와 손전등을 들고 서랍이 빠진 공간에 기어들어 갔다. 어머니는 무언가 신비한 힘에 이끌려 이곳에 올 것이다. 노보루의 이상한 모습을 보면 직감적으로 그의 목적을 알게 될 것이다. 그녀는 수치심과 분노로 활활 타오르는 불이 될 것이다. 노보루를 끌어내서 뺨을 때릴 것이다. 그때 노보루는 어린 양처럼 천진무구한 눈빛으로 단어카드를 내보이면서 이렇게 말할 것이다.

"왜 안 되는데? 나는 여기서 공부하고 있었어. 좁은 공간이 더 차분해진단 말이야."

——여기까지 생각하니, 노보루는 먼지 때문에 공기가 탁해져 숨이 답답하면서도 웃음이 났다.

어둡고 좁은 공간에 몸을 쪼그리고 앉으니 불안은 사라지고 지금까지 마음이 동요한 것이 이상하게 여겨지면서, '장난삼아 한 것이 진심이 된다(弄假成眞)'고 하듯이 공부도 차분히 머리에 잘 들어오는 것 같은 기분이었다. 어쨌든 노보루에게 그곳은 세계의 변방이고, 이를테면 헐벗은 우주의 경계여서 아무리 벗어나려 해도 더는 벗어날 수 없는 장소였다.

그는 불편한 자세로 팔을 구부려 카드를 한 장 한 장 손전등에 비추어 읽었다.

abandon……버리다, 유기하다.

이것은 이미 익숙한 단어로, 그는 잘 알고 있었다.

ability……능력, 재능.

이것은 천재와 어떻게 다른 것일까?

aboard……배를 탄.

또다시 나타난 배. 그는 출범할 때 갑판 위에서 확성기 소리가 날아다닌 것이 떠올랐다. 그리고 저 절망을 선포하는 듯한, 황금빛으로 반짝이는 거대한 기적 소리. ……absence……

absolute……노보루는 손전등을 켜둔 채 스르륵 잠에 빠져들었다.

류지와 후사코는 상당히 늦은 시간에 침실에 들었다. 그날 밤 저녁 식사를 하며 노보루에게 알리고 나니 두 사람은 마음의 무거운 짐도 내려놓은 것 같고, 모든 것이 새로운 단계에 들어선 것 같았다.

그러나 잠자리에 들 시간이 되자 신기하게도 후사코의 수치심이 깨어났다. 중요한 이야기를 너무 많이 하고 육친의 감정에 대해서 너무 길게 이야기한 뒤라, 후사코에게 지금까지 없던 깊은 안도감과 함께 어떤 신성한 것에 대한 정체 모를 쑥스러움이 느껴졌다.

류지가 좋아하는 검은색 네글리제를 입고 침대에 누운 후사코는 지금까지는 불을 켜놓는 류지의 취향에 맡겼는데, 그날은 불을 다 꺼달라고 부탁했다. 그래서 류지는 어둠 속에서 후사코를 안았다.

그 일이 끝난 뒤 후사코가 말했다.

"칠흑 같은 어둠 속이면 부끄럽지 않을 줄 알았는데 반대예요. 오히려 어둠 전체가 눈이 되어 사방에서 누군가 보고 있는 것 같아."

류지는 이런 예민함을 비웃으며 방 안을 둘러보았다. 창가의 커튼으로 가려져 외부의 불빛은 들어오지 않는다. 방 안 한쪽 구석에 있는 가스스토브도 불이 꺼졌고 아련히 푸른빛이 반사되어 보일 뿐이다. 그것은 마치 멀리 있는 소도시의 밤하늘 같다. 침대의 놋쇠 기둥에서 희미한 빛이 어둠 속에서 떨고 있다.

류지는 갑자기 옆방과의 경계인 벽에 장식된 목조 장식판에 눈길이 멈췄다. 고풍스러운 장식인데, 그 윗변에 물결무늬 틀이 지나고 있다. 그 틀 위의 한 점에서 어둠을 비집고 희미하게 작은 빛이 번지고 있다.

"저건 뭐지?" 류지가 태평스럽게 물었다. "노보루 군은 아직 자지 않고 있나? 이 집도 상당히 낡았네. 내일 내가 무엇으로든 저 틈을 메워줄게."

후사코는 침대에서 하얗게 드러난 목을 뱀처럼 쳐들고 빛이 새어 나오는 한 곳을 뚫어지게 보았다. 그녀는 무섭게 빠른 속도로 이해했다. 옆에 있는 가운을 집어 들고, 일어나자마자 팔을 끼우고서 아무 소리 없이 몸을 날려 밖으로 뛰쳐나갔다. 류지는 당황해서 이름을 불렀지만 대답이 없었다.

노보루의 방문이 열리는 소리가 났다. 잠깐 침묵의 시간이 있었다. 그러고는 후사코가 우는 듯한 소리를 듣고 류지도 침대를 미끄러지듯 내려갔다. 그러나 자신이 곧장 그리로 가도 되는 건지 생각하며 잠시 어둠 속에서 갈팡질팡하다가, 플로어스탠드의 불을 밝히고 창가의 장의자에 걸터앉아 담배에 불을 붙였다.

느닷없이 강력한 힘이 노보루의 바지를 잡고 서랍의 빈자리에서 끌고 나오는 바람에 그는 잠에서 깼다. 한동안 무슨 일인지 알아채지 못했다. 어머니의 나긋나긋한 가느다란 손이 그의 뺨이고, 코고, 입술이고, 아무 데나 마구 때려서 눈을 뜰 수가 없었다. 노보루는 아직 단 한 번도 어머니에게 이런 식으로 매를 맞은 적이 없었다.

노보루가 질질 끌려 나올 때 어머니나 그가 큰 서랍에 걸렸는지 셔츠들은 흩어지고 노보루는 한쪽 다리를 그 셔츠 속에 집어넣은 꼴이 되어 바닥에 반쯤 쓰러지다시피 했다. 어머니에게 이렇게 무서운 힘이 있다니 믿어지지 않았다.

숨을 헐떡이며 위에서 노려보고 서 있는 어머니의 모습을 노보루는 겨우 올려다볼 수 있었다.

짙은 남색 바탕에 은빛 공작의 날개를 흩뿌려놓은 비단 가운의 옷자락이 넓게 펴져 있어서 어머니의 하반신 크기가 이상할 정도로 방대하고 위협적으로 보였다. 올라갈수록 조금씩 좁아지고 가늘어지는 상반신 끝에 숨을 헐떡거리며 슬퍼하다가 한순간에 무섭게 늙어버린, 눈물에 젖어 엉망이 된 작은 얼굴이 솟아 있다. 그 위 천장의 전등은 그녀의 흐트러진 머리카락 끝에 미친 듯한 후광을 비췄다.

노보루는 이 순간 완전히 얼어 있었으나 머릿속에서 한 가닥 기억이 떠올랐다. 자신이 분명히 지금보다 훨씬 이전에 이와 같은 순간에 마주친 적이 있는 듯한 기분이 들었다. 아마도 그건 꿈속에서 이미 몇 번인가 야단맞는 장면이었을 것이다.

어머니는 소리 내서 울기 시작하더니, 이제는 눈물을 흘리며 노보루를 노려보고 알아듣기 어려운 말로 이렇게 소리 질렀다.

“한심하다. 한심해. 내 아들이, 어쩜 이렇게 더러운, 이따위 짓을. 나는 그냥 죽고 싶어. 어떻게 이런 한심한 짓을 했냐고, 노보루.”

노보루는 자신이 좀 전에 계획한 대로, "영어 공부 하고 있었어"라고 우겨댈 마음을 완전히 상실한 것에 놀랐다. 그런 일은 아무래도 좋은 일이었다. 어머니는 결코 오해한 게 아니었고 다만 지금까지 그녀가 거머리처럼 싫어한 '사건의 진실'을 피부에 접한 정도가 아니라 비벼댄 것이었다. 그 점에서는 노보루도 어머니도 전에 없이 동등한 인간이었다. 그것은 거의 공감이라고 해도 좋았다. 노보루는 얻어맞아 불이 난 듯 뜨거운 뺨을 누르며, 이렇게까지 가까운 사람이 한순간에 끝도 없이 멀리 날아가버리는 상황을 유심히 보아두리라 마음먹었다. 분명히 어머니의 분노와 슬픔도 오로지 진실이 드러났기 때문만은 아니고, 주체할 수 없는 그녀의 수치심과 한심함도 전부 어떤 편견에서 비롯되었다는 것을 노보루는 알고 있었다. 어머니는 곧바로 이 상황을 해석했다. 세상 상식 수준으로 해석하고는 그녀가 격분하고 있는데, 영어 공부 하고 있었다는 노보루의 뻔한 변명이 무슨 소용인가.

"이제 더는 내가 감당할 수가 없어"라면서, 잠시 후 기분 나쁠 정도로 차분한 목소리로 후사코가 말했다. "이런 무서운 아이는 이제 감당이 안 돼. 여기서 기다려. 아빠에게 야단치라고 할 거야. 이런 짓을 두 번 다시 못 하게, 아주 무섭게 벌을 주라고 할 거니까."

어머니는 이렇게 으름장을 놓으면 분명히 노보루가 울면서 용서를 빌게 될 거라고 기대했다.

그때 후사코의 마음이 살짝 동요하기 시작하면서 처음으로 사태 수습이 뒤늦은 게 아닐까 하는 기분이 들었다. 류지가 아직 모습을 나타내지 않는 것, 노보루가 이제라도 울며 잘못을 비는 것, 이 두 상황의 시간이 딱 맞아, 류지가 보기에는 모든 것이 애매모호해서 어머니로서의 자신의 긍지가 지켜지길 바랐다. 그렇게 되려면 노보루가 1분이라도 빨리 울며 잘못을 빌어야 하는데, 이미 아버지의 질책을 협박 수단으로 사용했으니 모자 사이의 이런 익숙한 해결책을 어머니의 입으로 암시할 수는 없었다. 후사코는 잠자코 기다리는 수밖에 없었다.

노보루도 입을 다물고 있었다. 그는 일단 미끄러지기 시작한 기계가 도착하게 될 종착지 외에는 관심이 없었다. 노보루는 저 어두운 서랍의 구멍 속에서 자신이 확장한 세계의 바다 혹은 사막의 경계에 서 있었다. 그곳에서 모든 것이 시작된 이상, 그곳에 있었다는 이유로 그가 벌을 받는 이상, 흐리멍덩한 인간들의 마을로 돌아가 미적지근한 눈물의 연극무대에 머리를 조아리는 일은 할 수 없었다. 어느 늦여름 밤 그가 남몰래 저 작은 구멍으로 들여다보다가 잠시나마 명확히 이해한 온통 반짝이는 것들이 연결된 모습, 저 뱃고동 소리가 완성한 인간의 궁극의 아름다움에 맹세코 그렇게 할 수는 없었다.

그때 문이 머뭇거리듯이 움직였다. 류지의 얼굴이 살그머니 들여다보았다.

자신과 아들, 두 사람 다 기회를 놓쳤다는 것을 깨닫고 후사코의 마음에는 분노가 치밀었다. 류지는 아예 모습을 드러내지 말든가, 아니면 처음부터 그녀 곁에 와 있었으면 좋았다. 그의 이런 졸렬한 등장에 화가 난 데다가 자신의 감정의 손익을 맞춰보느라 초조해져서 후사코는 노보루에게 좀 전보다 더 격하게 분노를 터뜨렸다.

"무슨 일이야, 도대체?"

류지가 천천히 방으로 들어가 이렇게 말했다.

"아버지가 야단 좀 쳐줘요. 때려주지 않으면 이 아이의 나쁜 성질은 고쳐지지 않을 거야. 이 아이가 이 서랍 빈자리에 기어들어 가서, 우리 침실을 엿보고 있었어요."

"정말이냐, 노보루?"

물어보는 류지의 목소리에는 분노가 없었다.

노보루는 바닥에 다리를 쭉 뻗고 앉아서 말없이 고개를 끄덕였다.

"그래서……그렇군……오늘 밤, 별생각 없이 한 일이지?"

노보루는 분명하게 고개를 저었다.

"그러면, 적어도 한 번이나 두 번인 거지. 응?"

노보루는 다시 고개를 저었다.

"그러면, 쭉 그랬다는 거야?"

노보루가 고개를 끄덕이는 것을 보고 후사코와 류지는 저도 모르게 서로 얼굴을 마주 보았다. 서로 시선을 교환하는 그 번개 같은 틈에, 노보루는 류지가 꿈꿔온 육지 생활이나 후사코가 굳게 믿고 있던 건전한 가정이 적나라한 모습을 드러내며 소리를 내고 무너지는 것을 유쾌하게 공상하고 있었다. 그러나 이때 자기답지 않게 공상의 힘을 과신할 정도로 그는 감정에 지고 말았다. 왜냐하면 노보루는 무엇인가를 열렬히 기대하고 있었던 것이다.

"그랬구나."

실내복 주머니에 칠칠찮게 손을 넣으며 류지가 말했다. 그 옷자락 밑으로 뻗어 나온 털북숭이 정강이가 노보루의 눈앞에 보였다.

류지는 지금 아버지의 결단을 종용받고 있었다. 이것은 그가 육지 생활을 하면서 처음으로 강요당하는 결단이다. 황량한 바다의 기억 때문인지 그가 한때 혐오했던 육지의 관념에 모순되게도 다정함이 스며들면서, 거의 본능적인 류지의 문제 해결 방식을 가로막았다. 때리는 건 아주 쉽지만, 그에게는 어려운 미래가 기다리게 된다. 위엄을 잃지 않으며 사랑받는 것, 매일 겪는 어려움의 적당한 구조자가 되고, 일상생활의 수지를 맞추고, ……그는 여자와 아이의 이유가 분명치 않은 감정을 아주 대범하게 이해해야 하고, 이런 말도 안 되는 사태에 직면하고도 그렇게 된 이유를 정확하게 파악해서 결코 틀리는 일 없이 교육해야 하고, ……요컨대 이 문제를 대양의 폭풍을 대하듯 하지 말고, 육지에는 항상 미풍이 분다는 식으로 생각해야 한다. 그 자신은 알아채지 못했으나 멀리 있는 바다의 영향을 받아 그는 감정의 숭고함이나 야비함을 구분하지 못했고, 애초에 육지에서는 중대한 일이 일어나지 않을 것 같은 기분이었다. 그가 현실적으로 판단하려고 하면 할수록, 육지에서 눈앞에 벌어지는 일들은 일종의 환상의 빛깔을 띠고 다가왔다.

그리고 후사코가 아들을 때려주라고 한 말을 그대로 받아들일 수는 없었다. 류지는 후사코가 결국 그의 관용에 감사하게 되리라는 결말을 알고 있었다.

더욱이 이 모든 것을 어물쩍 넘기면서, 류지는 아버지의 감정에 의지했다. 이 순간 그는 마음속에서 진심으로 사랑하는 것도 아니고, 어느 쪽인가 하면 짐스럽게 느껴졌고, 이상하게 마음을 열지 않는 이 조숙한 아이에게 의무적인 마음을 서둘러 지우면서 자신이 정말로 아버지로서의 애정을 기울이는 듯한 착각에 빠졌다. 그뿐 아니라 그는 그런 감정을 지금 처음 발견한 듯한 기분이 들어 이런 자신의 감정의 굴절과 그로 인한 어색함에 스스로 놀라기까지 했다.

"그랬구나."

다시 한번 류지가 말했다. 그리고 이제 몸을 낮추어 바닥에 양반다리로 앉았다.

"엄마도 이리 와서 앉아요. 내가 지금 생각해보니 죄는 노보루 한 사람에게만 있는 게 아닌 것 같아. 내가 들어오고 나서 네 생활도 단번에 바뀌었지. 내가 나쁜 짓을 한 건 절대 아니지만, 생활이 갑자기 바뀐 것은 분명하다. 중학생으로서 변화된 생활에 호기심이 동하는 건 당연해. 네가 저지른 짓은 나쁘지만, 그건 분명히 나쁜 것이지만 그 호기심을 이번에는 공부로 돌려라, 알겠지?

네가 본 것을 말하지는 않겠지. 너도 이제 아이가 아니고 우리는 모두 어른이니, 언젠가 웃으면서 이야기할 수 있는 그런 일이야. 엄마도 진정해요. 지난 일은 잊고 앞으로 손잡고 즐겁게 살아갑시다. 아빠가 내일 그 구멍을 메워놓을게. 됐지? 그러면 되겠지, 노보루."

노보루는 당장이라도 질식할 것 같은 느낌으로 류지의 말을 듣고 있었다.

'이 남자가 이런 말을 하다니, 한때는 그렇게 멋지게 빛나던 이 남자가.'

한 마디 한 마디가 노보루에게는 믿어지지 않는 느낌이었다. 어머니를 흉내 내며 "아, 한심해라" 하고 소리를 지르고 싶었다. 이 남자는 자신이 해서는 안 되는 말을 하고 있다. 간사한 목소리로 세상에서 가장 미천한 말을 하고 있다. 이것이야말로 세상이 끝나는 그날까지 절대로 그의 입에서 흘러나올 리가 없는 더러운 말, 사람들이 냄새나는 둥지 속에서나 중얼거리는 그런 말이었다. 게다가 지금 류지는 자신을 믿고 자진해서 떠맡은 아버지 역할에 만족하여 우쭐대며 떠들고 있다.

'뿌듯하겠군!'

노보루는 거의 토할 것 같은 기분이 되어 생각했다. 내일은 이 남자의 비천한 손이 일요목공에 열중하고 있는 아버지의 손이 되어 그 자신이 어느 한순간 드러낸, 이 세상의 것이 아닌 광휘로 가는 작은 한 점의 통로를 영원히 막아버릴 것이다.

"응? 그렇지, 노보루."

이야기를 끝내고 류지가 어깨에 손을 얹으려 할 때, 노보루는 얼어붙은 작은 어깨로 그 손을 뿌리치려고 했으나 그러지 못했다. 그는 그저 생각하고 있었다. 이 세상에는 때리는 것보다 더 나쁜 것이 있다, 고 대장이 말한 것은 진실이라고.

제6장

노보루가 대장에게 부탁하여 긴급회의를 소집하자 여섯 소년은 하콧길에 외국인 묘지 아래 시영 수영장에 모였다.

수영장에 가려면 거대한 감나무로 둘러싸인 말의 등허리 같은 언덕을 따라 내려가면 된다. 그들은 비탈길 중간에 멈춰 서, 상록수 사이로 겨울 햇빛에 석영石英이 반짝이는 외국인 묘지를 바라보았다.

여기서 보면 두세 계단 위에 나란히 서 있는 돌 십자가나 묘비는 모두 이쪽을 등지고 있다. 무덤 사이사이로 암녹색 소철나무가 보인다. 온실에서 나온 꽃가지를 제단에 올려서, 계절도 아닌데 십자가 옆으로 빨강과 노랑이 선명하게 보였다.

이 언덕에서는 오른편에는 외국인 무덤이, 정면에는 계곡을 채운 주택가의 지붕 위로 마린 타워가 보이고, 수영장은 왼편에서 골짜기를 이루었다. 비수기에 수영장 관람석은 가끔 그들에게 안성맞춤인 회의장이 되었다.

여섯 소년은 거목의 뿌리가 흙 위로 삐져나와 굵고 새까만 혈관처럼 멀리까지 비틀려 퍼져나간 언덕을 각자 뿔뿔이 흩어져 돌아다니다가, 골짜기를 이룬 수영장으로 가는 마른 풀 덮인 오솔길을 뛰어 내려갔다. 울창한 상록수에 둘러싸인 수영장은 파란색 페인트가 벗겨지기 시작한 바닥이 바싹 마른 채 매우 적막했다. 물은 다 빠지고 이 구석 저 구석에 마른 잎이 모여 있다. 파란색 철 사다리가 바닥보다 훨씬 높은 곳에서 끊어져 있다. 이곳을 병풍처럼 둘러싼 절벽이 서쪽으로 기우는 햇빛을 가려 수영장 바닥 쪽은 벌써 컴컴해지려고 한다.

노보루는 아이들을 뒤따라 달려가면서 좀 전에 언뜻 본 수많은 외국인 무덤의 뒷모습을 마음에 담고 있었다. 뒤돌아 앉은 무덤과 십자가. 그것들이 모두 저쪽으로 얼굴을 돌리고 있다면, 우리가 있는 이 뒤쪽은 뭐라고 불러야 할까?

소년들은 햇빛도 들지 않고 어둡게 그늘진 콘크리트 관람석에 대장을 중앙으로 하여 마름모꼴로 앉았다. 노보루가 우선 가방에서 얇은 공책 한 권을 꺼내 말없이 대장에게 건넸다. 표지에는 독이 뚝뚝 떨어질 것 같은 빨간색 잉크로 '쓰카자키 류지의 죄목'이라고 적혀 있다.

다 같이 머리를 들이밀고 대장과 함께 읽었다. 그것은 노보루의 일기를 발췌한 것인데, 어젯밤 서랍 사건의 기록을 포함하여 18항에 이르고 있었다.

"이건 너무하네." 대장은 침통한 목소리로 말했다. "제18항만으로 35점은 되겠어. 합계가, ……그렇군, 제1항을 5점으로 친다고 해도, 항목이 끝으로 갈수록 점수가 높아져서 합계가 150점을 훌쩍 넘었네. 이 정도일 줄은 몰랐어. 이제는 이거, 생각해봐야겠어."

대장의 혼잣말을 들으며 노보루는 가벼운 전율을 느꼈다. 그래서 이렇게 말했다.

"암만해도 살려줄 수 없는 건가?"

"살려줄 수가 없겠어, 가엾지만."

거기서 여섯 명 모두 한동안 아무 말도 하지 않았다. 그것을 용기 없다고 생각한 대장은 마른 낙엽을 손가락으로 비벼 가루로 만들고, 단단한 잎맥만을 손가락 가운데에서 휘게 하며 설득을 하기 시작했다.

"우리 여섯 명은 천재야. 그리고 우리 모두 알고 있듯이 세계는 텅 비어 있어. 몇 번이나 말했는데, 이 일을 깊이 생각해 본 적 있나? 그 덕분에 우리에게 여러 가지 것이 허용된다고 생각하면 아직 얕은 생각이야. 허용하는 것은 우리 쪽이야. 교사나 학교나 아버지나 사회, 이런 갖가지 쓰레기통들을. 그건 우리가 힘이 없어서가 아니야. 허용하는 것이 우리의 특권이고, 조금이라도 측은지심이 있다면 이 정도로 냉혹하게 모든 것을 허용할 수는 없을 거야. 말하자면 우리는 항상 허용해선 안 될 일을 허용하고 있는 거야. 허용해줄 만한 것은 사실 아주 적어, 예를 들면 바다라든가……"

"배라든가."

노보루가 덧붙였다.

"그래. 그런 아주 극소수의 것들이야. 그런데 만약 그렇게 허용된 극소수의 것들이 반역을 도모한다면, 우리는 기르던 개에게 손을 물리는 셈이지. 그것은 우리의 특권에 대한 모욕이야."

"우리는 지금까지 아무것도 한 게 없어."

1호가 말참견을 했다.

"계속 아무것도 하지 않겠다는 게 아니야." 대장은 시원시원한 목소리로 기민하게 답했다. "그런데 이 쓰카자키 류지라는 남자는 우리 모두에게 대수로울 것 없는 존재였지만 3호에게는 대단한 존재였어. 적어도 그는 3호의 눈앞에 내가 평상시 그렇게 강조했던 세계의 내적 연관성의 확실한 증거를 보여주었다는 공이 있어. 하지만 그 후에 그는 3호를 야멸차게 배반했어. 지상에서 가장 나쁜 것, 말하자면 아버지가 된 거야. 이래선 안 되지. 처음부터 아무 쓸모가 없었던 것보다 훨씬 나빠.

늘 말하는 것처럼 세계는 단순한 기호와 결정으로 구성되어 있어. 류지 본인은 몰랐을 수도 있지만, 그 기호 중 하나였던 거야. 적어도, 3호의 증언에 따르면 그 기호 중 하나였던 것 같아.

우리의 의무는 알고 있겠지? 굴러떨어져 나온 톱니바퀴는 다시 원래의 장소에, 억지로라도 끼워 맞추지 않으면 안 돼. 그러지 않으면 세계의 질서가 유지되지 않아. 우리는 세계가 텅 비어 있는 것을 알고 있으니까, 중요한 것은 그 텅 빈 질서를 어떻게든 유지해가는 수밖에 없어. 우리는 그를 위한 파수꾼이고 그를 위한 집행인이니까."

그는 다시 단호하게 말했다.

"어쩔 수가 없네. 처형하자. 그것이 결국 그놈을 위한 일이기도 해. ……3호. 기억하고 있니? 내가 야마시타 부두에서, 그놈을 다시 영웅으로 만들어줄 방법이 한 가지 남았다, 곧 그것을 말할 수 있는 때가 올 것이다, 라고 했던 거."

"기억해."

노보루는 조금씩 떨리기 시작하는 허벅지를 누르며 대답했다.

"지금이 바로 그 시기야."

대장을 뺀 다섯 명은 얼굴을 마주 보며 침묵했다. 모두 대장이 말하려고 하는 일의 중대함을 알고 있었기 때문이다.

그들은 석양에 그림자가 짙어진 텅 빈 수영장을 바라보았다.

칠이 벗겨진 푸른 바닥에 하얀 줄이 몇 개 지나고 있다. 구석에 모아진 낙엽은 바싹 마른 채 쌓여 있다.

그것은 지금 무서울 정도로 깊다. 바닥이 푸른 데다 날이 어두워지니 더 깊어 보인다. 그곳에 몸을 던져도 몸을 받쳐줄 물이 없다는 실감이 텅 빈 수영장에 끊임없이 긴장감을 빚어낸다. 지난여름에 수영하는 사람의 몸을 받아 깊은 곳까지 받쳐준 부드러운 물이 없어진 채, 이렇게 물과 여름의 기념비 같은 형상으로 오래 남아 있는 메마른 공간은 매우 위험하다. 수영장 끝에서 내려가는, 그러나 바닥보다도 훨씬 높은 곳에서 갑자기 끊긴 파란 철 사다리……

몸을 받쳐주는 것이 정말 아무것도 없다!

"내일은 학교도 2시면 끝나니까 이리로 그 남자를 유인해서, 다 같이 스기다杉田에 있는 우리 드라이독*에 데려가자. 3호, 잘 유인해서 데려오는 것이 네가 할 일이야.

각자 가져올 것을 지금부터 지시할 테니 잊지 않도록 해. 나는 수면제와 메스를 가지고 갈게. 저렇게 힘이 센 남자는 우선 재워두지 않으면 도저히 요리할 수가 없어. 우리 집에 있는 독일제 수면제는 정량이 한 알에서 세 알이니까, 일곱 알 정도 먹이면 단번에 해치울 수 있을 것 같아. 이건 홍차에 잘 녹도록 가루로 만들어 올게.

---

* 큰 배를 만들거나 수리할 때 해안에 배가 출입할 수 있도록 땅을 파서 만든 구조물.

1호는 두께 5밀리의 등산용 삼노끈, 길이 1.8미터짜리로 하나, 둘, 셋, 넷, ……그래, 넉넉하게 다섯 줄 준비해줘.

2호는 보온병에 뜨거운 홍차 넣어서 가방에 숨겨 오고.

3호는 유인해 와야 하니까 아무것도 필요 없어.

4호는 설탕과 작은 숟가락, 우리가 마실 종이컵, 그놈에게 먹일 때 쓸 짙은 색 플라스틱 컵을 가져올 것.

5호는 눈을 가릴 헝겊과 재갈을 물릴 수건을 준비해 와.

그리고 각자 취향대로 절단하는 데 사용할 도구를 가져오면 좋겠어. 칼이든 송곳이든 마음에 드는 것으로.

요령은 전에 고양이로 연습했던 것과 비슷해. 전혀 걱정할 필요 없어. 고양이보다 약간 클 뿐이야. 그리고 고양이보다 냄새가 아주 조금 더 날 것 같아."

소년들은 모두 입을 꾹 다문 채 텅 빈 수영장에 눈길을 떨어뜨리고 있었다.

"1호, 너 무섭니?"

1호는 억지로 고개를 저었다.

"2호, 너는?"

2호는 갑자기 추워진 것처럼 코트 주머니에 두 손을 집어넣었다.

"3호, 너는 어때?"

노보루는 깜짝 놀라 입안에 누가 마른 잎을 잔뜩 처넣기라도 한 듯이 입이 바짝 말라서 대답하지 못했다.

"칫. 그럴 줄 알았어. 평소에는 잘난 척해도, 일단 상황이 달라지면 아예 의지가 없어지는 거야. 안심시켜줄게. 그래서 이

걸 가져왔어."

그렇게 말한 뒤 대장은 자기 가방에서 주황색 표지의 육법전서를 꺼내 들고 익숙하게 페이지를 찾아 넘겼다.

"알겠어? 읽을 테니까 잘 들어.

형법 제41조, 14세가 되지 않은 자의 행위는 이를 처벌할 수 없다.

큰 소리로 다시 읽을게. 14세가 되지 않은 자의 행위는 이를 처벌할 수 없다."

그는 육법전서의 그 페이지를 다섯 명의 소년에게 돌아가며 읽게 하고 계속해서 설명했다.

"이것은 본래 우리 아버지란 작자들이, 이를테면 그들이 믿는 가공의 사회가 우리를 위해 정해준 법률이야. 이 점에 대해서는 그들에게 감사해도 된다고 나는 생각해. 이것은 어른들이 품은 꿈을 표현한 것이고, 동시에 그들이 이룰 수 없는 꿈을 표현한 것이기도 해. 어른들이 자신들을 꼼짝달싹 못 하게 구속하고, 또 우리는 아무것도 할 수 없으리라 방심해준 덕에 이곳에서만 살짝 푸른 하늘 한 조각, 절대적인 자유 한 조각을 볼 수 있게 해줬지. 말하자면 그건 어른들이 만들어놓은 동화지만 상당히 위험한 동화를 만든 거지. 어쨌든 좋잖아. 어쨌든 우리는 아직 귀엽고 여리고 죄를 모르는 어린애니까.

우리 중 다음 달에 14세가 되는 건 나와 1호와 3호지. 남은 셋도 3월이면 14세가 돼. 생각 좀 해봐. 우리 모두 지금이 마지막 기회야."

대장이 다른 소년들의 얼굴을 들여다보니 긴장했던 볼은 얼마간 누그러지고 공포심도 엷어져 있었다. 각자 바깥 사회, 즉 가공의 사회가 그들을 너그럽고 따뜻하게 대접한다는 것을 처음 깨달았고 무엇보다도 적에게 보호받고 있다는 것을 확실히 느끼고 있었다.

노보루는 눈을 들어 하늘을 보았다. 하늘의 푸르름도 변하여 저녁 빛깔이 희미하게 번지고 있었다. 류지가 영웅적인 죽음의 고난 중에 이런 성스러운 하늘을 못 본다고 생각하니 눈가리개를 하는 것은 아까울 것 같았다.

"이것이 마지막 기회야." 대장은 재차 말했다. "이 기회를 놓치면 우리는 인간의 자유가 명령하는 최상의 일, 이를테면 세계의 허무함을 메꾸는 데 꼭 필요한 일을 해야 할 때 자기의 목숨과 바꾸겠다는 각오를 하지 않고는 할 수 없게 돼. 사형집행인인 우리가 목숨을 걸다니 완전히 불합리한 일이지.

이 기회를 놓치면 우리는 앞으로 평생 도둑질도 못 하고 살인도 못 하고 인간의 자유를 증명하는 어떤 행위도 절대 할 수 없게 된다고. 임시변통하기 바쁘고 빈말이나 늘어놓고 험담이나 하다가 복종하고, 타협과 공포 속에 그날이 그날인 채 항상 겁을 먹고 옆집 사람들 눈치나 보며 쥐새끼 같은 일생을 보내게 될 거야. 그리고 결혼하고 아이를 만들고 세상에서 가장 추악한 존재인 아버지가 되는 거라고.

피가 필요해! 인간의 피가! 그게 아니면 이 공허한 세계는 퍼렇게 질려 말라비틀어지고 말 거야. 우리는 저 남자의 생생한 피를 꽉 짜서, 죽어가는 우주, 죽어가는 하늘, 죽어가는 숲, 죽어가는 대지에 수혈해주어야 해.

지금이야! 지금이야! 지금이라고! 저 드라이독 주변에서 토지를 조성하는 불도저 작업도 앞으로 한 달이면 끝나게 돼. 그러면 저 주변은 사람들로 북적거릴 거야. 게다가 우리는 곧 14세가 된다고."

대장은 상록수 나뭇가지의 검은 그림자에 둘러싸인, 호수 같은 하늘을 올려다보며 말했다.

"내일은 날씨가 좋겠어."

제7장

1월 22일 오전에 후사코는 류지와 함께 시청을 방문하여 요코하마 시장에게 중매인이 되어달라고 부탁했다. 그리고 시장은 흔쾌히 허락했다.

두 사람은 시청에서 돌아오는 길에 이세자키초伊勢佐木町에 있는 백화점에 들러 초대장 인쇄를 맡겼다. 피로연을 위해 뉴그랜드호텔 예약도 바로 접수했다.

이른 점심을 먹은 뒤, 가게로 돌아왔다.

오후가 되자 류지는 아침에 미리 허락받은 용건이 있어 조퇴했다. 오늘 아침 다카시마 부두에 도착한 화물선의 일등항해사가 상선 고등학교 동급생인데 그 시간이 아니면 만나러 갈 수 없었기 때문이다.

게다가 류지는 이런 세련된 영국제 정장 차림으로 그 남자와 만나는 것이 내키지 않는다. 결혼식 전까지는 이런 환경 변화를 옛 친구에게 뽐내듯이 보여주고 싶은 마음이 아직은 없다. 일단 집으로 가서 옷을 갈아입고 선원다운 모습으로 만나러 가고 싶다고 류지는 말했다.

"설마 그대로 배를 타고 행방불명되어버리는 건 아니겠죠?"

후사코는 농담을 하며 그를 배웅했다.

——류지는 어젯밤, 노보루가 숙제를 가르쳐달라며 별일이라도 있는 것처럼 그를 방으로 불러들이고는 다음과 같이 부탁한 말에 더욱 충실하게 처신했다.

"저기요, 내일 친구들이 다 같이 아빠의 항해 이야기를 듣고 싶대요. 2시 지나서 방과 후에 수영장 위 언덕에서 우리 모두 기다릴게요. 엄청나게 기대하고 있으니, 부탁이니까 와서 이야기해줘요. 예전의 선원 차림으로, 선원 모자를 쓰고 와줘요. 그래도 엄마에게는 절대 비밀이에요. 엄마한테는 선원 동료들과 만난다거나 뭐든 대충 둘러대고 가게를 빠져나와줘요."

노보루가 처음으로 류지에게 어리광을 부리며 마음을 열고 부탁한 일이었기에, 류지는 소년의 신뢰를 배반하지 않으려고 신경을 썼다. 그것은 아버지의 의무였다. 나중에 알게 되더라도 우스갯소리로 넘길 일이므로 류지는 후사코에게 그럴듯하게 이야기를 꾸며 말하고 가게를 조퇴했다.

오후 2시를 지나서 류지가 수영장 옆 언덕의 감나무 뿌리 쪽에 주저앉아 기다리고 있는데, 소년들이 나타났다. 그중에 특별히 영리해 보이는, 초승달 모양의 눈썹과 빨간 입술을 가진 소년이 일부러 여기까지 와주셔서 감사하다고 예의 바르게 인사하고, 기왕에 이야기를 듣는 거라면 이런 데 말고 자기들의 드라이독까지 함께 가주시면 좋겠다고 말했다. 어쨌든 류지는 항구와 가까울 것으로 여기고 허락했다. 소년들은 류지의 선원 모자를 서로 빼앗아 차례로 써보며 신이 나서 떠들었다.

한겨울의 부드러운 햇볕이 내리쬐는 오후였다. 응달은 추웠지만, 좀 얇은 구름을 통과한 햇살 아래는 외투도 필요 없었다. 반코트를 팔에 끼고 회색 터틀넥 스웨터에 선원 모자를 쓴 류지의 주변을 앞서거니 뒤서거니 하며 심하게 까불면서 걷는 노보루를 포함한 여섯 명의 소년은 저마다 보스턴백을 하나씩 들고 있었다. 그들은 모두 요즘 소년치고는 작은 편이라, 소형 예인선 여섯 척이 화물선 한 척을 끌고 항해하느라 애를 먹고 있는 것 같다고 류지는 생각했다. 그러나 소년들이 까부는 모습에 일종의 광적인 불안이 깃들어 있는 것을 눈치채지 못했다.

초승달 눈썹 소년이 이제부터 시市 전철을 타고 갈 것이라고 류지에게 알렸다. 그는 놀랐지만 시키는 대로 따라갔다. 이 나이 또래의 소년들이 이야기의 배경을 중요시하는 것을 잘 알고 있었기 때문이다. 그들은 결국 요코하마 남쪽 이소고구磯子區의 종점인 스기다역에 도착할 때까지 전철에서 내리려고 하지 않았다.

"도대체 어디에 가는 거야?" 류지는 몇 번이나 재미있다는 듯이 물었다. 여기까지 함께하기로 작정한 이상, 어떤 일이 생기든 불쾌한 표정을 보여서는 안 되었다.

류지는 노보루가 눈치채지 않게 그를 계속 주시하고 있었다. 노보루가 끊임없이 따지고 묻는 평소의 날카로운 눈빛 없이 이렇게 즐겁게 친구들 틈에 동화된 모습을 류지는 처음 보았다.

이렇게 보니 노보루와 다른 소년들의 경계는 명확하지 않고, 마침 전철 유리창으로 들어온 겨울 햇빛 속에서 먼지의 미립자가 무지갯빛으로 춤추는 것을 보는 듯이, 가끔 다른 아이를 노보루로 착각하고 혼동했다. 이것은 그렇게 몰래 훔쳐보는 기이한 버릇이 있는, 보통 사람들과는 달랐던 고독한 소년에게 일어나리라고 생각할 수 없는 일이었다.

자신이 반나절을 할애해서 일부러 예전의 옷차림을 하고 노보루와 그 친구들과 함께 시간을 보내주면 그것만으로도 좋은 일이라고 생각했다. 아버지로서, 도덕적인 견지에서, 오늘은 또 교육적인 견지에서 그렇다고 생각했다. 대개의 잡지나 책에는 그렇게 쓰여 있다. 노보루 쪽에서 특별히 손을 내밀어주어 오늘 이렇게 멀리까지 나온 것은, 바라지는 않았으나 자신의 입지를 굳힐 기회라고 생각했다. 이렇게 하여 이전에는 타인이었던 아버지와 아들이 피붙이라도 하기 어려운 부드럽고 깊은 믿음을 갖게 되는 것이다. 생각해보니 노보루의 나이는, 만약 류지가 스무 살에 낳은 아이라고 하면 전혀 이상할 것이 없다.

종점인 스기다에서 내린 다음 소년들이 류지를 끌고 자꾸 산 위 언덕으로 올라가자, 류지는 또다시 재미있다는 듯이 이렇게 물었다.

"애들아, 드라이독이 산에 있는 거냐?"

"그럼요. 그도 그럴 것이 도쿄는 지하철이 머리 위를 달리고 있잖아요."

"이건 한 방 먹었는데." 류지가 한 대 맞은 척했더니 소년들은 덩달아서 끝도 없이 웃었다.

길은 아오토青砥 산자락 가나자와金澤구에 들어서고 있었다. 복잡한 전선과 애자*가 오후의 겨울 하늘을 쪼개놓은 발전소 앞을 지나서 도미오카富岡 터널을 빠져나가면, 오른쪽에는 산자락에 게이힌京濱 급행 선로가 달리고, 왼쪽으로는 언덕에 새 분양지가 화사하게 펼쳐지고 있었다.

"거의 다 왔어. 그 분양지 사이로 올라가라고. 이곳은 원래 미군용지였어."

잠깐 사이에 존댓말을 쓰지 않게 된 리더인 듯한 소년이 설명하며 앞서갔다.

비탈진 분양지는 정지整地 작업도 끝나고 방토防土용 돌벽과 도로도 정돈되어, 이미 건축 중인 집도 한둘이 아니었다. 류지를 에워싸고 여섯 소년이 분양지 사이의 언덕길을 똑바로 올라갔다.

언덕 꼭대기에 가까워지자 갑자기 길이 없어지면서 정리되지 않은 풀밭 계단이 몇 단 펼쳐졌다. 그것은 실로 요술을 부린 것처럼, 언덕 아래에서 올려다보았을 때는 그렇게 반듯하던 길이 어느 지점부터 갑자기 풀이 울창한 황무지 속으로 사라져 버리다니 믿어지지 않았다.

신기할 정도로 사람의 자취가 전혀 없다. 언덕 맞은편에서 불도저가 으르렁대는 소리가 울려 퍼진다.

저 아래 있는 도미오카 터널 길에서는 자동차가 오가는 소리가 올라온다. 인적 없는 이런 광활한 풍경에 그저 서로 메아리

---

* 礙子: 전기절연체.

치는 기계음만이 채워지고, 그 소리 때문에 오히려 밝은 적막이 더 깊게 느껴진다.

마른 풀밭 여기저기에 말뚝이 박혀 있고 그 말뚝도 반은 썩어가고 있다.

풀밭을 건너간다. 낙엽에 파묻힌 오솔길이 언덕 끝을 지나고 있다. 오른편에 철조망으로 둘러싸인 녹슨 탱크가 풀밭에 파묻혀 있고, 영문자가 적힌 입간판이 삐딱하게 서 있다. 양철판에 박힌 못 자국마다 빨갛게 녹이 난 간판을 류지가 서서 읽었다.

U.S. FORCES INSTALLATION

UNAUTHORIZED ENTRY IS PROHIBITED AND

IS PUNISHABLE UNDER JAPANESE LAW……

"퍼니셔블이 뭐지?"

예의 리더로 보이는 그 소년이 물었다. 류지는 왠지 모르게 이 소년이 마음에 들지 않았다. 그렇게 물을 때 순간적으로 흔들린 소년의 눈빛이, 아무리 봐도 이미 알면서 묻는 듯한 느낌을 주었다. 그러나 류지는 친절한 척하며 대답했다.

"벌할 수 있다는 뜻이지."

"그래? 이제는 미군용지가 아니니까 뭘 하든 괜찮아, 그렇지!" 이렇게 말한 소년은 손에 들고 있던 풍선을 놓아 하늘로 날려 보낸 것처럼 바로 조금 전까지 흥미를 갖던 일을 순식간에 망각한 듯이 보였다. "자, 여기가 정상이야."

류지는 오솔길의 오르막이 끝나는 곳에서 느닷없이 펼쳐지는 광대한 전망에 눈이 휘둥그레졌다.

"호오! 훌륭한 장소를 잘도 찾아냈구나."

동북쪽 바다를 바라보는 전망이었다. 발밑으로 왼편에는 벼랑이 깎여 경사면으로 널찍하게 붉은 흙이 드러나 있고, 불도저가 여러 대 움직이고 덤프트럭이 흙을 운반하고 있다. 그 트럭도 여기서는 작게 보이지만, 으르렁거리는 소리는 주변의 공기를 끊임없이 주름지게 하고 있다. 그리고 그 아래에는 규칙적으로 이어진 공업시험소와 비행기 회사의 회색 지붕들이 중앙사무소 콘크리트 앞마당에서 회차廻車 반환점 노릇을 하는 작은 소나무 한 그루와 함께 햇볕을 쬐고 있다.

공장을 둘러싸고 있는 시골 마을이 보인다. 희미한 햇살이 만든 미묘한 그림자가 높고 낮은 지붕을 찬찬히 덮고, 공장의 수많은 용마루 그림자도 줄지어 있다. 그리고 엷은 연기가 피어오르는 풍경 여기저기서 조개껍데기처럼 반짝이는 것은 오고 가는 자동차의 앞 유리창이었다.

풍경은 바다에 가까워질수록 원근감이 줄고 독특해지고 녹이 슨 것 같기도 하고 슬퍼 보이기도 해서, 여러 가지가 뒤섞인 느낌이 깊어졌다. 벌겋게 녹이 난 기계들이 들판에 버려져 있는 건너편에서 붉은색 기중기가 느릿느릿 머리를 쳐들고 있었다. 그 너머는 이제 바다인데 방파제 돌무더기의 흰색이 눈에 띄고, 매립공사가 진행되고 있는 부두에 정박한 칠이 벗겨진 초록색 준설선이 검은 연기를 뿜어내고 있었다.

류지는 바다를 꽤 오래간만에 보는 것 같았다. 후사코의 침실에서는 늘 바다가 보이지만, 류지는 요즘 창가에 기대어 쳐다본 적도 없었다. 먼바다에는 진주 빛깔 구름이 비쳐서, 아직 봄이 먼 가지색 같은 보랏빛 해수면이 그곳만 희끄무레하니 더욱 차갑게 보인다. 다른 곳에는 구름이 없었다. 오후 3시를 지난 하늘은 수평선으로 내려올수록 빛이 엷어져서, 여러 번 빨아 색이 바랜 것처럼 원래의 파랑과는 다른 색으로 채워졌다.

그러나 바다는 오염된 해안에서 먼바다를 향하여 갈색과 주황색을 섞어 짠 거대한 그물을 던지듯이 오수汚水를 퍼뜨리고 있었다. 해안 주변에는 배의 자취가 거의 보이지 않았다. 먼바다에 화물선 몇 척이 움직이고 있다. 하나같이 다 작고, 멀리서 봐도 3천 톤급의 낡은 배들뿐이다.

"내가 타던 것은 저렇게 작은 것이 아니야."

류지가 말했다.

"1만 톤이니까."

말수가 적어진 노보루가 덧붙였다.

"이쪽으로 와."

리더 격인 소년이 류지의 팔에 있는 외투를 잡아끌며 재촉했다.

일행은 다시 낙엽에 묻힌 오솔길을 조금 더 내려갔다. 이 주변은 기적처럼 남겨진 구역으로, 주위가 파괴되는 동안에도 옛 산꼭대기의 흔적을 고스란히 유지하고 있었다.

그곳은 서쪽을 나무가 울창한 산꼭대기가 지켜주고, 동쪽에서 불어오는 해풍은 겨울나무의 숲이 막아주며, 복잡하게 이어진 언덕에는 갈무리가 덜 된 겨울 채소밭을 끼고 있었다. 오솔길 주변의 관목에는 마른 넝쿨이 휘감긴 자리에 붉은 쥐참외 한 알이 바짝 마른 채 매달려 있기도 했다. 서쪽에서 비치는 햇살이 이곳에 내려오자마자 막혀서 마른 조릿대 잎사귀 끝에서 간신히 비틀거리는 것이 보였다.

류지는 자신도 어릴 적에 해본 일이지만, 소년들이 이렇게 희한하게 숨겨진 장소를 찾아내어 자기 것으로 만드는 그 나이 또래 특유의 능력에 놀랐다.

"누가 이런 장소를 찾아낸 거야?"

"나야. 집이 스기다거든. 이쪽에서 학교에 다녀. 내가 찾아내서 아이들에게 알려줬어."

지금까지 류지와 거의 말을 섞지 않던 소년이 대답했다.

"드라이독은 어디야?"

"여기야."

산꼭대기의 야트막한 절벽 아래, 그늘진 작은 동굴 앞에 선 리더인 듯한 소년이 미소를 띠고 동굴을 가리키면서 말했다. 류지에게 그 미소는 깨지기 쉬운 섬세한 유리세공처럼 아슬아슬하게 보였다. 왜 그런 느낌이 드는지 알 수 없었다. 소년은 실로 교묘하게 빠져나가는 작은 물고기처럼 류지에게서 그 긴 속눈썹의 눈길을 돌리며 설명을 이어갔다.

"이곳이 우리 드라이독이야. 산 위에 있는 드라이독. 여기서 고장 난 배를 고치기도 하고, 일단 분해한 뒤에 다시 만들기도 해."

"허어. 이런 곳까지 배를 끌어 올리려면 힘들겠는데."

"간단해. 문제없어." 소년은 다시 그 지나치게 아름다운 미소를 지었다.

살짝 풀물이 든 것처럼 초록 풀이 돋아 있는 동굴 앞 공터에 일곱 사람은 자리를 잡았다. 응달로 들어서니 매우 추웠다. 바다에서 불어오는 미풍도 바늘로 찌르는 것처럼 느껴졌다. 류지는 반코트를 덧입고, 양반다리를 하고 앉았다. 자리를 잡으니 불도저나 덤프트럭의 울림이 다시 들들거리며 귀에서 떠나지 않았다.

"너희들 중에 큰 배에 타본 사람 있나?"

류지는 애써 쾌활하게 물었다.

소년들은 얼굴을 마주 보며 대답하지 않았다.

"배 이야기를 하자면, 우선 뱃멀미지." 류지는 반응 없는 청중을 향해 떠들기 시작했다. "뱃사람이 되면 대개 이놈한테 당한다. 항해 한 번에 너무 괴로워서 뱃사람을 그만두는 녀석이 있을 정도야. 배가 클수록 롤링과 피칭*이 뒤섞이고, 게다가 배 특유의 페인트나 기름 냄새, 취사할 때 나는 음식 냄새가 섞여서……"

소년들이 뱃멀미 이야기를 마음에 들어 하지 않는 것을 느끼고 류지는 하는 수 없이 노래를 불렀다.

"이런 노래 들어봤니?—

기적을 울리며 테이프를 끊고

배는 떠나가네 안벽을

바다의 남자가 되기로 한 나도

멀어져가는 항구의 거리에

살짝살짝 손을 흔들면 가슴이 찡하네."

소년들은 서로 몸을 쿡쿡 찌르더니 웃음을 터뜨렸다. 노보루

---

* 배나 비행기가 좌우(rolling)와 앞뒤(pitching)로 흔들리는 것.

는 부끄러움을 참지 못하고 벌떡 일어나 류지의 머리에서 선원 모자를 잡아채어, 이야기하는 류지를 등지고 모자로 장난을 쳤다.

모자에 붙은 타원형의 큰 표장標章에는 중앙에 금실로 세밀하게 수놓은 사슬을 감아놓은 닻이 있고, 금빛의 월계수 잎사귀가 은빛 열매까지 맺고 좌우에서 묵직하게 받쳐주고 있다. 표장 위아래에 황금빛 장식 띠가 밧줄처럼 늘어져 있고, 검은 챙에는 오후의 하늘빛이 비쳐 우울한 느낌이다.

지난번에는 분명히 다름 아닌 바로 이 모자가 여름 석양빛에 반짝이는 바다 위로 멀리 떠나갔다! 그것은 이별과 미지의 찬란한 상징이었다. 그것은 멀리 떠나는 것으로 존재의 속박에서 해방되어 영원으로 향하는 길을 자랑스럽게 비추는 횃불이 되었다.

"최초의 항해는 홍콩행이었어……"

류지가 이야기를 시작하자 소년들 모두 점점 열중하여 듣기 시작하는 것 같았다.

그는 첫 항해의 여러 가지 경험, 실패담, 곤혹스러움, 동경과 불안에 대해서 이야기했다. 그리고 세계 각지를 항해하며 겪은 뒷이야기. 수에즈 운하 입구의 수에즈 항에 닻을 내리고 정박했을 때, 아무도 모르는 사이에 배를 묶는 데 쓰는 굵은 강철 밧줄을 도난당한 일. 알렉산드리아에서는 일본어를 하는 워치맨이 먼바다 상인과 결탁하여 선원들에게 각종 쓸모없는 물건을 팔아먹은 일(그 물건의 세목에 대해서는 말하지 않았다). 또, 오스트레일리아 뉴캐슬에서 석탄을 적재하고 바로 시드니로 향하는, 겨우 한 워치 정도의 짧은 항해 시간 동안에 다음 하역을 준비하는 작업이 상상을 초월할 만큼 바빴던 일. 출항이 정기적이지 않은 선박은 대개 이렇게 원재료나 원석만 운반하는데, 남미항로에서 아름다운 유나이티드 후르츠 회사의 배를 만나면, 바다 저 멀리 해치에 가득한 열대 과일의 새콤한 향기가 떠다니는 것 같던 일. ……

——이야기하는 도중에 류지는 리더인 소년이 어느새 지금까지 끼고 있던 가죽장갑을 벗고 팔꿈치까지 오는 긴 고무장갑을 찌걱찌걱 소리를 내며 끼는 것을 보았다. 소년은 차가운 고무가 손가락 사이사이에 달라붙도록 신경질적으로 세게 깍지를 꼈다 풀었다 하고 있었다.

류지는 수상히 여기지 않았다. 수업에 싫증이 난 머리 좋은 학생이 별 큰 의미 없이 하는 이상한 행동.

그보다도 류지는 이야기를 할수록 자신의 추억에 자극되어 여기서는 그저 압축된 한 줄기 푸른 선으로만 보이는 바다로 얼굴을 돌렸다.

지금 막 소형 화물선이 검은 연기를 가로로 길게 뿜으며 수평선 위로 멀어져가고 있었다. 자신은 저 배에 타고 있을 수도 있었는데, 하고 류지는 생각했다.

이렇게 소년들과 이야기하다 보니 그는 점차 노보루 머릿속의 자신의 이미지까지 이해하게 되었다. '나는 영원히 멀리 떠나가는 자가 될 수도 있었다.' 아주 지긋지긋해하고 있었지만, 그 포기한 것의 크기가 새삼 조금씩 보이기 시작했다.

저 바다의 파도가 품은 어두운 정념, 저 먼바다에서 다가

오는 해일의 비명, 높아지고 높아지다 부서지는 파도의 좌절, ……어두운 바다 밑에서 항상 그를 부르던 미지의 영광은 죽음과 섞이고 또 여자와 뒤섞여, 그의 운명을 따로 준비해놓았을 터였다. 어둠의 세계 저 밑바닥에 한 점 빛이 있고, 그 빛은 오직 자신만을 위해 준비되어 오로지 자신을 비추기 위해서 다가오고 있다고 스무 살의 그는 고집스럽게 믿고 있었다.

몽상 속에서 영광과 죽음과 여자는 항상 삼위일체였다. 그러나 여자를 얻고 보니 나머지 둘은 저 멀리 먼바다로 떠나가버리고, 고래의 슬픈 포효로 그의 이름을 부르는 일은 없어졌다. 바야흐로 자신이 거부한 것에 류지는 거부당하고 있는 듯했다.

지금까지 그는 화로처럼 활활 타오르는 세계를 가져본 적이 없었으나, 그래도 추억 속의 열대 야자나무 밑에서는 태양이 옆구리에 붙어서 날카로운 이빨로 그곳을 물어뜯는 것을 느끼곤 했다. 이제는 숯불만 남았다. 평화롭고 동요 없는 생활이 시작된 것이다.

그는 이미 위험한 죽음에도 거부당하고 있다. 영광도 그렇다. 술에 취한 듯한 불쾌한 느낌. 몸을 관통하는 듯한 비애. 산뜻한 이별. 남쪽 태양의 별명인 대의大義가 부르는 소리. 여자들의 갸륵한 눈물. 항상 가슴속을 들볶는 어두운 동경. 자신을 남자다움의 극한까지 몰아갔던 저 무겁고 감미로운 힘.

……그런 것들은 모두 끝나버린 것이다.

"홍차 마실래?"

등 뒤에서 리더인 소년이 높고 맑은 목소리로 부르고 있었다.

"그러지."

류지는 자신의 상념에 사로잡혀 돌아보지도 않고 대답했다.

그는 한때 기항했던 섬들의 모습을 마음속에 떠올리고 있었다. 남태평양의 프랑스령 마카테아. 그리고 뉴칼레도니아. 말라야 부근의 섬들. 서인도제도의 여러 국가들.

타는 듯한 우수와 권태가 끓어오르고, 대머리독수리와 앵무새가 넘치고, 그리고 온통 야자나무! 제왕야자. 공작야자. 반짝이는 바다로 죽음이 소나기구름처럼 옆으로 퍼지며 밀고 들어오고 있었다. 그는 이제 자기에게 영원히 기회가 없어진 장엄한 죽음, 만인의 눈앞에서 비할 데 없이 장렬하게 죽는 모습을 상상하며 황홀한 기분이 되었다. 세계가 애초에 이런 광휘에 충만한 죽음을 위해 준비된 것이라면, 세계는 또한 그것을 위해 멸망해도 이상할 것이 없다.

피처럼 뜨끈한 환상 산호초 안쪽 바다의 물결. 나팔 소리처럼 퍼지는 열대의 태양. 오색빛 바다. 상어. ……

류지는 조금만 더 가면 후회할 것 같았다.

"여기요, 홍차."

뒤에 선 채로 노보루가 류지의 뺨 옆으로 갈색 플라스틱 컵을 내밀었다. 류지는 몽롱한 상태에서 그것을 받아 들었다. 노보루의 손이, 아마도 추위 때문이겠지만 약간 떨리고 있는 것을 그는 느꼈다.

류지는 더욱 몽상에 빠지며 뜨겁지 않은 홍차를 거칠게 단숨에 마셨다. 마시고 나니 아주 쓴 것 같다. 누구나 알겠지만, 영광의 맛은 쓰다.

짐승들의 유희

서장

이것이 그 참혹한 마지막 사건이 일어나기 며칠 전에 찍은 사진이라니, 도저히 믿어지지 않는다. 세 사람은 실로 평화롭고 즐거운 표정을 하고 있다. 서로 믿는 사이라면 이런 표정을 짓는 것이라고 보여주는 것 같다. 사진은 곧바로 태천사泰泉寺 주지 스님에게 전달되었고, 주지 스님은 지금까지도 그 한 장을 소중하게 간직하고 있다.

선박 창고가 있는 안벽*에는 강렬한 여름 햇빛이 쏟아지고 있고 바다는 그 빛을 반사하고 있다. 구사카도 잇페이草門逸平는 무늬가 있는 흰색 유카타,** 유코優子는 흰색 원피스, 고지幸二는 흰색 폴로셔츠에 흰색 바지 차림이다. 온통 흰색 바탕에 햇볕에 탄 검은 얼굴만 두드러져서 사진이 선명하긴 한데, 화면이 약간 흔들려서 의도적으로 초점을 흐린 듯한 느낌이다. 맞는 말이다. 이것은 아무리 조심한다 해도 조금은 흔들릴 수밖에 없는 작은 배의 뱃머리에 있는 사람에게 카메라를 맡겨 촬영한 것이기 때문이다.

---

* 岸壁: 선박을 육지에 접근시켜 짐을 오르내리고, 선객을 승강시키기 위해 항만·운하의 부두나 물가를 따라 만든 벽.

** 목욕을 한 뒤 또는 여름철에 입는 무명 홑옷.

그곳은 니시이즈*의 이로伊呂라는 작은 어항漁港이다. 항구는 바닷물이 깊이 파고든 후미** 동쪽에 있고, 서쪽으로 산과 맞닿아 있는 후미는 산기슭마다 작은 촉수를 뻗친 것처럼 바닷물이 파고들었다. 작은 규모이긴 하지만 조선공장과 저유貯油탱크와 그물 따위의 선박 도구를 보관하는 두세 채의 창고들을 곁에 두고 있다. 그리고 공장에서 저유탱크로, 혹은 탱크에서 창고로 가려면 육지로 통하는 길은 없고 배로 왕래하는 길이 있을 뿐이다.

세 사람이 항구에서 작은 배를 내어 사진을 찍으려고 올라간 안벽은 바로 그 창고들이 있는 곳이었다.

"저쪽이 좋겠어요. 저쪽에서 찍어요."

작은 배 위에서 펼친 양산을 어깨에 걸치고 있던 유코는 멀리서부터 일찌감치 그곳을 가리키며 외치고 있었다.

8월 휴어기休漁期도 거지반 끝나고 대개는 홋카이도北海道 산리쿠*** 방면의 고등어잡이로 나서기 시작해서, 일주일 전에 비해 항구에 있는 선박은 그 수가 상당히 줄었다. 그래서 작은 후미 수면도 갑자기 널찍하게 보였다.

떠난 것은 어부만이 아니다. 휴가를 받아 와 있던 자위대自衛隊의 기요시淸와 악기공장에서 여공으로 일하는 기미喜美도 고등어잡이를 나선 마쓰키치松吉처럼 고향 마을을 떠나 하마

---

* 西伊豆: 옛 지방 이름. 지금의 시즈오카靜岡현 동남부.

** 해안이나 호수의 일부가 침식작용에 의해 육지 쪽으로 도려내듯이 들어가서 생긴 지형으로, 작은 강보다 크고 만灣보다는 작다.

*** 三陸: 지금의 미야기宮城현·이와테岩手현·아오모리青森현의 해안 지방.

마쓰*로 돌아갔다. 여름의 짧은 로맨스는 모두 끝나고, 몸통에 영문자를 새겨 넣은 신제품 우쿨렐레도 지금은 자위대 기숙사에 있는 기요시의 무릎에 안겨 있을 것이다.

——고지가 잇페이를 부축해주어 세 사람 모두 창고가 있는 안벽에 올라서니, 뜨거운 늦더위 햇볕을 고스란히 받은 그곳 콘크리트 구역은 이제까지 유지한 미묘한 질서, 이를테면 사람 손을 타지 않은 것들의 시적 배열이 순식간에 엉클어지는 것 같았다.

창고 앞에 대나무로 짜놓은 그물건조장과 거기에 아무렇게나 걸려 있는 그물은 그곳 풍경에 어울리는 액자 틀이 되었다. 옆으로 쓰러져 있는 돛, 둘둘 감아놓은 밧줄, ……모든 것이 항해의 기억과 격심한 노동 뒤에 찾아온 휴식의 모습을 조용히 드러내고 있다. 고요한 햇빛 속에 미풍의 숨결, 하늘색 페인트를 칠한 창고 대문, 창고 건물들 사이에 울창하게 웃자란 여름풀, 그리고 풀 사이에 걸린 거미집과 콘크리트가 갈라진 틈새에서 자라난 하얀 들국화. 벌건 녹이 슨 끊어진 철도 레일 조각, 푸른 녹이 핀 와이어, 활어 수족관 뚜껑, 작은 사다리 같은 것.

그곳은 무서울 정도로 조용하다. 안벽에 서서 내려다보니 해수면에는 한가로이 구름과 산 그림자가 비쳐 보인다. 안벽 가까이 있는 물은 특히 더 맑아서 해초 사이로 작은 물고기가 떼를 지어 지나가는 것까지 다 보이고, 여름 구름의 하얀 그림자는 절벽 아래에서 수천 개의 작은 조각으로 쪼개져 흐트러져 있다.

---

* 濱松: 시즈오카현 서부에 있는 도시.

유코는 바닥에 널린 그물 위를 걸어가다가 눈이 부시게 햇빛을 반사하는 콘크리트 바닥에 점점이 떨어져 있는 핏자국 같은 것을 보고 멈칫했다. 고지가 바로 알아차리고 이렇게 안심시켰다.

"에이, 그냥 페인트야. 어딘가에 칠하다가 흘린 거네."

실제로 그것은 주황색 페인트가 점점이 떨어진 것이었다. 그 위로 신경질적으로 흔들리는 유코의 양산 그림자가 지나갈 때, 페인트 자국이 검붉게 변했다.

"거기쯤이 좋아."

젊은 고지가 대장처럼 지시하며 잇페이와 유코를 첫번째 창고 앞에 자리 잡아주었다. 그물이 하반신을 다 가리는데, 라며 유코가 불평했다.

"그게 좋은 거야. 그편이 예술적이라고. 그렇다면 우리는 그물에 걸린 세 마리 물고기군."

고지는 한마디 하고 어깨에서 카메라를 내려 조절하기 시작했다. 정말로 고지가 제대로 표현했다고 유코는 생각했다. 세 사람은 죄의 그물에 걸린 세 마리의 물고기다……

잇페이는 그곳에 나란히 설 때까지, 평소처럼 미소 짓고 평소처럼 지시하는 대로 움직였다.

몸은 야위었지만 정돈된 얼굴에 혈색은 그야말로 건강해 보인다. 오른쪽 다리를 절뚝거리는 것을 빼면, 뭐라 말할 수 없을 정도로 나른해 보이는 움직임이 때로는 우아하게 보이기도 하는 이 마흔의 남자는 아내의 지극정성으로 발가락 사이까지 청결했다. 자세히 보면 그 끝도 없는 미소도 끊임없이 무언가에 당황하여 어쩔 수 없이 습관이 된 표정이라는 것을 알 것 같다. 아내 유코가 충분히 신경을 쓰는데도 유카타의 매무새나 허리띠를 맨 모양이 금방이라도 흘러내릴 것처럼 보인다. 몸이 기모노에 익숙지 않아서라기보다는 옷을 입으려는 의지가 별로 없어서 몸과 옷이 따로 논다는 느낌이다.

유코는 남편을 부축하면서 눈이 부신지 얼굴을 돌렸다. 햇살이 정곡으로 꽂힌 그 얼굴은 입체감이 사라져 하얗고 우울한 거울처럼 변했다.

유코는 동그란 얼굴에, 이목구비가 크고 화려한 데 비해 입술만 얇다. 화장 하나로 어떤 고민이든 감출 수 있을 것처럼 보이지만, 더위로 헐떡거리는 입가가 무언가 보이지 않는 고민의 불씨를 토하고 있는 듯하다. 말하자면 유코는 고민을 감추기 어렵게 태어났다. 물기 어린 큰 눈과 풍만한 볼, 부드러운 귓불과 고지에게 보이는 태평스러운 미소까지, 그러니까 이 모든 것이 고민의 증거인 것이다. 단지, 어디로 보나 유코가 지쳐 보이지 않는 것은 그녀가 고민에 대한 만만찮은 지구력을 갖고 있기 때문이다.

"아직 안 됐어?"

유코는 양산을 접으며 작은 방에 시든 꽃들이 꽉 차서 답답해진 공기를 연상시키는, 그녀 특유의 분명치 않고 요염한 목소리로 물었다.

고지는 안벽에서 손을 뻗어, 뱃머리에 서 있는 늙은 데이지로定次郎에게 카메라를 건네주고 셔터 조작법을 가르쳐주었다.

반바지만 입은 검은 피부의 데이지로는 마치 물속의 물고기를 찾을 때 유리상자에 머리를 대고 들여다보는 것처럼 수건을 두른 머리를 카메라의 뷰파인더 위로 숙였다.

창고 앞에 서 있는 부부 옆으로 달려가는 고지의 움직임은 그야말로 민첩했다. 그 모습은 흰 폴로셔츠와 흰 바지가 한 줄이 되어, 철사처럼 휘었다가 튕겨 나간 듯했다. 그는 유코 옆으로 와서 아주 자연스럽게 유코의 매끄러운 어깨에 팔을 둘렀다. 그러자 유코도 자연스럽게 자기 왼쪽에 있는 남편 팔을 자기 어깨에 올리게 했다.

"눈이 부시네."

고지가 말했다.

"조금만 더 참으면 돼."

"그렇지, 조금만 더 참으면 돼."

유코는 비둘기처럼 소리가 속으로 사그라지게 웃으며, 사진 찍히는 얼굴을 망치지 않으려고 얇은 입술을 작게 벌리고 이렇게 말했다.

"무덤도 이런 식으로, 셋을 나란히 세우면 얼마나 좋을까?"

그 말이 잘 들리지 않았던지 두 남자는 대답이 없었다.

저 아래 내려다보이는 배 위에서 데이지로는 아직도 매우 조심스럽게 카메라를 들고 있었다. 출렁거리는 바다 위에서 흔들리지 않으려고 두 다리에 힘을 주자, 나이 든 어부의 어깨 근육까지 불끈 솟아 햇빛에 반짝이는 것이 잘 보였다.

이렇게 조용한데도 물결 소리가 공기 중에 치밀하게 끼어들어서 셔터 소리는 세 사람의 귀에 들리지 않았다.

*

이로마을은 전형적인 어촌이지만, 산이 가까운 동쪽에는 밭이 얼마간 펼쳐져 있다. 우체국 앞을 한참 지나가면 집들이 보이지 않게 되고, 길은 똑바로 마을 사당을 향해 밭 사이를 지나간다. 도중에 오른쪽으로 돌면, 산허리에 겹겹이 새로 만들어진 묘지로 향하는 한 갈래 길이 차츰 오르막이 된다.

묘지가 있는 산기슭에는 시냇물이 흐르고, 묘지는 그 냇가에서 시작하여 산 중턱까지 복잡하게 얽혀 있다. 저지대의 무덤일수록 돌도 크고 모양도 아주 훌륭하다. 거기서부터 길은 좁아지고 자갈밭이 되며, 묘지 앞을 지나고 나면 지그재그로 올라간다. 무덤 앞 돌단은 허물어져가고 여름풀의 질긴 뿌리가 무너진 돌단 틈새로 고집스럽게 뻗어 나갔다. 햇볕에 달궈진 돌 위에 곤충 표본을 꽂아놓은 것처럼 잠자리가 바싹 마른 날개를 펼치고 멈춰 있다. 어디선가 약 냄새 같은 것이 난다. 꽃꽂이 용기 속의 물이 부패한 것이다. 이 지방에서는 대나무 통이나 돌을 꽃병으로 쓰지 않고, 반쯤 땅에 묻은 술병이나 맥주병에 마른 붓순나무 가지를 꽂아놓은 것이 많다.

여름 일몰 전에 여기까지 올라와서 모기떼를 참아내면 이로마을의 멋진 경치를 볼 수 있다.

저 아래 펼쳐진 벼가 푸르게 자란 평야 저편으로 태천사가 보이고, 또 더 먼 곳에 남쪽을 향한 산허리에는 이제는 주인 없는 구사카도草門 온실의 깨진 유리가 빛을 뿌리고 있는 것 같다. 그 옆에 아무도 살지 않게 된 구사카도 저택의 기와지붕이 보인다.

등대 앞을 지나 서쪽에 있는 이로만灣 항구로 검은 화물선이 진입한다. 아마도 오사카大阪에서 오는 소형 화물선일 텐데, 도이* 광산의 광석을 운반해 와서 한동안 이로 항구에 정박한다. 돛대가 지붕 저 너머에서 조용히 미끄러져 들어오는 것이 보이고, 해 질 무렵이면 등대 불빛보다도 울적하게 빛나는 바다가 여기서는 가느다란 띠로 보일 뿐이다.

마을 어느 집에선가 텔레비전 소리가 흘러나온다. 어업조합의 확성기 소리가 주변 산허리에 메아리친다.

"고쿠라마루小倉丸 승무원에게 알립니다. 내일 아침 식사 후 선박 준비를 하겠으니 일찍 와주십시오."

……이렇게 밤이 깊어가는 기척은 시시각각 반짝임을 더해가는 불빛으로 측정할 수 있다. 지금은 스쳐 지나가는 등대 불빛에 묘비 글자를 간신히 읽을 정도다. 수많은 무덤이 뒤섞인 틈에서 구사카도 가문의 무덤을 찾아내기란 쉽지 않다. 대다수 마을 사람들의 반대를 뿌리치고 태천사 주지가 미리 맡아놓은 돈으로 부탁받은 대로 묘석을 세웠다. 산허리의 얕은 분지에 최소한으로 규모를 줄여 세운 묘석 셋이 나란히 자리 잡고 있다. 오른쪽에 있는 것이 잇페이의 묘이고 왼쪽에 있는 것이 고지의 묘이다. 중앙에 있는 것이 유코의 묘인데, 어둑어둑한 시간인데도 사랑스럽고 어딘가 꽃처럼 보인다. 무덤이라고 해도 유코의 것만은 생전에 만들어놓아서 묘석에 새긴 법명이 붉은

* 土肥: 시즈오카현 이즈반도 서쪽에 있는 마을.

색을 띠기 때문이다.

날이 저물어 주위가 어두워져도 이 붉은색이 아직 바래지 않아, 하얀 비석들 틈에서 그것만이 유코가 얇은 입술에 항상 바르던 짙은 색 입술연지로 보인다.

제1장

건물 사이의 복도에 선명하게 떨어진 햇빛이라고 고지는 생각한다. 그것은 목욕탕으로 가는 복도의 창 안쪽에 흰색 광택지 한 장을 펼친 것처럼 떨어져 있었다. 그는 그것을 사랑했다, 수줍게, 열렬히. 어째서 저런 창에서 떨어지는 햇빛이 좋았던 것인지 모르겠다. 그것은 은혜롭고 아주 거룩한 느낌이었는데, 칼로 토막 살해당한 유아의 하얀 몸처럼 마디마디 잘려져 있었다.

──고지는 배의 상갑판* 난간에 기대어 초여름 아침에 자신이 느긋하게 온몸에 쬐고 있는 이 풍성한 햇빛이 저 먼 곳에서 지금, 이 순간에도 여전히 작고 고귀하고 짧게 토막 나 있을 저 햇빛에 연결되어 있다고 생각하니 신기한 기분이다. 이 햇빛과 저 햇빛이 같은 성질이라고는 믿을 수 없다. 반짝이는 큰 깃발을 손가락으로 더듬어가다 보면 손가락 끝이 언젠가는 깃발 끝에 장식된 차갑고 가닥가닥 갈라진 술에 닿는 것처럼, 눈앞에 넓게 펼쳐진 햇빛을 따라가면 저 햇빛의 단단하고 순결한 술에 닿는 것인가?** 그러면 저 신성한 술은 햇빛의 끝의 끝

---

* 배의 앞부분에서 뒷부분까지 통하는 갑판 중 제일 위층에 있는 갑판.

** 아이들이 해를 그릴 때 동그라미를 따라 사방에 선을 긋는데, 그 선을 술

의 끝자락인 것인가? 그렇지 않으면 눈앞에 펼쳐진 이 풍성한 햇빛의 발원지가 사실은 저 멀리 그 창가에 떨어진 토막 난 햇빛일까?

고지가 승선한 배는 누마즈*를 출발하여 니시이즈를 우회하는 제20류구마루龍宮丸이다. 상갑판 위에 등받이를 맞대어놓은 벤치에 사람들이 띄엄띄엄 앉아 있고, 광목천을 덮은 차양이 바람에 울고 있다. 해안에는 기암괴석이 검은 성처럼 우뚝 솟아 있고, 하늘 높은 곳에는 빛나는 뭉게구름이 흩어져 있다.

고지의 머리카락은 아직은 바람에 날릴 정도로 길지 않다. 잘 다듬어지고 탄탄해 보이지만 살짝 고풍스러운 사무라이 느낌의 얼굴과 비교적 살집이 없는 코를 보면, 그는 감정을 잘 다스리는 사람처럼 보인다. 그러나 이 얼굴은 감정을 감출 수 있는 얼굴이었다. '내 얼굴은 잘 만들어진 목각 가면 같다.' 그는 기분이 좋을 때면 그렇게 생각했다.

바람을 맞으며 담배를 피우니 그다지 맛이 없다. 바람이 입가에서 바로 연기 냄새와 맛을 가져가버린다. 그러나 고지는 입에서 담배를 떼는 일 없이 더는 아무 맛도 남지 않고, 뒤통수에 씁쓸한 황홀감이 다가올 때까지 계속 들이마셨다. 누마즈를 오전 9시 반에 나서고부터 벌써 몇 대째 피우고 있는지 모른다.

그의 눈은 반짝이며 일렁이는 바다를 견디지 못했다. 바깥세계의 광대한 풍경은 아직 그의 눈에는 종잡을 수 없고, 터무

에 비유한 것.

* 沼津: 시즈오카현 동부, 스루가駿河만에 면한 도시.

니없이 광활하게 펼쳐진 세상에 낯선 물체들이 연이어 반짝이며 나타나는 것으로 보일 뿐이었다. 고지는 또다시 저 유리창의 햇빛을 생각했다.

……토막토막 끊어진 저 햇빛. 검은 십자가 모양으로 넷으로 나뉘고, 다시 그 각각이 세로로 넷으로 쪼개져 있다. 신성하고 분명한 햇빛이 이렇게 쪼개진 모습을 보는 일처럼 끔찍한 것은 없다.

고지는 그 햇빛을 사랑했으나 언제나 그 옆을 수형자들 틈에 섞여 발 빠르게 지나칠 뿐이다. 그곳을 지나면 목욕탕이 있고, 그들은 우선 입구에 줄을 서서 순서를 기다렸다. 목욕탕 안에서는 3분 간격으로 음울한 버저가 울렸고, 동시에 요란한 물소리가 났다. 걸쭉하고 묵직한 물소리, 그 정도로 요란하게 소리가 울리는데도 목욕물이 걸쭉하고 썩은 이파리 색깔이라는 것을 분명히 알려준다.

넓은 탈의실 입구 마룻바닥에는 이열횡대로 각 열에 ①에서 ⑫까지의 번호가 녹색 페인트로 적혀 있다. 거기에 스물네 명의 남자들이 나란히 서서 순서를 기다린다. 3분 간격으로 울리는 버저. 출렁이는 물소리. 때때로 목욕물에 미끄러져 몸뚱이가 나동그라지는 소리와 함께 왁자하게 터졌다가 갑자기 멈추는 웃음소리. 3분 간격으로 울리는 버저. 기다리고 있던 남자들은 일제히 옷을 벗어 선반에 집어넣고, 이번에는 목욕탕 입구에 자리를 잡고 이열종대의 번호 위에 나란히 선다. 그 번호는 노란색 페인트로 적혀 있다.

고지는 번호가 적힌 동그라미 속에 맨발이 꽉 들어차는 것을 물끄러미 내려다보았다. 3분 전에 똑같은 장소에 서 있었던 무리는 지금은 욕조 속에 잠겨 있다. 목욕탕에서 흘러나오는 증기가 고지의 알몸에 희미하게 휘감겼다. 처진 가슴근육, 거기에 뒤얽힌 약간의 가슴털, 납작한 배, 그 아래 색깔 짙은 털에 싸여 축 늘어져 있는 창피한 놈. 시들어 쪼그라져 늘어진 창피한 놈. 그것은 정체된 시냇물에 걸린 잡다한 것들 사이에 있는 죽은 쥐 같았다. 고지는 생각했다, 태양광선의 다발을 렌즈로 수렴하여 한 점의 빛을 얻는 것처럼, 나는 온 세상의 수치를 수렴하여 꾀죄죄한 수치심의 덩어리를 얻은 것이라고.

앞에 있는 남자의 못생긴 엉덩이. 항상 보이는 것은 벌거벗은 등짝과 엉덩이다. 눈앞의 세상은 뾰루지가 난 못생긴 등짝과 엉덩이로 닫혀 있다. 그 문은 열리지 않는다. 이 더러운 육체의 문은 열리지 않는다. ……3분 간격으로 울리는 버저 소리. 왁자한 물소리. 수많은 등짝과 엉덩이가 움직이더니 일제히 수증기 안에 있는 가늘고 길고 거대한 욕조 속으로 뛰어들어갔다. 미지근하고 냄새나고 걸쭉한 목욕물에 목까지 담그면, 사람들은 일제히 담당관 책상 위 모래시계를 주시했다. 위로 올라가는 수증기 사이로 모래가 3분 동안 가늘게 흘러 떨어지는 모습이 보이다 안 보이다 했다. 입욕入浴, 세신洗身, 재입욕再入浴, 출욕出浴, ……그 입욕이라는 글자가 있는 곳에 뿌옇게 빨간 등이 켜졌다.

고지는 그 모래시계를 잘 기억한다. 몸에 들러붙는 끈끈한 목욕탕 냄새와 함께, 저 멀리 수증기 속에 있던 가녀린 모래폭포가 생각난다. 섬세한 유리의 잘록한 목 부분을 지나 전심을 다해 계속 흘러내린다. 이상할 정도로 조용하게 자기 내면에서 끊임없이 자기를 잃어가고 있다. 더러운 목욕물에 떠 있는 빡빡머리 스물넷. 남자들의 진지한 눈빛. 목욕물에 몸을 담근 동물처럼 진지한 눈. ……그랬다. 교도소 곳곳에 있는 아주 사소하고 작은 물건들 속에 이상하게 맑고 신성한 것이 있었다. 저 모래시계도 신성했다.

모래가 다 흘러내렸다. 담당관이 단추를 누른다. 또다시 음울한 버저 소리. 수형자들은 한꺼번에 욕탕에서 일어서고, 물에 젖은 수많은 털북숭이 다리가 대나무 발판을 밟는다. 이 버저 소리에는 조금도 신성함이 없다……

——배가 기적을 두 번 울렸다.

고지는 조타실 쪽으로 가다가, 유리문 안에서 블루진에 짧은 고무장화를 신은 젊은이가 잘 닦여 반짝이는 아름다운 놋쇠 타륜을 한 손으로 돌리며 다른 손으로는 천장에 끈으로 연결된 하얀 손잡이를 잡아당겨 기적을 울리는 모습을 보았다. 배는 우회하여 우쿠스*에 입항하는 중이다.

옆으로 길게 퍼진 회색 마을. 둥그런 산꼭대기에 도리이**의 붉은색 한 방울. 항구에는 광석 공장 짐을 내리는 크레인이 눈부시게 반짝이는 바다를 향하여 팔을 뻗치고 있다.

나는 잘못을 깨닫고 뉘우친 사람이며, 이전과는 다른 사람이

---

* 宇久須: 시즈오카현에 있는 항구 마을.

** 鳥居: 신사神社 입구에 세운 기둥문.

다, 라고 고지는 생각했다. 이것은 아마도 몇천 번, 몇만 번이나 되풀이한 생각이었다. 항상 같은 운율로, 항상 똑같은 주문을 외듯이, "나는 뉘우친 인간이다……"

니시이즈 해안 풍경이 이렇게 신선하게 보이는 것도 고지는 자신이 뉘우쳤기 때문이라고 생각했다. 풍경 자체의 신선함을 인정하기에는, 푸른 산도 구름도 그의 눈에 너무나 비현실적이었다. 뉘우친 사람 눈에는 그렇게 보인다고 생각하는 게 편했다.

그것은 어느 날 교도소 벽 안쪽, 쇠창살에 둘러싸인 방 안에서 일종의 병균처럼 그의 몸 안에 자리 잡은 관념이었다. 그것은 곧바로 번식하여 그의 육체는 뉘우침으로 가득 차서 땀도 뉘우침의 땀, 오줌도 뉘우침의 오줌이었다. 젊은 몸이 뿜어내는 냄새도 뉘우침의 냄새가 났다고 고지는 믿었다. 차가워진, 음기가 강한, 그러나 어딘가에 아주 맑은 빛이 존재하는, 그러면서 매우 동물적인 그 냄새. 뉘우침이라 불리는 짐승의 축사에 깔린 지푸라기에서 나는 냄새.

——우쿠스를 출발한 배는 해안의 흙이 점차 누런색을 띠고, 그 속에 점점이 푸른 소나무가 더해지면서, 모든 것이 고가네자키*의 특징이 나타나는 곳으로 들어섰다. 고지는 트랩을 내려가 선미船尾로 갔다. 선원 하나가 심심풀이로 낚시를 하고 있었고, 아이들이 그 주변에 모여 있었다.

깃털 달린 낚싯바늘에 투명한 낚싯줄을 끼우고, 여기에 다시

---

* 黃金崎: 니시이즈에 위치한 절벽으로 스루가만을 향하고 있다.

끈을 연결하여 바다로 멀리 던진다. 투명한 줄이 순간 공중에서 빛을 뿌리고 물속으로 가라앉는다. 마침내 점다랑어가 낚여 올라온다. 다랑어를 닮은 그 물고기는 수면에 몸을 세차게 부딪치며 끌려온다. 물고기의 단단한 배와 단단한 수면이 금속이 충돌하는 것처럼 신경질적으로 부딪친다. ……

고지는 낚아 올려져 선원의 수중에 있는 물고기를 더는 볼 마음이 없었다.

그는 눈길을 바다로 옮겼다. 뱃머리 왼편에 적갈색으로 깎아지른 고가네자키 벼랑이 보이기 시작했다. 중천의 햇빛이 절벽 위에서 한꺼번에 쏟아지고 있었다. 절벽의 울퉁불퉁한 부분은 햇빛으로 빈틈없이 채워져 한 장의 황금 판자처럼 보인다. 절벽 밑 바다는 유난히 시퍼렇다. 기암괴석이 서로 몸을 맞대고서 우뚝 솟아 있고, 그 주변에서 점차로 부풀어 솟아오른 바닷물은 바위 끝에서 천 가닥의 하얀 실이 되어 사방으로 흘렀다.

고지는 갈매기를 보았다. 멋진 새였다. '나는 죄를 뉘우친 인간이다……'라고 고지는 다시 생각했다. 이곳을 지나 선박 제20류구마루는 다음 항구인 이로를 향하여 연안 뱃길을 한결같이 달렸다.

왼편으로 이로만 입구의 등대가 보이기 시작했다.

등대 옆에서 좁고 긴 만으로 진입하기 전까지는 이로 항구와 주택과 산림의 경관은 평면에 그린 그림을 겹쳐 세워놓은 것 같다. 이 그림들은 일부러 그런 것처럼 너무 촘촘하게 응집되어 있다. 그러나 배가 만 입구로 들어서기 시작하면, 마치 그 응집된 그림에 뜨거운 물을 부어 녹인 것처럼 순식간에 쇄빙탑碎氷塔, 제빙공장, 화재감시대와 주택의 지붕들 사이에 간격이 벌어지며 원근감이 생기고, 후미의 반짝이는 수면도 넓게 펼쳐진다. 부두의 콘크리트 바닥이 하얗게 빛을 반사하는 모습도 이제는 하얀 촛농으로 한 줄 그어놓은 것으로는 보이지 않았다.

마중 나온 사람들 무리에서 좀 떨어진 창고 건물 밑에 하늘색 양산이 고개를 숙이고 있다. 그는 자신이 그토록 오래 갈망하던 환상이 그렇게도 명쾌하고 작고 사랑스러운 하늘색 이미지로 끝나는 것이 믿기지 않았다. 그의 갈망의 색깔이 하늘색일 리가 없다. 그렇다면 저것은 뉘우침의 색깔이다. ……

고지는 유코가 하늘색 양산을 쓰고 마중 나온 의미를 잘 알고 있었다.

2년 전 여름 그날도, 유코는 똑같은 양산을 쓰고 있었다. 그 여름에 병원 앞마당에서 벌인 두 사람의 말다툼. 한심한 밀회. 그리고 거의 말이 없는 저녁 식사. 그 후에 고지의 갑작스러운 승리. 유코의 굴복. 그리고 밤 9시에 그 사건이 발생했다. …… 그러나 몇 번을 다시 생각해보아도, 유코가 하늘색 양산을 쓰고 고지와 함께 걷던 대낮에는 그날 밤이 폭력 사건으로 피범벅 될 징조는 없었다.

……저 부두에 나온 양산의 하늘색은 그야말로 갈망의 색깔이라고 할 수는 없고 뉘우침의 색깔인 게 분명하다. 육체의 갈망이라면, 유코가 교도소장에게 맡겨놓은 돈으로 어젯밤 누

마즈에서 충분히 채웠다고 할 수 있다. 유코는 말은 안 했으나 그 돈이 그렇게 사용되기를 바랐을 게 분명하다. 어젯밤 늦은 시간, 그는 여자를 한 사람 더 불렀다. 여자들은 무슨 일인지 알아차리고 무서워했다. 그는 일종의 공포심에서 나온 정성스럽고 빈틈없는 애무를 받았다. 아침에 눈을 뜨고 보니, 그는 두 여자 사이에 끼어서 자고 있었다. 여인숙 커튼을 무자비하게 뚫고 들어오는 햇빛 속에서, 고지는 두 손을 뻗어 그렇게 긴 시간 오로지 관념 속에서만 생생하게 존재하던 것을 만져보았다. 두 여자는 곯아떨어져서 의식하지 못한다.

그것은 속으로 숨은 빈약한 육체, 술에 절인 백일홍꽃, 문드러진 영혼이 육체의 모습을 빌려 위장한 것, 죄수들의 관념과는 동떨어진, 아무 상관 없는 물질일 뿐이었다.

*

유코가 보기에 거룻배에서 올라오는 고지는 옛날보다 훨씬 날카롭고 사나워진 듯했고, 얼마간 살이 빠지긴 했으나 조금도 쇠약해지지 않은 청년의 모습이었다. 가슴이 열린 셔츠에 여름 정장을 입은 그는 작은 가방을 한 손에 들고 나머지 손을 쾌활하게 흔들고 있었다.

양산을 비스듬히 쓰고서 유코가 말했다.

"여전하네."

양산 그림자 때문에 유코가 옛날부터 바르던 조금 짙은 입술연지가 어두운 포도 색깔로 반짝이는 것을 고지는 보았다.

"집에 가기 전에 이야기 좀 하고 싶은데."

고지가 조금 쉰 목소리로 말했다.

"그래. 나도 그렇게 생각했어. 그런데 이 동네는 변변한 찻집 하나 없어."

유코는 손에 든 바구니로 가볍게 원을 그리면서 주변을 둘러보았다. 부두에 도착한 고작 두세 명의 손님은 마중 나온 사람들에 둘러싸여 발 빠르게 부두를 떠나고 있었다. 선박 제20 류구마루는 일찌감치 뱃머리를 돌려, 만 입구를 향해 움직이기 시작했다. 배를 돌려 지나가는 자리에는 완만하게 물결이 일었다.

"반대 방향이긴 하지만 만 안쪽으로 걸어가지 않을래? 그쪽이면 이야기하기 좋은 풀밭이나 나무 그늘도 있어."

걷기 시작하자 이 의지할 데 없는 고아 청년을 자기 집에 들이는 것이 잘못은 아닐까 하는 불안이 유코를 엄습했다. 그를 떠맡기로 한 이후로 이런 불안은 한 번도 머리에 떠오른 적이 없었다. 분명히 그건 예감 같은 것이었다.

교도소장은 유코의 경솔함을 책망하며 피해자 가족이 범인의 후견인이 된다는 이야기는 들은 적이 없다며 만류했다. 처음에 소장은 그것을 유코의 인도주의적인 감상이라고 생각한 모양이다. 결국 유코가 설명했다.

"그렇게 해야 한다고 생각합니다. 애초에 그 사람이 그런 짓을 한 것도 저 때문이었으니까요."

소장은 이 화려하게 차려입은 여자의 얼굴을 매우 진지하게 쳐다보았다. '구제 불능인 자만심이다.' 여자가 범죄의 여러 복잡한 원인을 자기 한 몸에 끌어들이고 싶어 하는 이런 성향은 그리 드문 일이 아니었다. 그녀는 죄의 '원인'이라는 드라마틱하고 미적인 존재로 군림하고 싶은 것이다. 세계를 바닥에 놓고 억지로 끌어당기려고 하는 이 자만심은, 말하자면 심리적인 임신 상태라고나 해야지 남자들은 조금도 끼어들 여지가 없는 것이다. 소장의 의심스러운 눈빛은 '이 여자는 모든 것을 배 속에 품고 싶어 한다'고 말하고 있었다. '모든 것, 죄도, 오랜 뉘우침도, 참담한 비극도, 남자들이 무리 지어 다니는 대도시도, 모든 인간 행위의 원인을 자기의 뜨뜻미지근한 배 속에 담아놓으려고 하고 있다. 모든 것을.' ……

두 사람은 후미의 해변을 따라 말없이 걷다가 잡다한 쓰레기가 떠내려와 정체된 후미 가장 깊은 곳의 수면을 바라보았다. 잔물결조차 없는 수면에는 보랏빛 기름이 엷게 떠 있고, 여러 모양의 나뭇조각, 게다, 전구, 통조림 깡통, 이 빠진 사발, 옥수수 심, 고무신 한 짝, 싸구려 위스키병이 모여 있다. 그 속에서 작은 수박 껍질에 붙어 있는 덜 익은 과육이 햇빛을 받아 노르스름한 연분홍빛으로 흔들리고 있다.

돌고래 공양비 근처에서 유코는 산허리에 웅덩이처럼 움푹 들어간 풀밭을 가리켰다.

"이제 점심시간이야. 저기서 샌드위치라도 먹으면서 이야기할까?"

고지는 의심 가득한 눈빛으로 고개를 들고 쳐다보았다. 그의 입가에는 누군가의 이름을 말하고 싶지만 차마 입 밖에 내지 못하는 기색이 역력했다. 유코는 그의 머뭇거리는 입가를 보며 사람이 완전히 변했다고 느꼈다. 이 사람은 '얌전해'졌다. 불쾌할 정도로, 부자연스러울 정도로 자기를 다 버렸다.

"아아, 그 사람?" 궁금해하는 것을 눈치채고 유코가 명랑하게 대답했다. "오늘은 집 지키며 혼자서 점심 먹고 있을 거야. 갑자기 만나는 것보다는 그편이 나을 거야. 물론 그 사람은 당신이 오기를 학수고대하고 있어. 부처님처럼 평화로워졌어, 그 사람도."

고지는 불안한 모습으로 고개를 끄덕였다.

산허리의 풀밭까지 올라가보니 후미의 풍경은 아름답고 나뭇잎 사이로 비쳐 드는 햇빛도 상쾌했다. 그러나 그곳은 그다지 조용하지 않았다. 저 아래 보이는 물가에는 십수 척의 작은 거룻배가 올라와 있고, 한쪽 구석에는 선박 목수의 오두막이 있다. 그곳에서 울려오는 새로 건조한 선박의 도장을 서두르는 목수들의 망치 소리와 꿀벌이 윙윙거리는 듯한 기계톱 소리가 산허리 여기저기에 메아리치고 있다.

유코는 바구니에서 보자기를 꺼내 메꽃이 우거진 자리에 깔고, 나긋나긋한 손가락으로 샌드위치와 보온병을 꺼냈다. 동작은 매우 자연스럽고 조용하나, 손가락은 옛날보다 얼마간 햇볕에 타고 거스러미가 일어나 있다.

마치 꿈속에서 예식이 거행되는 것처럼 느리고 머뭇거림 없는 그 동작을 보면서, 고지는 수수께끼 같은 문제에 부딪혔다. 유코의 다정함의 본질이 무엇인지 그에게는 아직 잘 이해되지 않는다. 전과자에게 느끼는 공포에서 오는 애매한 다정함, 범죄에 대한 사회의 공식인 외경畏敬의 관념, 그런 것들이 유코에게는 전혀 보이지 않는다. 생각해보니 방어하는 기색이 너무 없는 듯하지만 그렇다고 해서 여자다운 정념으로 맞아주는 건 아니다. 공범의 친근감도 아니고 정부情婦의 허물없는 친밀함도 아닌 것, ……이것은 그 사건 전의 유코의 태도와 조금도 다르지 않았다.

그 순간, 고지도 자신이 여기에 오지 말아야 했다는 것을 깨달았다. 그러나 이미 늦은 일이다.

그런데도 고지와 유코는 자신들이 말없이 덮어버린 것을, 마치 수조 속 물고기 떼의 기민한 움직임을 보는 것처럼 생생하게 알 수 있었다. 유코는 수감 중 고지가 겪었을 고난을 위로하고 싶다. 그러나 어떤 말을 해야 의례적으로 보이지 않겠는가? 고지도 자기 때문에 유코의 생활에 극심한 변화가 생긴 것에 대해 사과도 하고 싶고, 한편으로 명백한 실상도 알고 싶다. 하지만 그에 합당한 질문을 어떻게 찾을 수 있겠는가?

고지는 전생의 업 때문에 눈에 보이지 않는 병에 걸린 것 같았다. 그 병의 증상이라고 할 수 있는 저 꺼림칙한 교도소 생활의 세세한 사정은 지금도 가슴속에 생생히 살아 있다. 고지 자신은 끊임없이 그 증상을 피부 밑에서 느끼고 있다. 유코 눈에 그것은 보이지 않는다. 보이지는 않겠지만 그 불쾌한 느낌까지 눈치채지 못했을 리는 없다.

그래서 고지는 되도록 쾌활하게 교도소 이야기를 시작하는 것 말고는 달리 방법이 없다고 느꼈다. 환자가 기꺼이 자신의 상태를 설명하는 것처럼.

"교도소에는 거울이 없어요." 그가 이야기를 시작했다. "물론 그런 건 필요도 없지만 출소일이 다가오면 갑자기 자기 얼굴이 걱정되기 시작하죠. 사바娑婆의 인간에게 자기 얼굴이 어떻게 보일까. 말하자면 출소가 다가온 수형자는 자기 번호뿐 아니라 자기 얼굴이 갖고 싶어지는 거죠. 하지만 거울이 없잖아. 그래서 유리창 바깥쪽에 쓰레받기를 세워놓고, 거기다 자기 얼굴을 비춰 봐요. 그래서 방 앞에 쓰레받기가 서 있으면, 그 방에 출소가 가까운 놈이 있다는 것을 아는 거죠."

유코는 그 이야기를 듣기 거북해하며 참고 들어주질 못했다. 이야기 도중에 오비* 틈에서 꺼낸 콤팩트를 열고 화장을 고치는 척하며 잠깐 자기 얼굴을 들여다본 뒤 바로 고지 앞에 들이댔다.

"이것 봐요. 하나도 변하지 않았어, 당신. 그늘 따위 아무 데도 없다고."

고지는 코앞에 다가온 거울보다도 그 말에 신경질적인 반응을 보였다. '하나도 변하지 않았어, 당신.' 그것은 무서운 말이었다.

거울 표면은 하얀 분으로 흐려져 있었다. 고지는 입술을 가까이 대고 거울에 입김을 불었다. 코끝이 유난히 가깝게 비친 것을 보고 있는데, 흩날리던 하얀 분 냄새 때문에 갑자기 숨이 막혔다. 바늘에 찔린 것처럼 바로 도취되는 이 냄새. 그는 눈을 감았다. 오랫동안 몸부림치며 그리워한 세계가 그 앞에 활

---

* 기모노의 넓은 허리띠.

짝 펼쳐져 있었다. 하얀 화장분의 세계. 오랫동안 관념으로만 존재하던 것이 실제로 형태를 갖추어 진품의 향기를 풍기고 있다. 몽상의 특권은 교도소를 나오며 이제 소멸한 줄 알았는데, 바깥에서 다시 의미를 갖기 시작했다. 하얀 화장분의 세계, 그것은 비단에 싸여 있으나 향기를 풍기고, 어두침침한 속에서 깜박거리며, 항상 오후의 나른함을 품고 있다. 그것은 아주 먼 곳에 떠다니는가 하면 갑자기 눈앞에 나타나기도 한다. 이 세계는 곧바로 사라져버리기는 하지만 나비의 날개 가루처럼 손가락에 흔적을 남긴다. ……

"어때? 하나도 변한 게 없지."

나뭇잎 사이로 비친 햇살로 그림자가 생긴 뽀얀 팔을 뻗어, 유코는 고지 손에서 콤팩트를 빼앗아갔다.

기계톱 소리가 멈춘 것은 점심시간이었던 것 같다. 주변이 매우 조용해져서 메꽃 주변을 낮게 날아다니는 은빛 쉬파리 날갯소리만 두드러졌다. 아마도 물가에 버려진 썩은 생선에서 나온 것이겠으나 잔뜩 먹어서 통통하고, 어딘가 충실하지 않게 날아다니고 있다. 이 벌레는 은빛과 불결함 혹은 차가운 금속의 반짝임과 미지근한 부패가 멋진 조합을 이루고 있다. …… 결국 고지는 곤충학과 친숙해질 것이다. 옛날의 그는 벌레 같은 것이 눈에 들어온 적이 없는 젊은이였다.

"면회도 한 번 못 가보고 미안해. 이유는 가끔 엽서에도 써 보냈지만, 그게 사실이야. 하룻밤 집을 비우는 건, 지금 그 사람의 병 상태로는 상상도 못 할 일이야. 그 사람을 만나보면 당신도 이해하리라 생각하지만, 내가 붙어 있지 않으면 아무것도 안 되는 상태야."

"만족하시겠네요."

고지가 가볍게 한마디 했다. 그러나 유코의 반응은 눈이 휘둥그레질 만큼 놀라웠다. 그 큰 눈에 동그란 얼굴은 붉어지고, 얇은 입술이 성급히 붙었다 떨어졌다 하며 피아노 건반 여기저기를 마구 두드린 것처럼 말이 튀어나왔다.

"그 말을 하고 싶었던 거네. 당신이 출소해서 가장 먼저 하려던 말이 그거였던 거야. 너무해. 그런 심한 말을 하면 안 되지, 고지. ……그렇게 말하면 모든 게 엉망진창이 되어버린다고. 이 세상에 아무것도 믿을 게 없어져. 앞으로 다시는 그런 말 하지 않겠다고 약속해요. 부탁이니까."

고지는 풀 위에 몸을 비스듬히 눕히고, 이 아름다운 여자가 분노하는 모습을 바라보았다. 유코 내부에서 분노가 그녀를 조금씩 찌르며 돌아다녔고, 그 순간 그녀의 커다란 눈은 고지를 쳐다보지도 못했다. 고지는 그녀를 지그시 바라보고 있었다. 그러는 동안 물이 서서히 모래밭에 스며드는 것처럼 이제야 자신이 한 말의 의미가 묵직하게 온몸에 스며드는 것 같았다.

두 사람은 그야말로 친숙하지 않았다. 인간과 짐승의 대화라면 좀더 가식적인 친밀함이 있을 텐데, 두 사람은 처음 만난 짐승들처럼 위험하게 서로 냄새를 맡고 있었다. 싸우듯이 장난치고, 장난치듯이 싸웠다. 그 와중에 공포에 쫓기는 것은 고지 쪽이고, 화를 내면서도 유코는 대담하고 겁이 없었다.

유코가 자연스럽게 화제를 바꿔, 1년 전쯤에 도쿄 가게를 접고 이로마을로 옮겨 와서 구사카도 온실을 개업한 이야기를 시작한 것이 그 증거이다.

"어찌 되었든 당신, 남자 손이 필요해. 열심히 배워서 열심히 일해주면 좋겠어. 올봄에 처음 출하한 꽃은 상당히 평이 좋았어. 올 5월부터 관엽식물도 시작했는데, 온도 조절이 좀 까다로워. 분명 당신은 이 일을 좋아하게 될 거야. 평화롭게 보이고, 그러네, 평화를 좋아하는 얼굴이란 게 딱 지금의 당신 얼굴인 거 같네."

샌드위치로 점심을 마친 뒤, 두 사람은 해변을 따라 근처의 항구까지 돌아가서 다시 마을 중심가 도로를 가로질러 구사카도 저택을 향해 걸었다. 마을 사람들 몇몇이 유코에게 인사를 했으나, 가는 길에 만나는 사람들은 모두 두 사람을 똑바로 보지 못하고 곁눈질을 했다. 오늘 저녁이면 소문은 마을 전체에 퍼질 것이다. 물론 유코는 고지를 친척이라고 소개하며 보호해줄 작정이지만, 개미가 사탕 냄새를 맡는 것보다 빨리, 마을 사람들은 '진상'을 알게 될 것이다.

"그렇게 고개 숙이고 다니지 않아도 돼."

유코는 일부러 씩씩하게 주의를 주었다.

"그게 잘 안 돼요."

눈을 내리깐 채로 고지가 대답했다. 그리고 한낮에 비포장도로 바닥에 찍힌 트럭이나 버스의 바퀴 자국 위로 유코의 그림자가 가볍게 일그러지며 지나가는 것을 보았다.

현도縣道에서 똑바로 동쪽으로 들어가 우체국 앞을 지나간 뒤 왼쪽으로 꺾으면, 도로는 태천사 문 앞을 완만하게 돌아 뒤편 산허리에 흩어진 주택가로 통하는 오르막길이 된다. 산꼭대기에 따로 떨어져 있어 더 눈에 띄는 구사카도 저택이 완만하게 떨어지는 기와지붕을 과시하고 있다. 그리고 그 넓은 마당 전체를 온실이 점유하고 있다.

언덕 끝 구사카도 저택 문 앞에 하얀 옷을 바람에 부풀리고 서 있는 사람이 있다. 전에는 문이 없었으나 새롭게 유코가 흰색 페인트로 칠한 나무 울타리에 장미를 엮은 아치를 세우고, 거기에 '구사카도 온실'이라는 커다란 팻말을 붙여놓았다. 서 있는 사람이 입고 있는 흰옷은 유카타가 틀림없다. 되는대로 대충 입기도 했으나 바람 때문에 옷자락은 스커트처럼 퍼지고, 꼿꼿이 등을 세우고 있는 모습이 깁스를 한 것처럼 부자연스럽게 보인다.

손에 든 가방은 무겁고 가파르지는 않아도 언덕을 올라온 탓에, 고지는 이마의 땀이 눈썹을 적실 정도로 땀범벅이 되었다. 유코가 손끝으로 가볍게 옆구리를 찌르고 나서야 눈을 들어 잇페이를 보았다. 순간 고지는 교도소 교도관이 그곳에서 또 자기를 기다리고 있는 듯한 공포를 느꼈다.

그것은 그날 이후 처음 보는 잇페이의 모습이다. 언덕 위에서 한낮의 여름 햇볕을 쬐고 있어도 얼굴 한쪽에 오히려 짙은 그림자가 진 그 모습은 손님맞이를 하느라 과하게 웃고 있는 것처럼 보이기도 했다. ……

제2장

2년 전에 고지가 얼마나 쾌활하고 흥분하기 쉬운 청년이었는지 유코는 잘 기억하고 있다.

긴자銀座에서 서양 도자기 가게를 운영하던 잇페이는 연말이나 여름 축제 같은 성수기에는 자신이 졸업한 대학에서 아르바이트 학생을 임시로 채용했다. 그러다가 잇페이 눈에 든 고지는 시즌이 지나고도 아르바이트를 계속할 수 있었고, 시바시로가네*에 있는 잇페이의 집에도 출입하게 되었다.

잇페이는 대학에서 독문과를 졸업하고 다른 사립대학에서 강사로 일했으며, 부모님이 돌아가신 뒤에는 가업을 이어 긴자의 가게를 인수해 운영하는 한편, 지식층 독자를 대상으로 평론을 써서 세간에 다소 이름이 알려져 있었다. 잇페이의 저서는 몇 권 되지 않았으나, 일부 열광적인 독자가 있어 절판된 책들은 비싼 값에 판매되었다.

잇페이는 호프만슈탈**이나 슈테판 게오르게***의 번역서와

---

* 芝白金: 도쿄 미나토구에 있는 동네.

** Hugo von Hofmannsthal(1874~1929): 오스트리아의 시인·극작가·오페라 대본 작가.

*** Stefan George(1868~1933): 독일 시인.

그들에 관한 평론을 쓰는 한편, 이장길*의 평전도 썼다. 그의 문체는 매우 정교하고 세련되어 사업하는 사람의 느낌은 전혀 없지만, 예술 애호가답게 수식어가 좀 많고 냉담한 고집과 편견이 눈에 띄었다. 이런 종류의 인간은 자칫 (자신이 어설프게 손을 대보고 나서) 보통 사람이 잘 모르는 정신 작업을 경멸할 특권이 생기기나 한 것처럼 이상하게 우울하고 관능적인 인간이 되는 경향이 있다. 고지는 아르바이트를 시작할 때부터 잇페이의 번잡한 정사情事가 놀라웠다.

물론 고지는 자신과는 아무 상관도 없는 이런 사건에 초연해 있었다. 어느 날 잇페이가 심하게 친밀감을 보이며 퇴근하는 고지를 붙잡고 함께 술이라도 한잔하러 가자고 했다. 술집에 자리를 잡자 잇페이는 이렇게 입을 뗐다.

"자네는 딸린 식구가 하나도 없지. 정말 부럽다. 부모도 없고 형제도 없고 친척도 없어. 마누라도 자식도 없어. 나는 훌륭한 부모 형제나 보증인이 있는 인간을 혐오한다. 게다가 자네는 살아갈 만큼의 돈은 있지?"

"아버지가 남긴 돈으로 대학 나올 정도는 어떻게든 된다고 생각합니다. 하지만 그것만으로는 불안하죠."

"괜찮네. 우리 가게에서 일하고 그 벌이만큼 용돈으로 쓰면 되겠군."

"고맙습니다."

한동안 말없이 마시다가 잇페이가 물었다.

---

* 李長吉(790~816): 중국 당나라 시인. 이름은 하賀.

"자네 그저께 싸움했다며?"

고지는 놀라서 약간 말을 더듬거렸다.

"어떻게 아세요?"

"가게 직원이 자네 동료한테 이야기를 듣고 재미있어하면서 보고하러 왔었지."

고지는 학생처럼 머리를 긁적거렸다.

잇페이가 그 상황을 자세히 설명하라고 해서, 가게 문을 닫고 아르바이트 동료와 신주쿠 술집에 마시러 갔다가 나오는 길에 시비가 붙어서 재빨리 한두 방 먹여주고 도망친 이야기를 해주었다. 잇페이는 사건 그 자체보다도 고지의 심리에 자꾸 흥미가 생겼다.

"자네는 화가 났던 건가? 화가 나서 그랬던 거야?"

"잘은 모르겠지만, 어쨌든 욱 하고 올라오더라고요."

이런 질문을 받아본 경험이 없는 고지는 설명하기가 쉽지 않았다.

"자네는 스물한 살이고 혼자고 그렇게 쾌활한데, 쉽게 싸움에 휩쓸려. 자신을 아주 로맨틱하다고 생각할 때가 있지?"

가당찮은 칭찬을 받는 것이거나 아니면 놀림을 당하고 있는 것 같아서 고지는 입을 비죽 내밀고 잠자코 있었다.

"싸우거나 화를 낼 수 있는 건 좋은 거야. 세계의 미래는 자네 손안에 있다고 할 수 있어. 하긴 그 앞에는 백두면추전상대白頭面皺專相待*라. '흰머리, 주름진 얼굴이 기다리고 있을 뿐'이

* 이장길의 『창곡집昌谷集』 4권에 실린 시 「젊은이를 풍자함刺少年/嘲少年」의 한

라는 말이 있지. 그것 말고는 거칠 게 없어." 고지는 이런 알지도 못하는 고시古詩를 인용하는 것이 매우 아니꼽게 들렸다. 잇페이는 계속해서 물었다.

"자네 손바닥 안에 있는 세계가 모래처럼 손가락 사이로 빠져나가는 일은 없겠지?"

"있어요. 그런 때 저는 분통이 터지기 시작해요."

"그렇겠지. 그것이 자네의 장점이라네. 나는 오랫동안 모래가 흘러 떨어지는 대로 내버려뒀어."

고지는 선배가 늘어놓는 인생에 대한 한탄이나 철학적 감상을 듣고 있기가 싫었다.

"결국 제가 평범한 사람이라는 얘기를 하고 싶으신 거죠?"

그는 어긋난 결론으로 이 대화를 끝내려 하면서, 술집의 어스름한 불빛 속에 떠오르는 마흔 살 남짓한 이 부유한 남자의 얼굴을 곁눈질해 보았다. 한 달에 두 벌씩 정장을 맞추는 잇페이는 차분한 넥타이에 옅은 색 이탈리아제 실크 셔츠를 입고 있었다. 그는 여러 면에서 프랑스 소설 제목인 '여자들에게 둘러싸인 남자'*의 모습을 하고 있었다. 그는 일류 이발소에서 머리를 하고, 언제든지 완불할 수 있으면서도 일류 양복점에 잔금을 남기며, 문득 생각이 나면 영국제 스패츠**를 사놓고는

구절.

* 프랑스 작가 피에르 드리외라로셸Pierre Drieu La Rochelle(1893~1945)의 소설 *L'homme couvert de femmes*(1925).

** 구두 위에 차는 짧은 각반. 먼지를 막고 발목과 발등을 보호하기 위해 신는다.

두세 번 신고 싫증을 내곤 했다.

잇페이는 모든 것을 가졌다. 적어도 고지가 보기에 잇페이는 무엇 하나 부족한 것이 없었다. 젊음은 잃었을지 모르나, 그것도 잇페이는 충분히 다 쓰고 오늘은 뼈다귀만 남은 젊음을 걸신들린 듯이 개처럼 핥고 있다. 고지는 관심을 받으면서도 이 남자 앞에서만은 평소처럼 쾌활하게 행동하기가 싫었다. 쾌활함이란 고지의 스케이트, 잘 손질하여 기름을 발라놓은 스케이트이다. 덕분에 그는 얼음을 지칠 수 있었다.

또래 친구들에게 고지는 편안하게 아양을 떨 수 있었다. 그는 친구네 집에 가서 고아인 것을 동정받고, 맛있는 것을 충분히 얻어먹고, 조금은 버릇없어 보일 정도로 쾌활하게 행동하는 것을 좋아했다. 세상은 비뚤어질 처지의 인간이 비뚤어지지 않은 것을 과하게 칭찬했다. 세상 사람들은 부자연스러운 인간의 **자연스러운** 태도에 매혹된다. 싸움을 할 때도 고지는 뭔가 세상 사람들에게 칭찬받고 싶다는 조금은 계산적인 충동, 말하자면 **자연스럽게** 처신하려는 충동에서 시작한 것이지만 그런 비밀까지 잇페이에게 털어놓을 필요는 없었다. 모든 것을 가진 잇페이에게 무엇인가를 더 줄 필요가 있을까?

그날, 잇페이와 고지는 카운터에서 마시고 있었다. 그림자처럼 여자가 다가왔지만 잇페이가 반응을 보이지 않아 떠나갔다. 바텐더가 붙임성 있게 말을 걸었다가 잇페이가 대답을 하지 않아 다른 손님 자리로 가서 수다를 떨었다. 벽면 가득히 세워진 술병들, 구름처럼 가로로 길게 뻗어 움직이지 않는 담배 연기, 검댕투성이 천장, 좁은 곳에서 우왕좌왕하는 여자들의 향수 냄새…… 한 여자가 거의 쓰러질 듯이 와서 카운터 위에 두 팔을 뻗어 카운터 맞은편 끝을 잡고, 덜떨어진 말투로 손님의 스카치 소다를 한 잔 더 주문했다. 고지는 자기 손에 스친 그 팔뚝의 열기에 흠칫했다. 여자는 자기 팔에 한쪽 뺨을 대고 반쯤 누워, 술에 취한 눈으로 고지를 올려다보았다.

"기계체조를 하는 것 같네."

"후후, 미용체조인데요."

카운터 맞은편을 잡은 여자는 손가락에 섬세하게 힘을 주어 은빛 손톱으로 플라스틱 상판에 갈고리를 걸듯 꽉 잡고 있었다. 어이없이 크고 희뿌연 유방을 카운터 이편에 몇 번이나 세게 부딪쳤다.

"아아, 기분 좋아."

여자가 말했다. 고지는 여자의 빠른 심장 소리, 왠지 기를 쓰고 자신을 타락시키려는 듯한 느낌, 마치 고열이 나서 휘청거리는 듯한 술 취한 모습, ……그 모든 것이 무서워졌다. 여자는 무표정한 큰 눈으로 웃고 있었다. 갑자기 여자는 얼른 몸을 일으켜 세우고, 딴사람이 된 듯 정신 차린 걸음걸이로 그의 팔에 어깨를 부딪치며 떠나갔다. 여자가 사라진 카운터 공간, 검은 플라스틱 상판에는 여자의 뜨겁고 느슨한 몸이 만들어놓은, 공기가 옴폭 들어간 듯한 빈 공간이 남아 있었다. 조금도 탄력이 없는, 언제까지나 바퀴 자국처럼 남아 있는 그 허공 속의 빈자리……

"우리 마누라는 말이지." 잇페이가 칵테일글라스의 손잡이를 손가락으로 찬찬히 훑어가면서 말했다. "아주 별종이야. 나는 그렇게 특이한 여자를 본 적이 없어."

"사모님은 아름다운 분이시라고 가게 사람들이 모두 칭찬하던데요. 하지만 가게에 나오신 적은 없으시죠."

이 칭찬을 듣고 잇페이는 부자연스러울 정도로 위압적인 태도를 취하며 청년을 경멸하는 눈빛으로 쳐다보았다.

"그런 아첨은 하는 게 아니야, 자네 나이에. 그 사람은 별난 여자야. 무서울 정도로 관대해서 지금까지 한 번도 질투를 한 적이 없다고. 자네도 마누라가 생기면 알게 될 거야. 자고로 마누라는 말이지, 정상적인 여자라면 남편이 숨 한 번 쉴 때마다 질투하는 존재라고. 우리 집사람은 그렇지가 않아. 나는 그 사람을 몇 번이나 놀라게 하려고 했는지 몰라. 그런데 그 사람은 결코 놀라지 않아. 그 사람 눈앞에서 권총을 쏴보라고. 그 사람은 살짝 얼굴을 돌리기만 할 거야. 자네도 아마 다른 사람들에게 들어서 알겠지만, 그 사람에게 질투를 일으키려고 나는 온갖 방법을 다 써봤다고."

"사모님은 감정을 잘 감추시나 보죠. 아마도 자존심이 세서……"

"좋은 착안점이네. 좋은 분석이야." 잇페이는 쑥 내민 검지로 하마터면 고지의 콧대를 누를 뻔했다. "아마도 그런 이유겠지. 하지만 매우 훌륭하게, 완벽하게 감추고 있어. 그렇다고 해서 나를 사랑하지 않는 것이냐 하면, 큰 착각이지. 그 사람은 나를 아주 많이 사랑하고 있어. 아내로서의 도리 이상으로 사랑하고 있어. 음울하게, 너무 진지하게, 집요하게, 정공법으로, 일사불란하게. ……나에게는 그 사람이 보여주는 사랑의 군대가 느껴져. 엄숙한 군대…… 그 군대 분열식*을 그 사람은 항상 내 눈 앞에 확실히 보여주고 있어. 보여주지 않는 척하면서 보여주고 있어.

그래서 나도 그 사람이 싫지 않아. 부끄러운 고백이지만 나를 사랑해주는 여자라면 누구라도 싫지 않아. 설령 아내라고 해도 그래. ……나는 가끔 지독하게 지친다. 자네에게 들려주고 싶었던 것은 이게 전부야."

잇페이는 대수롭지 않은 상대에게 고백을 마친 사람처럼 느긋하게 성냥을 그어 영국제 담배에 불을 붙였다. 성냥을 긋는 그 동작이 너무 편안하고 여유 있어 보여서 고지는 불쾌했다.

고지가 아직 보지도 않은 유코를 사랑하게 된 것은 그날 밤부터였다, 고 하는 것이 정확하다. 어쩌면 그것도 잇페이의 계획에 들어 있었는지도 모르지만.

고지는 확실히 잇페이 마음의 부패를 질투하고 있었다. 그것은 그렇다고 치고, 잇페이와 처음으로 느긋하게 이야기를 나눈 그날 밤의 인상은 희미하다고 할 수 있다. 잇페이는 평범하고 무가치한, 도시 어디에나 있는 놀기 좋아하는 돈 많은 중년 남자, 자신의 방탕함에 다소 색다른 핑계를 생각해낸 남자일 뿐이다. 크리스마스가 다가오면 오후 2시쯤이나 되어서 최고급 정장을 빼입고 가게에 나온다. 사무실과 가게 앞을 오가며, 좋

* 分列式: 군부대나 차량 따위가 대형을 갖추어 사열단 앞을 행진하면서 경례하는 군대 의식.

은 고객에게만 커피를 가져오게 해서 접대하는 잇페이의 경쾌한 몸짓이나 대화에서 풍기는 분위기에는 술집에서 고백을 들을 때의 인상이 조금도 느껴지지 않아 고지는 놀랐다. "좀더 고급스러운 선물을 하신다고 하면, 마이센*의 접시나 세브르**의 항아리를 보여드리겠습니다. 가격이 약간 오르겠지만, A님이시면 하룻밤 술자리를 참으시면 될 정도의 가격이니……"라든가 "커피 세트를 세밑 선물용으로 60조 하시는 거죠? 저희 가게 포장지라면 적어도 가격의 세 배 정도로는 보일 것이니……" 같은 말을 몇 권의 저서를 낸 인간이 할 수 있다니! 잇페이는 또 시골 부자에게는 노골적으로 현학적인 태도를 보이면서 예상보다 물건을 많이 사게 하는 수완을 터득하고 있었다. 잇페이가 이렇게 떠들고 다니면서 자존심에 상처 입고 어두워진 것, 그 자신의 특이한 고정관념 때문에 아내의 질투만이 그 마음을 치유해주리라 생각하는 것, 아내의 비협조 혹은 거부, 그의 여러 가지 히스테릭한 정사情事들, ……그런 유치하기도 하고 어찌 보면 성인들이나 이해할 것 같은 그 복잡하게 얽힌 사정을 고지는 조금도 이해하지 못하고 있었다. 그리고 잇페이가 상인의 비굴함과 지적 우월감 사이에서 자기 몸을 찢어가면서, 자신의 생활과 정신의 여러 부분에 봉합하기 어려운 균열을 만들며 여기저기 뛰어다니는 이상한 열정을 이해하지 못했다.

---

* Meissen: 독일 도자기 브랜드로 영국의 웨지우드, 덴마크의 로얄 코펜하겐과 함께 유럽 3대 도자기 중 하나.

** Sèvres: 프랑스 세브르에 있는 국립자기공장의 제품.

고지는 유코 생각만 하고 있었다. 훗날 알게 된 일이지만, 이것이 얼마나 희망 없는 사랑인지도 모르고 그는 머릿속에서 지극히 단순하게 도식적으로 상상해보았다. 여기에 우선 불행하고 절망에 빠진 여자가 있다. 안하무인의 냉혹한 남편이 있다. 여자를 가엽게 여기는 혈기왕성한 청년이 있다. 그것으로 이미 이야기는 완성된 것이나 다름없었다.

*

그해 여름에 하늘색 양산을 쓴 유코와 병원에서 은밀히 만나고 밤 9시에 그 사건이 터진 날은 고지가 처음으로 유코와 만난 지 반년이 지난 때였다. 그러니까 고지가 가게로 온 소포를 시바시로가네에 있는 잇페이 집에 배달하러 가서, 거기서 유코와 처음 만난 지 반년이 되었다.

밀회를 거듭할수록 유코와 약속이 잡힌 날이면 아침부터 절망이 고지를 덮쳐왔다. 가슴속에 차가운 물살이 소리 내며 흘러내리는 것 같아서 그 어느 때보다 자신이 혐오스러웠다. 늘 그가 먼저 부탁하고 매달려야 겨우 허락을 받는 정도의 밀회. 게다가 유코는 고지를 쇼핑이나 식사, 가끔은 댄스에 데리고 다닐 뿐이고, 아무 때나 주저 없이 도중에 돌아가겠다고 했다.

그 마지막 밀회가 있던 아침에, 고지는 하숙집 이불 속에서 머리만 내밀고 책상 위에 펼쳐진 대학노트를 보았다. 창으로 들어오는 여름날 아침 햇살을 받은 노트의 페이지가 뒤집혀, 폭신하게 겹쳐진 종이의 퇴적 단면을 보여주고 있다. 그러자 지난번 밀회에서 유코가 오래 머뭇거리다 내민 서류 뭉치가 생각났다. 유코가 의뢰한 사립 탐정의 보고서였다. 잇페이가 만나는 많은 여자들이 적힌 명단에서 마치코町子라는 이름에 동그라미를 쳐놓았고 그 옆에는 아파트 주소, 그곳을 잇페이가 매주 화요일 저녁마다 방문한다는 것 따위를 상세히 적어놓았다.

"이 일만은 절대 남편에게 알리지 말아줘. 어찌 되었든 나는 알고 있는 것만으로도 충분해. 이런 식으로 조사한 것을 남편이 절대 모르게 하는 것, 지금은 그것으로 됐어. 비밀은 꼭 지켜줘요. 배신하면 나는 죽어버릴 거야."

유코의 눈물을 이때 고지는 처음 보았다. 그것은 결코 흘러넘치는 일이 없고, 눈가 한구석에서 얇게 퍼지기 시작해서 순식간에 눈 전체에 반짝이는 얇은 막을 쳤다. 분명히 자존심이 흘렸을 이 눈물에 손가락을 대면 얼어붙었을 것이다.

고지는 그때 상상하고 있었다. 이 서류들을 보고 잇페이가 미친 듯이 기뻐하는 모습을. 잇페이가 이제야 확신에 차서 다른 여자들을 다 버리고 아내 곁으로 달려오는 모습을. ……그러나 그곳에서 그가 발견하는 것은 이미 시체가 되어버린 아내이다.

한순간에 고지의 뇌리에 이렇게 빠르게 진행되는 연극이 매우 소란스럽게 지나갔다. 마치 심야에 인적 없는 거리를 질주하는 구급차의 사이렌 소리를 듣는 것처럼. ……고지는 간신히 그 비극의 완성을 도와줄 마음을 먹을 수 있었다.

"3시에 T병원에 문병 갈 거야."

유코가 말했다. 병원 앞마당에서 3시 반에 기다려달라고 했다.

T병원은 시바시로가네 잇페이의 집에서 그리 멀지 않은 곳에 있는 현대적인 대형 병원이다. 골짜기를 이룬 주택가 한가운데에 남쪽으로 난 비탈길 중반에 위치하고, 넓은 자동차도로가 완만한 경사로 병원을 한 바퀴 돌아 병원 현관까지 이어진다. 필로티식 구조, 통유리 벽면, 하얀 타일 기둥과 파란 타일 창틀을 가진 5층 건물로 경쾌한 외관이다. 얼마 전에 조성한 병원 앞마당에는 남향 언덕에 잔디를 깔고, 종려나무와 히말라야삼나무와 관목류를 심어놓았다. 두세 개의 벤치가 놓여 있으나, 한여름 오후의 강렬한 햇볕을 가려줄 만한 것이 전혀 없다.

고지는 얼굴 한쪽에 서쪽으로 지는 햇빛을 받으며 석양이 자기 볼을 빨간 게처럼 먹어 들어와 흔적을 남기고 있다고 생각했다. 조용히 정면 현관을 응시하고 있다. 3시 45분. 유코는 아직 나오지 않았다.

병원 하늘 높이 솔개 두 마리가 빙빙 돌고 있다. 밝고 큰 유리창 안에 하얀 형광등이 켜진 것이 보인다. 블라인드로 닫혀 있는 창이 있는가 하면, 저쪽 창 너머에는 의료 기구가 은빛으로 빛나는 게 보인다. 창가에 놓인 약통이 보이고 빨간색 플라스틱 장난감도 보인다. ……기다리는 고지의 목깃에 땀이 차기 시작했다.

불현듯 유코가 병문안이라고 한 것은 거짓말인지도 모른다는 생각이 들었다. 유코는 몸이 아파서 여기에 다니는지도 모른다. 어쩌면 잇페이 마음의 부패로 유코 몸도 여름 저녁놀처럼 짓물러 있는지도 모른다……

……현관 앞에서 하늘색 양산이 펴졌다. 마치 폭우가 쏟아지는 문밖에 나서려는 사람처럼, 대형 유리문이 열리자마자 유코는 양산을 펼쳤다. '얼굴을 감추려 한다'고 생각하니 고지는 속에서 뜨거운 것이 치밀어 오르며 우울해졌다.

현관에서 이곳 벤치까지는 완만하게 차를 돌려 나가는 구간을 지나서 약 30미터 정도의 거리가 있다. 천천히 다가오는 유코의 모습을 고지는 차마 쳐다볼 용기가 나지 않았다. 시선을 떨어뜨렸다. 발밑에 떨어져 있는 물건이 눈에 들어왔다. 검은 스패너였다. 누군가 여기에서 자동차를 수리하고 나서 잘 챙기지 못한 것이 분명하다.

고지는 훗날 교도소 안에서 몇 번이나 이 순간의 발견에 대해서 생각했다. 스패너는 그저 그곳에 떨어져 있던 것이 아니라, 갑자기 이 세상에 출현한 것이었다. 얼핏 보기에 길게 자란 잔디밭과 콘크리트 자동차도로의 경계에 스패너가 잔디에 반쯤 묻혀 있었다. 아주 자연스럽고, 그곳에 있어야 할 것 같은 모습이었다. 하지만 이것은 완전히 속임수다. 뭐라고 설명할 수 없는 물질이 일시적으로 스패너로 변신한 것이 틀림없다. 원래 여기에 있어서는 절대 안 되는 물질, 순수한 것 중에도 가장 순수한 물질, ……분명히 그런 것이 스패너로 변신해 있었던 것이다.

보통 우리는 의지에는 형태가 없다고 생각한다. 처마 끝을 스치고 지나가는 참새, 기묘한 형태의 빛나는 구름, 지붕의 날카로운 능선, 입술연지, 떨어진 단추, 한쪽 장갑, 연필, 부드러운 커튼을 고정하는 단단한 끈, ……그것들을 의지라고 부르지는 않는다. 그러나 우리의 의지가 아니고 '무엇인가'의 의지가 존재한다면, 그것이 물체로 나타난다고 해서 이상할 것은 없다. 그 의지는 평탄한 일상의 질서를 뒤집어엎은 뒤, 더욱 강력하고 통일된 필연성으로 북적거리는 '그들'의 질서, 즉 그 틀 안에 우리를 순식간에 집어넣으려고 호시탐탐 노리고 있다. 평상시에는 모습을 드러내지 않고 가만히 주시하고 있다가, 가장 중요한 순간에 별안간 분명한 물체의 모습으로 나타나는 것이다. 이런 물질은 어디에서 오는 것일까? 아마도 그것은 별에서 올 것이다. 고지는 감옥에서 가끔 이런 생각을 하곤 했다. ……

……그것은 아주 짧은 순간이었다. 고지는 검은 광채가 나는 스패너를 지그시 바라보았다. 뭐라고 설명할 수는 없으나 매혹의 시간이 시작되었다. 다른 모든 시간은 정지한 채 스패너의 매혹으로 속이 꽉 차서 터질 듯했다. 시간은 과일을 수북이 쌓아놓은 바구니 같았다. 오염된 검은 열쇠 모양의 쇳조각 덕분에 극히 짧은 한순간 향기롭고 달콤하며 차갑고도 품위 있는 매혹이 시간의 바구니에 넘치고 있었다.

고지는 망설이지 않고 스패너를 집어 여름 재킷 안주머니 속에 넣었다. 불타는 듯한 스패너는 셔츠를 뚫고 그의 가슴근육을 바짝 구워내는 것 같았다.

——드디어 하늘색 양산이 눈앞으로 다가와 팽팽히 당겨진 풍성한 비단이 들려 올라갔다. 그 밑에서 유코가 짙은 색 연지

를 바른 입술을 일그러뜨리며 웃고 있다.

"기다리게 해서 미안해. 더웠지요? 이걸 빌려줄 걸 그랬어."

유코는 벤치 등받이에 양산을 걸쳐놓고 석양볕을 가렸다. 이때 고지는 조금 전에 자기가 한 행동을 유코가 결코 보지 못했을 것이라고 믿었다.

그리고 그 땡볕 아래서 한동안 두 사람이 나눈 이야기를 고지는 상세히 기억하고 있다. 유코는 우선 지금 문병하고 나온 환자의 용태가 생각보다 호전되었다고 전했다. 고지는 그 이야기를 조금도 믿지 않으며 들었다. 그리고 난데없이 유코는 자신이 늙은 것 같다고 했고 고지는 쾌활하게 부정했다.

"그래도 남편 얼굴을 보고 있으면 정말 그런 생각이 든다니까."

유코는 차츰, 이것 또한 늘 그렇지만, 고지가 가장 싫어하는 화제로 이야기를 이끌어갔다. 잇페이 이야기만 나오면 유코는 순식간에 눈앞의 늪 속으로 빠져드는 것 같았다. 고지가 손을 뻗을 새도 없이 활짝 핀 연꽃 사이로 그녀의 발, 허벅지, 배, 가슴이 순식간에 빠져 진흙 속에 가라앉아버리고, 웃고 있는 그 붉고 얇은 입술도 순식간에 가라앉아서 결국에는 진흙 표면에 작은 파문이 남을 뿐이다.

유코는, 이 또한 고지가 빈번히 듣는 이야기지만, 20대의 잇페이가 얼마나 화려한 청춘의 화신이었는지 늘어놓았다. 이장길 전기에서 잇페이가 자아도취에 빠져 장황하게 해설한 부분이 자꾸 생각났다. 그 책을 저술할 당시 자신의 청년 시절과 저

현란한 시에 등장하는 '천상랑天上郞'을 동일시한 것이 틀림없다.

> 살진 청총마靑驄馬 위에 황금안장 빛나고
> 용뇌龍腦 향기가 밴 비단적삼 향기롭다.
> 미인이 가까이 앉아 옥玉술잔을 돌리니
> 가난한 백성들은 그를 천상랑(천상의 도령)이라고 부르네.

그리고 굳이 잇페이와 다른 곳이 있다면, 천상랑이 "평생 반 줄도 책을 읽지 않았다"는 부분일 것이다.

유코가 이 시를 여름 땡볕에 벤치에 앉아서 암송해준 것은 아니다. 이전에 유코가 책을 빌려주며 특히 이 시를 주의해서 보라고 권해서, 고지는 초라한 하숙집에서 읽으며 잇페이와 처음으로 술집에 갔을 때 그가 인용해서 불쾌했던 고시 한 구절도 이 시의 끝부분이라는 것을 알게 되었다.

젊은 시절 잇페이는 분명히 모든 것을 가지고 있었다. 지금은 그가 가진 모든 것이 그저 썩은 내를 풍기고 있다. 유코가 그 악취를 맡지 못했을 리 없고, 아마도 그 냄새까지도 사랑하게 된 것이 틀림없다. 잇페이라는 남자가 어느 순간 자신에게는 행운만이 찾아온다고 확신한 이후, 무서울 정도로 부자연스럽고 인공적인 생활을 하게 된 과정이 뚜렷이 보이는 것 같았다.

아아! 그런 것들은 전부 참을 수 없는 이야기였다! 유코의 입을 다물게 하려면 어떻게 해야 좋을까?

고지는 별안간 일어서서 체조하듯이 두 손을 크게 돌리며(이미 차가워진 스패너가 몇 번인가 가슴을 쳤다), 등받이를 맞대고 있는 벤치 쪽으로 돌아가서 따로 앉았다. 유코는 그 정도로 무신경한 이야기는 아무렇지도 않게 하면서, 이런 대접에는 바로 상처를 받았다. 서로 등지고 앉은 채 한동안 무더운 침묵. 털이 보송보송한 종려나무 줄기에서 울고 있는 매미. 고지는 머리에 하늘색 양산의 뾰족한 철사가 살짝 꽂히는 게 느껴졌으나 그대로 두었다.

유코는 잠시 후 양산을 쓰고 일어나더니 고지 앞에 선 채로 내려다보았다. 얼굴이 약간 푸르게 보이는 건 양산 그림자 때문인 게 분명하다.

"뭣 때문에 화를 내는 거야? 나한테 어쩌라는 건데? 당신은 제멋대로야. 무슨 권리로……"

"권리라니 쓸데없는 소리. 앉으시는 게 어떨까요?"

"싫어. 이렇게 뜨거운 데는."

이런 항의는 너무나 유치하다.

"그러면 비켜주시든가. 경치를 감상하고 있거든요."

"나 집에 돌아갈래."

그러나 유코는 집에 가지 않았다. 이 보잘것없는 젊은이가 유코가 돌아가야 할 집이 공허하다는 것을 낱낱이 알고 있어서 속이 상했다. ……유코는 고지 옆, 뜨거워진 벤치에 앉았다.

"그 사람 일은 그냥 놔두지 그래요."

"그래서 그냥 놔두고 있잖아."

"그 사람 얘기를 너무 많이 하니까 시끄럽다고."

"나도 유쾌한 얘기는 아니야. 당신만 그런 게 아니라고."

"그러면 무의식적으로 그러는 건가요?"

"내 노래야. 콧노래도 안 되나? 내 노래라고, 그건."

"나한테 합창하자고 하는 거잖아. 싫다고. 자존심만 뼈다귀처럼 남아서 용기 없는 비겁한 노래 따위."

내용도 없고 속셈도 없는 고지의 거친 말투. 언제부터 고지가 그런 식으로 말하게 되었고, 언제부터 유코가 그것을 허용했는지는 알 수 없다. 단지 유코가 그런 젊은이답지만 너무 친숙한 말투를 가볍고 부드러운 채찍을 맞는 것처럼 기분 좋게 느낀 것은 분명했다. 그런데 고지는 말로 표현할 수 있는 과도한 친밀감과 감정대로 행동할 수 없어, 지나치게 깍듯한 예절의 틈바구니에 끼어 있었다. 이렇게 뜨거운 유코의 뺨이 눈앞에 있지만, 그곳에는 여전히 의사와 환자 사이에 있을 법한 거리감이 느껴졌다.

진전 없는 무의미한 언쟁. 그러나 분노로 정직하게 빨라지는 두 사람의 심장박동. 그리고 분노로 인한 것이기는 하나 비밀스럽고 방향을 잃은 연대감이 느껴지는……

이런 상태에서 바라본 경치가 고지의 기억 속에 그토록 명료하고 조용하게 자리 잡은 까닭은 무엇일까?

남향인 잔디밭 비탈에 서면 골짜기에 자리한 마을에는 큰 도로가 셋, 이 도로를 둘러싸고 주택으로 덮여 있는 언덕, 언덕 꼭대기에 드문드문 서 있는 나무와 맞닿은 하늘, 이런 것들을 아우르는 조촐하고 아담한 전망이 눈에 들어온다. 재래식 가옥과 모던한 주택들이 뒤섞인 주택가는 여름 석양 아래 흉측한 입체감을 다 드러내고 있다. 동쪽에는 달걀색 중학교 교사가 우뚝 솟아 있고, 서쪽에는 자동차 회사 빌딩이 있다. 새로 나온 자동차 이름이 적힌 애드벌룬은 늘어진 위장처럼 하늘에 축 처져 있었다. 조용하고 인적 하나 없어서 너무 뜨겁게 내리쪼이는 여름 햇볕에 모두 지친 것 같은 풍경이었다.

그렇다. 무덤도 있었다. 맞은편 언덕 꼭대기에 고작 수십 개 무덤이 들어선 좁은 묘지가 밑에서부터 밀고 올라오는 주택에 몰려서, 마치 구석에 몰려 총살당하기 직전인 헐벗은 난민의 무리처럼 절벽을 등지고 발톱으로 서서 공포에 전율하며 더는 어쩔 수 없을 정도로 몸을 바싹 붙이고 발끝으로 버티고 있었다.

……그리고 거의 말이 없는 저녁 식사. 그 후에 고지의 갑작스러운 승리. 유코의 굴복.

그날 저녁부터 밤까지 모든 것은 오염된 폭포가 쏟아져 내리는 것처럼 갑자기 한꺼번에 무너져 내렸다. 저녁 식사 후 작은 지하 술집에서 유코는 갑자기 떠들기 시작했고, 고지도 격렬하게 반박했다. 처음으로 두 사람은 상대의 심장을 찌르듯이 마음껏 언쟁을 벌였다. 고지는 유코를 비겁하다고 했고, 유코는 유코대로 패기가 없다고 소리 질렀다.

"당신은 나약하고 겁쟁이면서 비겁하기까지 해. 현실을 직면하는 것이 무서운 거야. 진상을 알고 싶으면서 진상을 확인하기 싫은 거지."

"아니야. 결국 직접 눈으로 확인하면, 그저 서류상으로만 알고 있는 것보다 훨씬 나쁠 거야. 그 사람이 당황이라도 하면 모를까. 그때 그 사람이 평온한 얼굴로 있으면 이제는 끝나는 거지."

"끝나면 끝나는 대로 좋잖아?"

"당신 같은 어린애는 이해할 수 없어."

고지는 혼란스러워져서 지금 자신이 유코를 어디로 데려가려고 하는지 알 수 없게 됐다. 어쩌면 그는 유코를 잇페이가 원하는 여자로 변신시키려고 온 정성을 다 쏟아붓고 있는 게 아닐까?

그렇다고 해도 유코가 고집스럽게 유지하려는 이 그로테스크한 현실이 고지는 혐오스러웠다. 이 현실을 파괴할 수만 있다면, 아무리 결과가 잇페이가 바라는 대로 된다고 해도 그는 받아들일 것이다.

"그래서 당신은 내 남편을 증오하는 거야? 아니면 나를 증오하는 거야?"

유코가 드디어 도전적으로 물었다.

"둘 다지. 하지만 사장님 쪽을 더 증오할지도 몰라."

"이상한 사람이네. 그렇게 남편에게는 월급을 받고 내게는 연인인 척하고 있잖아."

또 이렇게도 말했다.

"어째서 내가 이대로 있으면 안 되는데? 내가 이대로 있어도 당신한테는 아무 피해도 없잖아."

"당신이 거짓말을 하는 게 문제야. 그래서 이대로는 안 돼. 나는 나하고 상관없는 거짓말이라도 허용할 수 없다고."

결국 고지는 젊음의 화려한 깃발을 높이 올렸다. 빨간 군복

차림으로 나팔 소리를 울려 퍼지게 하는 스물한 살. 그는 한 치의 부끄러움 없이 자신의 초상을 바라볼 수 있었다. 몸에 들러붙는 타인의 어둡고 혼탁한 세계를 공공연히 깨뜨려 없애는 것이 젊음의 특권이라는데, 누가 감히 그것을 방해할 수 있을까?

유코는 제법 마셨는데도 취하지 않은 눈빛으로 조용히 고지의 얼굴을 내려다보았다. 그 모습은 갑자기 난해한 그림이나 복잡한 지도를 받아 든 사람처럼 보였다. 유코는 눈먼 여자처럼 어슴푸레한 어둠 속에서 아름다운 손을 펼쳐 고지의 볼을 만지려 하다가 멈췄다. 고지의 뺨이 갑자기 돌처럼 단단해진 것을 본 게 틀림없다.

고개 숙인 유코의 얼굴이 창백해졌다. 지독하게 쌀쌀맞게, 그러나 홀린 듯이 유코가 말했다.

"오늘은 화요일이야."

*

고지는 그날 밤 8시 반부터 9시까지, 이 30분 동안 일어난 사건보다는 연극 무대 같은 그 자리의 배경 쪽을 잘 기억하고 있다.

그곳은 흔히 있는 아파트 방이다. 방 안쪽에 놓인 침대 위에서 실크 가운을 걸친 잇페이가 상반신을 일으키고 있다. 그 발밑에 똑같은 은회색 실크 가운을 입은 마치코가 두 손을 포켓에 넣고 앉아 있다. 두 사람 모두 가운 속에는 입은 것이 없다.

스탠드형 선풍기가 두 사람 머리 위에서 고개를 숙인 채 머리를 대범하게 흔들고 있다. 서둘러 구색을 맞추었는지 색깔도 디자인도 마구잡이인 커튼과 가구. 나이트테이블 위에는 마시다 남은 술. 재떨이. 마음껏 두 날개를 펼치고 방을 다 삼키려 하는 삼면경. 잇페이는 얼굴이 창백하고 피곤해 보여 환자 같았다.

문을 노크했다. 잠시 후 가운의 옷깃을 여미며 마치코가 나왔다. 유코가 몸을 옆으로 기울여 방 안으로 들어갔고 고지도 따라 들어갔다. 마치코는 뒷걸음질로 침대에 앉았고 잇페이는 서둘러 가운을 걸치며 상반신을 일으키고 있었다.

특별히 큰소리가 나거나 싸우는 일 없이 여기까지는 물 흐르듯이 진행되었는데, 갑자기 네 사람 앞에 건너기 어려운 유리벽이 세워지기나 한 듯 꼼짝도 않고 서로 쳐다보고만 있었다.

이것은 사실 한심할 정도로 평범한 현실 정경인데, 또한 이상하리만큼 비현실적인 분위기를 풍기고 있었다. 너무 확실히 보여서 환각처럼 느껴지는 일도 있다. 고지는 비스듬히 덮어놓은 깃털이불 아래 시트 주름이, 이상하게도 추상파 화가들이 움직임을 선으로 도형화한 작품처럼 선명하게 보였던 것이 생각난다.

서둘러서 가운을 입고 몸을 일으킬 때, 말하자면 자세를 바로 하는 잇페이의 동작에, 이런 경우 만화 주인공이나 취할 법한 모습이 느껴진 것이 이 장면의 유일한 흠이었다. 잇페이도 고지가 순간 그렇게 느낀 것을 알아차린 것 같다. 가운 소매에 팔을 끼우려 할 때 소매를 잘못 끼우는 실수는 하지 않았지만 분명히 좀 빨랐다.

마흔 살 잇페이의 가늘고 하얀 팔은 이 실크 미로 속에서 아마도 여기저기 두세 번 부딪히고, 그때마다 부드러운 실크 안감의 심술궂은 저항을 받다가 겨우 출구의 공기를 찾아낸 게 틀림없다. 분명히 조금만 더 지체했더라면 이 활인화*의 완성을 방해하는 일이 생겼을 텐데, 잇페이는 간신히 미묘한 절도를 유지한 것이다.

네 사람은 꼼짝도 않고 서로를 응시하고 있었다. 그저 바라볼 뿐인데 상대를 괴물로 만들어버렸다.

회의를 주최하는 사람처럼 잇페이는 먼저 이야기를 시작할 의무를 느꼈는지 고지에게 이렇게 말했다. 고지가 있었던 것이 그에게는 그야말로 안성맞춤이었다.

“이런, 자네도 왔군. 용케 이곳을 찾아냈어. 사모님이 자네한테 고마워하겠군.”

이 ‘사모님’이라는 간접적인 호칭이 유코를 지독하게 상처 준 것을 고지는 알 수 있었다.

그러나 그보다도 고지 자신이 매우 낙담했고 배신당한 기분이 들었다. 유코가 나타난 순간, 잇페이는 열렬한 환희의 표정, 아니 그 비슷한 것도 나타내지 않았다.

고지는 생각했다. 내가 정말로 보고 싶었던 것은 그 환희였던 게 아닐까? 그게 아니라면 어떻게 반년에 걸친 시간에 그

* 活人畫: 분장한 사람이 적당한 배경 앞에 가만히 서 있어, 마치 그림 속 인물처럼 보이게 하는 것.

순한 자기 포기와 굴욕을 견뎌낼 수 있었겠는가?

고지가 진정 보고 싶었던 것은 왜곡된 인간의 진실이 빛나기 시작하는 순간, 가짜 보석이 진품의 광채를 띠는 순간, 그럴 때 느껴지는 환희, 불가능한 꿈이 현실이 되고 어리석어 보이던 것이 그대로 장엄한 것이 되는 순간이었다. 그런 것을 기대하며 유코를 사랑했다. 유코가 지키는 현실 세계를 깨뜨리고 싶었으므로, 그 결과가 잇페이의 행복이 되어도 상관없을 터였다. 적어도 고지는 누군가에게 헌신한 것이다.

그러나 실제로 고지가 본 것은 보통 사람들이 쑥스러워하며 감추거나 체면을 지키느라 오히려 빈정대는, 지금까지 질리게 보아온 것들이었다. 그는 뜻하지 않게 자신이 믿고 있던 연극무대가 와르르 무너지는 것을 목격했다.

'그렇다면 하는 수 없지. 아무도 변화시킬 수 없다면 내가 이 손으로……'

버팀목을 잃어버린 심정이 되어 고지는 그렇게 생각했다. 무엇을 어떻게 바꿔야 하는지도 알 수 없었다. 그러나 조금씩 냉정을 잃어가는 자신을 느꼈다.

유코가 쉰 듯한 목소리로 질질 끌며 말했다.

"여보, 이대로 조용히 집으로 돌아가줘요."

이 말은 매우 긴 간격을 두고 띄엄띄엄 들려와, 고지는 유코가 미친 것이 아닐까 걱정이 될 지경이었다.

잇페이는 이불 속에 넣고 있던 다리를 빼내 그 털 많고 하얗고 가느다란 종아리를 헤엄치듯이 움직여서 바닥에 있는 슬리퍼를 찾아 신었다. 가운을 가지런히 하고 침대에 앉아서 설득이라도 하려는 듯이 아주 달콤한 목소리로 이야기를 시작했는데, 내용은 완전히 딴판이었다.

"저기 말이지, 그런 태도로 집으로 돌아가라고 하면 역효과가 나지 않겠어? 당신한테도 어울리지 않는 어리석은 짓이야. 나도 가야 할 때가 되면 돌아갈 텐데, 그런 말을 들으면 돌아가려 해도 돌아갈 수가 없지. 일을 아슬아슬하게 마무리하는 것은 좋지 않아. 당신은 말이지, 고지 군과 함께 먼저 돌아가시오. 나중에 나도 돌아갈게. 그러면 되겠군. 여기 있는 여자분 입장도 있으니까."

그때 밖에서 비를 맞고 집에 돌아온 개가 갑자기 온몸의 빗물을 다 털어낼 기세로 몸통을 흔드는 것처럼 마치코가 크게 한 번 몸서리치는 것을 고지는 보았다. 게다가 창백하게 화장한 얼굴은 완전히 무표정인 채.

한편, 손에 들고 있던 양산을 바닥에 떨어뜨리고 두 손으로 얼굴을 감싸며 울기 시작한 유코의 목소리에 고지는 깜짝 놀랐다. 이것은 매우 괴롭고 상스럽고 원시적인 울음소리로, 고지가 지금까지 보아온 유코에게서 나올 리 없는 목소리였다. 유코는 무릎을 꿇고 앉아 울면서 끊임없이 불분명한 말을 계속 흘렸다. 이렇게 사랑하고 있는데……, 얼마나 괴로운 심정으로 참아내고 있었는데……, 언젠가 잇페이 마음이 돌아올 것을 기다리고 있었는데……라며, 그야말로 방탕한 푸념이 마루 카펫에 쓰러진 유코의 몸에서 터져 나와 사방으로 튀었다. 그것은 꼭 마루에 떨어져 깨진 꽃병에서 더러운 물이 튀는 듯한 모습이었다. 고지는 듣다가 귀를 막아버리고 싶어졌고 결국은 속으로 이렇게 절규했다.

'빨리 죽어버리면 좋겠어! 이런 여자는 빨리 죽는 게 나아!'

고지는 분명 유코를 미워하고 있었던 것인데, 냉정을 잃어 마치 자기 마음속에서 슬픔이 솟아오르는 것 같았다. 감정이 뒤죽박죽되어 누구를 미워하는지 분간할 수가 없었다. 자신이 아슬아슬하게 세워놓은 가늘고 긴 연필이 된 것처럼 비참하기도 하고 무시당하는 느낌이 들기도 했다.

모두 유코가 웅크리고 있는 모습을 팔짱을 끼고 지켜보고 있었으니 이 시간은 꽤 길었던 게 분명하다. 마치코가 일어나서 유코를 부축해 일으키려고 할 때, 잇페이가 눈빛으로 저지하는 것을 고지는 보았다. 그 순간 밑에서 올라오다 좌절한 몸짓은, 물밑에서 모래가 솟아오르다 무너지는 것을 보는 것처럼 의미도 없는데 훤히 보였다. 어째서 인간은 때때로 저렇게 이상한 몸짓을 하는 것일까, 하고 고지는 의아해했다. 불안정한 나뭇가지 위에서 새가 한순간 몸을 펴며 발돋움할 때 오히려 목이 짧아지는 것 같은 몸짓. ……

어느 쪽이든 그런 일에는 크게 의미가 없다. 끊임없이 울다가 떠들다가 하는 것은 유코뿐이었다. 선풍기가 돌아가고 있지만, 창가에 커튼을 쳐놓아 실내는 기분 나쁠 정도로 더웠다.

드디어 유코는 옷자락을 날리면서 벌떡 일어나, 잇페이 무릎에 뛰어올라가는 것처럼 보였다.

"돌아와요! 당장 돌아와줘요!"

유코가 소리 질렀다. 그녀가 남편 무릎 위에 뛰어올라간 것처럼 보인 것은 그때의 느낌이 과장된 것일 뿐, 사실 유코는 눈물범벅이 되어 늘어진 손을 가운을 입은 잇페이 무릎에 올려놓았을 뿐인지도 모른다. 그러나 쓰러져 있던 유코가 기운을 차리고 그의 상반신을 덮치는 듯하니 잇페이는 그녀의 몸을 그대로 튕겨내버렸다. 잇페이가 이런 과격한 행동을 한 데는, 마치코 그 여자보다 고지가 곁에 있다는 사실이 잠시 묘한 허영심을 부추겼는지 모른다. 그는 하필 이 순간에 인생의 멘토가 되려고 했거나, 아니면 고지도 세상 사람들처럼 자기 행동에 감탄하기를 기대하며 아내의 멱살을 잡았는지도 모른다. 그러고 나서 잇페이는 아내의 뺨을 세게 후려쳤다. 뺨을 맞은 유코는 조용한데, 마치코가 가볍게 비명을 질렀다.

'해냈군!'

이 광경을 보며 고지는 생각했다. 분명히 잇페이가 잘했다고 생각했다. 그러나 냉정한 만족이 아니었는지 고지의 전신에는 열이 나고 있었다. 잇페이가 유코를 한 대 더 쳤다. 이미 멱살을 잡고 있던 손을 놓았으므로 유코의 하얀 얼굴은 인형처럼 얌전히 쓰러졌다.

고지는 재킷 안주머니에 손을 넣었다. 고지가 기억하기에 그때 자기의 행동은 아주 자연스러웠다. 물이 흐르는 듯한 일련의 자연스러운 동작으로, 감정이 개입되지 않았으며 목적도 동기도 없었다. 그는 장애물 없는 경계를 거침없이 지나갔다.

잇페이가 고지 쪽으로 얼굴을 돌렸다. 고지는 달려들어 손에 든 스패너로 그의 머리를 난타했다. 스패너가 깊이 박힌 잇페이의 머리는 스패너를 따라 움직이는 것 같았다.

제3장

……2년 만에 잇페이와 만난 고지는 저도 모르게 이전에 자신이 스패너로 내리친 머리 부분을 보았다. 그곳은 이미 풍성한 머리카락으로 덮여 있다. 쨍쨍한 햇빛이 비치는데도 윤기가 전혀 없는 머리카락.

그때 양지에서 기둥 모양으로 떼 지어 헤매고 다니는 모기들이 잠시 눈앞을 가로막는 것처럼, 너무 빨리 스쳐 지나가는 기억에 섞인 숱한 상념들이 무리 지어 다가와 고지의 눈앞을 귀찮게 가로막았다.

'그때 나는 논리 없이 흐리멍덩한 세계를 참을 수가 없었다. 저 돼지 창자 같은 세계에 아무래도 나는 논리를 세울 필요가 있었다. 쇠가 가진 검고 단단하고 차가운 논리를. ……말하자면 스패너의 논리를.'

혹은

'그날 저녁, 술집에서 유코가 이렇게 말했지. '그때 그 사람의 평온한 얼굴을 마주하면 이제는 끝나는 거지'라고. 저 스패너 한 방으로, 나의 노력으로, '끝'이 날 두 사람을 구해낸 거다. ……'

혹은, 놀랍게도 이런 생각도 했다.

'……나는 뉘우친 인간이다……'

그러자 눈앞을 가로막던 상념의 모기떼가 바로 사라졌다.

취조당하는 동안에 이미 고지는 알고 있었다. 스패너 타격은 잇페이의 정수리 왼편에 걸려 두개頭蓋함몰 골절과 대뇌 좌상挫傷을 일으켰다는 것. 의식이 회복된 뒤에도 우반신 마비를 일으키고 실어증 증상이 고착되었다는 것. ……

아아! 그 바람에 스패너에 관해서는 얼마나 귀찮은 심문이 반복되었던지. 마치코가 그것은 그 자리에 있던 물건이 아니라고 증언했다. 스패너에는 어느 전기회사의 로고가 있었다. 물건 주인이 조사를 받았다. 그는 자동차를 타고 T병원에 간 일도 있고 스패너도 분명히 회사 것이지만, 병원 같은 데 떨어뜨린 기억은 없다고 주장했다. 자동차는 지난 한 달간 고장을 일으킨 적도 없다. 다른 데서 훔친 것이든 주운 것이든, 결국 스패너는 고지가 범행을 예비하고 계획했다는 사실을 집요하게 설명하는 물건이었다. 그는 상해죄로 1년 5개월의 형을 선고받았다. ……

——천천히 문 안쪽으로 안내하는 듯한 몸짓을 하며, 잇페이는 덩굴장미 꽃그늘 아래에서 웃고 있었다. 사계절 큰 꽃을 피우는 종種으로 골라 아치를 꾸민 하얀 덩굴장미 위로 뜨거운 여름 햇살이 쏟아지고 있었다.

짧은 시간에 사람이 이렇게까지 변할 수 있다니, 고지는 꿈에도 상상하지 못했다. 바느질 장인에게 새로 맞춘 정장, 이탈리아제 실크 셔츠에 넥타이, 자수정 커프스단추는 소매 끝에서 관능적으로 반짝이고, 바쁘게 움직일수록 울적한 분위기를 펴뜨리던 그 멋쟁이는 이제 어디에도 없었다.

이 모든 변화가 자신이 스패너로 내리친 결과라고 생각하니 고지는 몸이 떨렸다. 범죄의 결과를 본다는 것, 그것은 오다가다 하룻밤을 보낸 여자가 낳아놓은 내 아이를 몇 년 만에 만났는데 아이의 온몸에서 자신의 자취를 발견하는 것과 같다. 옛날의 잇페이는 죽었고, 거기에는 고지의 흔적이 깊이 남아 있는(물론 얼굴 모양은 조금도 닮지 않았지만), 고지 자신보다는 고지가 저지른 죄의 형태와 많이 닮은 사람이 있었다. 만약 고지가 자기 내면의 자화상을 그렸다면 그와 똑같은 모습이었을 것이다. 그 무기력하게 웃고 있는 얼굴에 붙어 떨어지지 않는 우수憂愁도 지금은 그야말로 고지의 것이었다.

고지는 불현듯 생각이 났다. 어느 때인가 잘 노는 친구들의 파티에 간다며 잇페이가 가게 사무실에서 디너 재킷으로 갈아입고, 옷깃의 단추 구멍에 흰 장미를 꽂고 나가는 것을 보았다. 옷깃에서 고개 숙이고 있는 맵시 있는 흰 장미. 그와 똑같은 흰 장미가 여기서 잇페이 뺨에 그림자를 만들고 있다. 게다가 잇페이는 허술하게 유카타를 입어서 앞자락은 잘 맞지 않고 뒤는 비뚤어져 있으며, 홀치기염색*을 한 허리띠는 허리 부근에서 느슨하게 늘어져 있다. 그러고 보니 장미는 잇페이의 익살스러운 장신구, 축제를 누비고 다니는 하얗고 커다란 비녀 같다. ……

---

* 천을 군데군데 홀쳐 매어 그 부분은 물감이 배어들지 못하게 함으로써 전체적으로는 여러 가지 무늬로 나타나게 하는 염색법.

"고지예요, 알잖아요, 고지 군이에요."

유코는 또박또박 천천히 말했다.

잇페이는 비틀린 미소를 띤 채 말했다.

"고……리."

"고리가 아니고. 고지."

"고리." 그런 다음, 이어서 이번에는 "아, 어서 오게"라고 확실히 말했다.

"이상하죠. '아, 어서 오게'라는 말은 처음부터 바로 하더라고요. 고리가 아니라고요. 고지……"

"됐어요. 나는 고리氷면 됐다고. 고리가 더 어울려. 그래도 괜찮아요."

고지가 초조해하며 말을 가로막았다.

첫 대면의 인사는 이렇게 끝났다. 고지가 초조한 이유는 복잡했다. 자신이 뉘우쳤다는 사실을 이야기하려 했는데 무언가에 걸린 듯 말이 술술 나오지 않았다. 그의 육체는 오직 뉘우침을 담아놓은 주머니일 뿐이었다. 변할 대로 변한 잇페이의 모습을 보자마자 눈물을 흘리며 땅바닥에 꿇어앉아 용서를 빌어야 했다. 그런데 뭔가가 톱니바퀴에 모래를 던져 넣어 회전을 멈추게 한 것이다. 그 모래는 무엇이었을까? 늘 잇페이 입가에 거미집처럼 붙어서 떨어지지 않는 미소였을까?

매미 소리에 섞여, 근처 나뭇가지에서 여름 휘파람새가 지저귀는 소리가 들렸다. 세 사람은 장미 아치를 지나고 울퉁불퉁한 돌다다미길 위를 가로질러 온실 옆을 지났다. 잇페이가 절뚝거리며 걷는 것을 보고 고지가 부축하려고 손을 내밀었는데, 무표정하게 유코가 크고 검은 눈으로 제지했다. 이유는 모른다. 아마도 잇페이에게 독립심을 키워주려 했을 것이다. 그러나 고지는 자기 행동이 의도적으로 보인 것 같아 마음이 상했다.

“온실 먼저 안내할까요? 전부 나 혼자 공부하고, 계획하고, 건축하고, 경영하는 거야. 이제는 장사가 꽤 되는 편이고. 도쿄원예 회사가 옛정을 생각해서 친절하게 거래해주고 있지. …… 옛날의 나 같으면 상상도 못 할 일이야. 여자들은 여러 가지 의미로 잠재 능력이 많구나 하고 나 자신도 진정 감탄한다니까.”

잇페이가 이렇게 빠른 말을 어디까지 알아듣는지 모르겠으나, 유코가 고지에게 말을 할 때는 어딘가 꼭 절반 정도는 잇페이에게 들려주는 듯한 느낌이 들었다. 장미 아치 아래를 지날 때부터 유난히 그랬다. 아니, 잇페이가 옆에 없을 때 좀 전에 항구에서 여기까지 오는 길에도 그랬다. 잘 생각해보니 2년 전 그 사건 전에도 그랬다.

온실 입구에서 수도관을 보자 고지는 갑자기 수도꼭지를 틀고 얼굴을 비스듬히 기울였다. 얼굴에 떨어지는 물을 입으로 빨아들였다. 물이 어디로 가는지 모르고 볼에 세차게 부딪히는 것이 기분이 좋다. 고지 얼굴에 한동안 번쩍거리는 물이 부딪혔고, 오랫동안 햇빛을 보지 못한 창백한 목젖이 동물적으로 꿈틀거렸다.

“어쩌면 그렇게 맛있게 물을 마셔! 그렇죠?”

“무……울.”

잇페이가 유코의 말꼬리를 잡고 따라 했다. 제대로 말할 수 있으면 반복했다. "무……울."

──고지가 얼굴을 들고 보니 온실 입구에 반바지에 러닝셔츠 차림의 건장한 노인이 서 있다. 원예사 데이지로인데 전에는 어부였다. 딸이 하나 있는데 하마마쓰의 악기공장에서 여공으로 일하고 있다고 유코가 알려주었다.

고지가 어디에서 왔는지 데이지로가 알고 있을 것 같아 고지는 순간 당황했다. 그러나 햇볕에 검게 탄 그 완고한 얼굴, 흰 머리를 빡빡 깎아놓아 굵은 소금이 뿌려진 듯한 머리 아래로 오래된 갑옷처럼 견고한 그 얼굴을 보고 고지는 안심했다. '다른 건 몰라도 이 얼굴은 남의 속을 들여다보지 않는다. 이 얼굴은 닫힌 창이고, 가끔 창을 살짝 여는 것도 자신을 위해 볕을 들일 때뿐이다.' ──그는 이 얼굴과 많이 닮은 독실한 노老수형자를 알고 있다.

네 사람은 다섯 채나 되는 온실 중 제1동에 들어섰다. 그곳에는 글록시니아나 관음죽을 주로 놓아두었고, 비탈에 세워진 스리쿼터형 온실* 유리지붕은 갈대자리로 두텁게 덮여 있다. 보라색, 진홍색, 백색의 글록시니아가 여름 온실의 쓸쓸함을 그나마 줄여주고 있었다.

꽃이 아름답다고 느끼는 것을 고지는 교도소에서 배웠다. 그

---

* 부등변식 온실이라고도 함. 남쪽 지붕의 길이가 전체 지붕 길이의 4분의 3 정도가 되도록 지은 온실.

러나 그것은 직업적인 지식이 아니라 감상을 위한 것이고, 꽃을 가까이하다 보니 저절로 알게 된 것이다. 유코가 달변으로 설명하는 것을 들으며 그는 깜짝 놀랐다. 이것은 분명히 생계를 위하여 습득된 지식이지, 수형자들이 꽃을 대하는 낭만적인 꿈과는 차원이 달랐다.

그때 꽃과 잎사귀 위에 떨어진 작은 반점 같은 갈대자리 그림자에 갑자기 크고 검은 그림자가 얽히는 것을 네 사람이 알아챘다. 유코가 하얀 글록시니아꽃이 크게 됐다며 자랑하고 있을 때, 그 꽃이 어둡게 그늘져서 모두 지붕을 올려다보았다.

데이지로가 젊은이 같은 민첩한 몸놀림으로 꽃과 잎사귀들 사이의 좁은 통로를 달려서(그 허리가 사방으로 펼쳐진 관음죽의 단단한 잎사귀 하나 건드리지 않고 교묘하게 빠져나가는 모습을 고지는 보았다) 입구 쪽으로 돌진했다. 밖에서 데이지로가 고함치는 소리가 들리고, 지금까지 조용하던 햇빛 속에 억지로 꾹 참고 있다가 터진 것처럼 갑자기 장난꾸러기 아이들의 비명과 웃음소리가 한꺼번에 일어났다가 흩어졌다.

"늘 이래요. 뭘 던진 거지?"

유코가 지붕 위 갈대자리 너머의 그 그림자를 쳐다보자, 잇페이와 고지도 그곳을 올려다보았다. 갈대자리의 작은 틈새로 태양의 반짝임이 세밀하게 엮여 들어간 것을 보며 고지는 그 근원, 태양이 날카롭게 쏘아보는 눈을 오히려 생생히 느꼈다. 그림자로 봐서는 큰 것이 얽힌 것 같았지만, 실물은 그다지 크지 않았다. 물에 젖은 검은 털 뭉치 끝에 길게 늘어진 가느다란 꼬리의 그림자가 있었다. 쥐가 틀림없다. 아이들이 몸집 큰 시궁쥐 시체를 발견하고 던진 것이 분명하다.

고지는 무심코 잇페이의 얼굴을 보았다. 유코가 여기로 오면서, 의사소통은 자유롭지 않으나 정신 그 자체에는 아무 이상이 없다고 설명한 그 남자의 얼굴을. 정신은 살아 있으나 무덤 속에 갇혀 있고, 그 묘지의 표시라고 해야 할 단조로운 미소를 띤 얼굴을.

그의 얼굴에도, 유코의 입술에도, 갈대자리의 그림자는 얼룩처럼 내려와 있는데, 때마침 잇페이 이마 주변에 꺼멓게 멍이 든 것처럼 죽은 쥐의 그림자가 내려와 앉았다.

순식간에 데이지로가 가져온 장대의 그림자가 갈대자리 사이에 뻗었고, 장대 끝에 꽂힌 쥐 그림자가 하늘 높이 솟아올랐다. 그리고 쥐는 태양에 더욱 가까이, 높이 올려져, 순간, 화끈거리는 햇볕 속에 지져졌다.

*

이윽고 장마가 왔다. 이번 장마는 거의 마른장마였다. 비가 오다가도 태양이 아름답게 빛나는 날이 며칠 이어졌다. 그러던 어느 날 잇페이 부부와 고지는 뒷산의 큰 폭포로 피크닉을 갔다.

고지가 도착하고 나서 피크닉까지 약 3주 동안, 모든 일은 순조롭게 진행되었고 일상생활도 새롭게 자리 잡는 것 같았다. 고지는 바람이 잘 통하는 2층 다다미 여섯 장 크기의 방을 배정받았고, 일과는 순식간에 결정되어 데이지로의 좋은 짝이 되었다. 관수灌水나 아침저녁 두 번 하는 엽상분무*가 고지의 주요 업무이다. 그는 일 잘하고, 점잖고, 연구도 열심히 했으므로 드나드는 마을 사람들에게 곧바로 인기를 얻었다.

고지는 처음 이곳에 와서 한동안 신경이 곤두서 있던 자신이 이제 우스워졌다. 자신은 뉘우친 사람이고 예전의 자신과는 달라졌으니 아무것도 걱정할 일이 없었다. 밤에는 잘 자고, 식사량도 늘고, 피부도 햇볕에 타서 어느새 마을 청년들에게도 뒤지지 않는 건강한 몸이 되었다. 매일매일의 자유가 그는 그저 기뻤다. 일을 끝내고 혼자 산책하며 느끼는 무한한 자유. 그는 비 오는 날에도 우산을 쓰고 산책에 나서곤 하여 얼마 지나지 않아 작은 이로마을 구석구석까지 다 알게 되었다. 또 태천사 주지 스님을 유코에게 소개받아, 스님에게 직접 이로 마을의 지리와 역사를 배웠다. 이곳은 16세기 말엽에는 미시마三島 대관**의 구역이었고, 막부*** 말기에는 마나베 몬도間部主水의 관청 아래 있다가 메이지明治유신 때 이즈의 밝은 풍광을 지닌 마을들과 함께 니라야마현**** 관할이 되었다. 유코는 도쿄원예 회사 사장의 배려로 이곳에 살기로 한 뒤, 마을의 부잣집을 사들여 개조해 새로 다섯 채의 온실을 지은 것이다.

폐인이 된 잇페이의 재산을 정리하고 재빨리 사업가로 변신

---

* 식물체의 잎 표면에 비가 내리는 것처럼 물을 뿌려주는 관수 방식.

** 代官: 에도江戶시대 중간관리자.

*** 幕府: 1192년부터 1868년까지 일본을 통치한 쇼군의 정부.

**** 韮山縣: 1868년에 스루가국, 사가미국, 무사시국, 가이국 내의 막부령·하타모토령 및 이즈국 일원을 관할하기 위해 메이지 정부가 설치한 현.

하며 보여준 유코의 수완이, 그때까지 유코를 알고 있던 사람은 그저 놀라울 뿐이었다. 유코에게 직접 이 이야기를 들을 때도 고지는 그다지 놀라지 않았으나, 잇페이의 새로운 모습에는 매일 놀라고 있었다. 잇페이는 아무것도 이해하지 못하면서 매일 아침 신문 읽는 습관만은 고수했다. 그는 그저 잠자코 앉아서 아침 햇살 아래 신문을 크게 펼치고는 머리를 가볍게 움직이면서 오랜 시간 그 자세를 유지했다.

가끔 잇페이는 유코에게 자기 저서를 가져오게 했다.

게오르게의 시 번역집은 독일제 마블지*의 수수한 장정이고, 이장길 전기는 누런색 한지를 겉표지로 쓰고 먹으로 그린 작은 새를 면지에 사용했다.

탁상 앞에 앉아서 왼손으로 부채질을 하며 자유롭지 않은 오른손으로 가끔 페이지를 넘기려고 한다. 손이 비틀려서 페이지가 잘 넘겨지지 않을 때도 있지만, 잇페이는 노력을 멈추지 않는다.

그 모습을 고지는 작은 정원을 앞에 둔 온실 옆 창에서 꼼짝않고 지켜보고 있었다. 저 신기하고 끔찍한 노력! 잇페이의 정신이 조금도 황폐하지 않은 것이 사실이라면, 저렇게 하는 잇페이 내부의 정신과 외부의 저서는 더욱 분명히 일치하고 있어야 한다. 그의 내부에는 아직 게오르게나 이장길이 살아 있는 게 틀림없다. 그런데도 보이지 않는 철벽에 가로막혀 그의 눈은 자신의 저서를 읽지도, 이해하지도 못한다.

---

* 대리석 무늬의 종이.

교도소 안에서 고지도 바깥 세계를 갈망하며 저렇게 외부를 향해 헛되이 호소하고, 아무 반향도 없는 곳에다 외치는 일을 수도 없이 해보았으므로 잇페이 마음을 이해할 수 있었다. 자신이 지금처럼 잇페이를 잘 이해한 적은 없었던 것 같다.

잇페이 안에서 정신은 어떻게 변한 것일까? 사물을 이해하지도 못하고 언어로 표현하지도 못하는 자기 모습에 처음에는 놀랐고, 결국 놀라기도 지쳐 그저 지켜볼 수밖에 없게 된 또 한 사람의 명민한 자신. 손발이 묶이고 수건으로 재갈 물린 이지理智. 그리고 어두워 잘 보이지도 않는 강물 저편, 손도 닿지 않고 소리 질러 부를 수도 없는 곳에서 지금은 더욱 찬란해 보이는 자신의 저서. 말하자면 정신과 그 작용 사이의 연결고리가 끊어져, 그의 자부심의 원천이었고 세상이 존경하던 하나의 보석이 이제는 함께할 수 없는 두 개의 보석으로 쪼개져 어두운 대하大河 양쪽 기슭에 놓여 있다. 이편 기슭에 놓인 보석은 세상에서는 보석이지만 지금의 그에게는 기와 조각 같은 것, 이를테면 그의 저서. 저편 기슭에 놓인 보석은 세상에서 이제는 기와 조각이지만 그에게는 보석인 것, 이를테면 그의 정신. ……사실 다치기 전의 잇페이는 문예 애호가답게 자신의 저서를 포함한 정신적인 작업 전반에 대해서 냉정하게 조소하고 매도하는 일을 서슴지 않았다. 당시 잇페이가 늘 자신에게 바라고 꿈꾼 것은 통일이 아니라 분열이었던 것일까? 그것도 인공적인 지극히 정교한 분열……

그래서 고지는 잇페이가 끊임없이 부드럽게 미소 짓는 모습이 새삼 놀라웠다. 태천사 주지 스님은 그것을 잇페이의 깨달음이라고 했다. 유코는 그렇게 말하지는 않았다. 의사는 때때로 유코에게 질문하곤 했다.

"남편이 심하게 초조해할 때는 없습니까? 당신에게 가혹하게 대하거나 제멋대로 굴어 곤란하지는 않습니까?"

그럴 때마다 아니라고 하는 유코의 답변에, 솔직히 의사는 의심스러운 표정을 지었다. 그런 환자는 정말로 드문 경우였다. 잇페이는 조용해지고 너그러워졌는가 하면, 현실을 있는 그대로 받아들이고 어떤 일에든 따뜻하고 무기력한 미소로 대했다.

그의 급격한 단념을 이렇게까지 생생하게, 끊임없이 주장하는 미소를 보고 있노라면 고지는 가끔 기분이 상했다. 옛날에는 향락의 능력에서 젊은 고지를 능가했던 이 남자가 이제는 기분이 상할 정도로 강한 단념의 능력으로 고지를 앞지르고 있는 듯했다.

유코는?

언젠가 고지는 유코가 불러서 목욕탕에 베이비파우더를 가져간 적이 있다. 어스름한 목욕탕에서 시끄럽게 삐걱대는 유리문을 조금 열고, 유코는 거실에 있는 고지를 불렀다.

"고지! 고지! 베이비파우더가 다 떨어졌네. 벽장 상단에서 새것 좀 가져다줘요."

구사카도 저택의 목욕탕은 이전 집주인의 취향이라고 하나 이상하게 넓었다. 목욕탕이 다다미 여덟 장 크기 정도 되는데, 거기에 다다미 석 장 크기의 탈의실까지 붙어 있다. 고지가 유리문을 열지 못하고 주저하고 있는데, 안에서 유코가 말했다.

“괜찮아요. 들어와도 돼요. 상관없다니까.”

목욕을 마친 유코는 예상대로 이미 큰 무늬의 유카타를 입고, 짙은 녹색의 하카타 오비*를 매고 있었다. 뒷머리를 올린 목덜미의 머리카락은 목욕탕 수증기에 젖어 있고, 느슨한 옷깃 안쪽에 땀이 차기 시작하여 희미한 빛에 밤이슬처럼 반짝이고 있다. 비 내리는 무더운 밤에 온실 지붕을 때리는 빗소리가 격렬했던 것이 생각난다.

앉아 있는 유코 바로 곁에서 고지는 신기한 것을 발견했다. 벌거벗고 있는 빼빼 마른 남자는 하반신에 하얀 분을 바르고 눈을 감은 채, 어슴푸레한 목욕탕 안에 시체처럼 누워 있었다. 고지는 새 베이비파우더를 유코에게 건네고 얼른 나오려고 하는데, 유코가 불러 세웠다.

“어머, 고짱 목욕할 거죠? 그러면 더운물 아까우니까, 지금 바로 들어와요. 목욕물이 아주 좋아.”

고지는 유리문을 열어놓은 채 주저하고 있었다.

“얼른 문 닫고 들어오세요, 이 사람 감기 걸리니까. 사양하지 말고 훌훌 벗고 들어와요.”

그렇게 말할 때 유코 손바닥에는 이미 새 깡통에서 나온 하얀 가루가 소복이 쌓여 있었고, 어슴푸레한 목욕탕 안에 독약처럼 맑고 깨끗한 하얀 빛을 뿌리고 있었다. 고지는 탈의실 한 구석에서 재빨리 옷을 벗었다. 목욕탕과 탈의실의 경계인 문은 열어두었는데, 아마도 목욕탕 증기의 따뜻함을 끌어들이려는

* 하카타博多에서 만든 견직물로 만든 허리띠.

것 같아서 그대로 두었다.

욕조에 들어앉아 있는 동안, 고지의 눈이 자꾸 탈의실 쪽으로 쏠렸다. 교도소의 목욕보다 더 기묘한, 이 답답하고 고독한 침묵의 입욕. 인간세계에는, (어느 것이나 필요해서 생긴 것이겠지만) 어쩜 그리도 이상한 예식들이 다양하게 존재하는지! 유코는 목욕을 끝내고 누워 있는 잇페이의 나신에 한 군데도 남김없이 하얀 분을 바르고, 부드럽고 정성스럽게 쓰다듬은 뒤 문질렀다. 어두운 목욕탕에서 역류해 올라가는 수증기 사이로 유코의 하얀 손가락이 여기저기 나타나, 비난하는 듯 날카로운 각을 세워 싸우는 것처럼 보이는가 하면, 나른하고 부드럽게 흔들리기도 했다.

욕조에 비스듬히 기대어 이 모습을 보고 있던 고지는 갑자기 몸이 흥분되었다. 저 손가락이 자기 몸을 빈틈없이 애무하고 있는 장면을 상상한 것이다.

그러나 이 시간 유코의 손가락이 주물러서 풀어주고 있는 육체는 아무것도 느끼지 못한 채 부드럽고 따뜻한 죽음에 싸여 있었다. 그것은 확실했다. 떨어져 있는 여기서 보아도 확실했다. 유코는 발가락 사이까지 하얀 가루를 바르고, 좀 전에 정성들여 씻은 그곳을 이번에는 가루가 날리는 소리가 날 정도로 비벼서 부드럽게 했다. 때때로 수증기 사이로 유코의 아름다운 옆얼굴이 또렷이 보였다. 그것은 불이 난 듯 빨갛고, 열심히 문지르는 동안에도 느긋하고 도도한 기쁨에 젖어 있었다. 굴종하는 모습으로도 보이고 우월한 위치에서 연약한 자를 돌보는 모습으로도 보이는 단순 작업을 하며 유코의 혼이 긴장을 풀면서 편안해하는 듯하나 한편으로는 그녀의 혼이 음란한 모습으로 잠자리를 같이 하는 것을 본 듯한 느낌마저 들었다.

그는 욕조 속에서 눈을 질끈 감았다.

이것을 아는지 모르는지, 유코는 처음으로 밝고 산문적인 말투로 고지에게 말을 걸었다.

"잊고 있었는데, 고지 군은 대학에 자퇴서류 냈어?"

"네. 교도소에서 냈는데요."

고지는 시끄럽게 물소리를 냈다.

"너무 서둘렀네. 당신은 구사카도 온실에 평생을 묻을 작정인가?"

고지는 지독하게 뜨거워진 어두운 목욕물 속에서 잠자코 있었다. 유코가 떨어뜨린 긴 머리카락이 원을 그리며 욕조 수면에서 떠도는 것을 물끄러미 보았다. 그는 몸을 그쪽으로 내밀어 젖은 가슴으로 머리카락을 건져 올렸다.

*

……그러고서 큰 폭포로 피크닉.

이것이 지난 3주 동안의 숙제였다. 어째서 이것이 숙제가 되었는지 고지는 모른다. 잇페이의 의견일 리가 없다. 유코가 언젠가 셋이서 그곳에 가기로 마음먹고 있는 것을 알았기 때문에, 고지는 여가 시간에도 큰 폭포로는 산책을 삼가고 있었다.

맑게 개고 시원하기까지 한 어느 날 아침, 갑자기 피크닉이 결정되었다. 온실에는 큰 폭포 사당에 바칠 만한 꽃이 없어서,

뒤쪽 벼랑에 피어 있는 산백합 중 꽃이 가장 큰 것으로 고지가 한 줄기를 뽑아 왔고, 유코는 꽃 하나만 남긴 줄기 끝에 은박지를 감아 손에 쥐었다. 유코는 자바 사라사* 블라우스에 레몬색 바지를 입고, 자갈돌이 많은 산길을 대비해서 모로코가죽으로 된, 바닥이 평평한 산책용 신발을 신었다.

잇페이의 옷차림은 어수선했다. 흰색 오픈칼라 셔츠에 통이 넓은 반바지, 바둑판무늬 양말에 운동화, 그리고 머리에는 커다란 밀짚모자를 쓰고 손에는 튼튼한 지팡이를 들었다.

블루진과 흰 와이셔츠 차림에 소매를 걷어 올린 고지는 자연스레 도시락과 보온병을 넣은 바구니와 사진기를 들었다. 폭포까지는 보통 걸음으로 30분 정도의 거리지만, 잇페이 걸음에 맞추면 적어도 한 시간은 족히 걸릴 거라고 고지는 계산하고 있었다. 그랬던 것이 그야말로 두 시간이나 걸렸다.

잇페이의 시중을 들며 유코는 문을 나서 비탈길로 내려갔다. 여기서는 항구가 잘 보였다. 정박한 배는 한 척밖에 없다. 바다 건너편 푸른 산이 한산한 수면 전체에 비치며 물속으로 녹아들어 곡선자 모양의 그림자로 흔들리고 있다. 그리고 진주잡이 뗏목 두서넛. 또 다른 작은 후미 안쪽에 유코가 이곳에 처음 왔을 때와 똑같은 기울기로 반쯤 가라앉아 있는 푸른 폐선廢船. 은빛 오일탱크.

매미 소리가 들리고, 눈앞에는 작은 마을이 웅크리고 있다. 비포장도로를 달리며 버스가 일으키는 모래 먼지가, 한동네에

---

* 인도네시아 자바섬에서 생산하는 사라사. 주로 기하학적 무늬를 염색한다.

기껏 이발소·잡화상·양품점·약방·신발가게 따위가 들어선 거리를 단번에 덮어버린다. 만 초입의 등대, 항구의 쇄빙碎氷탑, 마을의 화재감시대, 이 세 개의 높은 망루가 이 나지막한 주택가를 통솔하고 있다.

동쪽을 보면 그곳은 이제부터 가게 되는 나지막한 산이 있을 뿐이다. 아침 이슬과 어제 내린 비로 축축하게 젖었던 나무와 풀도 마르기 시작했다. 그 수증기와 햇빛 때문에 산속의 암벽과 숲 전체가 은박지에 싸여 가볍게 떨리는 것 같다. 너무 조용하여 그곳은 반짝이는 죽음으로 얇게 에워싸인 듯하다.

그 틈에 멀리 채석장에서 기계 소리가 들려온다.

"저 길로 갈 거예요. 보이죠? 산과 산 사이에 강을 따라 구불거리며 가는 길."

유코가 백합 한 송이로 그 길을 가리켰다. 강렬한 햇살 아래 백합은 기름을 발라놓은 듯이 반짝이는 하얀 꽃잎을 벌리고 우울한 향기를 뿌리고 있다. 하얀 꽃잎 위까지 벽돌색 꽃가루가 지저분하게 묻어 있다. 꽃잎 깊숙한 곳에는 담황색과 암홍색의 산뜻한 반점이 보였다. 그런데도 이 무거운 꽃을 받치고 있는 줄기는 튼튼했고, 꽃은 단정하고 위엄 있는 모습을 유지하고 있었다.

백합으로 가리킨 풍경은 마술을 부린 것처럼 우아하게 변했다. 풍경은 백합을 그대로 본뜬 듯하다. 산과 그 위의 맑게 갠 하늘과 빛나는 구름은 지금 이 백합 한 송이에 모두 들어 있다. 백합 속에 응축된 색깔이 확산하여 그 모든 색깔 하나하나를 완성시킨 것 같다. 이를테면 푸른 숲은 백합 줄기와 잎사귀 색깔, 흙은 꽃가루 색깔, 오래된 나무 기둥은 검붉은 반점 색깔, 빛나는 구름은 하얀 꽃잎 색깔, 이런 식으로.

고지는 이유를 알 수 없으나 가슴이 벅차도록 행복했다. 이 행복은 뉘우침에 따른 보상이었고, 단념하고 나니 찾아왔다. 이리하여 세 사람은 2년의 고뇌 끝에 겨우 각자의 행복을 붙잡은 것인지도 모른다. 유코는 뜻대로 되는 잇페이를, 고지는 자유를, 그리고 잇페이는, ……정체 모를 무엇인가를.

갑자기 머리 위 저 높은 곳에서 솔개 소리가 들렸다.

"데이 씨 말로는 새소리만 들어도 날씨 변화를 알 수 있다던데." 고지가 말했다. "그 사람은 하늘만 봐도 날씨를 알 수 있다고 해. 아침놀이나 달무리, 햇무리라는 말은 자주 듣지만, 새울음소리나 별빛으로도 날씨를 알 수 있다고 하더라고."

"그런 얘기 나는 처음 들어요. 데이 씨는 어디에 있지?"

"아까 온실 안에 있었어."

"그래. 그래? 그래."

잇페이가 말참견을 했다.

그러나 날씨를 물어보자고 일부러 되돌아가기가 귀찮아서 세 사람은 그대로 비탈길을 내려가기 시작했다.

걸어가면서도 고지는 행복한 생각에 쫓기고 있었다. 그것은 등 뒤에서 달려들어 목덜미에 들러붙은 아이처럼 그에게 집요하게 엉겨 붙었다.

'어째서 그 사건이 일어나기 전에는 이런 행복하고 평화로운 시간을 갖지 못했을까?' 고지는 골똘히 생각했다. '항구에 마중 나온 유코는 만 안쪽에 있는 풀밭에서 이야기하는 동안에도 옛

날과 달라진 게 전혀 없는 것처럼 보였지만, 그건 유코가 출옥 직후인 나를 위로하느라 행복한 것을 감춘 것이었군. 유코가 진정으로 내게 보여주고 싶었던 것은 이것인지도 모른다. 그리고 굳이 나를 이로마을에 불러들인 진짜 이유도.'

'그렇다면……' 고지는 잠에서 깨어난 듯했다. '이 행복은 의심할 것도 없이 내 스패너의 일격으로 생긴 것이다.'

내리막이 끝나고 평지에 이르자 태천사 뒷마당과 부엌이 살짝 내려다보였다.

뒷마당에는 주홍 꽃이 핀 석류와 반들반들 윤기 나는 동백꽃 잎사귀를 둘러싸고 수많은 꿀벌이 윙윙거리며 날아다니고 있다. 무리에서 떨어져 나온 꿀벌이 높이 날아올라 잇페이의 밀짚모자에 앉자, 고지가 잇페이의 스틱을 빌려 솜씨 좋게 털어냈다. 의도한 것은 아니나 잇페이 머리에 손을 올린 게 이번으로 두번째인 셈이다. 이 작은 성공을 세 사람이 즐겁게 웃어넘길 수 있다는 것은 자신들이 과민하게 과거 기억에 얽매이지 않았다는 유쾌한 증거가 되었다. 털어낸 벌은 길바닥에서 흙투성이가 되어 윙윙 소리를 내고 있었다.

"스님에게 꾸중 듣겠네."

유코가 놀렸다.

주지인 가쿠진覺仁 스님은 이렇게 야생 꿀벌을 키우며, 마루 밑에 놓아둔 벌집에서 가끔 꿀을 채취해 아침 식사 때 토스트에 찍어 먹는다.

이 목소리가 들리기라도 한 듯이 부엌 안쪽에 앉아 있던 주지가 게다를 신고 뒷마당으로 내려섰다. 가쿠진은 벗어진 머리며, 혈색 좋은 둥근 얼굴이며, 사람들이 스님이라는 호칭에서 상상할 수 있는 것과 완벽하게 닮았다. 그 얼굴에는 세상의 비속함과 불가佛家의 해탈이 적당히 어우러져 어느 하나 차가운 데가 없다. 말하자면 그는 작은 어촌 전체의 단나데라* 주지 스님이라는, 작지만 잘 그려진 초상화로 살고 있었다.

유코와 고지도 서로 이야기한 적이 있지만, 스님은 첫 대면부터 이 사람들이 지금까지 자기가 만난 사람들과는 다른 부류임을 직감한 것 같았다. 그래서 스님 자신도 그 작은 초상화와는 다른 행동을 보여주었다. 이것이 두 사람은 괴로웠다. 두 사람 다 스님의 작은 초상화를 매우 사랑하고 있었으므로 자신들도 그 초상화 한구석에 그려 넣어주기를 바라고 있었기 때문이다.

오랜 시간 이 평화로운 마을에 있으면서 스님이 사람들의 고민에 굶주리고 있었던 것은 분명했다. 물론 이로마을에도 수많은 슬픔이 있었다. 죽음, 늙어감, 병, 궁핍, 집안의 이런저런 일, 근친결혼으로 장애가 있는 자식을 둔 부모의 슬픔, 어부의 조난, 남겨진 일가의 한탄. ……그러나 이 시골에는 반게이 선사**가 12~13세의 어린 나이에 직면한 것 같은 저 '대의大疑'가 없었다. 임제종 선법禪法의 특색이라고 할 영적인 자각, 저 '견성見性'의 욕구가 어디에도 없었다.

---

* 旦那寺: 조상 대대의 위패를 모신 절.

** 반게이 에이타쿠盤圭永琢(1622~1693): 에도시대 전기의 임제종 승려.

스님은 오래전부터 그물을 던져놓고 물고기를 잡으려 한 것 같다. 하지만 오랫동안 혼이 있는 물고기는 잡히지 않았다. 유코가 처음 이 마을에 와서 인사하러 갔을 때, 언뜻 화려하고 밝고 시원하게 생긴 얼굴의 도시 여자에게서 스님은 오랫동안 찾고 있던 맛있는 냄새를 맡은 게 분명하다. 말하자면 고뇌의 냄새, 냄새를 맡는 사람이라면 멀리 있어도 찾아낼 수 있는 그 냄새. 어쩌면 유코 자신도 알아채지 못한 냄새를.

그런데 이번에는 이상하게 점잖고 눈을 맞추려 하지 않는, 일 잘하는 청년이 찾아왔다. 또 같은 냄새. 맛있을 것 같은 그 냄새.

오로지 스님 혼자 뭔가를 찾아낸 것이 분명했다. 그는 잇페이 부부에게도 고지에게도 매우 친절하고, 기분 좋은 우정을 공평히 나눠주었다. 오랫동안 갈망했던 이 맛있는 먹잇감들에 대한 세심한 친절. ……

이런 것은 어디까지나 유코와 고지의 억측일 뿐이다. 스님은 탐색하듯이 질문하지도 않았고, 유코와 고지도 자신들 신변에 대해 먼저 털어놓지 않았다.

“어딜 가는 건가, 다 같이?”

스님이 뒷마당 한가운데 서서 큰 소리로 물었다.

“폭포까지 피크닉 가요.” 유코가 대답했다.

“더운데 수고하네. 바깥양반은 괜찮은 건가?”

“걷는 연습 하려면 조금 멀리도 나와야지요.”

“허허, 그거 참 대단한 일이다. 고지 군은 짐꾼 노릇 하나 보네.”

"네."

고지는 웃으며 큰 바구니를 흔들어 보였다.

그러나 자신을 향해 웃는 스님 얼굴을 보는 순간, 지금까지 행복에 넘쳐 있던 그의 마음에 갑자기 그늘이 졌다. 며칠 전, 마을에 내려가 이발소와 담배 가게에서 겪은 일이 생각났다.

이발소에 들어가니 주인과 손님의 대화가 갑자기 끊어진 것 같았다. 그다음에는 머리를 자르는 동안이긴 하나, 이발소는 이상한 침묵에 휩싸여 가위와 바리캉 소리만 들렸다. 돌아가는 길에 담배 가게에 들렀는데, 가게에 있던 낯익은 아가씨가 고지를 보더니 별안간 표정이 굳어졌다. 고지가 담배를 사서 가게를 나서는데, 등 뒤에서 자리를 박차고 일어나 서둘러 가게 안쪽으로 뛰어가는 여자의 발소리가 들렸다.

고지는 지금 거리낌 없이 웃는 스님의 얼굴에서, 이런 마을의 이면을 본 것 같은 기분이 들었다.

마을 동쪽 끝으로 나와서 사당 앞을 끼고 왼쪽으로 돌아 드디어 산길로 들어서려고 하는데, 잇페이가 떠들기 시작했다.

"아이 피곤해. 아이 피곤해."

하는 수 없이 세 사람은 그늘진 바위에 앉았다. 유코는 고지에게 부부 사진을 찍게 하고, 유코 자신이 고지와 잇페이의 사진을 찍었다. 이런 조합 속에서 잇페이에게 카메라를 맡기기는 불안했으므로 유코와 고지 두 사람이 나란히 있는 사진은 거의 없었다.

화제가 떨어지면 고지는 교도소 이야기를 했다. 유코는 눈썹을 찡그렸지만, 잇페이는 좀더 잘 들으려는 듯 무릎을 앞으로 밀며 다가앉는 것을 보니 아무래도 이 화제가 마음에 든 모양이다. 그래서 고지는 오로지 잇페이에게 들려주기 위해서 천천히 간결하게, 한 마디 한 마디를 또박또박 발음하려고 노력했다. 이야기 도중 유코는 감각이 둔한 잇페이의 오른쪽 다리에 기어오르는 개미를 조심스럽게 털어냈다.

나뭇잎 사이로 비쳐 드는 햇빛 아래 고지는 블루진 뒷주머니에서 휴대용 빗을 꺼냈다. 노란색 얼룩무늬 플라스틱을 잇페이에게 보여주며 무엇이냐고 물었다. 2, 3초 후에,

"비……잇"

하고 대답하여 맞았다고 하자, 잇페이는 매우 흡족한 표정을 지었다.

고지는 마술사처럼 빗의 등을 보여준 뒤 그것을 쓰다듬어 보였다.

"어때? 어디 파인 곳 없지요?"

유코도 흥미가 생겼는지 귓불에 바른 향수 냄새를 풍기며 얼굴을 들이밀었다.

"교도소 수형자들이 가지고 있는 빗은 전부 이 부분이 마모되어 있어. 심한 것은 빗의 이빨 부분에 아슬아슬 닿을 정도로 파여 있지. 어디에 쓸 것 같아? 이걸 '박'이라고 부르는데, 이 빗의 등 부분을 변소 안의 유리에 대고 힘주어 문지르면, 셀룰로이드 가루가 나와. 그 가루를 담배 굵기 정도로 무명천에 단단하게 말아서 귀퉁이에 조금씩 치약 가루를 발라 붙인 다음, 널빤지에 대고 '박박' 문질러. 그러면 불이 붙지. 몰래 들여온

담배를 피울 때 쓰는 거야. 이 '박'이 발견되면, 2주간은 징계를 받아야 해. …… '성냥이 없어도 담배에 불이 붙는다. 멀고도 가까운 남녀 사이'라며 나니와부시*를 읊조리던 놈이 있었어."

그렇게 이야기한 뒤에 고지는 담배에 불을 붙여 깊이 들이마시고는 눈을 가늘게 떴다.

"맛있어?"

유코가 물었다.

"그야 물론이지."

고지가 대답은 했지만 약간 언짢아 보였다. 출소 직전보다 담배 맛이 떨어져 불안했던 것이다.

부두 한쪽에 쓰레기로 가득한 하구를 본 사람은, 이것이 멀리 깊은 산속의 큰 폭포에 근원을 둔 강이라고는 생각하지 못한다. 강바닥에서 소용돌이치고 이끼 낀 바위에 물방울을 튀기는 저 깨끗한 계곡물의 끝자락이라고 생각할 수 없다.

세 사람은 계곡 냇물을 거슬러 산길을 오르다가, 그다지 가파르지 않은 넓은 길에서 매미가 사방에서 고함치듯 합창하는 소리를 들었다. 바람이 불고 잡목 나뭇잎 사이로 햇빛이 비쳐 들며 바삭거리는 소리가 나면, 지천에 가득한 매미 소리도 마치 이 바삭거리는 나뭇잎 사이로 비쳐 든 햇빛이 내는 소리인 듯 느껴졌다. 그리고 그늘이 짙은 삼나무 숲은 썰렁할 정도로 시원해서 좋았다.

---

* 浪花節: 샤미센 반주로, 주로 의리나 인정을 노래한 대중적인 노래.

"아이 피곤해."

또다시 잇페이가 말했다. 폭포에 도착할 때까지 총 네 번의 긴 휴식을 취하고 점심은 용소*에 가서 먹을 예정이었으나, 고지가 끊임없이 공복을 호소하는 바람에 결국 세번째 휴식 시간에 세 사람은 도시락을 먹어버렸다. 그때는 이미 정오를 지나고 있었다. 유코가 들고 있는 산백합은 쉬는 시간마다 잊지 않고 고지가 계곡물에 적셔주어 여전히 향기가 짙고 싱싱했다.

폭포는 이제 멀지 않은 것이 분명하다. 잇페이는 이 힘든 산책에서 '영차'라는 말을 기억해냈다. 그가 일어섰다. 과도한 시동의 신호. 분명히 잇페이는 자기를 의식하고 익살을 부리고 있었다. 반바지 차림의 왼쪽 다리와 지팡이를 앞으로 내밀며 '영차'라고 외치고서, 몸 전체를 오른쪽에서부터 돌려 기중기처럼 무거운 오른쪽 다리를 끌어 올린다. 유코가 화답했다. 영차. 부부가 아무리 앞서가도 따라잡을 자신이 있는 고지는 뒷정리를 하면서 그들이 자갈길을 따라 햇빛이 비쳐 드는 숲속으로 사라져가는 모습을 바라보고 있다.

그것은 우스꽝스러운 광경이었다. 유코는 집요하게 화답하고 있었다. 영차. 폭포 소리가 뒤섞인, 주문을 거는 듯한 그 우울한 목소리에 묶여 순간 고지는 움직일 수 없는 무겁고 차가운 바위가 된 것 같았다. 그는 보온병의 끈 길이를 카메라에 맞추어 어깨에 걸고, 빈 바구니를 흔들면서 걷기 시작했다.

---

* 龍沼: 폭포수가 떨어지는 바로 밑에 있는 깊은 웅덩이.

――낡은 나무다리를 건너고 우회하는 돌계단을 올라, 빽빽한 삼나무 숲 사이로 큰 폭포 소리가 울려 퍼지는 작은 신사神社 앞에 섰다. 유코의 눈에 경멸의 빛이 노골적으로 나타났다.

"무슨 신사가 이렇게 작고 시시한 거야? 고작 이런 데 바치려고 일부러 백합까지 준비해 온 거야? 바보 같아. 이 촌스러운 구슬 장식 휘장은 또 뭐지?"

사당 안에는 꺼져가는 촛불이 아슬아슬하게 깜박이고, 색 바랜 천우학千羽鶴 몇 줄이 흔들리고 있었다.

고지는 유코의 이런 신성모독이 두려웠다. 그것은 아무 이유도 목적도 없는 신성모독이었고, 자기 멋대로 그린 환상에 신경질적으로 집착하는 것일 뿐이었다.

"그러니까 이 신사의 신체*가 폭포잖아."

유코는 무언가에 화를 내고 있었다. 삼나무 가지 사이로 들어오는 몇 줄기 햇살이 비친 유코의 눈은 분노로 번뜩였다.

"좋아. 그렇다면 백합은 용소에 버리면 되겠네."

――용소 옆 넓은 바위에서 가진 세 사람의 휴식 시간. 폭포의 큰 울림을 들을 때부터 유코의 내면에서 뭔가가 변했다. 매우 소란스럽게 웃는가 하면 갑자기 입을 다물고, 감정이 제멋대로 튀어나오는가 하면 폭포를 품은 눈은 뜨겁게 젖어 있고, 새빨간 입술은 웃으려 한 것도 아닌데 가끔 비틀렸다.

폭포의 전망은 그야말로 장관이었다. 높이 약 60미터의 검게

---

* 神體: 신령을 상징하는 신성한 물체.

윤이 나는 바위 위로 구름이 흐트러져 빛나고 있다. 성긴 잡목 사이로 햇빛이 쏟아지면 물이 잔걸음으로 달려 나와 한꺼번에 밀어닥친다. 상방 3분의 1 정도는 하얀 물보라만 보이고 바위는 눈에 보이지 않으나, 폭포 물은 그 바위쯤에서 두 갈래로 나뉘어 떨어진다. 폭포를 쳐다보는 사람에게 조금씩 다가오는 듯하다가 어느새 전방으로 밀려와 열 겹 스무 겹 단을 만들고, 하얀 갈기를 마구 흔들며 낙하한다. 그런 물줄기를 거스르는 바위에는 줄기까지 물이 뚝뚝 떨어지도록 젖은 잡초가 조금 돋아 있을 뿐이다. 바람의 방향은 끊임없이 바뀌었고, 그 때문에 안개가 흩어져 날리는 방향 또한 일정하지 않았다. 그러나 오른쪽 기슭의 키 큰 초목 사이로 떨어지는 햇빛은 평정平靜 그 자체로, 규칙적인 평행의 빛줄기를 낙하하는 물 위에 던지고 있다. 사방은 폭포 소리와 매미 소리로 가득 차 이 두 소리가 서로 대항하는가 하면, 어떤 때는 하나의 소리로 들리기도 한다. 말하자면 온통 폭포 소리로, 혹은 온통 떼로 합창하는 매미 소리로 들리기도 한다.

세 사람은 바위 위에 제멋대로 누웠다. 잇페이가 유코 옆에 놓인 백합을 집어서 자기 얼굴 위에 놓았다. 잇페이의 동작은 항상 심하게 과장되거나 중도에 포기하여 종잡을 수가 없다. 이때 그가 백합 향기를 맡으려던 것인지, 아니면 백합을 먹는 연기를 한 것인지 정확하지 않다. 여하튼 오랫동안 그의 아름다운 코와 입은 백합 속에 묻혀 있었다. 뒤에 있던 두 사람은 폭포 소리에 압도되어 이것을 못 본 척하고 있었다. 갑자기 잇페이가 숨이 막혔는지 꽃을 던져버렸다. 놀라서 일어난 얼굴에는 코끝과 볼 주변에 벽돌색 꽃가루가 묻어 있었다. 혹시 그는 백합꽃으로 자살이라도 하려고 한 것이었을까?

유코가 몸을 일으켰다. 이 여자가 이렇게 존중감 없는 눈빛으로 잇페이를 쳐다보는 것을 고지는 처음 보았다. 유코는 빨간 매니큐어 칠한 손가락으로 모양이 조금 망가진 백합을 집었다. 그러곤 무언가 깊이 생각하는 것처럼 은종이로 싼 뿌리 쪽을 잡고서 가볍게 몇 번인가 돌렸다.

"그런데 말이야, '희생'이 뭔지 알아요?"

유코가 다시 드러누운 잇페이의 얼굴을 내려다보며 깔보듯이 물었다.

잇페이는 평소와 다르게 질문하는 아내의 태도에 분명히 놀라고 있었다.

"히……새."

"틀렸잖아요. 모르겠어? '희생'이란 말?"

"몰라."

유코의 말투가 너무 매정하고 거칠게 들려서 고지가 말참견을 했다.

"어렵지, 그런 추상적인 단어는."

"가만히 있어요. 테스트하는 중이니까."

그렇게 말하고서 고지를 쳐다보는 유코의 표정이 날카로울 것 같았는데, 부드러운 눈빛으로 애매하게 미소 짓고 있다. 폭포 바람에 흐트러진 머리카락 몇 가닥이 유코의 뺨에 붙어 기어 다니는 것을 보고, 고지는 갑자기 어두운 욕조에 떠다니던 머리카락 한 가닥이 생각났다.

"도저히 모르겠어요? 바보네. 이거예요."

유코는 느닷없이 손에 쥐고 있던 백합을 폭포에 던졌다. 백합은 눈앞에 하얗게 빛나는 동그라미를 그리며 떨어졌다. 혼란스러운지 잇페이의 얼굴이 어두워졌다. 이 또한 고지가 처음 보는 것인데, 이해할 길이 막힌 고독한 정신이 두려워하며 싸우고 있는 불안이 그대로 드러났다.

유코는 장난기가 올라왔다. 자기도 어찌할 수 없을 정도로 장난을 치고 싶어졌다. 웃음이 나는 것을 참고 몸을 뒤로 젖히면서 이번에는 이렇게 물었다.

"그러면 '입맞춤'은 알아요?"

"입……"

"'입맞춤'이라고 해봐요."

"바보. 모르는구나. 그럼 가르쳐줄게. 이렇게 하는 거예요."

유코는 돌아서며, 바위에 몸을 반쯤 기대고 고개를 드는 고지의 목을 갑자기 끌어안았다. 바위가 미끄러워서 고지는 이런 갑작스러운 사태에 몸을 피할 틈이 없었다. 유코의 입술은 고지의 입술을 마구 짓눌렀고, 그 바람에 서로 이를 부딪쳤다. 이런 충돌 뒤에 살이 섞였다. 유코는 적극적으로 혀를 비집어 넣었고, 고지는 따뜻하고 부드러운 웅덩이 속에서 유코의 침을 삼켰다. 이러는 동안 그의 귀는 끊임없는 폭포 소리에 압도되어 시간이 얼마나 흘렀는지 알 수 없었다.

서로 몸을 떼고 나니 고지는 화가 났다. 아무래도 그것이 잇페이를 위한 입맞춤인 듯한 느낌이 들었다.

"그만둬요. 장난삼아 저 사람을 괴롭히는 짓은 하지 마."

"괴로워하지 않아요."

"당신이 그런 것을 알기나 하겠어? 어찌 되었든 나를 도구로 사용하는 것은 사양합니다."

유코는 놀리려는 듯 고지의 얼굴을 올려다보았다.

"인제 와서 무슨 말을 하는 거야? 처음부터 도구였으면서. 당신, 그런 걸 좋아하잖아."

고지는 저도 모르게 유코의 뺨을 때렸다. 그러고는 차마 유코를 보지 못하고 잇페이의 얼굴을 보았다.

잇페이는 이때 잘못 볼 리 없는 그 미소를 짓고 있었다. 그것은 출옥 후 고지가 처음 보았던 잇페이의 미소와 한 치도 다름없는 그의 새로운 상징이다. 고지는 이제야 그것이 어떤 의미인지 제대로 알아본 것 같은 기분이었다. 그는 이 미소에 거부당하고 쫓겨났다. 어딘지 이 미소는 교도소의 더러운 욕조 속에 있을 때 피어오르는 수증기 사이로 보이다가 안 보이다 하던 저 깨끗하고 맑은 모래시계를 생각나게 했다.

갑자기 두려워져서 이번에는 고지가 유코를 안았다. 그 순종적이지만 차가운 얼굴은 두 눈을 감고 그의 품속에 있었다. 고지는 키스를 하면서 잇페이의 미소를 머릿속에서 조금이라도 빨리 떨쳐내려고 애를 썼으나 소용이 없다. 그래서 이번 입맞춤에는 좀 전의 그 훌륭한 맛이 완전히 사라졌다.

정신을 차리고 보니 하늘은 구름으로 닫혀 있었다. 세 사람은 묵묵히 짐을 정리하고 서로 부축하며 일어섰다. 비를 대비하지 않고 나와서 기나긴 귀로에 비를 만나 성가신 일이 생길까 걱정이 됐다. 돌아갈 때 빈 바구니는 유코가 들었다.

제4장

장마가 걷힌 어느 날 밤, 고지는 마을에 하나뿐인 술집에서 홀로 마시고 있다.

요즘 그는 혼자 이곳에 오곤 한다. 마을 사람들과 소원해질수록, 일부러 마을 한가운데로 나와 여기서 마신다. 휴어기休漁期에 들어서며 하나둘 돌아온 청년들은 고지의 전력前歷을 소문으로 듣고, 도리어 그에게 관심이 생겨 술친구가 되고 싶어 했다. 여기서 고지의 죄는 술안주가 되었으며, 그뿐인가, 지난날 전장戰場의 훈장이 되었다.

구사카도 온실에서 마을로 내려올 때 한여름 밤하늘에서 별이 쏟아지는 것을 보면 고지는 지금도 새삼 아연실색하곤 한다. 그것은 도회지의 밤하늘과는 완전히 다르다. 그 무수한 별들은 마치 하늘에 반짝이는 곰팡이가 잔뜩 핀 것 같다.

마을의 밤은 어둡다. 가장 밝은 빛이라고 해봐야 도이土肥 정거장에 멈추는 8시 45분 막차 버스와 가끔 지나가는 트럭이 대로변에 늘어선 낡은 주택에 무참하게 비추는 헤드라이트 정도다. 버스는 한 시간 간격으로 와야 하는데 연달아 두세 대가 오기도 하고, 두 시간이 되도록 한 대도 오지 않기도 했다. 이들 대형 자동차가 지나갈 때마다 낡은 장롱이 그러듯이 마을에 늘어선 집들도 진동했다. 또 중심가 사거리에 정차한 버스에서 승객이 내리면, 길 위에서 저녁 한때 시원함을 즐기던 청년들이 낯익은 승객에게 몇 마디 가벼운 농담을 던지며 맞이하곤 했다.

밤이 되어도 불빛이 밝은 가게는 수박과 레모네이드와 중화풍 메밀국수 따위 잡다한 메뉴를 갖춘 얼음 가게 두 집뿐이다. 이 두 가게에는 텔레비전이 있어서 야구 야간경기나 권투 시합이 있을 때면 청년들이 무리 지어 모인다. 이 동네 유일한 술집인 '우미쓰바메海燕'는 이런 상점가 북쪽 끝에 다른 상점들과 따로 떨어져서 어두운 마을에 더 어스름한 불빛을 더하고 있다.

이 술집은 널빤지를 붙인 벽에 파란 페인트를 칠한 수수한 오두막인데, 로마자로 UMITSUBAME라고 적는다는 것이 페인트 가게에서 스펠링을 틀리는 바람에 UMISTUBAME가 되어 있다. 그러나 아무도 이 착오를 지적하지 않고 가게 주인도 신경 쓰지 않아서, 검정 페인트로 쓰인 글자는 버스가 일으키는 모래 먼지를 뒤집어쓰고 일찌감치 고색이 창연하다. 입구 옆에는 맥주 공병이 몇 다스나 쌓여 있고, 유리창은 이 더위에 진홍색 커튼으로 꼭 닫혀 있다.

때때로 레코드에서 유행가가 흘러나오고, 다섯 평 남짓한 실내는 빨간 전등 불빛 아래 가라앉아 있어 어딘가 수상쩍어 보이지만, 가게에 여자도 두지 않고 주인 부부가 술 주문을 직접 받는, 소박한 의자와 테이블만 흩어놓은 술집이다. 한쪽 구석에는 모양뿐인 스탠드바가 설치되어 있다. 선풍기가 그 위에 한 대. 청년들이 꼬리를 잡아당겨도 늘 우울하게 잠자리를 바꿀 뿐인 새끼고양이가 한 마리. ……

시간이 일러서 단골손님들이 아직 모이지 않았다. 고지는 기미에 대한 소문을 주인과 이야기했다.

기미는 하마마쓰의 악기공장에서 열흘의 휴가를 얻어 와 있으면서 지금까지 한 번도 아버지 데이지로의 집에 머물지 않고 있다. 구사카도 온실에 한 번 들렀을 뿐, 그 이후로는 친척이 운영하는 숙박업소인 청도관靑濤館에 있다. 데이지로도 오래간만에 돌아온 딸에게 거의 말을 거는 일이 없다.

이 부녀 사이에는 남들이 모르는 불화가 있는 것 같다. 어머니가 세상을 떠난 뒤로 한동안 부녀는 남들이 보기에 사이좋게 함께 살았다. 어느 날 갑자기 딸은 집을 나가 하마마쓰에서 여공으로 일하게 되고, 아버지도 집을 정리하고서 때마침 원예사를 구하는 구사카도 온실에 자리를 잡게 되었다. 고지도 이 마을에 온 뒤로 데이지로에게 직접 딸 이야기를 들은 적이 없다.

기미는 아름다운 데다가 그 미모를 자랑하고 다녀서 마을 아가씨들이나 점잖은 사람들에게 미운털이 박혔다. 기미가 돌아오기 전에는 '우미쓰바메'로 청년들과 함께 술 마시러 가던 아가씨들도 곧잘 있었는데, 기미가 돌아온 후로 여자 손님은 기미 한 사람으로 줄었다. 그래서 그때까지 도덕적으로 비난받은 일이 없는 이 건전한 술집의 평판이 떨어진 것이다. 이런 평판의 하락이 최근 눈에 띄는 추세지만, 사실 기미는 아무에게나 아양을 떠는 그런 여자는 아니다. 어릴 적 친구인 어부 마쓰키치와 자위대의 기요시가 기미를 놓고 다투고 있으나 기미는 아직 그 어느 쪽에도 몸을 맡긴 흔적이 없다.

기미는 우쿨렐레를 가지고 있다. 공장에서 자신이 직접 제작 공정에 참여하여 완성한 신제품 우쿨렐레를 늘 갖고 다닌다. 그리고 술을 마시면서 가끔 줄을 튕기며 노래를 부르기도 한다. 이로마을의 젊은 여자 중 가장 깊은 가슴골에서, 아니 희뿌연 유방 사이 어둠 속 저 밑바닥에서 두레박으로 물을 길어 올리는 듯한 그녀의 목소리는 노래가 서툰 것쯤은 금세 잊게 한다.

*

9시쯤 기미와 마쓰키치와 기요시, 그리고 청년 셋이 더 들어온다. 그날 밤 '우미쓰바메'의 평온함은 끝났다. 기요시가 고지를 불렀다. 고지는 스탠드를 떠나 그들 테이블에 합석했다.

기미는 여전히 우쿨렐레를 들고 있었다. 좀 떨어진 곳에서 불어오는 선풍기 바람에 그녀의 머리카락이 날렸다. 토리스 하이볼을 마시며, 시원시원한 말투로 사람들에게 제작 공정을 설명했다.

우선 마호가니 소재 앞판, 단풍나무 소재 옆판, 뒤판과 목이 각각 준비된다. 앞판에 브리지bridge가 있고 새들saddle에는 홈이 파여 있으며, 사운드홀sound hole 둘레는 셀룰로이드 상감*으로

---

* 象嵌: 금속·도자기 흙·목재 표면에 무늬를 새겨서 그 속에 금·은·보석·뼈·자개 등 다른 재료를 박아 넣는 공예 기법.

장식된다. 이 상감이 기미가 하는 일이다. 표주박 모양의 측면은 판자를 뜨거운 물에 넣어 끓인 다음 전열기 틀로 구부린다. 그 밖에 내부 지지대나 셀룰로이드의 매듭, 가장자리를 사포로 다듬는 섬세한 작업. 목을 붙이는 것은 최고의 기술로 전문 기술자들이 맡아서 하고 있다. 로즈우드 소재의 지판指板을 아교풀로 붙인 뒤에 천으로 잘 닦고 나면, 그다음은 페인트 공정이다. 잘 닦이고 완전한 모양을 갖춘 우쿨렐레에 마지막으로 네 개의 나일론 줄을 걸면 4현이 완성된다. ……비로소 우쿨렐레가 소리를 낸다.

기미 손에 들린 이 악기의 차분한 다크 마호가니 광택도 빨간 조명 탓에 경박하게 변하여, 술독으로 가슴이 벌게진 듯한 색깔이 되었다. 작은 표주박 모양 몸통도 말괄량이 소녀의 탄탄한 몸매에서 느껴지는 야릇함이 있다. 매끄러운 감촉과 부드러운 소리, 모든 것이 마음을 편안하게 하거나 유혹하려고 만든 것 같다. 오히려 사운드홀에서 들여다보이는 몸통의 내부에는 커다란 극장 무대 뒤에나 있는 긴장된 그림자와 구조, 그리고 먼지 낀 모습이 끝도 없이 펼쳐져 있다. ──고지는 기미가 어쩌면 그렇게 자기와 꼭 닮은 악기를 찾아냈는지 웃음이 났다.

그러나 저런 자세한 설명은 기미와 이 악기 사이에 있는 신기한 거리, 말하자면 분명히 지금은 기미의 소유가 되었지만 한때 톱밥이 날아오르는 공장에서 일하던 손과 그 완성된 악기 사이에 영원히 좁혀지지 않는 거리감을 안타까워하며 호소하는 듯했다. 어떤 사람도 원인이자 동시에 결과, 부분이자 동시에 전체일 수는 없다. 어쨌든 기미는 우쿨렐레의 한 부분이었다.

고지는 기미가 일하고 있는 공장의 모습을 쉽게 상상할 수 있었다. 천장이 높은 철골구조 작업장, 여러 가지 기계가 으르렁대는 소리, 이리저리 날리는 톱밥, 독하지만 상쾌한 래커 냄새. ……이 모든 것은 고지가 한 달에 50엔을 받고 일하던 교도소의 종이공장과 별반 다르지 않은 풍경일 게 분명하다. 거기서는 각종 아동 잡지의 알록달록한 부록이 제작되었다. 신년호가 나오는 계절이면 야단이었다. 제1부록. 제2부록. 그리고 제5부록까지. 앵무새같이 화려한 부록 색깔을 얼마나 사랑했는지! 종이 핸드백. 종이 브로치. 종이로 만든 꽃시계. 종이로 조립한 가구. 종이 피아노. 종이 꽃바구니. 종이 미용실. 모든 것은 축제의 색채를 띠고 광택지에 활기차게 인쇄되었다. 인쇄가 약간 틀어졌을 때는 더더욱 눈부시게 화려한 색깔로 유혹했다. 자녀가 있는 어떤 수형자는 이런 것을 만들며 울고 있었다. 고지는 그런 적은 없다. 그런 적은 없지만 아이들이 이것을 갖게 되었을 때 집안이 따뜻해지고 편안해지는 것을 상상해보면, 네온이 화려한 곳을 떠올릴 때보다 훨씬 마음이 괴로웠다.

출소한 뒤 누마즈의 거리를 걷다가, 여름 차양을 넓게 편 책방 앞에 여러 가지 부록을 넣어 두툼해진 아름다운 아동 잡지가 잔뜩 쌓인 것을 보았다. '저 부록 중에 내가 만든 게 있을지도 모른다.' 그런 생각을 하며 힐끔 보았다. 그는 절대로 아이를 갖지 않겠다고 결심했다. 자기 자식이 저런 부록을 만지며 좋아하는 모습을 보면, 아마 용서할 수 없을 것이다. 그는 까다롭고 불쾌한 아버지가 되고 말 것이다. ……고지는 평생 저런 부록과는 인연이 없는 사람으로 남고 싶었다. 저것은 풍부한 색채, 축제, 화목한 가정, 사람다움의 총체이다. 그리고 고지는 그것을 만드는 거칠고 울퉁불퉁하고 갈라진 죄지은 손, 죄수였다. ……

——기미가 제작 공정을 설명하는 것을 듣고 있는 동안, 고지 머릿속에 떠오른 것은 아이들의 화려한 '특별부록'을 만드는 이 비밀스러운 공정이었다.

기미의 손은 죄를 짓지는 않았으나 작업 과정의 어두운 비밀은 비슷할 것이다. 그런 자세한 설명에 다른 의도가 있는 게 아니라면 그녀는 창피를 모르는 것 같다. 적어도 고지는 그렇게 느꼈다.

저 먼지와 톱밥과 래커 냄새 속에서 작업하고, 그렇게 해서 완성된 아름다운 제품 중의 하나를 선물로 가지고 왔다고 해도 기미가 우쿨렐레의 모든 것, 그러니까 완벽한 매끄러움, 편안하고 여유로운 음악, '남쪽 섬'의 서정, 여유로움 속에 묻어나는 울적함, 이 모든 것을 누리기는 어려울 것이다. 그것은 어디까지나 '기미의 우쿨렐레'일 뿐, 수만 개의 다른 우쿨렐레와는 전혀 다를 것이 분명하다. 기미는 결코 우쿨렐레를 완전히 누릴 수는 없을 것이다. ——그런데도 우쿨렐레는 그녀의 상징이 되었다.

새끼고양이가 고지 발밑에서 놀고 있었다. 여름이라 무릎까지 올라오지는 않는다. 차가운 시멘트 바닥에 배를 붙이고 엎드린 채, 고지가 맨발에 신은 게다 발등에 가끔 발톱을 반쯤 세운 앞발을 살포시 올려놓는다.

고양이에게 사랑받는 청년. 고지는 동물들의 이런 정체 모를 애정이 싫었다. 그래서 고양이를 발끝으로 가볍게 밀어냈다. 고양이는 바로 다시 돌아왔다. 구사카도 온실에서는 화학비료 외에 가다랑어 우린 물을 가끔 사용한다. 그렇다고 해도 고지가 어부들보다 생선 비린내를 더 풍기는 것은 아니다.

기미는 노래를 부르고 있었다. 우쿨렐레를 치며 하마마쓰 공장 여자 기숙사에서 배우고 익힌 하와이 노래를.

기미는 검정 천에 해바라기꽃이 뿌려진 민소매 비치웨어를 입고 있다. 작은 체구에 어울리지 않게 높이 솟은 유방은 가슴골이 깊고, 장난삼아 한쪽 겨드랑이만 면도하고 다른 쪽은 그냥 두었다. 약간 긴장한 듯 미간을 좁히고 있고 해삼 같은 아름다운 입술은 반쯤 벌어져 있다. 술에 취한 건지 빨간 조명 탓인지 까무잡잡한 피부가 속에서부터 불그레하다.

자위대의 기요시는 해맑고 둥근 얼굴을 하얀 알로하셔츠 깃에 묻고 홀린 듯이 빠져서 듣고 있다. 표백한 무명천으로 된 하라마키*를 젖꼭지까지 올린 마쓰키치는 탁자 위에 턱을 괴고 있다.

이런 무더운 정지 화면을 고지 혼자 액자 바깥에서 가만히 들여다보고 있다.

그는 유코 생각만 하면 가슴이 짓눌리는 것 같았다. '나는 뉘

* 배가 차가워지는 것을 막기 위해 배에 두르는 천이나 털실로 뜬 것.

우친 인간이다……' 하지만 요즘처럼 유코를 사랑한다고 느낀 적이 전에는 없었다. 엄밀히 말해서 그가 저 스패너를 휘두른 일도 유코를 사랑했기 때문이라고 할 수는 없다. 그러나 지금은 그렇다. 쓰디쓴 뉘우침이 달콤한 욕망을 쌓는다. 유코를 원하는 마음은 새삼 생각지도 않은 미세한 곳에서 차례로 나타나기 시작했고, 고지는 이런 욕망의 복병들이 끊임없이 자신을 위협하는 듯했다. 이를테면 유코의 사소한 행동, 머리에 손을 대려고 팔을 들어 올리는 동작, 온실 계단을 내려올 때 허리를 굽히고 옷자락을 잡는 모습, 땀으로 약간 무너진 하얀 분 냄새…… 그런 것들이 생각지도 않게 고지의 온몸을 흔들면, 마음속에 있는 욕망의 복병에게 등 뒤에서 날카로운 칼에 찔린 것 같은 기분이 들곤 한다. 그러나 불가능하다는 생각은 더 짙어진다. 수상가옥에 살면 온종일 마루 밑으로 흐르는 물소리가 들리는 것처럼, 욕망의 구석구석까지 곧바로 저 어두운 감옥의 기억 속에 흐르는 도랑물 소리와 연결된다. '나는 뉘우친 인간이다……' 그가 뭔가를 원하면, 이미 죄가 재현된 것이다. 이런 청년의 기분을 아는지 모르는지, 저 피크닉 이후로 유코는 두 번 다시 입맞춤을 허락하지 않았다.

──그는 콧날을 긁었다. 파리가 그의 콧날을 기어오르려고 할 때 느껴지는 구슬픈 가려움 때문에.

그러나 피크닉 이후로 유코 표정에는 분명히 변화가 있었다. 무더운 밤이면 숨을 헐떡이는 것처럼 입술이 살짝 벌어져 있을 때가 있다. 눈이 한 점을 응시하는가 하면 멍해져 있다. 때때로 고지에게 가시 돋친 말을 하면서 차갑게 대한다. 그런데 이런 변화를 유코 자신은 거의 깨닫지 못하고 있는 것 같다. ……

"누구 이 우쿨렐레 갖고 싶은 사람?"

갑자기 술에 취해서 들뜬 기미의 목소리가 고지의 상념을 깨뜨렸다.

탁자 주위로 청년들의 크고 우락부락한 손이 뻗쳤다. 고지도 점잖게 손을 뻗었다. 기미가 높이 들어 올린 우쿨렐레는 붉은 불빛 아래 반짝였으나, 그 모습은 죽어서 빳빳해진 물새의 모가지를 잡아 올린 것처럼 보였다. 기미는 다른 손의 엄지손가락으로 지판의 현을 튕겼다. 음을 조절하는 줄감개에 가까운 현에서 단단하고 건조한 소리가 났다.

"안 돼. 그렇게 쉽게 내줄 수는 없어. 이 우쿨렐레와 나는 일심동체인걸. 내가 우쿨렐레를 줄 때는, 그 사람에게 내 모든 것을 바쳤을 때야."

"그러면 우쿨렐레를 받은 남자의 부인이 된다는 건가?"

한 청년이 퉁명스럽게 물었다.

"부인이 된다고는 할 수 없지만."

"그렇다면 앞으로 마을에서 그 우쿨렐레를 갖고 다니는 남자를 보면, 기미가 모든 것을 바친 남자라고 생각하면 되는 거지?"

"그래."

기미는 귀밑머리를 넘기면서 선언하듯 말했다.

"정말이지? 맹세하는 거지?"

마쓰키치가 처음으로 입을 열었다. 기요시는 손톱을 물어뜯고 눈을 이글거리며 잠자코 있었다.

그들은 모두 술에 취해 있었다. 그래서 다 같이 기미에게 서약하도록 재촉했고, 주인이 증인이 되었다. 한 청년이 새끼고양이를 안아 맥주가 흘러넘친 탁자 위에 올려놓았다. 고양이는 엷은 여름털로 덮인 등이 눌려 웅크린 채, 재빨리 도망갈 기회를 노리며 몸 안에 부드럽고 강력한 탄력을 모으는 것처럼 보였다.

"이 고양이 등에 손을 얹고 맹세해. 거짓말쟁이는 고양이가 된다고 말하는 거다."

"뭐라는 거야!"

기미는 경멸하듯 한마디 하고, 꿈틀거리는 고양이 등뼈 위에 손을 얹었다. 맹세를 끝내고 큰 소리로 이렇게 외쳤다.

"자아, 나는 다했어. 수영하러 갑시다."

"그렇게 취했는데 괜찮겠어?"

"사내가 그렇게 겁이 많아서야 어디 쓰겠어? 자아, 우라야스浦安에 수영하러 가자."

기미는 우쿨렐레를 들고 앞장서 가다가 현관 입구에서 뒤돌아보며 일부러 사투리로 이렇게 외쳤다.

"갑시다! 가입시다!"

결국 함께 가게 된 것은 기미와 기요시와 마쓰키치와 고지뿐이었다. 네 사람은 노래를 흥얼거리며 항구로 나섰다.

부두에서는 유독 얼음 창고 앞만 현란하게 밝다. 밤늦게까지 제빙공장의 전기결빙 모터가 윙윙거린다. 주변 안벽에 앉아서 다랑어 낚시를 하는 사람이 보인다.

한동안 안 보는 사이에 부두에는 배가 꽤 늘었다. 그중에 하얀 배 한 척이 희미하게 밝아졌다가 어두워졌다 하는데, 왜 그런가 보니 만 입구의 등대 불빛이 그곳까지 닿았다. 반대편 해안에 있는 은빛 오일탱크도 등대 불빛에 따라서 하얗고 작게 떠올랐다가 다시 꺼졌다. 이곳에서 보는 하늘에는 별이 한층 더 많다.

고지는 다시 유코의 일을 생각했다. 조금만 떨어져 있어도, 아니 떨어져 있으므로 마음은 끊임없이 유코 생각으로 꽉 차 있다. 밧줄에 매인 배가 삐걱거린다. 배는 기우뚱하고 밧줄을 끌고 갔다가 천천히 다시 밀고 돌아온다. 고지가 이제 막 인생을 시작할 나이에 저 말도 안 되게 쌀쌀맞은 여자, 차갑고 속을 알 수 없는 저 여자를 만난 것은 정말 운이 없었다고 말할 수밖에 없다. 그의 운명! 대개의 청년들이 손목시계를 푸는 것처럼 쉽게, 거의 의식 없이 가볍게 자신의 운명에서 벗어나는데, 그의 운명은 마치 석고붕대 같았다.

이렇게 사랑하고 있는데 윤리적으로 불가능하고, 상대의 마음을 알 수 없어서 괴롭고, ……지금에 와서는 어째서 유코가 이 지방으로 그를 불러들였는지 알 수가 없다. 그것이 단순히 미안함이나 속죄 같은 감정이라면, 저 폭포의 입맞춤과 언쟁은 무엇이란 말인가? 이런 생각을 하다 보면, 유코를 그리워하거나 애틋하게 생각하다가도 결국 유코는 어떤 사람인가 하는 의문에 이르게 된다. 그는 또다시 정체 모를 초조함에 짓눌리게 될까 두려웠다. 불확실한 것에 마음이 매이는 것, 그것은 나쁜 징조였다. 교도소 안에서 그는 형벌의 물질적인 명확성을 확실히 보았다. …… '나는 뉘우친 인간이다……' 뉘우침이란 그 명확한 사실을 인식하는 것이었다.

폭포에 피크닉을 다녀온 후로 고지의 생활은 완전히 변했다. 이즈음에는 아침에 눈을 뜨는 순간부터 오늘 하루 유코가 자기를 보고 얼마나 미소 지어줄지 기대했다. 그런데 기껏 유코가 웃어주어도, 그것이 자기를 사랑하는 표시는 아니라고 생각했다.

——마쓰키치가 거룻배 안으로 뛰어들어가, 밧줄을 당겨 배를 안벽 돌층계에 가까이 붙였다. 기요시는 우쿨렐레를 든 기미를 부축하여 배로 내려오게 했다. 고지는 갑자기 제빙공장 쪽을 돌아보았다. 열려 있는 공장 입구에서 어두운 콘크리트 지면 위로 황금빛 불빛이 눈사태가 난 것처럼 쏟아지는 것이 보였다. 그것은 조용하고, 무익하고, 거의 신비하게 보일 정도로 엄청난 불빛이었다. 어째서 이 밤중에 한 곳에만 이렇게 엄청난 불빛이 넘쳐날까?

마쓰키치가 거룻배 노를 저어 만을 똑바로 가로질렀다. 바다로 나와도 바람이 없었다.

항공자위대 정비원인 기요시는 바로 얼마 전에 제트기 추락사고를 뒷정리한 이야기에 열중하고 있었다.

"……그때 스피커에서 상황이 발표되고 있었어.

'지금은 긴급상황. T-33A, A/C, NO390, 사고 원인은 엔진 정지, 현재 위치는 아쓰미渥美반도* 상공.'

---

* 혼슈本州 아이치愛知현에 있는 반도.

거기까지였고, 그다음은 통신 불능이 되어버렸어. 즉시 F-86F가 유도하러 나갔는데, '390호 기체 흔적이 보이지 않음'이라고 통신이 온 거야. 모두 이미 새파랗게 질렸지. 물론 구조 헬리콥터도 두 대나 출동했어. 어지간히 저공비행하며 탐색하고 있었는데, 결국 '추락 현장 확인'이라는 슬픈 통지가 왔어.

우리는 GMC에 나누어 타고, 지도와 상공의 헬리콥터 유도에 의지해서 대략 두 시간 반쯤 걸려서 겨우 현장에 도착했어. 기체는 지면에 수직으로 곤두박질쳐 있고, 조금 남아 있는 꼬리에서는 연기가 폴폴 나고, 뭐라고 형용할 수 없는 혐오스러운 악취가 풍겼어. 석양빛에 밭으로 굴러간 헬멧 두 개에 그림자가 길게 이어진 모습이 잊히질 않아.

이미 해가 저물어서 발굴과 유체遺體 수용은 다음 날 아침으로 미뤄졌지. 게다가 우리는 조명 장치도 준비하지 못했거든. 주위에 흩어진 날개 조각을 모으고, 들판의 꽃을 꺾어 향과 함께 바치고 난 다음에는 밤새는 일 말고 할 게 없었지.

매우 슬픈 밤이었어. 좀처럼 입을 여는 사람이 없었어. 현장 30미터 사방으로 줄을 매어놓고, 구경꾼들 출입을 금지하며 밤새도록 번갈아 주위를 경계했어. 이제까지 그렇게 슬픈 밤은 없었어.

우리 모두 총과는 인연이 없는, 렌치나 드라이버만 다루는 정비원들이잖아. 이런 경비는 낯설었지만 어쨌든 아무 일 없이 긴 밤이 지나가고 날이 밝아왔어. 불타고 있는 기체에서 나는 지긋지긋한 냄새는 차츰 옅어지긴 했지만, 밤새도록 코끝에 붙어서 떨어지지 않더라고.

그리고 아침이 됐어. 동쪽 하늘이 조금씩 밝아졌어. 어차피 말도 안 되게 크고 둥근 아침 해가 떠오를 것을 알고 있었지. 대단한 아침이었어. 그런 태양은 참을 수가 없어. 그렇게 번쩍거리고 도도한 태양이라니. 그래도 아직 해가 떠오르기 직전, 첫 햇살이 비치며 타고 남은 기체의 꼬리 부분이 눈부시게 반짝이기 시작했어. 그게 또 말할 수 없이 예쁜 거야. 그때 처음으로 사고가 얼마나 무서운지 제대로 알게 된 것 같아."

"그다음에 어떻게 됐는데?"

기미가 물었다.

"서둘러서 발굴을 시작했지. 그게 다야."

그러고 기요시는 입을 다물었다. 그런 다음 갑자기 화제를 바꿨다.

"우리는 작은 화원이 있어. 우리가 아니고 사실 수리修理소대가 만든 건데 내가 가끔 도와주고 있지. '옥성원玉成園'이라고 불러. '간난艱難은 너를 옥玉으로 만든다'*라는 격언에서 따온 거야. 작은 장미 아치가 있고, 사격연습장의 표적판으로 만든 정자가 있고, 석가산**에는 빨간 도리이도 있고, 작은 연못에는 금붕어도 헤엄치고 있어. 그 사이사이에 꽃을 가득 심어 놓았지. 카네이션도 있어. 최근에 심은 선인장은 PX 과자가게에서 기부해준 거야. 그리고 금련화***도 있네."

---

* 쓰라린 고생은 훌륭한 인간을 만든다는 뜻.

** 石假山: 산의 형태로 정원 등에 돌을 모아 만든 것.

*** 불전에 바치는 황금빛 연꽃.

"전부 죽은 사람에게 바치는 꽃인가?"

"바보 같은 소리. 거기 있는 것은 산 사람을 위한 꽃이야. ……그런데 같은 하마마쓰에 있으면서 어떻게 기미를 만나지 못한 거지?"

"그럴 것이, 너는 하마마쓰 북부 기지에 온 지 얼마 안 됐잖아. 그 넓은 동네에서 나를 찾아내는 건 불가능하지. 아무튼 잘 숨어 있기도 하고."

"흥, 이런 식이라니까!"

느릿느릿 노를 저으며 마쓰키치가 얼버무리고 말았다.

고지는 단순하고 따뜻한 기요시가 부러웠다. 유리 케이스 안의 단팥빵처럼, 누구에게나 속이 훤히 보이는 따뜻하고 푸근한 사람. 교도소 마당에도 기요시가 말한 것 같은 화원이 있었다. 수형자들이 직접 돌보며 키우는 그 화원을 고지는 도와주지는 않았지만 멀리 떨어져서 사랑했다. 지독하게 소심하게, 미신을 믿는 마음으로, 또 상처받은 마음으로, 게다가 조금은 미워하면서. ……그도 금련화의 경박한 울금색에 마음을 빼앗긴 기억이 있다. 그러나 기요시와는 달리 고지는 결코 이런 추억을 이야기하지 않을 것이다.

마쓰키치는? 이 사람은 마치 우둔하고 젊은 동물 같았다.

고지가 갑자기 이런 말을 꺼냈다.

"기미짱. 아까 그렇게 맹세했으니까 이 우쿨렐레에 증거를 남겨놓아야겠어."

"증거라니?"

고지가 우쿨렐레 몸통에 'With Love Kimi'라고 새겨야 한다고 주장했다. 기미는 잠시 주저하다 결국 승낙했고, 기요시의 나이프를 빌려 고지가 우쿨렐레에 영문자를 조그맣게 새겨 넣도록 했다. 반짝이는 진밤색 앞판에 글자를 새기는 대로 하얀 가루가 흩어졌다. 기미는 자기 팔에 문신을 새기는 것 같다며 엄살을 떨고는, 거룻배의 작은 동요에 영문자 한 획 한 획이 비뚤어질까 봐 우쿨렐레를 꽉 잡은 고지의 단단한 팔뚝을 살짝 만졌다.

우라야스 숲은 곶의 끝자락에 자리 잡고 있으며, 등대가 설치된 방파제 안에 안겨 있다. 숲의 동쪽은 만 안쪽의 조용한 후미에 접해 있고, 서쪽 끝은 바로 둑에서 벗어나 외해*의 거친 바위로 이어졌다. 밀림 중앙에는 가마쿠라鎌倉시대** 초기의 신성한 거울인 송죽비작경松竹飛雀鏡을 모시는 사당이 있다.

그들은 만 안쪽의 작은 후미 중에서도 가장 조용하고 흰 모래가 깔린 우라야스 후미에 가서 밤 수영을 즐기려고 했다.

해변의 수심이 매우 얕아서 배의 밑바닥이 모래밭에 잡혔다. 밧줄을 최대한 길게 연결하여 간신히 바닷가 나무에 거룻배를 묶어놓을 수 있었다. 기미의 준비성에 세 남자는 놀랐다. 비치웨어를 슥 벗었는데, 속에 하얀 수영복을 받쳐 입고 있었다. 세 남자는 어쩔 수 없이 팬티만 입고 헤엄쳤다.

---

* 外海: 육지에 접하지 않은, 멀리 떨어진 바다. 외양. 난바다.

** 일본 역사에서 막부幕府가 지금의 가나가와神奈川현 가마쿠라시에 있던 시대(1186~1337).

마을의 하늘에 초승달이 떴다. 고지는 마을의 북쪽 산에 있는 구사카도 저택의 흐릿한 등불을 발견했다. 술 취한 몸에 찬물이 닿자 불안할 정도로 심장이 빨리 뛰었다. 고지는 오싹한 냉기를 상쾌하게 느끼며 좁은 후미 안을 헤엄쳐 다녔다.

"그림자다! 그림자 좀 봐!"

수면에서 고개를 쳐들고 기미가 소리쳤다. 신이 나서 외치는 목소리가 수면을 때린 것처럼 튀어 올라, 가끔 귓가에 들리는 저 외해의 바위를 치는 파도 소리마저 뚫고 들려온다. 돌아보니, 광달거리* 12해리인 등대 불빛이 만드는 명암이 2초에 한 번씩 교차한다. 그 때문에 막자사발 모양의 하얀 바다 밑에는, 네 사람이 헤엄치는 그림자가 재미있게 일그러지고 얽혀서 비쳤다.

이렇게 10분간 수영을 즐긴 뒤, 네 사람은 육지로 올라와 숲으로 들어갔다. 숲 깊숙한 곳까지 2초 간격으로 등대의 불빛이 번개처럼 비쳐 들어와 불안하게 명암의 변화를 일으켰다. 여름인데도 길이 안 보일 정도로, 숲속의 오솔길은 발뒤꿈치까지 빠질 정도로 축축한 낙엽으로 두껍게 덮여 있었다. 각다귀**가 극성이었다. 숲속 깊이 들어갈수록 외해에서 부서지는 파도의 굉음이 나무 기둥 사이로 무섭게 메아리쳤다. 벌거벗은 몸에 달려드는 모기를 털어내며 그들은 말없이 걸었다.

"여기쯤에 불을 피우자. 모기도 없애고 몸도 말리게."

---

* 등대나 탐조등의 빛을 맨눈으로 식별할 수 있는 가장 먼 거리.

** 모기와 비슷하지만 크기가 더 큰 곤충.

마쓰키치가 이렇게 제안했다. 기미가 우쿨렐레를 들고 왔을 뿐이라 기요시는 배로 돌아가 성냥을 가져왔다. 주변에 있는 마른 가지를 모아 모닥불을 피우고 둘러앉으니 모두의 마음이 따뜻해졌다. 기미는 우쿨렐레를 치며 낮은 소리로 노래 불렀다.

불빛이 우쿨렐레에 비쳤다. 나뭇가지를 뚫고 들어오는 등대 불빛에 아직 젖어 있는 기미의 어깨 윤곽선이 파랗게 빛났다. 누구 하나 웃거나 농담하는 사람 없이 그들은 조용히 도회지 사람들이 알 리 없는 특권 같은 즐거움을 만끽하고 있었다.

……네 사람은 물끄러미 작은 모닥불을 쳐다보고 있었다. 바닷물을 말리며 흔들리는 불길을 응시하다 보니 눈이 따가운 것 같았다.

"우쿨렐레 내놔."

갑자기 마쓰키치가 굵고 묵직한 소리로 말했다. 이 목소리는 오래 망설이다 결심한 게 생생히 느껴졌다. 기미는 우쿨렐레를 끌어안고 거절했다.

"싫어."

그래서 네 사람은 다시 말이 없어졌다. 그러나 이번 침묵은 전혀 편안하지 않았다.

드디어 마쓰키치는 전보다 더 어설프고 고집스럽게, 다짐이라도 하듯이 말했다.

"저기 말이제……여기 세 사람, 사내들이 있제. 누군가헌테 우쿨렐레를 줘야 하겠구마이. 그렇다면 내헌테 주면 좋을 긴데."

마쓰키치의 벗은 몸은 세 사람 중에 가장 우람하다. 어깨도 넓고, 가슴근육도 여름 구름처럼 울퉁불퉁 솟아 있다. 목소리도 육체의 위압감 그대로 무겁고 울적하다.

기미는 드디어 이 일을 마무리할 시간이 임박한 것을 느낀 것 같다. 그녀는 눈을 날카롭게 뜨고 마쓰키치를 쳐다보았다. 그리고 잠시 서로 뚫어지게 쳐다보다가 결국, 거절을 했다.

"싫어."

마쓰키치 얼굴에 창피당한 피가 올라와 벌게진 것이 밤눈에도 생생히 보였다. 그는 즉시 우람한 팔뚝을 내밀었다. 이때 고지는 마쓰키치가 기미에게 손을 뻗치는 줄 알고, 저도 모르게 몸을 기울여 기미 앞을 막았다.

마쓰키치가 어떤 판단 과정을 거쳐 이런 선택을 했는지 고지로서는 알 길이 없다. 어찌 되었든 그의 두뇌가 일종의 혼미함에서 벗어나기 위해 결단을 내린 것은 분명하다. 평상시였다면 그는 망설이지 않고 두 남자와 싸워서 기미를 차지했을 것이다. 그런데 이번에 마쓰키치는 자신의 육체를 믿는 대신, (그의 평생에 다시없을 일이겠으나) 일종의 관념 쪽을, 말하자면 우쿨렐레 쪽을 믿었다.

그의 손이 기미 팔에 안겨 있는 우쿨렐레를 우악스럽게 잡아챘다. 고지는 기미의 몸을 감싸느라 어이없이 우쿨렐레를 빼앗겼다. 그 순간, 고지는 무심코 기요시 얼굴을 보았다. 이 진지한 청년이 서정적인 불안에 젖어 입을 헤벌리고 있는 것을 보니, 아직도 꽃이나 아침 햇살에 반짝이는 비행기 꼬리날개나 비장한 죽음으로 가득한 세계의 저 밑바닥에 끊어지지 않는 밧줄로 꽁꽁 묶여 있는 것 같다. 그리고 눈앞에 생생히 벌어지고 있는 이 사태는 그의 명예를 걸 일이 전혀 없었다.

기미가 벌떡 일어나 마쓰키치 팔에 맹렬히 매달렸다. 우쿨렐레는 이리저리 요동치며 두 사람 머리 위에서 아슬아슬하게 춤추고 있었다. 마쓰키치가 버티기 어려워지자 우쿨렐레를 기요시에게 던졌다. 벌거벗은 기요시는 꿈에서 깨어난 듯이 기민하게 움직여, 우쿨렐레를 한 손으로 받아 쥐고 달리기 시작했다. 기요시에게 이런 움직임은 아주 자연스러운 것이었다. 그는 그 순간 자기를 필요로 하는 상황을 발견한 게 분명하다.

기미는 슬프게 비명을 지르며 이번에는 기요시의 뒤를 쫓았다. 기요시가 자유로워진 마쓰키치에게 다시 우쿨렐레를 던졌다. 마쓰키치는 이젠 숲에 메아리칠 정도로 큰 소리로 웃으며 후미의 해변으로 달려가서 또다시 우쿨렐레를 기요시 손에 넘겼다. 그러고는 기요시와 기미가 우쿨렐레를 놓고 다투는 동안, 재빨리 밧줄을 풀고 물보라를 일으키며 거룻배로 뛰어들어 갔다.

그는 기미와 고지의 옷을 모래밭에 던져놓고, 우쿨렐레를 높이 들고서 물에 뛰어들어 헤엄쳐 오는 기요시의 손을 잡아 끌어올려 배에 태웠다.

기미는 모래밭에서 큰 소리로 욕을 퍼부었다. 헤엄쳐 따라가는 것은 포기한 듯했다.

기요시와 마쓰키치와 우쿨렐레를 실은 거룻배는 마쓰키치의 웃음소리를 물 위에 남기고 순식간에 멀어져갔다.

드디어 배가 만의 중간쯤에 도달했을 때, 기요시에게 노를 맡기고 마쓰키치가 조율 안 된 우쿨렐레를 튕겼다. 그 소리가 우라야스 모래밭에 남은 고지와 기미의 귓가에 닿았다.

*

……그리고 그다음은 예상된 듯한 사태가 벌어졌다. 기미는 다시 숲속 모닥불 자리로 돌아가서, 좀 전에 끝까지 헤엄쳐서 배를 쫓지 않은 것은 고지와 단둘이 있고 싶었기 때문이라고 고백했다. 그리고 고지가 유코에게 마음이 있는 것은 잘 알고 있으니, 오늘 하룻밤만 자신이 기꺼이 유코를 대신하겠다고 말했다.

이럴 때 기미가 자기를 희생하는 듯이 슬프게 고백하는 것도 우스꽝스럽고, 모든 것이 어설픈 불꽃놀이 장치처럼 생각되었으나, 고지는 자신의 감상을 거의 말하지 않았다. ……결국 고지는 기미에게 좀 조용히 있어달라고 부탁했다.

외해의 파도 소리, 꺼져가는 모닥불, 나무 사이로 번개처럼 스쳐 지나가는 등대의 광선, 하늘로 걸어 올라가는 초승달, 무수히 많은 별, ……오히려 고지는 그 틈에서 유코를 잊으며, 유코를 생각하지 않는 그 시간을 즐겼다. 어려서부터 지금까지 자연의 여러 가지 장치들이 자기편이 되어준 적은 없었던 것 같다. 막상 그렇게 되어도 그것은 또 치밀하게 짜인 속임수 같다. 초승달의 속임수, 고동치는 파도의 속임수, 기미의 머리카락에 들러붙는 각다귀의 낮고 우울한 울림의 속임수. 기미의 풍만한 가슴에 얼굴을 묻고 양피羊皮처럼 쫀득한 살갗을 핥으며, 고지는 저도 모르게 자신이 지금 느끼는 이 쾌감과 교도소 안에서 매일 젊은 죄수들이 상상하고 그렸던 저 완벽한 보석 같은 느낌을 비교하고 있었다. 그에 비하면 이것은 모조품처럼 시시했다. 그러나 이것이야말로 사람들이 자연이라고 부르는 것이다.

——기미의 육체는 소금에 절인 생선처럼 짭짤했다. 그런데 섹스를 끝낸 뒤 그녀는 남자가 지금 맛본 쾌락이 어떤 것인지 가만히 가늠해보는 듯한 눈빛으로 남자의 눈동자 저 깊은 속을 들여다보았다. 고지는 그것만은 그만두라고 가르쳐주고 싶었다.

그렇더라도 고지의 육체는 충분히 만족스러웠다. 젖은 모래밭을 뒤에 두고 파도가 빠져나가듯 육체를 남기고 욕망이 빠져나가는 느낌은 어쨌든 오래간만이었다. 그는 자기 눈빛에 감사함이 떠오르지 않게 조심하며 기미를 지그시 보다가, 일이 끝난 뒤 가볍게 입맞춤을 해주었다. 그때 처음으로 깨달았다. '나는 그저 육체일 뿐이구나. 개와 다를 바 없는 고깃덩어리구나.' 조금은 '운명'에서 치유된 것 같은 기분이었다.

두 사람은 옷을 머리 위에 묶은 뒤, 등대 밑에서 바다로 뛰어들어 만의 최단 거리를 헤엄쳐서 돌아갔다. 밀물 때였으므로 먼바다 쪽으로 떠내려갈 염려는 없었다. 기름 비린내가 나는 선박들 사이로 헤엄쳐 가서, 재빠르게 옷을 입고 각자 맨발로 집에 갔다.

며칠 후 마을에 내려간 고지는 곧바로 청년들 사이에 떠도는 소문을 듣게 된다. 기요시가 기미의 우쿨렐레를 손에서 놓는 일 없이 항상 갖고 다닌다는 것이다. 기요시의 행운을 온 동네 젊은이들이 부러워하고 있었다. 그러나 아무리 집요하게 추궁해도, 기요시는 점잖게 미소를 지을 뿐 결코 긴 얘기를 하지 않는다.

그날 밤, 마쓰키치가 은밀히 할 이야기가 있다며 고지를 '우미쓰바메' 문밖으로 불러냈다. 다 같이 우라야스 숲에 다녀온 다음 날 밤, 기미는 드디어 은밀히 마쓰키치에게 몸을 맡겼다고 한다. 그 전에 마쓰키치와 기요시 사이에는 우정과 이해관계가 얽힌 비밀협정이 이루어졌다. 기요시는 이름을 얻고 마쓰키치는 실속을 챙겼다. 기요시는 마쓰키치에게 우쿨렐레를 받는 대신 기미에게 손을 대지 않겠다고 약속했다. 마쓰키치가 이런 비밀협정을 슬쩍 털어놓자 기미는 갑자기 웃음을 터뜨렸고, 의외일 정도로 간단하고 오히려 밝게 마쓰키치의 제안을 받아들였다. 마쓰키치는 이것을 애초부터 기미가 자기에게 반한 증거라고 믿었다.

그는 고지에게 이 중대한 비밀을 지켜줄 것을 몇 번이나 다짐했다. 고지는 오히려 이 남자가 자기와 기미 사이를 눈곱만큼도 의심하지 않는 것이 놀라웠다.

고지는 그날 밤 우라야스 숲에 두고 온 게다와 기미의 샌들이 생각났다. 아무렇게나 벗어놓았으니 동반 자살한 자리에 남겨진 신발로 오인하는 일은 없을 것이다. 밀물이 신발을 그대로 띄우고 썰물이 외해까지 운반해주면 좋겠으나, 그게 아니면 게다와 샌들은 폐선처럼 물에 반쯤 젖어서 썩어갈 것이고, 나중에는 이 구석 저 구석 벌레 먹다가 물벌레의 서식지가 될 것이다. 그것은 게다도 아니고 샌들도 아닌 것이 되어……, 한 번은 인간에게 속했던 물건이 이제는 인간에게서 떨어져 나와 불쾌하고 불확실한 세상 물건들 속으로 녹아들어갈 것이다.

제5장

유코는 거의 신문을 읽지 않는다. 일부러 읽지 않는 것 같다. 잇페이는 읽지도 못하면서 매일 아침 한 시간이 넘도록 신문을 두 손으로 크게 펼치고 고개를 가볍게 움직이며 보고 있다. 그러고 나면 신문은 일꾼인 데이지로와 고지 손에 넘어간다. 두 사람은 바로 머리를 처박고 읽을 때도 있지만, 어떤 때는 석간이 올 때까지 조간신문을 아예 보지 못하기도 한다.

그날 아침, 고지가 엽상분무를 마치고 온실에서 나와보니 데이지로가 늘 더위를 피하는 자귀나무 꽃그늘 아래 바위에 앉아서 신문 읽기에 열중하고 있었다. 아침 햇볕은 이미 강렬했고 떼 지어 우는 매미 소리가 사방을 점령하고 있었다.

고지는 인도산 에리데스와 아프리카산 앙그레쿰 등을 들여놓은 실내 온도 21도 이상인 난실蘭室에서 나와, 땀이 난 팔뚝에 붙은 작은 이파리 조각을 손가락으로 떼지 않고 거칠게 이로 떼어내면서 데이지로에게 다가갔다. 이를 가까이 대면서 햇볕에 잘 탄 자신의 팔뚝을 바로 눈앞에서 보았다. 곤충들의 보호색인 것처럼 이 마을 누구나 똑같은 그 멋진 구릿빛이다. 의식하지는 않았지만 고지는 햇볕에 충분히 타기를 기다렸고, 이제야 '우미쓰바메' 같은 곳에 외출할 마음이 생겼다. 교도소에서 돌아올 즈음 눈에 띄게 하얗던 피부색은 이제 없다. 저 신성한 흰색은 그의 몸에서 사라지고, 태양은 사람들이 깜박 속을 만큼 짙은 살색 속옷을 입혀놓았다. 그는 가짜 속옷을 입은 팔뚝이 어떤 맛이 나는지 핥아보았다. 짭짤했다. 기미의 육체와 똑같은 그 맛. 투박하고 평범하고 어떤 배려도 수치도 없는 그런 짭짤함. ……

——낡은 러닝셔츠 차림으로 신문을 읽고 있는 데이지로의 등은 구릿빛 피부에 근육이 불끈 솟아 있으나, 집중해서 읽느라 웅크리고 있어서 평소의 기세를 잃고 어두운 동굴처럼 공허하게 보였다. 목덜미에 드문드문 보이는 짧은 흰머리가 빳빳하게 서서 반짝인다. 고지는 예전에 데이지로가 지금처럼 등을 웅크리고 셔츠를 수선하고 있던 모습이 떠올랐다. 생활의 작은 틈새에 집중하여, 그 작은 구멍에서 뿜어져 나오는 어둡고 긴 고독의 시간을 서둘러 차단하려는 듯이 지금 같은 자세로 수선을 하고 있었다.

등 뒤에 가까이 가도 데이지로가 알아채지 못해서 고지는 그가 빠져서 읽고 있는 기사의 헤드라인에 저절로 눈이 갔다.

'고령의 포목점 주인, 딸을 목 졸라 죽이다'

라는 헤드라인이 보였다.

갑자기 고지가 곁에 와 있는 것을 느낀 데이지로는 순간적으로 다른 헤드라인으로 시선을 옮겼다. 데이지로가 타인에게 이 정도로 민감하고 신속하게 반응하는 모습을 고지는 처음 보았다.

"깜짝 놀랐구마. 갑작스레 뿅 하고 나오니께." 데이지로가 말했다. 그리고 당황한 듯 신문을 털고(그때 자귀나무에서 떨어진 담홍색 꽃잎 몇 장이 신비한 모양으로 신문지 위로 춤추듯 떨어졌다), 비교적 작은 헤드라인을 가리키며 계속 이야기했다.

"이것 좀 보라고. 올해는 태풍이 빨리 오겠구마. 조금씩 바람 피할 준비를 해놓아야제."

"그렇네요. 내일부터라도……"

고지는 블루진 바지 앞주머니에 양손 엄지를 하나씩 끼우며 다소 건방지게 말했다. 무의식적으로 나온 이 건방진 태도는 심술궂게 뭔가를 알아내려 하기 전에 하는 가벼운 준비운동 같은 것이다.

"오늘 기미 씨는 하마마쓰로 돌아가겠군요. 이제 슬슬 인사하러 올 시간인데요."

"그래. 인사쯤이야 하러 오겠제."

데이지로는 답답한 목소리로 말했다.

무뚝뚝한 얼굴에는 아무 변화도 보이지 않았으나 속에서는 여러 감정이 역류하며 소리치고 있다는 것을 알 수 있었다. 고지는 어릴 때 투구벌레 몇 마리를 종이상자에 키우던 일이 떠올랐다. 단단하고 두꺼운 종이상자 밖에서는 아무것도 보이지 않는데, 속에서는 이상하게 타는 냄새가 흘러나오고, 검고 단단한 투구벌레가 싸우는 소리, 그 발버둥질, 서로 뿔이 부딪치는 소리, 완만한 파도 같은 몸부림은 직접 눈으로 본 듯이 알 수 있었다. 그것과 같다. ……

고지는 그 종이상자 바깥에서 작은 칼로 구멍을 뚫어주고 싶은 충동에 사로잡혔다. 한발 더 다가가서 이렇게 말했다.

"마을에서 기미 씨에 대해 말들이 많아요. 여러 가지 의미로.

……아시죠?"

"알고 있구마."

데이지로는 조금도 화를 내지 않고 대답했는데, 이 온화한 말투가 고지를 의아하게 했다.

빡빡 깎은 데이지로의 반백의 머리는 어떤 직사광선에도 잘 견뎠다. 그것이 감수성이 예민해 보이는 자귀나무 잎사귀의 섬세한 그림자 밑에 있는 것은 아무리 봐도 어울리지 않았다. 이 노인은 고뇌에 면역이 되었을 거라고 남몰래 믿고 있었으므로 고지는 배신당한 느낌이 들었다. 햇빛이 문지르고 지나가며 남긴 얼굴의 깊은 주름도 이전에는 고뇌의 흔적으로 보인 적이 없는데, 지금으로서는 오히려 지나치게 명백하게, 무례할 정도로 노골적으로 고뇌를 말하는 것 같다. 분명 그것이 너무 명백했기 때문에 지금까지는 고뇌의 표시로는 보이지 않았다. 마치 배의 흘수선*이 장식으로만 보이는 것처럼.

데이지로는 자기 곁에서 땅바닥에 쪼그리고 앉아 있는 고지를 흘끗 곁눈질했다. 고지는 작은 나뭇가지로 물기 없는 땅 위에 세모나 네모를 그리며, 초조한 듯 움직이는 왕개미 몇 마리를 그 가지 끝으로 짓이겼다. 흙이 극소량의 개미 체액으로 젖었다. 그리고 강한 햇볕으로 갈라진 땅바닥 위에서 지금 꼬물꼬물 움직이는 개미가 한 마리씩 더는 움직이지 않게 될 때마다, 세계는 눈치챌 수 없을 만큼 미세하게 변해간다는 느낌이 들었다.

* 吃水線: 선체가 물에 잠기는 한계선.

데이지로는 햇볕에 타서 새까매진 큰 손으로 고지의 어깨를 톡톡 두드렸다. 뒤돌아본 고지는 노인의 얼굴이 무언가 한마디 하기에 충분히 무르익었고, 그 한마디 말은 저절로 땅에 떨어지는 과일처럼 입 끝에서 새어 나오려고 하는 것을 느꼈다. 그 이야기를 할 때 데이지로는 매우 비굴하게 미소 지으며 빠르게 말했다.

"자네는 기미가 왜 나를 싫어하는지 모르제? 에미가 죽고 얼마 있다가, 내가 그 애와 잤구마. 강제로 말이제. 그때부터제, 그 애는 집을 나가서 하마마쓰로 가버렸구마."

고지는 경악하여 데이지로의 얼굴을 바로 보지 못했다. 아무 자격도 없는 그가 이런 고백을 갑자기 듣다니 이건 말도 안 되는 일이었다.

데이지로의 왼손이 그때 슬그머니 반바지 뒷주머니로 돌아갔다. 그 찌든 고동색 손은 자글자글한 주름과 울퉁불퉁한 정맥에 더해 장미 가시나 날카로운 잎사귀, 조릿대, 선인장 따위에 긁히고 찔린 작고 오래된 상처——그뿐인가 흙과 비료가 그 위에 마구 뿌려지고 비벼져서 이제는 둔탁한 광택을 띠기 시작한 해묵은 상처들로 덮여 있었다. 상처투성이 뻣뻣한 손은 뒷주머니에서 하얀 반투명 종이에 꼭꼭 싸인 부적 같은 것을 끄집어냈다. 나뭇가지 사이로 비쳐 드는 햇살 아래 그것이 펼쳐진다. 거칠거칠한 손가락이 종이를 만지며 내는 건조하고 과장된 소리. 그 안에서 단단하고 두꺼운 종이에 붙인 사진 한 장이 나왔고 데이지로는 이 사진을 고지에게 보여주었다.

고지는 햇빛 아래에서 보아서 그런지 그 사진을 금방 알아보지 못했다. 햇빛 때문에 눈부시게 반사된 하얀 부분이 구름 모양으로 화면의 중앙을 채웠다. 햇빛의 반사를 피해 사진을 비스듬히 하여 해를 가린다. 세라복을 입은 여학생과 제복의 학생이 섹스하는 사진이다. 두 사람 다 하반신에는 아무것도 입지 않았다.

약간 위를 올려다보는 듯한 여학생 얼굴이 기미와 닮아서, 고지는 가슴을 송곳으로 찔린 듯 깜짝 놀랐다. 그러나 잘 보면 닮은 데라곤 눈썹 언저리뿐이고, 확실히 기미는 아니었다.

나이를 가늠하지 못하게 하는 건강한 치열을 보이면서 데이지로는 쭈뼛거리며 겸손한 미소를 띠고 사진 위에 얼굴을 들이밀었다. 하지만 이 얼굴을 들이미는 태도에는 매우 무례하고 고압적인 느낌이 있었다.

"어떠냐? 전혀 닮지 않았제. 도쿄에 갔을 때 손에 넣었구마."

데이지로가 말했다.

──나중에 기미와 잠깐 작별 인사를 나누게 되었을 때, 얼마 전에 데이지로가 들려준 이야기가 생각나서 고지의 마음은 우울하게 그늘졌다.

그것은 그야말로 듣지 말아야 할 고백이었다. 데이지로가 어떤 목적으로 털어놓았는지 모른다. 아마 목적은 없었을 것이다. 이 늙은 어부 속에서 오래 묵힌 거친 고뇌는 술이 서서히 식초로 변하는 것처럼 무섭도록 불쾌한 조소嘲笑로 변질됐다. 죄는 이미 안개처럼 흩어졌다. 고지는 데이지로가 앞으로 보내게 될 애매하고 혼탁한 여생이 염려되었다. 불화, 적대감, 절대로 용서할 수 없는 것, 이런 것들이 색정色情, 안일함, 자기만의 달콤한 회상 같은 것과 뒤죽박죽 섞여 있었다. 게다가 그 인생은 분명히 데이지로의 얼굴 그 자체인 듯 굳어 있었다. 일단 이 노인이 조소를 보내면 모든 것이 그저 평범한 식초로 변질될 것이다. 고지도, 유코도, 잇페이까지도.

청도관에 짐을 맡겨놓고 빈손으로 인사하러 온 기미는 배 떠날 시간까지 40분밖에 남지 않았다며, 올 때부터 안절부절못하고 있었다. 풀빛 원피스는 땀에 흠뻑 젖은 채 오자마자 급하게 온실 입구의 수돗물을 마셨다.

그때 유코는 나이 어린 하녀와 점심 준비를 하고 있었다. 통근하는 하녀에게 프로판가스로 취사하는 요령을 가르쳐주어도 도무지 할 줄을 모른다. 유코가 이 지방에 오고 나서 벌써 다섯 명째 하녀가 바뀌었는데, 그들이 일부러 적의를 갖고 게으름 피우며 일하도록 후임에게 인수인계해온 것이 아니라면 이럴 수가 없다고 불평할 만했다. 적의는 언제나 남쪽으로부터 바람을 타고 마을 쪽에서 아련히 올라왔다. 그리고 만나면 꼭 붙임성 있게 소박한 인사를 나눈다.

기미는 주방 입구 쪽으로 돌아갔다. 풀고사리가 울창하게 덮인 돌담을 향한 주방 입구에서,

"사모님, 안녕하세요. 맛있는 냄새가 나네요"

라고 느닷없이 인사했다.

"어머나 기미 씨, 오늘 돌아간다면서요? 점심이라도 함께하고 가지 않을래요?"

"아니에요. 배 시간에 늦을 것 같아서요."

구사카도 집안의 식사는 모두 '민주적'인 잇페이 의향에 따라 부부와 데이지로가 함께 먹게 되어 있었는데, 얼마 안 가 데이지로 쪽에서 이 특권을 사양해 부부만 식사하게 되었다. 최근 고지가 온 뒤로 데이지로는 더욱 고집스럽게 분수를 지켜서 부부와 고지, 이렇게 세 사람이 주인용 식사를 하게 되었다. 고지는 약간의 급료를 받고 있었으며, 식사에서도 손님 대우를 받고 있었다. 그래서 기미가 식사를 같이하게 되면 좀 난처해질 수 있는데, 기미가 먹지 않겠다고 하면 그편이 나았다.

유코의 요리는 애초에 시골 사람 입에는 맞지 않았다. 버터나 우유를 사용하여 프랑스 요리 비슷한 기법을 섞어서 아주 정성을 들여 만드는가 하면, 때로는 간단하게 대충 만들었다. 하지만 잇페이가 요리에 불평을 한 적은 한 번도 없다.

기미가 빨리 가야 한다고 하면서도 방 입구에서 빈둥거리고 있어서, 후두두둑 소나기 쏟아지는 소리를 내며 청대 완두콩을 볶고 있던 유코는 돌아보지 않고 이렇게 권했다.

"우리 바깥양반한테 인사하고 와요. 거실에 계시니까."

"네."

기미가 주방의 마루를 요란스레 밟고 올라갔다. 유코의 뒤를 지나는 순간 이렇게 물었다.

"고지 씨는요?"

"고짱?" 유코는 이번에는 확실히 기미를 돌아보며, 바로 눈앞에서 흔들리는 땀이 찬 커다란 유방을 싸고 있는 가슴 부근에 대고 분명치 않은 목소리로 대답했다.

"지금 잠깐 절에 꽃 배달 하러 보냈는데. 도중에 만나지 않았나? 어차피 점심때까지는 돌아와요."

절에서부터 오르막길을 달려온 고지는 백장미 아치 부근에서 유코에게 배웅을 받고 돌아가는 기미와 만났다. 어째서 유코가 거기까지 배웅을 나온 것인지는 모른다. 아마도 이유가 있을 것이다. 고지는 잠깐 문 안쪽을 들여다보았으나, 데이지로의 모습은 어디에도 보이지 않았다.

쉬지 않고 달려와서 고지는 숨을 헐떡이고 있었다. 말은 못하고 두 여자의 얼굴을 비교해보았다. 너무 왕성해 보이는 기미의 얼굴과는 대조적으로, 유코의 얼굴에서 감추기 어려운 다소의 쇠잔함은 오히려 우아하고 시원하게 보였다.

바로 얼마 전에 데이지로가 묻지도 않은 이야기를 털어놓은 뒤로, 기미의 작은 몸에 넘쳐나는 힘은 마치 목욕하기 싫은 아기가 주위에 물을 튀기는 것처럼 자기도 어쩔 수 없이 뒤집어쓴 칙칙하고 더러운 물을 주변에 다시 튀기려는 생존본능이라는 생각이 들었다. 이제야 고지는 기미가 정사 후에 고지의 쾌락을 가만히 가늠해보려는 듯한 그 눈길의 의미를 이해했다. 그것은 독한 병균을 닮은 그녀의 비밀과 죄를 다른 사람에게 전염시키고 그 결과를 들여다보는 눈길이었다. 그녀는 상대에게는 그 사실을 알리지 않으며 저 오욕의 기억을 수많은 남자와 나누려고 했을 것이다. 섹스 상대에 대하여 거짓 설정을 즐기는 그녀의 성향. 고지에게는 유코 대신 자신을 사랑하게 하고, 마쓰키치에게는 우쿨렐레를 주지 않고 자신을 사랑하게 하는 저 성향. 그때 등대의 섬광으로 새파래져서, 외해에서 부서지는 파도 소리를 들으며 애무에 몸을 맡기고 있던 기미는 눈을 감고 몇 번이고 반복해서 폭죽 터지듯 다시 새로워지는 자신의 오욕, 자기혐오의 근원을 가만히 떠올려보고 있었던 게 틀림없다……

"신세 많았어요. 내일부터는 다시 공장이에요."

기미는 평범하게 인사했다.

"곧 태풍이 올 텐데 오늘쯤 돌아간다니 똑똑한데."

고지가 말했다. 헐떡거리던 숨이 가라앉자 전신에서 땀이 뿜어져 나와 흠뻑 젖었다.

"얼른 샤워하고 와요. 지독한 땀이네. 그리고 바로 점심이에요. 기미 씨에게도 청했는데 배 시간에 늦을 것 같다고 하네."

유코가 말했다. 고지는 어쩐 일인지 바로 물러나 씻으러 가지 않고 머뭇거렸다. 이를 눈치챈 기미는 재빨리 작별 인사를 하고 떠나가려는데, 고지는 이런 눈치 빠른 행동에 민감하게 반응하고 있을 유코의 눈빛을 확인해야 했다. 유코는 그러나 공허한 눈빛을 하고 있을 뿐이었다.

"잘 있어요."

기미가 인사했다. 그때 기미의 눈이 갑자기 나무 열매가 터지듯이 깜빡이더니, 고지에게 노골적인 윙크를 보내며 고지의 손가락 끝을 모아 꽉 쥐었다. 그리고 고지의 눈을 빤히 쳐다보며 한동안 손을 놓지 않고 가볍게 흔들었다.

유코가 머리카락에 손을 댔다. 고지는 더욱 유코의 눈치를 살피면서도 긴장은 풀리고 마음에 여유가 생겼다. 이렇게 여유를 갖고 유코를 바라보기는 처음이었다. 유코는 여전히 공허한 눈빛으로 머리를 살짝 기울이며, 천천히 자기 머리카락을 손가락으로 쓸었다. 어둡고 번잡한 추억 속을 손으로 더듬어 찾는 듯한 어딘가 불안한 동작. 신경질적으로 파도치는 다섯 손가락은 예전의 섬세함과 공허함을 회복한 듯했다. 그 손가락은 헤어핀 하나를 뽑아(이것이 순간 햇빛을 받아 짙은 보라색으로 반짝였다), 지극히 사무적으로 기미의 손등에 꽂았다.

기미는 비명을 지르며 펄쩍 뛰어 멀찌감치 뒤로 물러나서 큰 소리로 웃었다. 그러곤 등을 웅크리고 짐승처럼 한 점의 상처를 핥으며 언덕을 뛰어 내려갔다. 길모퉁이 철쭉나무 울타리 저편으로 모습이 보이지 않게 된 다음에도 웃음은 끊겼다 이어졌다 하며 계속 들렸다. 그래서 그 완만한 비탈의 메마른 길 끝에서, 기미가 살짝 내민 혀가 작고 칙칙한 적갈색 불꽃처럼 아직도 번뜩이는 것만 같았다.

고지는 비위를 맞추는 표정으로 유코를 돌아보았다. 비위를 맞춰줄 작정이지만 그는 안심하고 여유 있게, 그리고 의기양양하게 비위를 맞추고 있었다. 자신의 웃는 모습이 기미와 비슷해지지 않도록 조심하며 더욱 화사한 미소를 보냈다.

유코는 돌아서서 집을 향해 걷기 시작했다.

"얼른 샤워하고 와요. 땀 냄새를 참을 수가 없네."

옆에서 내려다보니 유코는 양미간에 주름이 깊이 새겨질 정도로 눈썹을 찡그리고 있었다. 그녀의 머릿속에는 온통 고지의 땀만 있는 듯하고, 아마도 유코는 그 땀이 싫은 모양이다.

구사카도 저택은 쓸데없이 넓다. 잇페이 부부는 다다미 열 장 크기의 1층 별채에서 잔다. 안채에는 다다미 열 장 크기의 거실, 다다미 여덟 장 크기의 다실茶室 외에 쓰지 않는 작은 방들이 몇 개 있고, 뒤쪽에는 데이지로의 방과 넓은 주방, 목욕탕이 있다. 2층에는 자주 사용하지 않는 다다미 열두 장 크기의 객실과 그 옆에 고지가 지내는 다다미 여섯 장 크기의 방이 있다. 밤이면 잇페이 부부와 고지와 데이지로는 이 넓은 집의 이 구석 저 구석에 뿔뿔이 흩어져서 잤다.

그날 밤은 바람도 없이 무더웠다. 잠 못 이룬 고지는 모기장 안에서 벌거벗은 몸으로 이불에 배를 깔고 엎드려, 마을의 책 대여점에서 빌려 온 통속적인 잡지들을 읽고 있었다. 교도소에 있는 동안 활자에 대한 갈증이 생겨 자신에게도 강한 지적 열망이 있다고 생각했으나, 그것은 가짜였다. 이곳에 온 이후 고지는 특히 딱딱한 책을 읽을 마음이 완전히 사라졌다. 가십이나 만화, 액션물이나 시대물을 실은 두껍고 알록달록한 잡지. 때 묻은 조화造花처럼 끝이 말려 올라간 페이지들. 그는 그것을 닥치는 대로 읽으며 '오늘의 운세'를 점쳐보거나 어두운 스탠드 불빛 아래 눈이 빠지도록 7호 크기의 작은 활자로 된 투고란을 샅샅이 훑고 다녔다.

"28세 독신 남성, 여성분과 교제 희망, 사진 동봉하여 편지 주세요."

"저는 20세 여자 점원, 월 2회 공휴일에 영화 보러 갈 수 있는 분 편지 주세요. 입장권 요금은 이쪽에서 지불."

"딸린 식구 없는 여성분 편지 주세요. 서로 위로해줍시다."

"근처에 사시는 분 중에 전서구*를 저렴하게 나눠 쓰실 분 계실까요? 그리고 펜팔도 희망합니다. 본인은 22세 공장노동자."

그 잡지에는 4단 편집으로 여러 페이지에 꽉 들어차게 일본 각지의 갈망이 비린내를 풍기며 마구 소란을 떨었고, 몇 자 안 들어가는 문장 속에 쾌활함을 가장한 고독이 생생히 드러났다. 어쩌면 그리도 외로움이 많고, 사랑받고 싶은 욕망이 많은지! 고지가 갈고닦은 상상력은 트럼프 놀이를 하듯 이 사람과 저 사람을 연결해, 이런 가벼운 펜팔의 결말을 머릿속에 그리고 있었다. 몇 번이나 펜팔을 거듭하다 만난 남녀가 서로의 얼굴에서 발견하는 비슷한 고독과 비슷한 가난. 그러나 일단 마음속에 그렸던 환상을 실현하려는 조급함에 서투른 포옹, 가난한 료칸의 아침, 그곳의 아침 식사, 지붕 위에서 키운 전서구, 도코노마**의 호테이*** 조각상 옆에 놓여 있는 똑같은 잡지, 똑같은 투고란, 다시 샘솟는 희망, 또 다른 상대를 향해 꿈꾸는 환상, 그것은 또다시 무한 반복되고……

——밤이 깊었는데도 매우 더웠다. 목덜미에 배어 오른 땀을 몇 번이나 닦았다. 유코가 고지를 위해 새로 사들인 모기장 냄새가 모기장 안에 한가득 머물러 있었다. 바람도 거의 없어

---

* 傳書鳩: 편지 배달에 쓸 수 있게 훈련된 비둘기.

** 床の間: 일본식 방의 상좌에 바닥을 한 단 높게 만든 곳. 벽에는 족자를 걸고, 바닥에는 꽃이나 장식물을 꾸며놓는다.

*** 布袋: 칠복신七福神의 하나로 배가 뚱뚱하며 항상 자루를 메고 있다.

서 연둣빛으로 빳빳하게 접힌 곳은 그 나름 모양이 잡혔고, 희미하게 빛이 비친 곳에서 모서리 끝의 선명한 붉은색이 요염한 빛을 띠고 있었다. 이 애매하게 휘어진 사각형의 무명 모기장은 마치 고지가 사는 세계의 형태를 암시하는 듯했다.

잠을 자야 한다. 불을 끄고, 벌거벗은 채 큰대자로 누웠다. 그림자놀이처럼 자기 몸의 형태대로 요 홑청에 땀이 흡수되는 것을 느꼈다. 그러자 감고 있는 눈과 눈 사이에 오늘 아침에 본 기미와 비슷하게 생긴 여자가 섹스하는 사진이 떠올랐다. 늘어지게 더운 어둠 속에서 칼처럼 선명해지는 몸을 이리저리 굴렀다. 불이 꺼져도 모기 한 마리가 여전히 모기장에 들러붙어서 음기를 뿜는 비늘 가루를 뿌리고 있었다. 그는 그 차분해지지 않는 그림자를 어둠 속에서 뚫어지게 보았다. 모기는 한동안 바르작거리다가 열어놓은 창으로 날아갔다.

올빼미 우는 소리. 뭔가 뒤엉킨 것 같은 밤에 잠깐 들려오는 매미 소리. 이런 정적 속에 멀리서 파도 소리도 들려왔다. 고지는 시골의 이런 진액처럼 찐득거리는 밤이 두려웠다. 낮에는 모든 것이 잠이 든 것 같다가 밤이 되면 한꺼번에 생생하게 깨어난다. 도회지의 밤보다 훨씬 욕망을 자극하고, 밤 그 자체가 하나의 거대하고 혹독하고 뜨거운 피가 뚝뚝 떨어지는 고깃덩어리 같았다.

고지의 예민해진 귀에 계단을 조용히 올라오는 발소리가 들렸다. 그는 몸을 단단하게 긴장시키고 어둠 속을 응시했다. 이 다다미 여섯 장 크기의 공간은 큰 창이 북쪽으로 나 있고, 남쪽으로는 난간이 있는 넓은 툇마루가 이어졌다. 바람이 통하도록 덧문을 한 장도 세우지 않았기 때문에, 누워 있어도 광대한 남쪽 하늘의 전망이 보인다. 계단을 올라온 사람의 모습이 별이 가득한 하늘을 등지고 섰다. 연한 복숭앗빛 네글리제를 입은 유코다.

고지의 가슴이 격하게 고동쳤다. 그는 모기장을 걷어 올리고 나가려 했다.

"나오면 안 돼. 나오면 안 돼요."

낮게 눌린 엄격한 목소리가 말했다. 고지는 머뭇거리다 이부자리 위에서 엉거주춤하고 있었다.

유코는 남쪽으로 늘어진 모기장 끝자락에 옆으로 앉았다. 그 때문에 모기장이 그쪽으로 심하게 쏠렸고, 무참히 당겨진 끈이 방의 양쪽 구석에서 긴장하여 위험하게 떨리는 것이 보였다.

"이리로 와. 그 안에 있어야 해."

유코가 어두운 얼굴을 모기장에 바싹 붙이고 속삭였다. 고지가 그쪽으로 뭉그적거리며 다가가니, 밤에 뿌리는 향수 냄새가 풍겼다. 모기장이 팽팽히 당겨져 유코의 부드러운 곡선이 살짝 드러난다.

고지는 그 부드러운 곡선에 어깨를 스쳤다. 유코는 몸을 빼려 하지는 않는다.

"왜 왔는지 모르지? 이상하다는 표정이네." 유코가 머뭇거림 없이 명랑하게 조잘댔다. "시답지 않은, 계집애 같은 이유 때문이야. 나는 말이지, 기미가 떠나갈 때 당신이 지은 표정이 맘에 들지 않았어. 기미의 손등을 핀으로 찔렀잖아. 그 후에 당신 얼굴, 그걸 나는 참을 수가 없었어. 그 생각만 하면 도저히 잠이 안 와서 온 거야. 당신, 내가 질투한다고 확신하고 있지? 그렇지?"

고지는 그때와 똑같은 미소가 떠오르려는 것을 능숙하게 집어넣으면서 고개를 끄덕였다.

"오해야, 고짱. 나는 질투가 난다고 그런 짓을 하지는 않아. 무례하고 건방진 계집애를 혼내준 것뿐이지. 그럴 때 나는 말로 하지 않아. 핀을 사용하지." ──유코는 머뭇거리며 다음 말을 이었다. 그러나 너무 오래 끌면 그 위에 불필요한 무게가 실릴 것을 꺼렸는지 매우 급하게 얼른 덧붙였다. "전에 당신이 스패너를 쓴 것처럼."

고지는 유코가 걸어오는 싸움에 말려들지 않으리라 마음먹었다. 거기에 놀아나 격해지면 마음의 다른 부분도 격해지는 것을 폭포 피크닉 이후로 잘 알게 되었기 때문이다. 그는 부드럽고 겸손하게 말했다.

"그러니까, 당신은 나에게 또 심술을 부리러 왔군."

모기장을 사이에 두고, 작은 목소리도 들릴 만큼 근접한 얼굴에 상대의 숨결이 안개처럼 부딪히며 떠돌았다. 유코의 숨결은 매우 향기롭다. 미리 이럴 것을 알고 입안에 향수를 뿌리고 온 듯하다. 이런 인공적인 준비를 위해 소비했을 시간을 생각하면, 유코가 얼마나 신경을 쓰고 사는지 생생히 느껴졌다. 향수 냄새를 풍기며 숨을 쉴 때마다, 그 우울한 생활 방식의 끄트머리가 눈에 훤히 보이는 듯하다. 유코가 가까이 있으면 고지의 몸은 오히려 가라앉았다.

"어쨌든……, 나는 전과는 다른 인간입니다. 나는 뉘우쳤잖아."

"나도 그래."

유코는 매우 자랑스러운 듯이 말했다.

"당신은 뉘우칠 필요가 전혀 없지. 그전에도 없었어. 당신이 아무것도 후회할 일 없게 내가 다 뒤집어썼잖아."

예상대로 고지의 말은 유코를 분노하게 했다. 유코는 어깨를 모기장에 붙이고 있다가 뒤로 물러났다. 분노로 눈매는 날카로워졌고 말을 끊을 때마다 숨을 몰아쉬며 비난했다.

"다 뒤집어썼다고? 그럴싸하게 말하는 것 좀 봐! 나는 아무것도 부탁하지 않았어. 하긴 그렇게 생각하고 싶다면 맘대로 해. 혼자 우쭐해서, 아름답고 영웅적이라고 생각하라고. 게다가 언제까지고 시치미 떼고 있으면 되니까."

……한차례 격한 분노가 지나가자 유코는 담담하고 낮은 목소리로 이상한 고백을 했다. 이런 잔잔한 고백은 고지의 마음에 긴 여운을 남겼다.

유코는 자신이 질투하는 것은 기미가 아니라 고지의 죄라고 말했다.

고지와 같은 죄를 짓지 않았기에 유코는 마음의 번뇌도 컸다. 저 폭포에 피크닉을 다녀오고 나서 이런 생각은 유코 머리에 시커멓게 응어리졌고, 어떻게 해서든 고지와 같은 중죄, 고지와 비슷한 죄를 짓고 싶었다.

이야기를 듣고 난 고지는 그 말은 자기에게 어울리는 여자가 되고 싶다는 뜻이냐고 일부러 경박한 말투로 놀리기도 하고, 당신은 아무리 애를 써도 교도소 목욕탕에 들어갈 수 있는 여자가 아니라고 가볍게 받아넘기기도 했다. 그의 배려는 실신해 가는 사람을 화난 목소리로 깨우는 격이었다.

유코는 이 고백을 할 때 오로지 자기 고민에 얽매여서, 자신이 고지의 고민을 모르고 있다는 사실을 전혀 깨닫지 못하고 고지에게만 알려준 꼴이 되었다. 고지는 오히려 이것이 기뻤다. 지금까지 유코의 눈에 고지는 죄를 지었으나 그 죗값을 치르고 속죄받은 인간, 마음속에 의지할 만한 신념을 가진 인간, 유코보다 행복한 인간으로 비친 듯하다. 고지 자신은 날이 갈수록 죄와 뉘우침에 대한 의식이 옅어져 어찌할 바를 몰라 두려워하며 지켜보고 있었는데! 아마 이 알 수 없는 불안과 공포는 누구에게도 털어놓을 수 없을 것이다. 무지개가 사라지는 것을 지켜보는 느낌. 교도소 목욕탕에서 수증기는 사라지고, 후광도 꺼지고, 모래도 다 흘러내려 그때까지 신성해 보이던 모래시계가 그저 평범한 물체로 추락하는 것을 지켜보는 기분. ……

"덥네, 죽을 것 같다."

고지가 말했다.

"덥네."

유코도 순순히 공감했다. 연둣빛 모기장 너머로 어둠 속에서 땀에 젖어 부드럽게 흔들리는 유방이 보인다. 그곳만 어둠에 묻히지 않고 하얀빛을 뿜고 있다. 유코의 입술은 늘 바르던 짙은 연지가 지워져 있었다.

"거기 모기는 없나?"

"없어. 아마 맛이 없어서 그럴 거야." 유코가 하얀 앞니를 살짝 보이며 처음으로 웃었다.

그리고 모기장에 얼굴을 대고서, 이 흔들리는 연둣빛 감옥 속에 엎드려 있는 벌거벗은 청년의 관자놀이를 깨뜨릴 정도로 뛰는 맥박을 조사하려는 듯 가만히 들여다보았다. 모기장 안에 있는 그의 어깨에 코를 대고 속삭였다.

"당신한테 이상한 냄새가 나."

"싫겠네."

유코는 그 자세로 있는 힘껏 고개를 저었다.

수년 동안 이 순간을 간절히 기다려왔으므로 고지는 손을 뻗어 유코를 안으려 했다. 어느새 유코의 심술은 사라지고 다정함만 남았다. 고지는 조금 더 참았다가 자기가 모기장 밖으로 나가든지, 아니면 유코를 능숙하게 모기장 안으로 끌어들였으면 좋았을 것이다. 그러나 고지는 모기장 채로 유코를 끌어안았다. 벌거벗은 그의 가슴에 모기장의 거슬거슬한 무명천이 계속 비벼지면서, 구석에 묶어놓은 모기장 끈 하나가 풀렸다. 무명의 파도가 고지의 몸을 덮었다. 그때 연한 복숭아색 네글리제를 입은 매끄러운 몸이 미끄러지듯 그의 손바닥 아래로 빠져나가는 것을 고지는 느꼈다. 유코는 이미 넓은 툇마루 난간 있는 곳까지 나가 풀어진 네글리제에 어깨를 넣으며 일어섰다.

유코는 숨을 가다듬고 조용해진 모기장을 보다가 눈앞의 마당으로 눈길을 옮겼다. 다섯 채의 온실은 유리지붕마다 달빛을 받아 반짝이고 있었다. 어둡게 웅크리고 앉아 있는 식물들이, 가장자리가 희미하게 빛나는 두세 덩어리의 밤 구름이 비치는 유리지붕 밑으로 보였다. 그것은 헤아릴 수 없이 많은 해초가 가라앉은 수조처럼 보였다.

난실 앞에 하얀 사람이 서 있다. 가끔 데이지로가 세심하게 온실 온도를 조절하느라 한밤중에 일어날 때가 있으나 그것은 주로 겨울에 하는 일이다. 하얀 옷은 수건 천으로 만든 파자마인데, 데이지로는 그런 옷을 입지 않는다. 2층을 올려다보며 그 남자가 이쪽으로 걸어오기 시작한다. 오른쪽 다리를 절고 있다.

"남편이 마당에 있어. 이쪽으로 찾아오고 있네. 푹 자고 있을 시간인데."

유코는 목소리가 퍼지는 것을 더는 신경 쓰지 않고, 차분해진 모기장을 향해 소리쳤다. 고지는 대답하지 않았다.

잇페이가 이쪽으로 다가오는 모습을 보자 유코는 대담해졌다. 유코의 용기는 분명히 잇페이에게 뿌리를 두고 있는 것 같다. 모기장으로 돌아가서 똑바로 누워 자는 고지를 보았다. 고지는 머리 뒤로 두 손을 깍지 낀 채 눈을 감고 있다. 그때 유코는 잇페이가 보는 앞에서 자신과 고지가 자는 모습을 상상했다. 잇페이가 나타나자 유코는 그가 보는 앞에서라면 무슨 짓이든 할 수 있을 것 같은 기분이다. 잇페이 없이는 할 수 없을 일도 그 순간이라면 바로 해치우고 오랜 고민에서 벗어날 것 같다.

고지는 유코가 외치는 소리를 들을 때부터 유코 마음이 이런 식으로 급격히 변하는 것을 알아차렸다. 그만큼 그는 유코를 잘 알고 있었다. 그러자 옅어지고 있던 뉘우치는 마음이 다시 생생히 되살아나면서, 그의 마음은 '전과자의 얌전함'으로 채워졌다. 이것은 그립고도 익숙한 정서였기에 고지는 그 마음에 집착했다.

"안 돼. 당신, 잘못 생각하는 거야."

고지가 몸으로 모기장 끝자락을 누르며 말했다. 그러자 유코는 아예 반대쪽에서 모기장에 들어오려고 한다. 이번에는 반쯤 공포에 사로잡혀 애원하듯이 고지가 목소리를 낮춰 말했다.

"그러지 마, 부탁이야. 그런 짓 하지 말아요."

유코는 자존심이 상하여 북쪽 창을 등지고 모기장 밖에서 옆으로 앉았다. 그 눈빛은 분명히 고지를 증오하고 있다. 고지도 눈길을 피하지 않는다. 눈이 건조해지고 핏발이 서서, 본의 아니게 고지도 증오의 눈빛으로 유코를 쳐다보는 것처럼 보인다.

——잇페이의 발소리가 계단을 올라온다. 듣는 순간 바로 알 수 있는 이상한 발소리. 오른손과 오른쪽 다리를 감싸 올린 다음, 왼손으로 난간에 매달려 천천히 올라온다. 아무리 기다려도 올라오는 소리가 그치지 않는다. 고지는 그 계단이 무한히 높은 곳까지 이어진 것 같은 느낌이 들었다.

유코는 일어나서 객실 사이에 있는 장지문을 조금 열었다. 고지 방과 객실을 나누는 칸막이 삼아 장지문은 여름 내내 꼭 닫아두었고, 그 반을 고지의 책상과 작은 서랍장으로 막아놓았다. 오랫동안 열리지 않던 장지문은 소리를 내며 비틀어지려고 했다. 유코는 그 틈으로 교묘하게 빠져나가, 다다미 열두 장 크기의 객실 쪽으로 가서 장지문을 닫았다.

고지는 눈을 감았다. 머리를 북쪽으로 두고 누워 있어서, 모기장 너머로 잇페이가 아래쪽 넓은 툇마루를 지나가는 모습을 보게 될까 두려웠다.

"유코……유코."

넓은 툇마루를 지나며 잇페이가 불렀다.

"여기예요."

어둡고 곰팡내 나는 다다미 열두 장 크기의 객실에서 달려 나오며 대답하는 유코의 목소리가 들렸다.

고지는 눈을 감고 두 사람 목소리만 쫓고 있다. 밤이 깊어지며 바람이 약하게 불어온다. 모기장 그물코에 걸러져 약해진 바람이 살갗을 가볍게 스치며 지나가자, 뜨거운 몸의 열기가 더 분명하게 느껴졌다.

"차가워."

잇페이가 말했다. 목에 힘을 주고 말해서 쓸데없이 단언하는 듯하고, 마치 어둠 속에서 묵직한 지팡이를 두들기며 돌아다니는 것처럼 들린다.

"'차가워'가 아니지요. '시원해'라고 해야죠."

유코가 말했다.

"시원해. ……여기서, 자고 싶어."

"뭐라고요?"

"시원해. 여기서, 자고 싶어. 내일부터."

잇페이가 말했다.

*

다음 날, 다가오는 태풍을 대비하는 작업을 시작하기도 전에 정기적으로 방문하는 도쿄원예 회사 트럭이 먼저 도착해서 데이지로와 고지는 온종일 출하 작업을 하며 바쁘게 보냈다.

도쿄원예는 이즈伊豆반도* 곳곳에 회사와 계약된 직거래 도매 온실을 운영하고 있다. 사장이 유코에게 이로 지방을 추천한 것도 그곳이 회사 트럭의 경로상에 있어서 직거래 온실 체인에 가담하기 편리했기 때문이다. 이렇게 해서 구사카도 온실은 시장에서 가격이 깎일 염려도 없고, 오사카에서 오는 관엽식물이나 도쿄 도내의 장미 화원에서 출하되는 장미와 불리하게 경쟁할 위험이 없는 대신에, 매달 도쿄원예에서 정해놓은 일정액의 수표를 받는 정도의 장사를 하고 있다.

도쿄원예 소속 3톤 트럭은 한 달에 두세 번은 꼭 와서, 한 번에 5, 60개의 화분을 싣고 돌아갔다. 계절에 따라서는 화분 백 개를 싣고 간 적도 있다. 여름 시장은 대개 관엽식물이나 난이다. 값싼 글록시니아 같은 것은 덴엔초후** 주변 산물과 경쟁이 안 되기 때문에 배편으로 누마즈에 내보낸다. 이런 것은 화분 중에 골라서 상자 포장하여 고지가 손수레로 항구까지 운반했다.

3톤 트럭이 덜컹거리며 언덕을 지나 구사카도 온실 대문 앞까지 매우 힘겹게 올라왔다. 유코는 운전사에게 신경을 쓰느라 잇페이의 이탈리아제 넥타이나 영국제 양말 등을 선물했다. 그때마다 장황한 설명을 곁들여서.

---

* 시즈오카현 동부에 있는 반도.

** 田園調布: 도쿄 오타구에 있는 고급 주택가 지역.

고지는 출하할 때마다 손수 돌보고 키운 꽃들과 헤어지는 슬픔을 겪어야 했다. 잎사귀가 참억새와 비슷한 심비디움은 난 특유의 공중에 뜬 것 같은 당당하고 환상적인 꽃 모양이나 그 옅은 보랏빛 꽃잎과 노란색 바탕에 보라색 반점을 뿌린 꽃술도 그렇고, 어딘가 아름다움이라는 질병에 걸린 듯한 모습이다. 양란洋蘭에는 많든 적든, 그런 느낌이 있다.

덴드로븀은 연붉은 꽃잎 속으로 진보라색이 보이는데, 속을 보이는 게 부끄러워 감추려는 느낌보다는 오히려 노골적으로 드러내려는 것처럼 보였다. 하와이산 앤슈리엄은 플라스틱 같은 선명한 빨강 꽃잎 사이에서 까칠까칠한 고양이 혀가 뻗어 나왔다. 산세비에리아는 연노란색 테두리를 두른 진녹색 점박이 잎사귀가, 촉감은 단단한데 그 형태는 해조류처럼 하늘거리는 느낌이다. 개량종 고무나무의 타원형 잎사귀. 초록 바탕에 검은색 가로줄무늬의 잎사귀를 힘차게 뻗고 있는 아나나스. 털이 보송보송한 가느다란 줄기에서 윤기 나는 잎이 풍성하게 뻗은 관음죽. ……

이 화초는 고지 손을 떠나 마치 경찰에게 강제 연행되어 가는 무표정하고 말 없는 매춘부들처럼 지저분한 트럭 위에 나란히 자리 잡았다. 고지는 이 꽃들과 잎사귀가 뿌려지고 침투하는 사회를 상상해보았다. 현기증이 날 정도로 거대한 규모에 그로테스크하고 어둡고 복잡한 구조를 가진 사회가 몸뚱이 여기저기에 작은 리본을 단 것처럼 이 꽃과 잎사귀를 늘어뜨리고 있는 풍경을 그려보았다. 꽃은 그곳에서 희극적인 역할을 할 뿐이다. 그리고 사회의 공리功利적인 감상과 사회의 위선, 사회의 안녕질서와 사회의 허영심, 죽음과 질병 등이 있는, ……대체로 대단할 것 없는 자리마다 이 화초들은 병균처럼 빈틈없이 살포되고 침투해갔다.

트럭으로 출하하는 일을 마친 뒤에, 고지는 상자 포장된 글록시니아를 손수레에 싣고 오늘 마지막 배편 시간에 맞추느라 서둘러 항구에 갔다. 구름이 커지고 바람이 거세졌다.

배에 짐을 실어놓고 안벽에서 배가 출항하는 모습을 보고 있다. 정박한 고깃배의 밧줄이 물기를 머금고 팽팽하게 당겨졌는지, 평소보다 높은 소리로 비명을 지르는 것이 느껴진다. 그러나 그가 서 있는 안벽에는 햇빛이 비친다. 옥색으로 물든 서쪽 하늘에서 두꺼운 구름을 뚫고 햇살이 내리꽂히고 있다. 구름이 살짝 지워지며 생긴 좁은 틈으로, 액자 속 그림인 듯 멀리서 빛나던 구름이 차분해지는 모습이 보인다. 돌망태*에 빛을 가득 채운 것 같은 구름이다. ……

——돌아가보니 데이지로가 허둥대고 있다. 라디오 뉴스로 태풍이 예상보다 훨씬 빠르게 다가오는 것을 알게 된 것이다. 두 사람은 밤을 새울 각오를 하며 준비해둔 크고 긴 베니어판을 온실 창틀에 비스듬히 세우고 다시 그 위에 거적을 덮어 유리를 보호하는 성가신 작업을 시작했다.

어젯밤 그런 일이 있고 나서 유코는 고지를 피하며 말을 걸지 않으려는 듯 완강히 버티고 있었다. 이런 태도는 분주한 작

---

* 돌을 담아놓기 위해 철사로 만든 망태.

업에 가끔 방해가 됐으나 고지는 얌전히 일을 잘했다. 부모에게 관심받지 못한 아이가 한 가지 일에 몰입하는 것처럼.

그가 노동에서 가치를 발견하려면 차라리 이렇게 버림받은 상태가 필요했다. 밤이 되어 차츰 다가오기 시작한 바람과 바람에 섞인 빗방울을 맞으며 그저 묵묵히 작업하다 보니 고지는 기분이 좋아졌다. 이것이야말로 '주어진' 일이고, 답답한 숙명의 관념에서 벗어나게 하는 것은 결국 이런 종류의 일이다.

밤이 깊었다. 그는 생각보다 순조롭게 빨리 진행된 일을 끝내려고 마지막 온실 지붕에 매달렸다. 비스듬히 걸쳐놓은 사다리 꼭대기에서 지붕으로 올라가, 유리를 밟지 않게 조심하며 지붕에 걸터앉아 데이지로가 내미는 긴 베니어판을 받았다.

오늘 밤 온실 작업을 위해 지붕 형광등을 모두 켜놓아, 그 밝은 불빛이 마당에 예사롭지 않은 운치를 자아내고 있다. 하늘에는 층층이 쌓인 구름이 북적이며 흐르고 있다. 바깥에서 부는 바람과는 상관없이 밝고 차분한 온실 속에 꽃들이 서 있는 풍경을, 고지는 허벅지 사이로 내려다보았다. 꽃들이 이렇게 만족스럽게, 사람들 시선을 의식하지 않고 차분하게 밤공기를 호흡하는 듯한 광경을 고지는 처음 보는 것 같다. 게다가 사람 없는 온실 속에는 미동도 없는 원색의 꽃과 잎사귀들이 빼곡한 군락을 조성해내, 일종의 위기감마저 느껴졌다.

비바람에 노출된 고지는 돛대 위에 올라가는 뱃사람처럼 경쾌하게 균형을 잡으며, 이제는 익숙해진 손길로 차례로 못을 박고, 그 일이 끝나면 몸을 살짝 비틀어 바로 다음 판에 또 못을 박았다. 망치 소리가 미지근한 바람을 뚫고 맑게 울렸다. 얼굴에 떨어지는가 하면 멀리 달아나서, 저 멀리 자귀나무에서 메아리치듯 드문드문 쏟아지는 빗방울. 머리 위에 묵직하게 느껴지는 아득히 먼 하늘. 무슨 말을 해도 바람이 눈 깜짝할 사이에 끝없이 먼 곳으로 날려버릴 것 같아서 고지의 마음은 매우 자유로워졌다. 목수 흉내를 내어 못 서너 개를 입에 물었다. 말로 표현할 수 없는 쇠의 달콤함. ……그는 너무 자유로워서 무서울 지경이었다.

바지 차림의 유코가 안채 툇마루에서 마당으로 내려서는 것이 보였다. 기분이 안 좋아 보이는 여주인을 보자 고지의 자유로움은 바로 시들었다. 평소 부부가 잠자리에 드는 시간을 훌쩍 넘기고 있었다. 유코는 두 손에 콜라병 같은 것을 들고 있다. 작업 중인 두 사람의 노고를 위로하러 나온 듯하다. 여전히 고지에게는 말을 걸지 않으려 하나, 데이지로 한 사람에게 하는 말이라기엔 너무 큰 목소리가 바람에 찢겨 고지 귀에까지 토막토막 들렸다.

"수고가 많으시네. 좀 쉬면서 하죠? 나도 뭔가 도울 일 없을까요?"

그때 유코가 대충 쓰고 나온 스카프가 풀려 돌풍에 휘말려 높이 날아오르더니 고지가 있는 유리지붕에 떨어졌다. 스카프가 벗겨지면서 유코의 머리카락이 불꽃처럼 퍼져 아름다운 짐승처럼 보인 순간을 고지는 지붕 위에서 내려다보고 있었다.

유코는 두 손에 병을 들고 있어서 바람에 날아가는 스카프를 잡을 수가 없었다. 유코는 콜라병을 온실 입구에 놓았다. 온실 불빛에 반쪽 면만 밝아진 얼굴로 기도하듯이 두 손을 올리고,

그날 이후 처음으로 웃음기 없는 얼굴을 들어 고지를 보았다.

고지는 손을 뻗어 스카프를 잡았다. 아주 얇은 조젯*인데 검정 바탕에 손으로 그린 금빛 담쟁이덩굴이 펴져 있다. 그는 얼른 입에서 못을 뱉어내어 누름돌 대신에 스카프로 싸고는 이렇게 소리 질렀다.

"던질게요. 못이 들어 있으니, 피해요."

유코는 고개를 끄덕이고 고지의 움직임을 주시했다. 요동치는 잿빛 밤하늘을 등지고 선 유코는, 억센 바람에 흔들리며 온실 지붕에 걸터앉아 던지기 자세를 취하는 청년을 감동에 젖어 부드러운 눈길로 바라보았다.

스카프는 검고 작은 덩어리가 되어 온실 앞 시멘트 바닥에 떨어졌다. 유코는 가까이 다가가 낯선 물건을 만지듯이 조심스럽게 스카프에 손을 댔다. 그리고 못을 떨어내고 머리카락을 훑어내린 다음, 이번에는 찬찬히 하얀 턱밑으로 스카프 끝을 단단히 묶었다. 그리고 일어나 지붕 위에 있는 고지에게 손을 흔들었다.

유코는 어젯밤 이후 처음으로 미소를 보였다. 블루진의 허벅지로 세지도 약하지도 않게 유리지붕의 경사면을 조이고 있던 고지는 몸이 숫제 그곳에 묶인 것 같았다. 이것이 유코 방식의 제멋대로인 '화해 신호'였다.

* georgette: 얇은 견직이나 면직물.

*

태풍은 결국 니시이즈를 비껴갔다. 모처럼 설치한 방비용 베니어판을 전부 다시 떼어내야 할지를 놓고 고지는 데이지로와 끈질기게 논의했다. 결국, 햇빛이 들도록 절반만 떼어내기로 했다. 태풍이 언제 다시 올지 알 수 없기 때문이다.

며칠 후, 고지는 아침에 유코가 지시한 꽃을 오후가 되어서야 태천사에 배달하러 간다. 그는 어쩐 일인지 스님과 만나고 싶었고, 스님은 스님대로 그가 올 때마다 반드시 붙잡아 앉히고 차를 공양했다. 그리고 그날도 꿀벌이 여전히 윙윙거리는 뒷마당 툇마루 끝에 방석을 권했다.

가쿠진 스님은 슬쩍 속을 떠보려 하지는 않았으나, 고지의 얼굴을 보자 수면 부족인 게 분명한 빨간 눈이나 초조할 때 나타나는 불안정한 쾌활함에서 무언가 눈치를 챈 듯하다.

물론 고지는 아무 말도 하지 않았고 사실 상담하러 온 것도 아니었다. 폭풍이 몰아치던 밤, 유코와 잠깐 화해하고 자기 방에 돌아갔을 때 고지는 평소와는 다른 기척을 느꼈다. 그에게 아무 언질도 없이 그의 옆방인 다다미 열두 장 크기의 객실이 부부의 침실이 되어 있었다. 고지는 그날 밤에는 너무 피곤하여 곯아떨어졌으나 다음 날 밤에는 잠이 오지 않았다. '나중에는 익숙해지겠지.' 그는 저 더러운 욕조, 3분 간격으로 울리는 버저 소리에도 익숙해졌다. 그러나 어느 쪽이든 익숙해지는 데 오랜 시간이 걸렸고, 또 익숙해졌을 때는 분명히 무언가가 끝났다.

고지는 유코에게 자기 방을 아래층 데이지로 옆방으로 옮겨 달라는 말조차 꺼낼 수 없었다. 어쨌든 유코가 고지에게 미리 알려준 것도 아니고, (분명히 잇페이의 의지에 따라서!) 그렇게 한 이상, 고지의 자존심은 그냥 자신의 다다미 여섯 장 크기의 작은 성을 지키는 것 말고는 할 수 있는 게 없었다.

그런데 이런 구사카도 집안의 작은 변화는 다음 날 곧바로 온 마을 사람들에게 알려졌다. 통근하는 하녀가 떠들고 다닌 것이다. 이 사람 저 사람 할 것 없이, 구사카도 집안의 기묘한 '가족'이 결국 갈 데까지 다 간 것이라며 재미있어했다. 여러 가지 부도덕한 일을 상상하는 즐거움. 장애가 있는 자녀를 둔 어머니들은 드디어 구사카도 집안에 이로마을에서 가장 흉물스러운 장애아가 태어날 것이라고 수군거렸다. 머지않아 그 아이는 분명히 태어날 것이다. 그리고 해 질 무렵 항구에서 쫓아오는 사람도 없는데 노을빛에 반쪽만 붉어진 그 많은 기름 드럼통 사이를 술래잡기하듯 도망 다니거나, 활기찬 젊은 어부들에게 놀림거리가 되거나 돈을 뜯기고, 그러고도 침을 흘리면서 쌓인 짐 운반하는 것을 도와주려고 하는, 그녀들의 스무 살 먹은 자식처럼 될 것이다. ……

소문은 그날로 스님 부인에게 전해져 스님도 곧바로 이 일을 알게 되었다. 스님은 막 법회에서 돌아온 길이었는데, 이 소식을 듣더니 말없이 검은 법의의 소매를 양쪽으로 펼쳤다. 『벽암록碧巖錄』*의 '운문 선사,** 오히려 양손을 펴다'를 떠올린 것이

* 중국 송나라 때의 불서.

었다.

——고지를 대하는 스님의 다정함이란 그야말로 사람을 기분 좋게 하는 그 작고 가는 눈에서 흘러넘치는 것만 같았다. 고지에게 무엇을 줄 수 있을지 궁리하는 것이 생생히 보였다. 스님은 발그레한 볼에 보조개를 새기며, 매우 신중하고 조심스럽게 물었다. 그것은 스님이 자신의 작은 초상화에서 비어져 나오려고 하는 표시였다.

"뭔가 내가 해줄 수 있는 일이면, 뭐든지 해주겠네. 상담이라도 좋고. 내가 본 바로는 어지간히 큰 걱정거리가 있는 것 같은데 말이지. 고민이 있으면 토해내는 편이 좋아. 혼이란 것은 들어앉아 있기를 좋아해서 어두운 곳에 웅크리고 앉아만 있고 햇빛을 싫어해. 그러니 늘 천창天窓을 열어놓도록 신경을 써야지, 안 그러면 혼은 썩어버려. 썩기 쉬운 날성게알 같은 거야."

고지는 감사하게 생각하면서도, 사람의 마음이나 혼을 비유하며 돌려 말하는 것을 이해할 수 없었다. 스님은 민망해하며 고지의 전과를 이야기하듯이 지금 혼을 언급하고 있다.

고지는 이 순간 스님이 어설프게 혼을 다루는 것이 눈에 훤히 보였다. 아직 미숙한 어부가 바구니 속에 잡아놓은 새우를 끄집어내는 모양새다. 스님이 조금만 더 능숙했다면, 마치 고지 속에 혼 같은 것은 없다는 표정으로 다가와 고지도 모르게 혼의 목덜미를 잡아 꺼내서 멋지게 보여주었을 것이다. 그랬다

** 雲門文偃(?~940): 중국 당나라 말기의 선승. 중국 선종禪宗 오가五家의 하나인 운문종의 창시자.

면 고지는 싫다 좋다 따지지 않고 스님에게 모든 것을 털어놓았을 텐데.

이 벗어진 머리, 반들반들하고 혈색 좋고 수염 없는 동그란 얼굴, ……그런 얼굴로 더듬더듬 혼에 비유하며 질문을 하면 고지는 꽁무니를 빼는 수밖에 없다. '왜 혼 이야기를 하는 걸까? 나 같은 젊은이를 좀더 교묘하게 속이지 못하나? 혼이라고 하지 말고 그냥 남근男根이라고 하면 되잖아?'

스님은 입을 꾹 다물고 있는 고지에게 다시 이렇게 말했다.

"유코 씨는, 그야말로 훌륭한 부인이고……"

"맞아요. 훌륭하고말고요." 고지가 갑자기 말을 가로챘다. "제게는 큰 은인입니다. 그런데 그분을 긍정적으로 평가하는 사람은 마을에서 주지 스님 한 분뿐일 겁니다."

"괜찮지 않은가? 내가 큼직한 인증 도장을 찍어주지."

"우리 모두 극락에 갈 수 있겠네요."

이런 식의 거절로 대화가 끝났고 그 후의 침묵은 꿀벌이 윙윙대는 소리로 메워졌다. 고지는 차라리 스님이 시원하게 야단쳐주기를 기대했으나, 그것은 없는 것을 내놓으라고 생떼를 쓰는 격이다. 젊은 혼의 문지방을 밟고 섰으면서 스님은 조심스럽게 뒤로 물러났다. 고지는 그 모습에서 전과자에게 조심스러운 세상을 발견했을 뿐이다. 사람이 조심스럽게 대하는 것을 오해할 특권이 있는 이런 청년에게는, 자기의 과시적인 '점잖음'만이 유일하게 순수한 배려, 순수한 조심성으로 느껴졌다. 그는 너무 빨리, 눈에 보이지도 않을 속도로 상대에게 실망했다.

스님은 이런 돌풍 같은 속도를 도무지 이해할 수 없었다. 그래서 일단 물러나 느긋하게 미래에 희망을 걸기로 했다. 이 청년은 언젠가 마음을 열고 고분고분하게 스님의 가르침을 받들어 모시며, 이 나이의 청년 누구도 도달하지 못할 높은 경지에 이르게 될 것이다. ……

뒷마당에는 석양이 따갑게 쏟아졌으나 구름이 빈번히 오가던 날이라 마당에는 여러 번 그늘이 졌다. 그때 고지는 반대편 언덕에서 천천히 내려오는 잇페이 부부를 발견했다. 마침 잇페이가 산책할 시간이다.

고지는 갑자기 부부 눈에 띄지 않는 곳에 숨어버리고 싶다는 생각이 들었다. 본당으로 뛰어가 낡은 황금비단 번*이 걸린 기둥 뒤나 낮이면 더욱 어둡게 그늘지는 연꽃 장식 난간이 있는 수미단** 뒤에 숨으면 거기까지 찾아오지는 못할 것이다. 그리고 고지는 영원히 잠적해버리는 것이다. 그럴 수만 있으면 얼마나 좋을까!

그런데 부부는 절 부엌이 내려다보이는 지점에서 갑자기 멈췄다. 하는 수 없이 고지는 툇마루 끝에서 마당으로 내려섰다. 그런데 부부는 고지를 보고 그 자리에 멈춘 것이 아니었다. 마침 구사카도 온실로 가는 비탈길에서 우체국장 부인과 만난 것이다. 부인은 꽃꽂이 선생인데, 유파流派의 사범면허를 갖고 마

* 부처·보살 등의 위덕威德을 나타내는 깃발. 절의 경내나 법당 안의 기둥 따위에 건다.

** 절의 불전佛殿 내부의 정면에 부처를 모셔두는 단.

을 처녀들을 가르치는 온실의 단골손님이었다.

유코는 부인에게 꽃을 보여주러 온실로 되돌아가는 길이었다. 그때 비로소 태천사 뒷마당에 서 있는 고지를 발견하고 이름을 불렀다.

"마침 잘됐네. 고짱. 오늘은 당신이 산책 좀 도와줄래요?"

이상한 일이지만, 고지가 이곳에 온 지 석 달이나 되었는데 잇페이와 단둘이 긴 시간을 보내기는 처음이다. 다시 잘 생각해보니, 잇페이가 아르바이트 학생이던 고지를 뜬금없이 술집에 데려간 날로부터 치면 두 사람 인생에서 이제 겨우 두번째다. 고지는 저도 모르게 술집의 잇페이와 오늘의 잇페이를 비교하고 있었다.

이런 병자는 해가 진 다음에 산책에 나서면 좋을 텐데, 잇페이는 늘 석양이 한창일 때 밀짚모자를 쓰고 나서기를 좋아했다. 그는 시골의 광대한 밤을 두려워했다. 그리고 한 번씩 긴 휴식을 취해야 해서 산책은 상당히 오래 걸렸다.

고지가 잇페이와 산책하기로 하고 유코와 손님을 두고 비탈을 내려갈 때, 잇페이는 늘 그렇듯이 부드럽게 미소 지었다.

고지는 이렇게 햇볕이 쨍쨍한 대낮에는 잠들기 어려운 밤을 상상할 수 없었다. 어째서 이런 무기력한 미소를 띤 병자 때문에 밤만 되면 무겁게 짓눌리는 것일까? 낮에는 이렇게 자유로운데, 어째서 밤이 그렇게 만만치 않은 것일까?

잠 못 이루는 밤이면 고지의 귀는 작은 소리에도 예민해져서, 장지문 너머로 잇페이가 낮게 코 고는 소리나 역시 잠 못 이루는 유코가 한 번씩 토해내는 한숨 소리를 들을 때마다 온몸 구석구석에 불이 붙는 듯했다. 다다미 열두 장 크기의 옆방은 심야의 온실 같다. 별빛 비치는 유리지붕 밑에서 식물은 미묘한 화학작용을 계속하고, 알 수 없을 만큼 미세하게 움직였다. 잎사귀를 떨어뜨리고 꽃잎을 열어 끊임없이 향기를 풍기다가, 어떤 것은 선 채로 서서히 썩어갔다. 유코가 뒤척이면 삼베이불의 과장된 물결치는 소리. 반딧불이 깜박이는 것 같은 작은 한숨. 모기장의 물결. ……드디어 어느 때인가 유코가 고지의 이름을 불렀다. 고지는 환각인가 의심했으나 부르는 소리에 응답하듯 유코를 가만히 불렀더니, 어둠 속에서 먼 마을의 불빛을 찾는 것처럼 다시 고지를 부르는 소리가 났다. 그때 가위에 눌린 잇페이가 짐승처럼 앓는 소리를 내다가 "앗" 하고 소리 지르며 몸을 일으키는 기척이 느껴졌고, 그대로 아무 일도 일어나지 않았다. ……

──평지로 내려간다. 온통 푸르게 벼가 자라는 논과 옥수수밭의 잎사귀들이 바람에 살랑이고 있다. 푸른 평야는 바람이 지나갈 때는 벼의 매끄럽고 하얀 잎사귀 뒷면을 보여주고, 구름이 지나갈 때마다 상심한 듯 어두워진다. 그리고 다시 반짝이는 해가 나오면 한 갈래 메마르고 하얀 길이 번쩍 떠오른다.

고지는 잇페이를 이해시키려고 말을 천천히 하거나 또박또박 발음하는 것은 어리석은 짓이라고 생각하기 시작했다. 좁아진 의사소통의 통로로 의지를 전하지 않고, 이해시키려고만 노력하니 안 되는 것이다. 고지는 하고 싶은 이야기가 산더미처럼 쌓여 있다. 잇페이에게 이해받고 싶은 것도 많고, 물어보고 싶은 것도 많다. 미리 주눅 들지 말고 이야기를 꺼내야 한다. 그러자 갑자기 지금까지 넘기 어려웠던 울타리를 밟고 넘어가 대담하게 말을 걸 용기가 솟아올랐다.

"저기, 나는 당신이 하는 일이 도대체 이해가 안 돼. 어째서 그렇게 히쭉거리면서, 나나 유코를 괴롭히는 일만 하지? 전부터 묻고 싶었는데, 내가 싫지? 응? 그런 거지? 그렇다면 남자답게 확실히 말을 해. 형편이 좋을 때는 감쪽같이 억지를 썼으면서, 형편이 나빠지니까 병을 핑계로 썩어 문드러질 때까지 일부러 애매하게 내버려두고. 봐, 그렇잖아?"

고지는 걷고 있는 잇페이의 어깨를 가볍게 두드렸다. 잇페이는 비틀거리다 간신히 지팡이에 기대어 더욱 집요하게 입가에 미소를 머금고 고개를 살짝 저었다.

큰 소리로 빨리 말하고 나니 마음이 가벼워지면서, 신기하게도 힘없는 친구에게 일부러 거칠게 격려하는 우정 같은 게 생겼다.

"안 그래? 와, 이것 참 놀라운 일이네. 내가 하는 말을 다 알아들었군. 어쩜 이리 지긋지긋한지. 당신처럼 지겨운 인간은 본 적이 없어."

그러자 잇페이는 또다시 무기력하게 고개를 흔들었다. 고지는 약간은 난폭한 자기 우정이 거절당한 것 같아 맥이 빠졌다. 게다가 일단 말해놓고 보니 해야 할 말은 지극히 간단해서 그렇게 긴 말이 필요 없는 것 같다. 모든 것은 무언중에 다 전달했고 입 밖에 내뱉으면 힘없이 무너져버릴 것뿐이다. 그러나 고지는 억지로 이야기를 이어갔다. 지금이 아니면 이 불씨 없는 재 같은 남자를 상대로 사람답게 말을 걸 수 없을 것 같았다.

"당신은 사실, 원망하고 있겠지. 화가 날 거야. 내 얼굴은 보기도 싫고 볼 때마다 용서할 수 없다는 생각만 들 거야. 하지만 여기에 불려 왔을 때, 나는 당신 얼굴을 보고 싶었어. 보는 게 두려우면서도, 왜 그런지, 보고 싶었어. 그리고 앞으로 당신 곁에 있으면 이번에는 올바른 인간으로 살 수 있을 것 같았어. 알겠어? 장난감을 망가뜨린 아이를 진심으로 반성하게 하려면, 그 망가진 장난감을 계속 갖고 있게 해야 해. 절대 새 장난감을 사줘서는 안 돼. 당신과 함께라면 나는 부서진 내 인생과 죽 사이좋게 지낼 것 같았어. 알겠어?"

잇페이는 입가에 미소를 띠고 있으나, 난해한 것을 마주한 두려움 때문에 눈동자가 흔들리며 차분하지 못했다. '이 남자의 정신이 출구 없는 벽에 갇혀 버둥거리기 시작했구나!' 하고 고지는 생각했다. '무엇인지는 모르지만, 외부 세계에서 나는 소리, 문을 두드리는 소리는 들리는 거다.' 오늘 잇페이는 "아이 피곤해"라고 말하지 않았다. 오히려 고지에게서 도망치려는 듯, 우체국 앞을 지나서 먼지가 뽀얗게 일어나는 넓은 길에 왼쪽 다리와 지팡이를 힘차게 앞으로 내밀고 오른쪽 다리를 되는 대로 질질 끌며 그 특유의 걸음걸이로 마을 사당을 향해 열심히 걸었다.

작은 돌로 된 무지개다리 건너편에는 고작 여섯 단의 돌계단 위에 자리 잡은 마을 사당이 거대한 녹나무와 늙은 삼나무에 둘러싸여 있다. 경내는 아주 좁았고, 신의 영역인 정적靜寂은 바로 왼편에 있는 채석장의 채굴 소리로 흐트러지고 있었다. 이곳은 양질의 휘석안산암輝石安山巖 생산지인데, K석재 회사가 채굴하여 주로 배편을 이용해 지바千葉현에 출하한다. 여름 해가 한창 따가울 때도 기계 소리는 끊임없이 울려 주변 공기에 곤충의 날갯짓 같은 미묘한 진동을 일으켰다.

잇페이는 여기까지 쉬지 않고 걸어오다가 사당 앞 돌다리에 와서야 야트막한 난간에 걸터앉았다. 나무 그늘이 짙은 그 자리에서는 사당의 경내도 채석장도 보였는데, 잇페이는 바위가 잘려 나가 추락하는 것을 보며 좋아했다.

"더워."

잇페이가 말했다.

"덥네"

고지는 땀을 닦아 더러워진 자기 손수건으로 땀이 송송 올라온 잇페이의 이마를 눌렀다. 지금까지 고지가 열심히 묻고 따진 말들에 비하면, 이 말이 가장 인간미가 있다. 잇페이는 인간세계와 소통하는 영역을 하나로 줄이고, 다른 것은 모두 거부한 채 오직 이 영역에서만 타인을 지배하려는 것 같다.

"당신, 지금 모습을 긴자 멋쟁이 여자들에게 보여주고 싶군." 고지는 있는 힘껏 독을 뿜으며 이야기를 이어갔다. "이 헐렁한 카키색 바지, 그 운동화, 그 촌스러운 오픈칼라 셔츠, 그 밀짚모자를 보면 여자들이 모두 배를 쥐고 웃을 거야. 가끔 침도 흘리잖아. 당신은 도대체 누구를 위해 이런 위장을 하지? 유코의 말로는 당신이 입고 있는 것은 전부 당신 취향이라고 하던

데. 예나 지금이나 변함없는 것은 옷차림에 지나치게 집착하는 밉상이란 점이야. 당신은 '죄'의 역할을 하고, 죄의 모습으로 분장하고 있어. 누군가에게 보여주려는 것이라면 그건 분명 유코와 나겠지. 나는 그 가면을 벗겨주고 싶어. 당신이 지금처럼 된 것은 결코 내 탓이 아니야. 당신 자신의 의지인 거지. 그렇지?"

"의……지?"

잇페이는 미소를 띤 채 의심쩍은 듯이 물었다. 그러나 고지는 들으려 하지 않았다.

"그래. 당신 의지였던 거야. 나는 차츰 이해하기 시작했어. 있지도 않은 것으로 우리를 협박하고, 또 그 있지도 않은 것을 우리에게 꼭 필요한 것으로 믿게 하고. 당신은 아주 솜씨 좋게 해치우고 있어. 당신이 없으면 나와 유코는 맺어질 수가 없어. 더구나 당신이 있는 한, 나와 유코는 맺어질 수 없어. 이런 이상한 관계를 만든 것은 일사불란하게 돌아가는 당신 두뇌지. 우리는 이미 죄의식 없이는 키스도 못 하고, 키스해도 그 죄의식 때문에 아주 재를 씹는 맛이거든. 당신은 그야말로 교묘하게 처신하고 있어. 사람들이 당신 앞에 엎드려 절하기를 기다리고 있지. 당신은 오랫동안 그걸 원했던 거야. 그렇지?"

고지가 정신을 차리고 보니 잇페이는 그의 이야기를 듣지 않고 오른쪽 난간 위에 몸을 숙이고서 그곳에 멈춰 있는 하늘소를 보고 있었다. 잇페이는 밀짚모자를 그 위에 덮으려다가 그대로 멈췄고, 하늘소도 나무 그늘 때문에 시원해진 돌 위에 가만히 있었다. 그 모습은 마치 밀짚모자와 하늘소 사이에 고정된 거리를 누군가가 얼른 줄여주기만을 기다리는 것 같았다.

고지는 잇페이의 옷깃을 잡아 끌어 올렸다. 잇페이는 중심을 잃고서 허리는 돌다리 난간에 기대고 시들은 팔다리는 허공에 들린 채 고개를 갸웃하면서 고지 얼굴을 응시했다.

"이봐, 내가 하는 말 똑똑히 들어. 그렇게 진지한 표정 짓지 않아도 돼. 늘 하던 대로 웃어봐."

고지는 왼손 검지로 잇페이의 아랫입술을 가볍게 문질렀다. 입술은 바로 풀어져서 웃고 있는 고지의 입을 따라 하는 듯 평소의 미소를 되찾았다.

"알겠어? 잘 들어." 고지는 손가락을 떼며 이야기를 이어갔다. "당신은 사실, 지금의 자신이 아주 싫은 것도 아니야. 세상 사람들이 자기를 본받아 자기처럼 되면, 그것이야말로 구제라고 생각하고 있어. 당신은 어쨌든 살아 있잖아. 아무리 한쪽 바퀴만 돌아도 살아 있는 건 살아 있는 거지. 이제 당신은 청년기의 화려한 생활이라든가, 보통 사람들을 바보 취급하는 예술적 저작 활동이라든가, 수습이 안 될 정도의 여성 편력, 그런 것들의 연속선상에 나타난 멋진 휴가를 보내고 있는 거야. 완벽한 휴가지. 당신은 우리 위에 군림하면서 그 공허하고 멋진 휴가를 늘 과시하고 있어. 오랜 세월, 속으로만 품어온 생각을 지금은 공공연히 과시하게 된 거지. '인간이란 대단치 않은 존재야. ……아……아……아.' 그렇게 침을 흘리면서. 사람들이 소중하게 여기는 관념을 닥치는 대로 질문하고 또 질문해서 무의미하게 만들지. '의지? ……아……아……아.' 당신은 망가진 뇌로 자신의 권리를 만들어놓고 다른 사람에게 그것을 보호하라고 명령하고 있어. ──그렇지? 그게 전부 본인이 좋아서 시작하고, 본인이 좋아서 하는 일이지? 그렇다면 내가 뭘 잘못했어? 내 어디가 그렇게 싫은 거야? 말해봐! 말해봐! 말해보라고! 내가 병원 앞마당에서 스패너를 주운 것이 문제야? 유코와 내가 만나는 장소를 미리 알고, 당신이 그곳에 놓아둔 건 아니었나? 응? 말해보라고! 내가 뭘 잘못했는지 말해보라고!"

그때 웃통 벗은 채석장 인부들이 떨어지는 큰 바윗덩어리를 피하려고 허둥지둥 두 패로 갈렸다. 바위는 모래 연기를 피우며 낭떠러지로 굴러떨어졌고, 방금 쪼개진 단면을 햇빛에 반짝이며 여름풀이 길게 자란 풀밭에 자리를 잡았다. 땀범벅인 인부들의 넓은 등판에는 하얀 돌가루가 얇게 덮여 있었다.

바위가 굴러떨어지는 것을 보는 잇페이 얼굴에 뭐라고 형용할 수 없는 행복한 표정이 떠올랐다. 두 눈은 황홀해서 어쩔 줄 모르고, 코는 자연의 작은 붕괴에서 죽음의 상쾌한 냄새를 맡은 듯했으며 햇볕에 탄 볼은 약간 상기된 듯 보였다. 평소처럼 하얀 이를 드러내며 보여주는 잇페이의 미소가 이 순간 고지의 눈에는 아름답게 보이기까지 했다

고지는 자신을 독려하듯이 이야기를 이어갔다. 자기까지 조용히 있으면 잇페이의 침묵에 마음이 동요되어, 잇페이가 자기 말을 하나도 이해하지 못한다는 현실, 이 기분 나쁜 심연을 들여다보게 될 것 같았다.

"솔직히 말하면 나는 이렇게 생각한 적도 있어. 내가 당신 머리를 스패너로 때려눕힌 덕분에 당신의 사상이 완성되었고 당신은 살아갈 이유를 찾았다고. 인생이란 무엇인가? 인생이

란 실어증이다. 세계란 무엇인가? 세계란 실어증이다. 역사란 무엇인가? 역사란 실어증이다. 예술이란? 연애란? 정치란? 무엇이든 다 실어증이다. 그것으로 모두 앞뒤가 맞고, 당신이 전부터 생각했던 것이 드디어 완전한 결실을 보았지.

그렇게 생각한 것도 당신 속에 이지理智만은 무너지지 않고 살아남아서, 문자판만 떨어져 나간 시계처럼 그 안의 기계는 힘차게 정확히 째깍째깍 움직인다고 믿고 있을 때 이야기지. 이제는 당신 안에 아무것도 없는 것을 알게 됐어. 왕의 죽음을 극비로 하고 오랫동안 국상을 공표하지 않은 나라의 백성들이 그렇듯 이미 낌새를 알아차렸다고.

구사카도 집안은 텅 빈 동굴 같은 당신을 중심으로 돌기 시작했어. 방 한가운데 물이 없는 우물이 입을 딱 벌리고 있는 집을 상상하면 되겠네. 텅 빈 구멍. 세계를 다 삼켜버릴 만큼 큰 구멍. 당신은 그것을 소중히 지키고 있어. 그뿐인가, 구멍 주변에 유코와 나를 보기 좋게 앉혀놓고, 아무도 생각해낼 수 없는 새로운 '가정'을 만들기로 작정한 거지. 마른 우물을 중앙에 둔 멋지고 이상적인 가정. 당신이 내 옆방으로 침실을 옮겼을 때, 드디어 '가정'은 완성에 근접했지. 드디어 세 개의 빈 구멍, 세 개의 마른 우물이 완성되어 사람들이 부러워할 만한 화목하고 행복한 가정이 된 거야. 그것에는 나도 유혹을 느껴. 이미 지난 일이지만 도와주고 싶기도 했어. 하려고만 하면 일은 간단하니까. 우리가 고민을 그만두고 우리 안에도 당신 같은 구멍을 판 뒤, 당신 앞에서 나와 유코가 아무 번민도 없이 짐승들이 놀이하듯 함께 자면 그것으로 끝나는 것이니까. 당신

앞에서 쾌락의 신음을 높이고 괴로워 뒹굴다가 곪아떨어지면 그만이니까.

하지만 나는 그렇게 할 수 없어. 유코도 못 해. 알겠어? 당신이 만든 함정에 빠져 행복한 짐승이 되는 게 두려워서 우리는 절대 그렇게 할 수 없어. 징그럽게도 당신은 그것까지 알고 있지.

폭포로 피크닉 갔을 때부터 차츰 이해가 되더라고. 지금 이렇게 말해놓고 보니 그게 더욱 확실해지는군. 유코는 당신 꼬임에 넘어가 하마터면 당신이 파놓은 함정에 빠질 뻔했지만, 유코 역시 그렇게는 할 수 없었지. 당신은 그걸 다 알고 있는 거야.

도대체 당신은 뭘 바라는 거지? 못 할 걸 알면서 유혹하고. 도망갈 곳이 없는 걸 알면서 궁지에 몰고 있지. 당신에 비하면 거미가 차라리 나아. 거미는 어쨌든 스스로 실을 뽑아내서 사냥감을 휘감아 잡으니까. 당신은 공허함을 내놓지 않아. 정말 요만큼도 내놓지 않아. 당신은 공허함 그 자체, 공허한 세계의 중심에서 신성하게 존재하고 싶으니까.

당신은 뭘 원하는 거야? 말해봐요! 뭘 원하는 거냐고?"

고지의 질문은 갈수록 절실해져서 상대가 알아듣지 못하는 일방적인 독백만으로는 이제 참을 수 없게 되었다. 그는 처음처럼 초조해져서 어떻게 해서든 잇페이에게 이 질문을 이해시키고 싶었다. 그러자 당당했던 그의 말투가 약해지기 시작하더니 비굴하게 물어보았다.

"뭘 원하는데? 응? 정말 어떻게 하고 싶은 건데?"

잇페이는 한동안 말이 없었다. 때마침 항구의 서쪽 하늘에 저녁노을이 지기 시작하고 도로 위 자갈돌에는 그림자가 꼬리를 단 듯 길어졌다. 그때 잇페이의 눈에 고지가 처음 보는 눈물이 금박을 씌우듯 얇게 번지고 있었다.

"집을 ……집에, 돌아가고 싶어."

이런 아이 같은 호소를 들으면 고지는 배신당한 기분이 들어 화가 났다.

"거짓말이다. 진실을 말하라니까. 그때까지는 집에 못 갈 줄 알아!"

또다시 잇페이는 긴 침묵 속에 가라앉았다. 그리고 돌난간에 기대어 앉아 화려한 서쪽 하늘을 물끄러미 쳐다보았다. 눈으로 감정 표현을 하게 되어 옛날보다 많이 움직이게 된 잇페이의 눈동자는 건강하고 활기찬 보통 사람의 눈과 달리, 항상 부자연스럽게 흔들려 어두운 기운이 감돌았다. 하지만 저녁노을을 바라보는 이때의 눈빛은 완전히 차분해져서, 불타는 서쪽 하늘을 검은 눈동자 뒤편, 텅 빈 마음에 비추고 있었다. 하늘에는 달걀노른자 색깔의 불꽃이 흐르고, 단단하게 보이는 구름의 윤곽선은 노랑과 붉은빛으로 둘러싸여 있었다. 후미 건너편 기슭은 아직 해가 지지 않아서 지나치게 밝은 녹색을 띠고 있다. 후미는 원근감이 사라져 이편에 나지막이 늘어선 집들보다는 높이 솟은 선박의 돛이나 검은 쇄빙탑이 건너편 바닷가에 더 가까운 것처럼 보였다. 잉크 방울을 뿌려놓은 듯한 붉은 노을은 생각보다 멀리 퍼져, 저 높은 하늘 끝의 구름 한 조각까지 물들였다. 화려하지만 또 이상하게 적막한 이 광대한 저녁

놀이 차분해진 눈동자 속에 정밀하게 수렴되고 있다. 그 우울하고 섬세한 그림은 잇페이의 눈에만 비치는 것이 아니라 눈동자를 지나 공허한 저 밑바닥까지 빈틈없이 채우는 것 같았다.

잇페이는 오른손으로는 지팡이를 짚고 자유로운 왼손 검지로 공중에 무슨 글자 같은 것을 썼다. 글자 모양은 반듯하지 않고 흐트러져, 고지는 도저히 그 손가락의 흔적, 허공에 적힌 투명한 글자를 읽어낼 수 없었다.

"말로 해봐요."

고지는 이번에는 의사처럼 진중하고 부드럽게 물었다.

치아 사이를 지나는 건조한 파찰음을 힘주어 발성하고, 틀리지 않으려 두 번에 나누어 말하는 평소의 습관대로 잇페이는 이렇게 말했다

"죽. ……죽고 싶어."

*

두 사람이 집으로 돌아가는 길을 찾아가고 있는데, 푸른 평야를 둘로 갈라놓은 도로 저 끝에서 유코가 다가오는 것이 보였다. 귀가가 늦어지는 것이 염려되어 국장 부인을 배웅하고 두 사람을 맞으러 온 것이다.

거의 다 넘어간 해를 등지고 있어서 그녀의 그림자는 그녀보다 먼저 잇페이와 고지의 발끝에 와 있다. 남색 유카타를 입어서 더 하얗게 보이는 얼굴이 가까워질수록 약간 짙은 입술연지가 더 화려해 보였다.

"늦었네."

"이런저런 대화를 하다 보니."

고지가 말했다.

"'대화'를 했다고?"

유코는 때마침 석양이 비스듬히 비쳐 섬세한 주름까지 다 보이는 얇은 입술을 입술연지가 반짝일 정도로 입꼬리를 옆으로 당기며, 경멸하듯이 또 짐짓 놀란 듯이 한마디 하고 화제를 돌렸다.

"이제 해 질 무렵이면 제법 시원해져서 기분이 좋아. 이때 우는 매미도 쓰르라미가 더 많은 편이지. 이왕 나왔으니 항구까지 조금 더 산책하지 않을래요? 여보, 피곤해요?"

잇페이는 유코가 묻는 말은 대체로 쉽게 알아들었다. 밀짚모자를 쓴 얼굴에는 평소처럼 미소가 떠오르고, 모자는 부드럽게 좌우로 흔들렸다.

"자, 천천히 갑시다. 수고했어요. 이제 내가 할게요."

유코가 이렇게 중앙에 서고 오른편에 잇페이가, 왼편에 고지가 서서 나란히 걷기 시작했다. 정남향으로 뻗은 도로는 결국 비포장도로인 현도를 가로질러 똑바로 항구까지 이어질 것이다.

"다쓰미마루辰巳丸 승무원 가족 여러분, 닷새 치 쌀 배급을 하겠으니 지금 바로 와주십시오."

어업조합의 확성기 소리가 산 중턱까지 메아리쳤다. 평소에는 흘려들었는데, 휴어기도 끝나가고 항구의 배도 출항이 임박했다고 생각하니 이제는 귀담아듣게 된다. 마쓰키치의 배도 이미 홋카이도를 향해 출항했다.

저 멀리 현도에 노란색 구름 같은 것이 솟아오르고 나른한 진동이 전해졌다. 지나가는 버스 차체가 반 정도는 흙먼지에 휩싸여 보이지 않았다. 저녁놀은 서서히 그 빛을 잃고 해는 맞은편 기슭으로 이미 넘어가서, 이쪽으로 삐죽이 나온 땅은 깜깜했다.

유코가 잇페이를 자상하게 돌보고 있는데, 그녀의 왼손이 한 번씩 고지의 오른손에 부딪혔다. 때로는 부드럽게, 때로는 아플 정도로. 결국 유코의 손가락은 어둠 속에서 그랬던 것처럼 고지의 손가락을 만지작거리다가 가볍게 잡았다 놓았다. 그는 정면을 향한 채 유코 얼굴을 곁눈질로 보았고 감정을 감추느라 얼굴이 굳어 있다. 그러고 보니 잠깐 잡았던 유코의 손가락에도 피곤하지만 긴장감이 실려 있었다.

고지가 이야기를 꺼냈다.

"나는 늘 이런 생각을 하곤 해. 내 인생은 어쩌면 이 사람만을 위해서 존재한 것이 아닐까 하고."

"이 사람이란 게 잇페이 씨를 말하는 거야?"

유코는 어물쩍 넘기려고 반문한 것이었으나, 고지는 물론 잇페이를 말한 것이었다.

"그래요." 고지가 목을 길게 늘이며, 저물어가는 하얀 길 위의 무슨 예식 행렬처럼 잇페이의 걸음 속도와 보폭에 맞추어 천천히 번갈아 내미는 세 사람의 발끝을 내려다보았다. 그러곤 무겁고 무기력한 목소리로 다음 말을 이어갔다. "지금까지 이런저런 일이 있었지만, 결국 나는 이 사람이 말하고 바라는 대로 움직이며 살아온 게 아닐까? 그렇다면 앞으로도 그렇게 나아가는 수밖에 없겠지."

고지는 지나가는 말처럼 이야기하려고 했으나 이 말을 바로 알아들은 유코의 반응은 고지를 놀라게 했다. 유코의 어깨가 미세하게 떨렸다. 갑자기 얼굴을 고지 쪽으로 돌리더니 고지의 긴장한 턱선을 따라 선을 그리는 것처럼 시선을 움직였다. 고지가 부드럽게 돌려 말하고 있어도 그 어둡고 무거운 실체를 유코는 정확히 꿰뚫어 보고 있었다.

고지는 이렇게 유코가 자기 마음을 단번에 알아볼 때면 그녀의 사랑을 확신할 수 있었다. 그래서 지금 행복했다. 그렇지 않다면 어떻게 빛이 희미하여 잘 보이지도 않는 거미줄처럼 미묘한 것이 그 짧은 시간에 두 사람을 묶어놓을 수 있었겠는가?

유코는 고지의 고백으로 명백해진 진실, 어둠 속에서 번뜩이는 광물 같은 실체 앞에서 미세하게 동요하는 것 같았다. 그러나 지금 고지가 말하지 않았어도 그것은 두 사람이 서로 내놓고 이야기하지 않았을 뿐 꽤 오래전부터 알고 있던 사실이다. 여전히 잇페이의 걸음 속도와 보폭에 맞추어 발걸음을 옮기며 유코는 긴 속눈썹을 내리면서 눈을 감았다. 다시 눈을 떴을 때 저 멀리 숯불 같은 저녁놀이 유코 눈동자에 불을 붙였다.

지금까지 종잡을 수 없고 불성실했던 유코가 이제는 전혀 다른 여자가 된 것을 고지는 알아차렸다. 유코는 눈빛에 생기가 넘치는, 매우 활기찬 여자가 되었다. 그리고 이렇게 말했다.

"맞아, 당신은 그렇게 나아가야 해, 고짱. 나도 그렇게 할게.

이제 와서 되돌아갈 수는 없는 노릇이야."

——항구에 나왔을 때 잇페이는 물론이고 유코와 고지도 매우 지쳐 있었다. 날은 저물고 바다의 잔물결만 반짝였다. 등대에 불이 켜지자, 그 빛은 부채를 펼치듯 항구와 건너편 기슭에 퍼졌다. 아직 확실히 보이지는 않았으나 정박하고 있는 선박에도, 건너편 해안의 오일탱크에도 2초에 한 번씩 허여멀건 광선이 달라붙는 것이 느껴졌다.

잇페이는 석유 드럼통에 다가가서 쓰러지듯이 앉고, 유코도 그 곁에 웅크리고 앉고, 고지 혼자 서 있었다. 세 사람은 시원한 저녁 바람을 쐬면서 일부러 보려고 한 건 아니지만 어두워진 건너편 해안을 보게 되었다.

"아직 다 같이 건너편 해안에 간 적 없지요? 하루 날 잡아서 데이지로 씨한테 노 저어달라고 해서 같이 가요. 사진도 많이 찍자. 그러려면 더워도 한낮에 해가 쨍쨍할 때 가야겠지."

유코가 말했다.

종장

나는 처음부터 축복예능에 관심이 있어서, 대학에서는 마쓰야마松山 교수 밑에서 공부했고, 졸업논문 제목도 스스로 「축언祝言 및 축언직祝言職 연구」로 정했다.

졸업 후 고등학교에서 교편을 잡은 뒤에도, 방학만 되면 우선 모교를 방문하여 마쓰야마 교수에게 채집 계획을 전달받아 채방* 여행에 나서는 것이 가장 즐겁다. 민속학도의 진정한 기쁨은 연구실 책상보다 이런 여행 과정에 있다고 할 수 있다.

196×년 여름방학에도 이런 과정을 거쳐 이즈반도 일대로 채방 여행에 나섰다. 원래 반도란 잡다한 민속자료를 모아놓은 주머니 같은 것인데, 그곳에는 수많은 습속이 흘러들어와 정착하고 전승되고 있어, 의외의 장소에서 의외의 민속이 발견되는 일이 많다. 이즈에는 여러 곳에 도소진** 신앙이 퍼져 있다. '사이노카미'***라 칭하는 이 신들은 사실 재앙을 막는 신인데, 대개 둥그렇게 조각한 석상으로 다른 지역에서 온 침입자를 막아낸다. 물고기가 잡히지 않으면 아이들이 이 석상을 바다로

* 採訪: 다른 지방을 방문하여 연구 자료를 채집함.

** 道祖神: 수호신 둘을 합한 석상으로 행인을 지키는 신.

*** 塞の神: 길에서 행인을 보호하는 신.

던져서, 신을 괴롭혀 신에게 복수한다는 재미있는 습속도 있다. 한편 이즈반도에는 이상하게도 삼바소*가 많이 남아서, 축복의 노래가 어촌 민속에 어떤 형식으로 남아 있는지 조사하기에 적당하다.

나는 니시이즈 구리마을의 배 진수식進水式에서 선주의 젊은 아내나 딸을 새로 건조한 배에서 바다로 던지는 습속(이것은 일설에 의하면 인간 공양供養의 잔재라고 본다)과 거기서 부르는 진수의 노래에 관심이 있었는데, 지인의 소개를 받아 진수식 날짜에 맞추어 우선 구리마을로 갔다. 이 보기 드문 습속을 내 눈으로 직접 보고 마을 노인이 불러주는 노래도 들으며 이곳에 며칠 머물렀다. 그러나 이 지방 진수의 노래는 상당히 세속화되어 내 마음에 흡족할 만큼 옛 흔적이 남아 있지 않았다.

구리마을에서 버스를 타고 해안가를 따라 북쪽으로 올라가, 그다음 마을인 이로라는 작은 어촌에 도착했다. 이곳에 아무 연고도 없는 나는 여인숙 주인에게 채방 목적을 설명하고 옛 노래를 전승한 노인이 있는지 물어보았다. 주인은 자기는 모르지만 친하게 지내는 태천사 주지인 가쿠진 스님이 그런 것에 관심이 있으니, 스님과 만나보는 것이 제일 빠르겠다고 대답해 주었다. 그날 밤, 나는 피곤해서 여인숙에서 채집한 자료들을 정리하며 보냈다.

그다음 날도 뜨거운 한여름 날씨였다. 아침 식사 후 나는 여

---

* 三番叟: 노가쿠能樂에서 세번째로 나와 검은 노인의 탈을 쓰고 부채와 방울을 들고 추는 춤. 또는 가부키에서 막이 열리면 제일 먼저 추는 축하의 춤.

인숙 게다를 아무것이나 끌고 현도를 따라 걷다가, 오른쪽으로 꺾어서 우체국 앞을 지나 다시 왼쪽으로 돌아 임제종臨濟宗 태천사의 오래된 산문山門에 발을 들여놓았다. 경내에서는 아이들이 여럿 놀고 있고 절은 몇 번인가 개축한 것 같은데, 오에이시대* 고건축의 위엄이 남아 있었다. 나는 안내를 부탁해 드디어 가쿠진 스님을 만나게 되었다.

이로마을에 머무는 동안 나는 스님의 인격에 깊이 빠져 그 짧은 시간에 매우 친밀한 사이로 발전했으나, 스님도 마을의 젊은이들이 점차 옛 전통을 등지고 떠나는 현실을 한탄하고 있다가 나를 만나 지기知己를 얻은 기분이었을 것이다. 스님은 만나자마자 마을 사당이 전승해온 뱃노래가 사라지기 직전이라고 호소하며, 마지막 전승자를 불러 나를 위해 그 노래를 음송하게 해주었다. 나는 매우 기뻤다.

드디어 모습을 드러낸 늙은 어부는 아주 소박한 노인이었다. 그는 최근 몸이 좋지 않아 목소리 상태가 썩 좋지는 않다고 하며, 이것이 최후의 음송이 될 것이라고 미리 말해두었다.

지금은 마을 사당에 선박 축제 자체가 없어졌으나, 10여 년 전까지는 11월 3일에 열리는 축제에 열두 개의 노를 가진 신코센** 묘진마루明神丸를 아름답게 장식하고, 사당 청년들이 뱃사공이 되어 온종일 바다 위를 노 젓고 다녔다. 배 중앙에는 한 평 반 정도의 방이 있고, 다섯 명의 가수가 노래를 부르고, 노

---

* 應永: 일본 무로마치시대에 사용한 연호. 1394년부터 1428년까지를 말함.

** 神幸船: 신을 모신 선박.

래가 끝나면 빨간 옷을 입은 무용수가 원숭이춤을 추었다. 삼바소의 변형인 듯하다. 북부 일본에 남아 있는 삼바 사루가쿠* 와 유사한 부분이 보였다.

전승된 노래는 뱃노래를 시작으로 모두 열두 곡이며 배에서 이 노래를 다 부르려면 이틀이 걸린다. 그중에 내가 들은 것은 신가神歌라고도 불리는 뱃노래뿐이었다.

노래를 부르기 전에 낡은 화선지에 적힌 가사를 필사할 수 있었으나,

"정말 경사로군! 기쁘기도 해라, 경사로군"

으로 시작하는 가사 자체는 여러 지방에 비슷한 유형이 많아 특색 있어 보이지는 않았다.

정말 경사로군!
이른 봄에 내리는 눈,
잘 꼬아놓은 갑옷 같은 붉은 꽃봉오리,
하늘에 벚꽃으로 피고,

또 여름에는 폭포처럼 쏟아지는 말발도리꽃
폭풍의 강이 되고,

가을이 오면

* 猿樂: 일본의 중세 시대에 행해진 민중예능. 익살스러운 동작이나 곡예를 주로 하였다. 차츰 연극화되어 노와 교겐으로 갈라졌다.

항상 싸움에서 이기는 단풍잎 색깔로
어지러운 니시키가와綿川가 되고

겨울이면 눈발 날리지만 하늘은 맑고……

하는 식으로 사계절을 묘사하는 구절은 갑자기 내 머리에 『금중천추만세가禁中千秋萬歲歌』*의 「하마이데濱出」**를 떠오르게 했다. 그 노래에는 다음과 같은 구절이 있다.

정말 즐거운 골짜기군.
봄에는 꽃이 피는 매화 골짜기,
이어지는 마을은 향기로 가득해.

여름은 시원한 부채 골짜기,

가을은 들꽃, 달개비꽃 골짜기.

겨울이라 민둥산에도
쌓인 눈 아래에는 거북이 있는 골짜기
오랜만이구나.

---

* 신성한 축하 노래를 집대성한 가요집. 연대 미상.

** 이야기와 춤이 함께하는 민속예능인 고와카마이幸若舞 노래 중 하나. 무로마치시대에 유행했던 작자 미상의 곡이다.

「하마이데」는 고와카마이*에도 있다. 이 춤을 출 때 대사를 읊어주는 변사 역할을 하는 다유太夫는 『금중천추만세가』에서 시작된 것이지만, 가사의 내용은 분명히 가마쿠라시대를 칭송한 것이다.

또,

마음에 품은 원수를 갚고,
내 이름을 높이리라,
검劍은 상자에 넣어두고,
화살 주머니는 내려놓으리

등의 구절은 가무극 구미오도리** 중 적을 토벌한다는 내용의 '만세적토萬歲敵討'를 연상시키나, 노래를 계속 듣다 보면 원수를 갚는 사무라이의 응징이라는 주제가 나타나다가 순식간에 장수長壽를 기원하는 부드러운 구절로 마무리된다.

한편 전승자는 또다시 목소리가 듣기 거북할 것이라며 양해를 구하고, 여유 있게 뱃노래의 도입 부분인 1단 음송에 들어갔다. 목소리는 뜻밖에 아름다웠다. 메마르긴 했지만 오히려 여유로운 바다의 반짝이는 수면을 회상하게 했다.

---

* 幸若舞: 무로마치시대의 춤으로 오다 노부나가織田信長도 추었다고 함.

** 組踊: 일본의 중요무형문화재와 유네스코 무형문화유산으로 지정된 오키나와의 전통예능. 노래, 음악, 춤 등으로 구성된 가무극이다.

"정말 경사로군! 기쁘기도 해라."

이 구절은 한 음절 한 음절을 길게 늘여서 노래한다.

"저엉마알, 경사로군. 기쁘기-도- 해-라-."

그리고

'엔소이레' '엔엔'

같은 후렴구가 곳곳에서 남용되는 것이 귀에 거슬렸다.

"엔소이레 젊은 가지도 엔엔 풍성하고"는,

"엔소이레, 저얼믄 가-지-도, 엔엔, 푸웅성 하고이"

"주인님"은,

"주-이인니-임"이라고 노래한다. ……

나는 뱃노래 채집이 매우 흡족하여 한동안 이 마을에 머물며 매장된 민속자료를 끈기를 가지고 발굴할 마음이 생겼다. 그래서 발바닥이 닳도록 태천사에 드나들며 스님과 나눈 잡다한 이야기들 속에서 다시 새로운 자료의 실마리를 찾아내고자 했다.

마을에 온 지 닷새째 되는 밤이었다. 절에서 술을 공양하고 스님과 세상 돌아가는 이야기를 나누고 있었다. 느닷없이 스님이 꺼낸 이야기에 나의 흥미는 예기치 않은 방향으로 흘렀고, 학문적 흥미에서 벗어나 2년 전 이 마을에 일어난 사건에 온통 호기심이 쏠렸다.

한 청년과 유부녀가 그녀의 남편을 교살絞殺한 사건인데, 남편은 실어증 환자였고 그 병은 애초에 그로부터 2년 전 청년이 가한 상해로 인한 것이었다는 이야기였다.

나는 스님에게 부탁하여 자세한 내막을 들을 수 있었다. 이상하게도 스님은 이 세 사람에게 공평하게 동정심을 보였으나, 나는 그중에 유코라는 여성에게 특별히 관심이 생겼다. 스님이 상당히 자세히 설명했는데도 그 모습이나 성격이 어렴풋하여, 머리에 떠오르는 것은 기껏 그 얇은 입술에 늘 발랐다는 짙은 색 입술연지 정도였다. 도저히 알 수 없는 이 희미한 이미지가 나에게는 마치 오랫동안 매장된 아름답고 기괴한 민속, 일단 채집되기만 하면 학문적으로 귀중한 발견이겠으나 지극히 은밀하게 전승되어 지금 그야말로 사라지려고 하는 아름다운 민속이라도 되는 듯했다.

그런데 스님이 딱 한 장 있는 사진을 보여주겠다며 작은 상자를 열려고 일어섰을 때, 나는 기대와 불안으로 심장이 짓눌리는 것 같았다. 우리가 채방에 들어가 가끔 경험하지만, 언어 전승이나 심의心意 전승 채집은 별도로 하더라도 지겨울 정도로 사설을 늘어놓다가 보여준 고문서가 시시한 물건이어서 실망하는 때가 있다. 나는 유코의 실물 사진에 실망할까 두려워하고 있었다.

다행히 나의 두려움은 기우로 끝났다. 사진은 촬영할 때 빛 과다 노출의 실수가 있는 데다 세 사람 모두 흰 옷을 입고 있어서 너무 하얗게 찍혔지만 선명했다. 특히 인물들의 온화한 친밀감이 기이한 인상을 풍겼다. 중앙에 흰 원피스를 입은 유코는 접은 양산을 손에 들고서 웃고 있다. 다소 크고 화려한 이목구비에, 그렇게 생각하고 보아서인지 오히려 소박한 슬픔이 묻어나는 듯했고, 입술은 얇지만 화려하고 아름다워 나의 환상이 깨지지 않아 기뻤으며, 스님의 화법에 과장이 없는 것을 잘 알 수 있었다.

사진은 사건 하루 전에 고지가 평소처럼 절에 꽃을 배달하러 오면서 스님에게 슬쩍 전달되었다. 사건이 일어난 뒤 생각해보니 이것이 실로 의미 깊은 선물이란 것은 누구나 짐작할 수 있는 일이나, 그에 대해서는 후술하기로 하겠다.

스님이 내게 해준 이야기 중에 가장 인상 깊었던 것은 살인 사건 다음 날 아침의 유코와 고지의 모습이었다.

늘 일찍 일어나는 주지 스님은 이른 아침부터 뒷마당에 가서 청소하는 습관이 있다. 하늘이 하얗게 변하고 있었다. 그때 구사카도 온실로 통하는 비탈길을 내려오는 발소리가 나서 머리를 들었다. 평소 이렇게 이른 아침에 구사카도 집안에서 사람이 오는 일은 없다.

올려다보니 유코와 고지가 손을 잡고 비탈길을 내려오고 있었다. 바로 그때 동쪽 산에서 한 줄기 여명黎明이 비탈길을 비추고 있었고, 하루의 첫 햇살을 받은 두 사람의 모습은 반짝이는 것 같았다. 얼굴에는 기쁨이 넘쳐흐르고 모습과 발걸음도 자유롭고 생기가 넘쳐서 지금까지 두 사람이 이렇게 아름다워 보인 적은 없었다. 두 사람이 아직 남아 있는 아침 벌레 소리를 들으며 이슬에 젖은 길을 내려오는 모습은 그야말로 신랑신부 같았다. ……

그들이 무언가 엄청나게 좋은 소식을 전하러 오는 것으로 생각했다고 해도 이상하지 않았다. 그러나 그들은 그때 자수하러 가는 길이었고, 스님에게 동행을 부탁하러 온 것이었다.

두 사람은 어제 심야에 가느다란 밧줄로 잇페이를 교살한 일을 자백했다. 게다가 고지는 잇페이가 살인을 부탁했다고 주장했다. 스님은 어제 낮 무렵, 고지가 세 사람이 함께 찍힌 사진과 꽃을 전해주러 온 일을 증언했다. 이것은 고지가 우발적으로 범행을 저지른 것이 아니라 촉탁살인*이라는 복선을 깔아놓은 것으로 의심되기도 한다. 그러나 직접증거는 물론 정황증거도 전혀 없었으므로 촉탁살인이라는 주장은 인정되지 않았다. 오히려 이상한 사진 선물이 미리 모의했다는 증거가 되었다. 고지와 유코는 공범으로 인정되었으나 고지는 피해자에 대한 상해 전과가 있어서 정상 참작의 여지 없이 사형이 선고되고, 유코는 무기징역에 처해졌다.

고지와 유코는 그 후 교도소에서 각자 스님에게 편지를 보내어, 부디 세 사람의 묘를 나란히 세워주기를 간절히 바란다고 전했다. 아무리 생각해도 이 소원은 기이했으나, 스님은 직관적으로 이런 이상한 요청 혹은 의사표시의 밑바닥에 얼마나 애절한 소망이 깔려 있는지를 통찰했다. 범행 전날에 스님에게 사진을 전달한 참뜻은 이것이었는지도 모른다.

그러나 잇페이의 묘는 그렇다 하더라도 두 사람의 묘를 다시 나란히 세우기에는 마을 유지들의 반대가 극심했으므로 스님은 천천히 시기를 기다렸다. 지난가을 드디어 고지의 사형이 집행되었다. 올해 이른 봄에 스님은 그들 바람대로 이미 세워진 잇페이의 묘 왼쪽에 유코의 수장**을, 또 그 왼쪽에 고지의

* 본인으로부터 의뢰를 받거나 승낙을 받아 그 사람을 살해하는 경우.

** 壽藏: 살아 있을 때 미리 만들어놓은 무덤.

묘를 썼다.

나는 스님의 안내로 이 이상한 세 무덤 앞에 절하고 허락을 얻어 사진을 찍었다. 그러자 내 마음을 알아차리기라도 한 듯이 스님은 은근슬쩍 이렇게 부탁했다. 되도록 스님이 직접 유코에게 전달해주고 싶었으나, 좀처럼 만날 기회를 얻지 못해 아직 무덤 사진을 보내지 못했으니 내가 대신 전달해주길 바란다는 것이다. 나는 바로 흔쾌히 승낙했다.

이런 사정으로 올여름 나의 채방 여행은 뜻밖에도 빈약한 결실로 끝나버렸다. 마음은 항상 유코의 면회로 달려가고 있었고, 스님에게 이 이야기를 들은 뒤로는 당면한 연구에 집중할 여유를 잃었다.

귀경한 후 여름방학도 이제 거의 끝나려고 할 때, 나는 드디어 오늘 도치기교도소에 면회 가기로 했다. 아사쿠사淺草에서 닛코日光-기누가와鬼怒川행 도부선東武線을 타고, 오후 1시 59분에 도치기역에 내렸다.

남은 더위가 기승을 부리던 날, 오래된 역사驛舍 현관에는 제비 몇 마리가 바로 떠날 생각이 없는 것처럼 분주하게 드나들고 있었다. 하늘에 태양은 눈부시고 제비는 날아올라 자갈돌이 던져진 것처럼 눈앞을 스치고 지나가 역전 광장의 하얀 공터에 떨어졌다. 주변의 주택은 나지막했다. 오른쪽에 상점가로 이어진 포장도로의 가로수가 울창하지 않다.

어느 지방 도시나 그렇듯이 대형 버스가 위세를 뽐내며 몇 대나 줄지어 서 있다. 나는 스님이 가르쳐준 대로 오야마小山행

버스를 탔다.

마침 월요일이어서 대부분의 상점이 닫혀 있는 한낮의 상점가를 버스는 한두 명씩 있는 승객을 태우고 달렸다. 검은 울타리에 붉은 장미를 늘어뜨려 장식한 메밀국수 가게가 보였다. 거리에는 사람이 거의 없었다. 단조로운 햇빛이 조용히 쏟아지고 불쾌한 더위로 가라앉은 거리에서 버스는 일단 번화가를 벗어나 외곽까지 나가서 승객을 태우고 돌아온 뒤, 상점가 중간쯤에 있는 전보전화국에서 왼쪽으로 꺾어서 비포장도로로 들어섰다.

버스는 심하게 흔들렸다.

"다음은 교도소 앞. 교도소 앞, 내리실 분 없습니까?"

젊은 여차장이 내 얼굴을 힐끗 보면서 말했다. 이럴 때 여자교도소에 수형자를 면회 가는 친척이 느낄 쑥스러움과 꺼림칙함을 느끼는 자신에게 깜짝 놀랐다. 지난 몇 주 동안, 아직 만나지도 않은 유코는 그 정도로 내 마음 깊은 곳에 자리를 잡고 있었다.

버스는 박공지붕을 길게 낸 사원寺院 느낌의 재판소, 변호사 사무소, 차입품을 파는 가게 앞을 지나 작은 돌다리 아래에서 멈췄다. 다리 끝에서 오른쪽으로 돌면 10미터 폭의 사도私道가 똑바로 교도소 대문으로 통하고 있다. 그 길 양쪽에 벚나무가 늘어서 있으나 아직 어린나무이다. 소장과 부장의 관사가 좌우에 서 있고, 그 뒤를 높은 응회석 울타리가 둘러싸고 있다. 여기에도 사람은 전혀 보이지 않는다.

버스를 내리자마자 들려오는 엄청나게 많은 작은 새들이 지저귀는 소리에 깜짝 놀랐다. 눈에 보이지는 않지만 참새인 것 같다. 재판소 앞마당도 그렇고 이 주변에는 오래된 수목이 많았고, 보이지는 않지만 이 작은 새들이 낡은 집의 이 구석 저 구석에 둥지를 틀고 있을 것만 같았다.

오늘 방문할 교도소가 정면에 보인다. 커다란 돌기둥에 푸른 대문이 닫혀 있고, 메이지明治* 시대의 건축물로 보이는 오래된 현관은 길게 달아낸 시옷 자 모양의 박공지붕이 돋보인다. 암녹색 노송나무 가지가 문틈으로 삐죽 튀어나와 있다. 나는 오른편 쪽문으로 들어가 문을 지키는 경무관에게 방문 목적을 알렸다.

면회 신청은 정면 현관 안쪽의 서무과에서 접수한다. 문설주에 구리로 된 큰 구기카쿠시**를 붙인 현관을 지나 어스름한 실내에 들어가니, 수형자들의 작품을 넣어둔 진열장이 있었다. 오비를 고정할 때 쓰는 끈, 핸드백, 장갑, 넥타이, 양말, 스웨터, 블라우스 같은 소품이다.

나는 서무과 창구에서 면회신청서를 받아 수형자의 이름, 용건, 면회인과의 관계를 빈칸에 써넣다가 우연히 선반 위에 멋진 부용꽃이 한 송이 꽂혀 있는 것을 보았다. 교도소에 이런 우아한 꽃이 있는 것이 의외였으나 나는 이 꽃을 보며 여기가 여죄수들만 있는 교도소이고 엄선된 번뇌의 보금자리이며 유코가 이 어두침침한 건축물 안에 있다는 것을 확실히 알 수 있

* 메이지 천황 시대의 연호(1868~1912).

** 문틀을 짜서 고정시킨 못의 머리를 감추기 위해 그 위에 씌우는 쇠붙이 장식.

었다.

내가 스님의 대리인이고 교화敎化 목적으로 무덤 사진을 전달할 것이라는 사정을 자세하게 적은 스님(지금은 그가 유코의 보호자였다)의 서신을 신청서에 첨부하여 창구에 밀어 넣으니, 내게 대기실에서 기다리라고 안내했다.

나는 햇빛이 눈부시게 쏟아지는 건물 밖으로 다시 나왔다가 문 바로 안쪽에 있는 작은 대기실로 들어갔다. 그곳에도 사람은 없었다. 보리차가 준비되어 있어서 땀을 닦고 보리차 한 잔을 맛있게 마셨다. 그러나 좀처럼 내 이름은 불리지 않았다.

늦여름 햇빛 속은 어디나 적막하여 이 안에 수많은 여자가 북적거린다는 것이 좀처럼 상상되지 않았다. 따로 할 일도 없고 심심해서 벽에 붙여진 종이를 보았다. 거기에는 이렇게 적혀 있다.

1. 30분 이상 기다리신 분은 접수 담당자에게 문의해주십시오.
1. 친족 혹은 보호자가 아닌 분, 14세 미만인 사람은 면회를 삼가주십시오.
1. 접수에서 신청한 용건 이외의 사항을 이야기하거나, 또는 외국어 사용은 삼가주십시오.

나는 혹시나 면회를 허락받지 못할까 봐 걱정이 되면서 두려워졌다. 나는 얼굴 한 번 본 적 없는 대리인일 뿐이고 면회소에서 물건을 전달하는 것은 금지되어 있다. 그러나 스님은 여기 소장과 한두 번 만난 적도 있고, 그 후 가끔 서신 왕래도 있어

신뢰가 쌓인 터이다. 나는 타는 듯한 더위 속에서 기다렸다. 매미가 울었다. 몇 개의 환상이 보이는 듯하고 실신할 것 같았다.

드디어 내 이름을 불렀다.

몇 칸 앞에 있는 녹색 오두막 문에서 흰색 반소매 여름 셔츠에 바지를 입은 여자 교도관이 나를 부르고 있었다. 다가가는 나에게 낮은 목소리로 빠르게 말했다.

"선생님 면회는 여러 가지로 조건이 까다로웠지만 특별히 허가하기로 했습니다. 무덤 사진을 먼저 보여주시겠습니까?"

내가 직접 찍은 무덤 셋이 나란히 있는 사진을 보여주었다. 여자 교도관은 간단히 점검하고 나서 "선생님이 직접 전해주세요"라고 말했다. 그리고 나를 면회소로 들여보냈다.

면회소는 두 평 남짓한 작은 오두막이었다. 중앙에는 벽에 붙인 테이블에 흰색 테이블보가 덮여 있고, 밑으로 몰래 물건을 전할 만한 틈을 없애려고 다리에 단단한 판을 붙여놓았다. 벽에는 작은 꽃을 피운 흰색 분꽃이 꽂혀 있었다. 달력과 싸구려 장미 그림 액자가 벽에 걸려 있고, 창은 열려 있었으나 모두 낡은 건물 벽을 향하고 있어서 바람이 통하지 않았다. 테이블 양쪽에 의자가 두 개씩 놓여 있었는데, 나는 문 쪽 의자에 앉아서 기다렸다. 교도관은 창가에 서 있었다.

방 끝에 유리문이 있다. 훤히 들여다보이는 유리 안쪽이 어두워서 쓸데없이 내 얼굴이 비쳐 보인다. 그러던 중 문이 열리는 소리가 들리고, 유리문에 어렴풋이 빛이 비쳤다. 유리문 저편에 다시 장내로 통하는 문이 있는 것 같다.

거기에 하얀 얼굴이 나타났고, 문이 이쪽으로 활짝 열렸다.

또 다른 여자 교도관과 함께, 푸른 반소매에 목깃을 기모노식으로 여미고 옷자락에 주름이 잡힌 원피스 느낌의 하복夏服을 입고 유코가 나타났다. 그리고 내 얼굴을 보고는 첫 대면의 인사를 정중하게 한 뒤 교도관과 나란히 내 맞은편에 앉았다. 좀 전의 교도관은 여전히 창가에 서 있었다.

고개 숙인 유코의 얼굴을 훔쳐보았다. 지극히 평범한 얼굴이었다. 동그란 얼굴에 큼직한 이목구비, 얼굴이 약간 부었는지 살쪄 보였고 피부는 손질을 해서 희고 섬세했으나, 입술연지를 바르지 않은 얇은 입술은 얼굴의 하관을 경직된 선으로 나누어 얼굴이 초라해 보였다. 눈썹은 진하지 않았지만 불분명하게 퍼져 눈꺼풀이 꺼진 느낌이 두드러졌다. 흐트러진 머리카락 한 올 없이 머리를 하나로 올려 묶고 있어 통통한 얼굴이 한층 무거워 보인다. 몸이 여기저기 방만하게 살쪄 있고, 반소매 밑으로 나온 팔은 아무리 봐도 둔한 느낌이다. 내가 느낀 첫인상은 이 여자가 이제는 젊지 않다는 것이었다.

나는 사진을 꺼내서 스님 말씀을 전하고, 내가 대리로 이 사진을 전달하게 된 사정을 설명했다. 유코는 그 이야기를 들으면서도 고개를 숙이며 몇 번이나 "고맙습니다" 하고 인사했다. 목소리도 내가 상상한 것과는 달랐다.

드디어 유코가 손을 뻗어 탁상 위에 놓인 사진을 집었다. 손가락으로 사진 양 끝을 잡아 가슴 가까이 들고, 눈동자가 그곳에 빨려들기라도 하듯 물끄러미 들여다보았다. 너무 오래 보고 있어서 교도관이 면회 시간이 다 되었다고 할까 봐 내가 오히려 걱정했을 정도이다.

다 보고 나서 테이블 위에 놓은 뒤, 다시 멀리서, 옛 추억을 아쉬워하듯이 계속 보았다.

"감사합니다." 유코가 말했다.

"이제는 안심하고 편안히 복역할 수 있겠어요. 스님에게 정말로 감사하다고 꼭 전해주세요."

유코의 목소리는 간간이 끊어지고 이어지다가, 결국 주머니에서 손수건을 꺼내 분주히 눈가를 누르며 이렇게 말했다.

"이렇게 해주셔서 안심이에요. 우리는 정말 사이가 좋았어요. 우리 세 사람 모두, 아주 친했어요. 이보다 친밀할 수가 없을 정도였지요. 알아주시는 거죠? 스님만은 알아주셨어요. 저기, 이해해주시는 거죠?"

──드디어 면회 시간이 다 되었다고 교도관이 알려왔다. 유코는 눈물을 흘리며 몇 번이나 물어보고 나서, 명함 크기의 사진을 주머니에 넣으며 혹시라도 사진이 젖을까 봐 손수건은 손에 들었다.

근처에서 초조하게 우는 매미 소리가 내 귓가에 들렸다. 유코는 일어나서 나에게 허리 굽혀 절한 뒤 교도관이 열어주는 문 저쪽으로 들어갔다. 유리 너머로 그 소박한 푸른 원피스와 목덜미가 보였다. 하얀 목덜미가 한순간 선명하게 유리 저편에 떠다녔다. 하지만 밖으로 나가는 문이 열렸다가 닫히자, 내 시야에서 유코의 모습은 사라졌다.

1961. 5. 16.

옮긴이의 말

관념 속의 가치를 추구하는 로맨티스트의 종착지는 어디인가

1. 화려한 문장과 고유한 미의식으로 독자적인 작품 세계를 구축한 작가

미시마 유키오는 전후 일본 문학을 대표하는 작가이자 여러 차례 노벨문학상 후보에도 오른 세계적인 작가이다. 1925년 도쿄에서 태어나 고위 관료인 아버지와 한학자 집안의 딸인 어머니 아래에서 자랐다. 본명은 히라오카 기미타케平岡公威이며, 10대 시절부터 문학에 심취해 문학잡지에 시를 발표했고 문학에 몰두하는 아들을 탐탁지 않게 여기는 아버지의 눈을 피해 고등학교 때 발표한 단편소설 「꽃이 한창인 숲」부터 미시마 유키오라는 필명을 쓴다. 가쿠슈인 고등학교를 수석 졸업하고 도쿄제국대학 법학부에 진학 후 고등고시에도 합격한다.

1946년 대학 재학 중 가와바타 야스나리의 추천으로 단편소설 「담배」로 문단에 데뷔, 1947년 대학 졸업 후 대장성에 들어가 공무원으로 일하며 문학창작을 계속했으나 이듬해 그만두고 전업 작가의 길을 걷는다. 그 무렵 출판사 가와데쇼보의 의뢰로 쓰게 된 장편소설 『가면의 고백』(1949)으로 큰 주목을 받으며 일약 주요 작가의 반열에 오르게 되었다. 이후 『금색』(1951) 『금각사』(1956) 등 화려한 문장과 고유한 미의식이 결합한 독자적인 작품들로 명실상부 전후 일본 문학을 대표하는 작가로 자리매김하게 된다.

위의 대표작 외에도 미시마는 로맨스, SF, 풍자소설 등 다양한 장르의 소설을 바탕으로 폭넓은 창작 활동을 펼쳤다. 소설 외 에세이와 평론 등 활발한 집필 활동을 했으며 자신을 모델로 한 사진집 발간, 영화 출연 등 대중문화의 세계에도 발을 들여놓았다. 도발적인 발언으로 동시대 사람들을 놀라게 하거나 매료시켰던 화제의 인물이었다.

또한 1957년 도널드 킨의 탁월한 번역으로 작품이 영어로 소개되면서 일본 작가로서는 전례 없는 인기를 서구 독자에게 얻게 된다. 이를 시작으로 1963년 처음 노벨문학상 후보에 오른 이후 여러 차례 후보에 오르는 등 세계적인 작가로 평가받는다.

그는 평소 우익 성향을 적극적으로 드러낸 작가로, 1969년에는 그와 정반대의 견해를 가지고 도쿄대 강당을 점거한 전공투 학생들과 대담을 나누기도 했다. 정치, 사회, 예술 등 다양한 분야에 관해 치열한 공방이 이어진 이 대담은 이후 책으로도 출간되었다. 이듬해인 1970년 11월 25일 장편소설 '풍요의 바다' 4권 『천인오쇠天人五衰』의 원고를 넘긴 미시마 유키오는 평소 그와 뜻을 함께하던 다테노카이楯の會 회원 4명과 함께 자위대 총감실을 찾아가 전후 헌법의 개정과 절대천황제 부활을 위

해 궐기하자는 연설을 마친 후 할복자살한다. 자결이라는 도발적이고 이해하기 어려운 행위로 미시마 유키오는 당대를 대표하는 작가에서 정치 스캔들을 일으킨 위험한 인물로 추락하여 한동안 그늘로 내몰리기도 했다.

2. 오후의 예항午後の曳航: 언제까지 꿈을 꿀 수 있는가 —이상을 좇는 소년과 현실에 타협하려는 이등항해사 이야기

『오후의 예항』은 1부 「여름」과 2부 「겨울」 총 2부로 구성된 장편소설로 1963년 고단샤에서 출간되었다. 출간 2년 후인 1965년 The Sailor Who Fell from Grace with the Sea라는 제목으로 미국에서 번역·출간되었다. 번역자인 존 네이선은 원제인 '오후의 예항'의 '예항曳航'의 일본어 발음이 '영광榮光'과 같은 '에이코えいこう'라는 점에 착안하여 작가인 미시마 유키오와 논의 후 '바다의 은혜에서 추락한 뱃사람'이라는 의미의 영어 제목으로 바꾸었다. 이 소설은 특히 서구권에서 사랑을 받았는데, 소설을 원작으로 한 루이스 존 칼리노 연출의 영화 The Sailor Who Fell from Grace with the Sea가 1976년 개봉되었고, 독일에서는 오페라로 만들어져 1990년 베를린에서 초연 후 독일과 일본에서 여러 차례 공연되었다.

소설은 개항 이후 서양 문물이 빠르게 들어오던 요코하마의 모토마치를 배경으로 펼쳐진다. 아버지가 돌아가신 후 수입

양품점을 이어받아 운영하는 어머니 후사코와 함께 사는 소년 노보루는 어느 날 자신의 방에서 어머니의 방이 보이는 구멍을 발견하고 이를 통해 어머니를 엿보게 된다. 아직 젊고 부유한 후사코는 항해사 류지와 우연한 만남 후 사랑에 빠지게 되고 두 사람은 곧 노보루가 엿보는 방에서 사랑을 나누게 된다. 이들을 지켜보는 노보루는 자신을 천재라고 생각하는 조숙하고 예민한 소년이다. 노보루는 사회가 허구라고 생각하며 이러한 생각을 친구들과 나누고 이들은 하나의 그룹으로 함께 행동한다.

> 열세 살에 노보루는 자신이 천재라는 것(그의 친구들은 서로 그렇게 확신하고 있었다), 세계는 몇 개의 단순한 기호와 결정으로 이루어져 있다는 것, 인간이 태어나면서부터 죽음은 확실히 뿌리를 내리기에 우리는 그것에 물을 주어 키우는 것 말고는 할 수 있는 게 없다는 것, 번식은 허구이므로 사회도 허구라는 것, 아버지나 교사는 아버지나 교사라는 이유만으로 큰 죄를 범하고 있다는 것 따위를 확신하고 있었다. 그래서 여덟 살에 아버지가 죽은 것은 그에게 오히려 기뻐할 만한 일이고 자랑해야 할 사건이었다. (16~17쪽)

그런 노보루에게 류지는 평범한 어른이 아니라 바다라는 새로운 세계를 누비는 영웅이었다. 하지만 후사코와 사랑에 빠진 류지는 노보루가 바라는 삶이 아니라 그 반대의 선택을 하고자 한다. 이를 인정할 수 없는 노보루는 어떤 선택을 하게 된다.

소설의 제목인 '오후의 예항'은 무슨 의미일까? 소형 예인선(터그보트)이 대형 선박을 항구로 끌어들이는 것을 예항이라 하며, 선박이 바다의 영광으로 데려가는 도구라면 항구는 영광을 향해 출발하거나 영광을 포기하는 지점이라 할 수 있을 것이다. 오후는 하루가 새롭게 시작되는 아침처럼 활기찬 시간도, 어두운 밤처럼 모든 것이 끝난 시간도 아닌 그림자가 길어지는 지루한 시간이다. 오후에 선박을 항구로 데려오는 일은 영광일까 아니면 그 반대일까. 앞서 말한 것처럼 '예항'과 '영광'의 일본어 발음은 똑같이 '에이코'이다. 이 소설은 '예항'하고자 하는 류지와 자신이 꿈꾸는 '영광'을 지키려는 노보루라는 대비되는 인물을 보여주며 '소년'과 '어른'/'현실'과 '이상' 등 여러 가치관의 대립을 보여준다.

물론 언뜻 보아도 노보루의 사상은 옹호하거나 동의하기 힘들다. 아버지가 되기를 거부하는 것과 영웅을 동경하는 것, 그리고 일회적인 사건에 목숨을 거는 일은 모두 근대사회의 성장이나 성숙이라는 규범에서 벗어나 미숙하고 파괴적이다. 다만 성인인 류지가 영광과 장엄한 죽음을 꿈꾸는 모습은 지극히 감상적인 데 반해, 노보루를 비롯한 소년들은 실생활을 모르는 만큼 '철저한 악의 논리'하에 폭력적인 모습으로 나타난다. 말하자면 류지의 꿈은 관념 속에 있고 소년들은 행동으로 꿈을 실현시키고 있는 것이다. 미시마가 대중에게 주목받은 이유는 물론 그의 뛰어난 작품 때문이었지만, 그에 못지않게 그의 과격한 언변과 행동력도 한몫했다. 머릿속에는 있으나 차마 말하거나 행동하지 못하는 것을 실행에 옮긴 미시마 유키오의 모습과 노보루가 겹쳐지는 것은 아마 그 때문일 것이다.

3. 짐승들의 유희獣の戯れ
—허무한 일상생활과 소통 부재에 지친 현대인의 비현실적인 사랑

『짐승들의 유희』는 전체 5장으로 구성된 장편소설로 1961년 신초샤에서 출간되었다. 그 후 1983년에 'Trastulli d'animali'라는 제목으로 이탈리아에서, 2018년에 'The Frolic of the Beasts'라는 제목으로 미국과 캐나다에서 번역 출판된다. 1964년에 일본에서 와카오 아야코 주연의 영화가 개봉되었다.

소설은 일본 전통극 노能의 14세기 작품인 「모토메즈카求塚」를 모티브로 하여, 니시이즈 마을의 아름다운 자연과 꽃을 배경으로 세 남녀 사이에서 벌어진 기묘한 사랑과 그들의 공동생활, 그리고 참혹한 마지막을 그린다. 자극적인 제목과는 달리 고즈넉한 분위기가 느껴지는 우아한 작품이다.

교도소에서 출소한 고지는 유코가 기다리는 니시이즈로 돌아온다. 2년 전 대학생이었던 고지는 구사카도 잇페이가 운영하는 긴자의 서양 도자기 가게에서 아르바이트하고 있었다. 번역서나 평론 등의 책을 내기도 한 잇페이는 넘치는 행운과 풍요 속에 모든 것에 허무해하는 퇴폐적인 사람으로 외도를 거듭하고 있었다. 잇페이와의 대화를 통해 이를 알게 된 고지는 유코에게 연정을 품는다.

부부는 미적지근하게 관계를 유지했고 이에 짜증이 난 고지는 잇페이가 애인과 밀회하고 있는 아파트로 유코를 데리고 간다. 그리고 그곳에서 잇페이와 유코, 고지 세 사람에게 돌이킬 수 없는 일이 벌어지게 된다. 이후 세 사람이 공동생활을 시작하려 할 때 고지는 사건 전과 다름없는 그녀를 보며 혼란스럽지만 잇페이에 대한 죄책감으로 그의 곁을 지키며 살겠다고 생각한다.

> [……] 고지는 수수께끼 같은 문제에 부딪혔다. 유코의 다정함의 본질이 무엇인지 그에게는 아직 잘 이해되지 않는다. 전과자에게 느끼는 공포에서 오는 애매한 다정함, 범죄에 대한 사회의 공식인 외경畏敬의 관념, 그런 것들이 유코에게는 전혀 보이지 않는다. 생각해보니 방어하는 기색이 너무 없는 듯하지만 그렇다고 해서 여자다운 정념으로 맞아주는 건 아니다. 공범의 친근함도 아니고 정부情婦의 허물없는 친밀함도 아닌 것, ……이것은 그 사건 전의 유코의 태도와 조금도 다르지 않았다. (211~12쪽)

> "[……] 장난감을 망가뜨린 아이를 진심으로 반성하게 하려면, 그 망가진 장난감을 계속 갖고 있게 해야 해. 절대 새 장난감을 사줘서는 안 돼. 당신과 함께라면 나는 부서진 내 인생과 죽 사이좋게 지낼 것 같았어. 알겠어?" (336쪽)

고지와 유코는 사랑과 죄책감과 뉘우침을 가슴에 품은 채 공동생활에서 각자의 역할을 충실히 수행한다. 잇페이의 마음은 그저 유추하고 상상할 뿐이다. 그런데 고지는 잇페이의 말을 이해했다고 믿는다.

출간 당시 일본 문학계는 완성도 높은 추리소설이 등장하여 인기를 끌면서 '순문학 논쟁'이 한창이었는데, 이 작품은 추리소설에 대항할 만한 '사랑을 주제로 한' 순문학으로 긍정적인 평가를 받는다. 작가는 자본주의 사회의 영악한 사랑이 아닌 죽음을 초월한 태고의 사랑의 이미지를 가지고, 허무한 일상생활에 지치고 서로 소통이 불가능해진 현대인이 관념 속에만 존재하는 가치를 향해 줄달음치는 모습을 그렸다. 이 주제는 '풍요의 바다豊饒の海' 시리즈로 이어진다.

소설의 제목 '짐승들의 유희'에서 짐승은 누구인가? 작가는 무기력과 퇴폐, 고립과 불모의 사랑이 지배하는 현대 사회를 극복할 수 있는 새로운 사랑이 필요했다. 죽음으로 완성되는 고대의 사랑을 염두에 두고 그 시대에 있을 법한 사람들을 '짐승'에 비유했다. 그래서인지 고지와 유코 두 남녀에게 이기적이고 광적인 애정행각이나 미래를 위한 현실적인 도모는 보이지 않고, 소설의 마지막 장에서 유코는 그들 세 사람이 세상에 없는 친밀한 관계였다고 거듭 말한다. 질투와 증오와 애정이 뒤섞이지 않고, 그 모든 감정이 탈색된 채 인간의 기괴한 편안함이 그려진다. 수지타산을 따지지 않는 순수한 짐승들이 관념 속에만 남아 있는 고대의 사랑을 찾아가는 것이 짐승들의 유희이다. 이들의 유희를 현대인은 바로 이해하기 어렵다. 첫눈에 반하는 사랑은 남아 있으나 관념적인 가치만을 추구하는 '짐승'

이 이제는 희귀해졌기 때문이다.

미시마 유키오의 작품은 풍부한 표현력을 바탕으로 한 아름다운 문장이 장점이다. 뛰어난 관찰력과 심미안으로 평범한 일상을 독특하고 아름답게 변화시킨다.

> 빡빡 깎은 데이지로의 반백의 머리는 어떤 직사광선에도 잘 견뎠다. 그것이 감수성이 예민해 보이는 자귀나무 잎사귀의 섬세한 그림자 밑에 있는 것은 아무리 봐도 어울리지 않았다. 이 노인은 고뇌에 면역이 되었을 거라고 남몰래 믿고 있었으므로 고지는 배신당한 느낌이 들었다. 햇빛이 문지르고 지나가며 남긴 얼굴의 깊은 주름도 이전에는 고뇌의 흔적으로 보인 적이 없는데, 지금으로서는 오히려 지나치게 명백하게, 무례할 정도로 노골적으로 고뇌를 말하는 것 같다. 분명 그것이 너무 명백했기 때문에 지금까지는 고뇌의 표시로는 보이지 않았다. 마치 배의 흘수선이 장식으로만 보이는 것처럼. (303쪽)

이 늙은 어부는 이때 정체를 알 수 없는 괴신怪神의 모습이 되어 있다. 작가의 묘사가 현실을 어떻게 변용시키는지 알 수 있다. 확고한 현실에서 실체는 사라지고 환상이 남는다. 평범한 거리의 풍경이 모조리 유령의 거리가 되며, 일본의 가난한 어촌이 시공을 가르고 다른 세계로 바뀌는 모습을 그 문체의 마력 속에서 보게 된다.

미시마 유키오의 작품을 다루는 사람들은 같은 문제를 만나게 된다고 한다. 자신이 다루고 있는 것이 그의 작품인지, 아니면 그가 오랜 시간을 들여 기획하고 연출하고 보여준 마지막 퍼포먼스인 자결의 의미인지 알 수 없게 된다는 것이다. 나 역시 같은 함정에 빠졌음을 고백한다. 그의 프로필 사진에 매혹되어 남아 있는 그의 동영상을 보게 되었고 마지막에는 두 눈을 질끈 감아버리고 말았다. 두 작품을 옮기면서 오롯이 작품 자체에 집중하지 못하고 그의 죽음의 실마리를 찾느라 한눈을 파는 경우가 많았다. 해답을 제대로 찾지는 못했다. 그러나 매사에 열정적이고 꾸준히 정진했던 한 인간, 미시마에 대한 끌림은 줄어들지 않고, 섬세한 관찰력과 상상력 풍부한 비유에서 나오는 아름다운 문장, 일본인이 아닌 독자도 공감시키는 설명 능력, 그리고 흡인력 있는 스토리를 만드는 능력을 가진 작가에 대한 호감은 점점 커져만 간다. 미시마 유키오를 만나게 하고 내 안의 감수성을 깨워 글 쓰는 자가 되고 싶게 자극해 주신 대산문화재단과 옮긴이의 문장을 유려하게 다듬기 위해 수고해주신 문학과지성사의 박솔뫼, 김은주 님께 감사드린다.

작가 연보

1925　1월 14일 도쿄 요쓰야四谷에서 농상무성 관료인 아버지 히라오카 아즈사平岡梓와 한학자 집안의 딸인 히라오카 시즈에平岡倭文重의 장남으로 태어남. 본명은 히라오카 기미타케平岡公威. 태어나면서부터 조모에게 큰 사랑과 보호를 받으며 자람. 공교롭게도 미시마 유키오가 태어난 해인 1925년이 다이쇼의 마지막 해이고 이듬해인 1926년이 쇼와가 시작된 해라 그를 쇼와 시대를 대표하는 작가로 보기도 함.

1931　가쿠슈인學習園 초등부에 입학. 12월 가쿠슈인 초등부 잡지에 단가와 하이쿠를 실은 것을 시작으로 중등부에 진학할 때까지 시와 단가, 하이쿠를 발표. 병약하여 결석이 잦음.

1939　1월 조모 사망. 1938년 가쿠슈인에 부임한 국문학자 시미즈 후미오清水文雄에게 문법과 작문 수업을 들음. 시미즈 후미오는 미시마의 문학적 스승으로 그의 재능을 발견하고 필명 사용을 권한 것으로 알려짐.

1941　시미즈 후미오의 추천으로 『문예문화文藝文化』 9월호부터 4회에 걸쳐 「꽃이 한창인 숲花ざかりの森」 연재. 이 작품부터 '미시마 유키오三島由紀夫'라는 필명으로 활동하기

시작.

1944 가쿠슈인 고등부를 수석으로 졸업하고 도쿄제국대학 법학부에 입학. 첫 단편집 『꽃이 한창인 숲』 발간. 당시 독자들 사이에서 가쿠슈인의 조숙한 천재로 미시마 유키오의 이름이 조금씩 알려지기 시작함. 징병 검사에서 현역 면제, 보충병역에 해당하는 '제2을乙'급 판정을 받음.

1945 학도 동원으로 군마群馬현의 비행기 제작소 총무부 조사과에 소속됨. 전시戰時 중 유작이 될지도 모른다는 각오로 단편소설 「중세中世」를 집필하여 『문예세기文藝世紀』에 발표. 입영 통지를 받지만 입대 전 폐침윤으로 오진되어 귀향함. 8월 15일 열병으로 호덕사豪德寺의 친척 집에서 머물다가 종전 소식을 들음. 10월 여동생 미쓰코美津子 장티푸스로 사망.

1946 가와바타 야스나리川端康成를 처음 만남. 「중세」를 읽은 가와바타가 이를 상찬한 것을 계기로 미시마가 가와바타를 방문함. 가와바타의 추천으로 『인간人間』에 「담배煙草」를 발표. 다자이 오사무太宰治와 처음 만나게 됨. 작가로서의 자립을 검토하기 위해 이듬해인 1947년까지 회계일기會計日記를 썼으며 이는 2005년에 발견됨.

1947 도쿄제국대학 법학부를 졸업하고 시험에 합격해 대장성 사무관으로 근무. 11월 단편집 『곶 이야기岬にての物語』 간행.

1948 문학에 전념하기 위해 대장성 퇴직. 가와데쇼보河出書房의 의뢰로 『가면의 고백仮面の告白』 집필 시작. 이때 집필을

권유한 편집자가 음악가 사카모토 류이치坂本龍一의 아버지인 사카모토 가즈키坂本一亀라고 함. 다케다 다이준武田泰淳, 아베 고보安部公房와 함께 잡지 『근대문학近代文學』의 동인이 됨. 첫 장편 『도적盜賊』 출간.

1949 『가면의 고백』 간행.

1950 장편 『사랑의 갈증愛の渴き』, 소설집 『괴물怪物』 『청의 시대青の時代』 『순백의 밤純白の夜』 간행.

1951 『금색禁色』 1부와 희곡 『성녀聖女』, 평론집 『사냥과 사냥감狩と獲物』 발간. 아사히신문朝日新聞 특별 통신원 자격으로 북남미와 유럽을 순회. 『금색』은 파격적인 묘사로 비난을 받기도 했으나 대표작 중 하나로 자리매김함.

1952 기행집 『아폴론의 잔アポロの杯』 간행.

1953 장편 『비락秘樂』(『금색』 2부) 간행.

1954 장편 『사랑의 수도戀の都』 간행. 6월에 출간한 장편 『파도소리潮騷』로 제1회 신초문학상新潮文學賞 수상. 『파도 소리』는 다섯 차례나 영화화되었으며 그 외 여러 차례 드라마화, 애니메이션화 됨. 이후 미국에서 번역 출간.

1955 장편 『가라앉은 폭포沈める瀧』, 『여신女神』 간행. 희곡 「흰개미집白蟻の巢」으로 제2회 기시다岸田 연극상 수상.

1956 1월부터 10월까지 『신초新潮』에 연재한 『금각사金閣寺』 출간. 『금각사』는 1950년 발생한 금각사 방화 사건을 모티프로 한 미시마 특유의 미의식이 돋보이는 소설로 그의 대표작으로 꼽힘.

1957 『금각사』로 제8회 요미우리 문학상讀賣文學賞 수상. 도널

드 킨이 번역한『근대노가쿠집近代能樂集』영문판 간행을 계기로 도미 후 남아메리카, 이탈리아, 그리스를 경유해 이듬해 1월에 귀국. 이후『근대노가쿠집』이 미국, 독일, 스웨덴, 호주, 멕시코에서 상연됨.

1958 화가 스기야마 야스시杉山寧의 장녀 스기야마 요코杉山瑤子와 결혼. 10월에 계간지『소리聲』창간호에『교코의 집鏡子の家』1, 2장 발표. 미국 뉴디렉션 사에서『가면의 고백』영문판 간행.

1959 장편『교코의 집』과 평론집『문장독본文章讀本』간행. 2월 장녀 노리코紀子 태어남. 아이반 모리스의 번역으로 크노프 사에서『금각사』영역본 출간.

1960 에세이집『부도덕 교육강좌不道德教育講座』, 장편『연회 후宴のあと』간행. 주연 영화「칼바람 사나이からっ風野郎」개봉. 11월부터 두 달간 아내와 세계 여행.

1961 1월『소설중앙공론小說中央公論』에「우국憂國」발표. 장편『짐승들의 유희獸の戲れ』와 평론집『미의 습격美に逆らふもの』간행.『연회 후』가 사생활 침해로 기소됨.

1962 『10일의 국화十日の菊』로 제13회 요미우리 문학상 희곡 부문 수상. 5월 장남 이이치로威一郎 태어남.

1963 장편『오후의 예항午後の曳航』간행. 미시마가 모델이 된 호소에 에이코細江英公 사진집『장미형薔薇刑』발간.

1964 『육체의 학교肉體の學校』간행. 10월 간행된『비단과 명찰絹と明察』로 제6회 마이니치 예술상每日藝術賞 문학 부문 수상.

1965 9월부터 1967년 1월까지 『신초』에 '풍요의 바다豊饒の海' 시리즈 1권 『봄눈春の雪』 연재. 직접 감독과 주연을 맡은 단편영화 「우국」 완성. 희곡 『사드 후작 부인サド侯爵夫人』 간행, 미시마의 희곡 중 가장 성공적인 작품으로 평가받으며 특히 프랑스에서 여러 차례 공연됨. 해당 작품으로 제20회 문부성 예술제상文部省藝術祭賞 연극 부문 수상. 10월 노벨문학상 후보에 오름.

1967 가와바타 야스나리, 이시카와 준石川淳, 아베 고보와 함께 중국 문화대혁명에 대한 항의 성명 발표. 4월에 자위대 체험 입대. '풍요의 바다' 2권 『달리는 말奔馬』 연재 시작.

1968 9월 '풍요의 바다' 3권 『새벽의 사원暁の寺』 연재 시작. 『중앙공론中央公論』에 「문화방위론文化防衛論」 발표. 10월 미시마 유키오와 뜻을 같이하는 청년들의 모임인 다테노카이楯の會 정식 결성.

1969 5월 도쿄대 전공투 주최 토론에 참가, 이 토론의 기록이 6월 『미시마 유키오 대對 도쿄대 전공투討論 三島由紀夫vs.東大全共闘』로 간행됨. '풍요의 바다' 1권 『봄눈』과 2권 『달리는 말』 출간.

1970 이즈음부터 궐기를 계획하기 시작해 육상 자위대에서 매월 군사 훈련 실시. 7월부터 『신초』에 '풍요의 바다' 4권 『천인오쇠天人五衰』 연재 시작. 3권 『새벽의 사원』을 같은 달 간행. 이케부쿠로池袋 도부東武백화점에서 '미시마 유키오전' 개최. 11월 25일 새벽 0시 15분, 육상 자위대 이치가야市ヶ谷 주둔지 동부 방면 총감실에서 헌법 개정을 위

한 자위대의 결기를 외치며 할복자살, 향년 45세.

1971　1월 14일 다마多磨공동묘지의 가족 묘지에 매장. 2월 신초사에서 '풍요의 바다' 4권 『천인오쇠』 간행.

기획의 말

세계문학과 한국문학 간에 혈맥이 뚫려, 세계-한국문학의 공진화가 개시되기를

21세기 한국에서 '세계문학'을 읽는다는 것은 무엇을 뜻하는가? 자국문학 따로 있고 그 울타리 바깥에 세계문학이 따로 있다는 말인가? 이제 한국문학은 주변문학이 아니며 개별문학만도 아니다. 김윤식·김현의 『한국문학사』(1973)가 두 개의 서문을 통해서 "한국문학은 주변문학을 벗어나야 한다"와 "한국문학은 개별문학이다"라는 두 개의 명제를 내세웠을 때, 한국문학은 아직 주변문학이었다. 한데 그 이후에도 여전히 한국문학은 주변문학이었다. 왜냐하면 "한국문학은 이식문학이다"라는 옛 평론가의 망령이 여전히 우리의 의식을 장악하고 있었기 때문이다. 그렇게 생각하고 그렇게 읽고, 써온 것이었다. 그리고 얼마간 그런 생각에 진실이 포함되어 있는 것도 사실이었다. 그러나 천천히, 그것도 아주 천천히, 경제성장이나 한류보다는 훨씬 느리게, 한국문학은 자신의 '자주성'을 세계에 알리며 그 존재를 세계지도의 표면 위에 부조시키고 있었다. 그런 와중에 반대 방향에서 전혀 다른 기운이 일어나 막 세계의 대양에 돛을 띄운 한국문학에 위협적인 격랑을 밀어붙이고 있었다. 20세기 말부터 본격화된 '세계화'의 바람은 이제 경제적 재화뿐만이 아니라 어떤 나라의 문화물도 국가 단위로만 존재할 수 없게 하였던 것이니, 한국문학 역시 세계문학의 한 단위라는 위상을 요구받게 되었던 것이다.

그러니 21세기 한국에서 세계문학을 읽는다는 것은 진정 무엇을 뜻하는가? 무엇보다도 세계문학이라는 개념을 돌이켜 볼 때가 되었다. 그동안 세계문학은 '보편문학'의 지위를 누려왔다. 즉 세계문학은 따라야 할 모범이고 존중해야 할 권위이며 자국문학이 복종해야 할 상급 문학이었다. 그리고 보편문학으로서의 세계문학의 반열에 올라간 작품들은 18세기 이래 강대국의 지위를 누려온 국가의 범위 안에서 설정되기가 일쑤였다. 이렇게 해서 세계 각국의 저마다의 문학은 몇몇 소수의 힘 있는 문학들의 영향 속에서 후자들을 추종하는 자세로 모가지를 드리워왔던 것이다. 이제 세계문학에게 본래의 이름을 돌려줄 때가 되었다. 즉 세계문학은 보편문학이 아니라 세계인 모두가 향유할 수 있도록 전 세계 방방곡곡에서 씌어져서 지구적 규모의 연락망을 통해 배달되는 지구상의 모든 문학이라고 재정의할 때가 되었다. 이러한 재정의에는 오로지 질적 의미의 삭제와 수량적 중성화만 있는 게 아니다. 모든 현상학적 환원에는 그 안에 진정한 가치를 향해 나아가고자 하는 지향성이 움직이고 있다. 20세기 막바지에 불어닥친 세계화 토네이도가 애초에는 신자유주의적 탐욕 속에서 소수의 대국 기업에 의해 주도되었으나 격심한 우여곡절을 겪으며 국가 간 위계질서를 무너뜨리는 평등한 교류로서의 대안-세계화의 청사진을 세계인의 마음속에 심게 하였듯이, 오늘날 모든 자국문학이 세계문학의 단위로 재편되는 추세가 보편문학의 성채도 덩달아 허물게 되어, 지구상의 모든 문학들이 공평의 체 위에서 토닥거리는 게 마땅하다는 인식이 일상화까지는 아니더라도 최소한 정당화되고 잠재적으로 전망되는 여건을 만들어내게 되었던 것이다.

또한 종래 세계문학의 보편문학적 지위는 공간적 한계만을 야기했던 게 아니다. 그 보편문학이 말 그대로 보편성을 확보했다기보다는 실상 협소한 문학적 기준에 근거한 한정된 작품 집합에 머무르기 일쑤였다. 게다가, 문학의 진정한 교류가 마음의 감동에서 움트는 것일진대, 언어의 상이성은 그런 꿈을 자주 흐려왔으니, 조급한 마음은 그런 어둠 사이에 상업성과 말초적 자극성이라는 아편을 주입하여 교류를 인공적으로 촉진시키곤 하였다. 이제 우리는 그런 편법과 왜곡을 막기 위해서, 활짝 개방된 문학적 관점을 도입하여, 지금까지 외면당하거나 이런저런 이유로 파묻혀 있던 숨은 걸작들을 발굴하여 널리 알리고 저마다의 문학을 저마다의 방식으로 감상할 수 있는 음미의 물관을 제공해야 할 것이다. 실로 그런 취지에서 보자면 우리는 한국에 미만한 수많은 세계문학전집 시리즈들이 과거의 세계문학장을 너무나 큰 어둠으로 가려오고 있었다는 것을 절감한다.

이와 같은 인식하에 '대산세계문학총서'의 방향은 다음으로 모인다. 첫째, '대산세계문학총서'의 기준은 작품의 고전적 가치이다. 그러나 설명이 필요하다. 이 고전은 지금까지 고전으로 인정된 것들에 갇히지 않는다. 우리가 생각하는 고전성은 추상적으로는 '높은 문학성'을 가리킬 터이지만, 이 문학성이란 이미 확정된 규칙들에 근거한 문학성(그런 문학성은 실상 존재하지 않거니와)이 아니라, 오로지 저만의 고유한 구조를 통해 조직되는데 희한하게도 독자들의 저마다의 수용 기관과 연결되는 소통로의 접속 단자가 풍요롭고, 그 전류가 진해서, 세계의 가장 많은 인구의 감성을 열고 지성을 드높일 잠재적 역능이 알차게 채워진 작품의 성질을 가리킨다. 이러한 기준은 결국 작품의 문학성이 작품이나 작가에 의해 혹은 독자에 의해 일방적으로 결정되는 것이 아니라, 세 주체의 협력에 의해 형성되며 동시에 그 형성을 통해서 작품을 개방하고 작가의 다음 운동을 북돋거나 작가를 재인식시키며, 독자의 감수성을 일깨워 그의 내부에 읽기로부터 쓰기로의 순환이 유장하도록 자극하는 운동을 낳는다는 점을 환기시키고 또한 그런 작품에 대한 분별을 요구한다.

이 첫번째 기준으로부터 두 가지 기준이 덧붙여 결정된다.

둘째, '대산세계문학총서'는 발굴하고 발견한다. 모르거나 잊힌 것을 발굴하여 문학의 두께를 두텁게 하고, 당대의 유행을 따라가기보다는 또한 단순히 미래를 예측하기보다는 차라리 인류의 미래를 공진화적으로 개방할 수 있는 작품을 발견하여 문학의 영역을 확장할 것을 목표로 한다. 이는 또한 공동선의 실현과 심미안의 집단적 수준의 진화에 맞추어 작품을 선별한다는 것을 뜻한다.

셋째, '대산세계문학총서'가 지구상의 그리고 고금의 모든 문학작품들에게 열려 있다면, 그리고 이 열림이 지금까지의 기술 그대로 그 고유성을 제대로 활성화시키는 방식으로 진행되는 것이라면, 이는 궁극적으로 '가장 지역적인 문학이 가장 세계적인 문학'이라는 이상적 호환성을 추구한다는 것을 가리킨다. 이는 또한 '대산세계문학총서'의 피드백에도 그대로 적용될 것이다. 즉 '대산세계문학총서'의 개개 작품들은 한국의 독자들에게 가장 고유한 방식으로 향유될 터이고, 그럴 때에 그 작품의 세계성이 가장 활발하게 현상되고 작용할 것이다.

이러한 기준들을 열린 자세와 꼼꼼한 태도로 섬세히 원용함으로써 우리는 '대산세계문학총서'가 그 발굴과 발견을 통해 세계문학의 영역을 두텁고 넓게 하는 과정 그 자체로서 한국 독자들의 문학적 안목과 감수성을 신장시키는 데 기여할 것을 기대하며, 재차 그러한 과정이 한국문학의 체내에 수혈되어 한국문학의 도약이 곧바로 세계문학의 진화로 이어지게끔 하기를 희망한다. 이는 우리가 '대산세계문학총서'를 21세기의 한국사회에서 수행하는 근본적인 소이이다. 독자들의 뜨거운 호응을 바라마지않는다.

'대산세계문학총서' 기획위원회

대산세계문학총서

001-002 소설 트리스트럼 섄디(전 2권) 로렌스 스턴 지음 | 홍경숙 옮김
003 시 노래의 책 하인리히 하이네 지음 | 김재혁 옮김
004-005 소설 페리키요 사르니엔토(전 2권) 호세 호아킨 페르난데스 데 리사르디 지음 | 김현철 옮김
006 시 알코올 기욤 아폴리네르 지음 | 이규현 옮김
007 소설 그들의 눈은 신을 보고 있었다 조라 닐 허스턴 지음 | 이시영 옮김
008 소설 행인 나쓰메 소세키 지음 | 유숙자 옮김
009 희곡 타오르는 어둠 속에서/어느 계단의 이야기 안토니오 부에로 바예호 지음 | 김보영 옮김
010-011 소설 오블로모프(전 2권) I. A. 곤차로프 지음 | 최윤락 옮김
012-013 소설 코린나: 이탈리아 이야기(전 2권) 마담 드 스탈 지음 | 권유현 옮김
014 희곡 탬벌레인 대왕/몰타의 유대인/파우스투스 박사 크리스토퍼 말로 지음 | 강석주 옮김
015 소설 러시아 인형 아돌포 비오이 까사레스 지음 | 안영옥 옮김
016 소설 문장 요코미쓰 리이치 지음 | 이양 옮김
017 소설 안톤 라이저 칼 필립 모리츠 지음 | 장희권 옮김
018 시 악의 꽃 샤를 보들레르 지음 | 윤영애 옮김
019 시 로만체로 하인리히 하이네 지음 | 김재혁 옮김
020 소설 사랑과 교육 미겔 데 우나무노 지음 | 남진희 옮김
021-030 소설 서유기(전 10권) 오승은 지음 | 임홍빈 옮김
031 소설 변경 미셸 뷔토르 지음 | 권은미 옮김
032-033 소설 약혼자들(전 2권) 알레산드로 만초니 지음 | 김효정 옮김
034 소설 보헤미아의 숲/숲 속의 오솔길 아달베르트 슈티프터 지음 | 권영경 옮김
035 소설 가르강튀아/팡타그뤼엘 프랑수아 라블레 지음 | 유석호 옮김
036 소설 사탄의 태양 아래 조르주 베르나노스 지음 | 윤진 옮김

037 시 **시집** 스테판 말라르메 지음 | 황현산 옮김

038 시 **도연명 전집** 도연명 지음 | 이치수 역주

039 소설 **드리나 강의 다리** 이보 안드리치 지음 | 김지향 옮김

040 시 **한밤의 가수** 베이다오 지음 | 배도임 옮김

041 소설 **독사를 죽였어야 했는데** 야샤르 케말 지음 | 오은경 옮김

042 희곡 **볼포네, 또는 여우** 벤 존슨 지음 | 임이연 옮김

043 소설 **백마의 기사** 테오도어 슈토름 지음 | 박경희 옮김

044 소설 **경성지련** 장아이링 지음 | 김순진 옮김

045 소설 **첫번째 향로** 장아이링 지음 | 김순진 옮김

046 소설 **끄르일로프 우화집** 이반 끄르일로프 지음 | 정막래 옮김

047 시 **이백 오칠언절구** 이백 지음 | 황선재 역주

048 소설 **페테르부르크** 안드레이 벨르이 지음 | 이현숙 옮김

049 소설 **발칸의 전설** 요르단 욥코프 지음 | 신윤곤 옮김

050 소설 **블라이드데일 로맨스** 나사니엘 호손 지음 | 김지원·한혜경 옮김

051 희곡 **보헤미아의 빛** 라몬 델 바예-인클란 지음 | 김선욱 옮김

052 시 **서동 시집** 요한 볼프강 폰 괴테 지음 | 안문영 외 옮김

053 소설 **비밀요원** 조지프 콘래드 지음 | 왕은철 옮김

054-055 소설 **헤이케 이야기**(전 2권) 지은이 미상 | 오찬욱 옮김

056 소설 **몽골의 설화** 데. 체렌소드놈 편저 | 이안나 옮김

057 소설 **암초** 이디스 워튼 지음 | 손영미 옮김

058 소설 **수전노** 알 자히드 지음 | 김정아 옮김

059 소설 **거꾸로** 조리스-카를 위스망스 지음 | 유진현 옮김

060 소설 **페피타 히메네스** 후안 발레라 지음 | 박종욱 옮김

061 시 **납** 제오르제 바코비아 지음 | 김정환 옮김

062 시 **끝과 시작** 비스와바 쉼보르스카 지음 | 최성은 옮김

063 소설 **과학의 나무** 피오 바로하 지음 | 조구호 옮김

064 소설 **밀회의 집** 알랭 로브-그리예 지음 | 임혜숙 옮김

065 소설 **붉은 수수밭** 모옌 지음 | 심혜영 옮김

066 소설 **아서의 섬** 엘사 모란테 지음 | 천지은 옮김

067 시 **소동파사선** 소동파 지음 | 조규백 역주

068 소설 **위험한 관계** 쇼데를로 드 라클로 지음 | 윤진 옮김

104 소설 충효공원 천잉전 지음 | 주재희 옮김

105 희곡 유디트/헤롯과 마리암네 프리드리히 헤벨 지음 | 김영목 옮김

106 시 이스탄불을 듣는다
오르한 웰리 카늑 지음 | 술탄 훼라 아크프나르 여·이현석 옮김

107 소설 화산 아래서 맬컴 라우리 지음 | 권수미 옮김

108-109 소설 경화연(전 2권) 이여진 지음 | 문현선 옮김

110 소설 예피판의 갑문 안드레이 플라토노프 지음 | 김철균 옮김

111 희곡 가장 중요한 것 니콜라이 예브레이노프 지음 | 안지영 옮김

112 소설 파울리나 1880 피에르 장 주브 지음 | 윤 진 옮김

113 소설 위폐범들 앙드레 지드 지음 | 권은미 옮김

114-115 소설 업둥이 톰 존스 이야기(전 2권) 헨리 필딩 지음 | 김일영 옮김

116 소설 초조한 마음 슈테판 츠바이크 지음 | 이유정 옮김

117 소설 악마 같은 여인들 쥘 바르베 도르비이 지음 | 고봉만 옮김

118 소설 경본통속소설 지은이 미상 | 문성재 옮김

119 소설 번역사 레일라 아부렐라 지음 | 이윤재 옮김

120 소설 남과 북 엘리자베스 개스켈 지음 | 이미경 옮김

121 소설 대리석 절벽 위에서 에른스트 윙거 지음 | 노선정 옮김

122 소설 죽은 자들의 백과전서 다닐로 키슈 지음 | 조준래 옮김

123 시 나의 방랑 랭보 시집 아르튀르 랭보 지음 | 한대균 옮김

124 소설 슈톨츠 파울 니종 지음 | 황승환 옮김

125 소설 휴식의 정원 바진 지음 | 차현경 옮김

126 소설 굶주린 길 벤 오크리 지음 | 장재영 옮김

127-128 소설 비스와스 씨를 위한 집(전 2권) V. S. 나이폴 지음 | 손나경 옮김

129 소설 새하얀 마음 하비에르 마리아스 지음 | 김상유 옮김

130 산문 루테치아 하인리히 하이네 지음 | 김수용 옮김

131 소설 열병 르 클레지오 지음 | 임미경 옮김

132 소설 조선소 후안 카를로스 오네티 지음 | 조구호 옮김

133-135 소설 저항의 미학(전 3권) 페터 바이스 지음 | 탁선미·남덕현·홍승용 옮김

136 소설 신생 시마자키 도손 지음 | 송태욱 옮김

137 소설 캐스터브리지의 시장 토머스 하디 지음 | 이윤재 옮김

138 소설 죄수 마차를 탄 기사 크레티앵 드 트루아 지음 | 유희수 옮김

139 자서전 **2번가에서** 에스키아 음파렐레 지음 | 배미영 옮김

140 소설 **묵동기담/스미다 강** 나가이 가후 지음 | 강윤화 옮김

141 소설 **개척자들** 제임스 페니모어 쿠퍼 지음 | 장은명 옮김

142 소설 **반짝이끼** 다케다 다이준 지음 | 박은정 옮김

143 소설 **제노의 의식** 이탈로 스베보 지음 | 한리나 옮김

144 소설 **흥분이란 무엇인가** 장웨이 지음 | 임명신 옮김

145 소설 **그랜드 호텔** 비키 바움 지음 | 박광자 옮김

146 소설 **무고한 존재** 가브리엘레 단눈치오 지음 | 윤병언 옮김

147 소설 **고야, 혹은 인식의 혹독한 길** 리온 포이히트방거 지음 | 문광훈 옮김

148 시 **두보 오칠언절구** 두보 지음 | 강민호 옮김

149 소설 **병사 이반 촌킨의 삶과 이상한 모험**
블라디미르 보이노비치 지음 | 양장선 옮김

150 시 **내가 얼마나 많은 영혼을 가졌는지**
페르난두 페소아 지음 | 김한민 옮김

151 소설 **파노라마섬 기담/인간 의자** 에도가와 란포 지음 | 김단비 옮김

152-153 소설 **파우스트 박사**(전 2권) 토마스 만 지음 | 김륜옥 옮김

154 시, 희곡 **사중주 네 편 T. S. 엘리엇의 장시와 한 편의 희곡**
T. S. 엘리엇 지음 | 윤혜준 옮김

155 시 **귈뤼스탄의 시** 배흐티야르 와합자대 지음 | 오은경 옮김

156 소설 **찬란한 길** 마거릿 드래블 지음 | 가주연 옮김

157 전집 **사랑스러운 푸른 잿빛 밤** 볼프강 보르헤르트 지음 | 박규호 옮김

158 소설 **포옹가족** 고지마 노부오 지음 | 김상은 옮김

159 소설 **바보** 엔도 슈사쿠 지음 | 김승철 옮김

160 소설 **아산** 블라디미르 마카닌 지음 | 안지영 옮김

161 소설 **신사 배리 린든의 회고록** 윌리엄 메이크피스 새커리 지음 | 신윤진 옮김

162 시 **천가시** 사방득, 왕상 엮음 | 주기평 역해

163 소설 **모험적 독일인 짐플리치시무스** 그리멜스하우젠 지음 | 김홍진 옮김

164 소설 **맹인 악사** 블라디미르 코롤렌코 지음 | 오원교 옮김

165-166 소설 **전차를 모는 기수들**(전 2권) 패트릭 화이트 지음 | 송기철 옮김

167 소설 **스너프** 빅토르 펠레빈 지음 | 윤서현 옮김

168 소설 **순응주의자** 알베르토 모라비아 지음 | 정란기 옮김

169 소설 오렌지주를 증류하는 사람들 오라시오 키로가 지음 | 임도울 옮김

170 소설 프라하 여행길의 모차르트/슈투트가르트의 도깨비
에두아르트 뫼리케 지음 | 윤도중 옮김

171 소설 이혼 라오서 지음 | 김의진 옮김

172 소설 가족이 아닌 사람 샤오훙 지음 | 이현정 옮김

173 소설 황사를 벗어나서 캐런 헤스 지음 | 서영승 옮김

174 소설 들짐승들의 투표를 기다리며 아마두 쿠루마 지음 | 이규현 옮김

175 소설 소용돌이 호세 에우스타시오 리베라 지음 | 조구호 옮김

176 소설 사기꾼 — 그의 변장 놀이 허먼 멜빌 지음 | 손나경 옮김

177 소설 에리옌 항타고드 오손보독 지음 | 한유수 옮김

178 소설 캄캄한 낮, 환한 밤 — 나와 생활의 비허구 한 단락
옌롄커 지음 | 김태성 옮김

179 소설 타인들의 나라 — 전쟁, 전쟁, 전쟁 레일라 슬리마니 지음 | 황선진 옮김

180 자서전 자유를 찾은 혀 - 어느 청춘의 이야기
엘리아스 카네티 지음 | 김진숙 옮김

181 소설 어느 페르시아인의 편지 몽테스키외 지음 | 이자호 옮김

182 소설 오후의 예항/짐승들의 유희 미시마 유키오 지음 | 박영미 옮김